上海交通大学文化专项基金项目（16JCWH01）
浙江省哲学社会科学规划重点基地项目（16JDGH116）
浙江省哲学社会科学重点研究基地越文化研究中心资助出版

绍兴文理学院越文化研究院（浙江省哲社重点基地越文化研究中心）
越文化研究丛书编委会（以姓氏笔画为序）

越文化研究丛书

朱丽霞　著

海上丝绸之路
与16至17世纪中国文坛：
以胡宗宪浙江幕府为中心

中国社会科学出版社

图书在版编目(CIP)数据

海上丝绸之路与16至17世纪中国文坛：以胡宗宪浙江幕府为中心/
朱丽霞著.—北京：中国社会科学出版社，2017.5
　ISBN 978-7-5161-9554-3

　Ⅰ.①海…　Ⅱ.①朱…　Ⅲ.①古典文学研究—中国—
16世纪　Ⅳ.①I206.2

中国版本图书馆CIP数据核字(2016)第321657号

出 版 人　赵剑英
责任编辑　郭晓鸿
特约编辑　席建海
责任校对　韩海超
责任印制　戴　宽

出　　　版　中国社会科学出版社
社　　　址　北京鼓楼西大街甲158号
邮　　　编　100720
网　　　址　http://www.csspw.cn
发 行 部　010-84083685
门 市 部　010-84029450
经　　　销　新华书店及其他书店

印　　　刷　北京明恒达印务有限公司
装　　　订　廊坊市广阳区广增装订厂
版　　　次　2017年5月第1版
印　　　次　2017年5月第1次印刷

开　　　本　710×1000　1/16
印　　　张　16.75
插　　　页　2
字　　　数　223千字
定　　　价　78.00元

目　录

总　　论

　　"中国在东方屹立几千年不倒，与其说是归功于帝王的强权统治，毋宁说是主要归功于蕴藏于民间的社会价值和学者官员的治理。"① 这是 20 世纪美国著名国务卿亨利·基辛格在《论中国》中所论证的中国古老而强大的原因。一语揭示了中国政治的本质问题，可谓真知灼见。其中"民间的社会价值"则是历代统治者灌输给民众的儒家伦理，而"学者官员的治理"则主要得益于官员所聘用的得力助手——幕僚。

　　儒家教育人们，人生的价值在于"齐家、治国、平天下"。无论从儒家的价值观还是个体生存的基本需求来说，对于奔波于科举的落第才俊和致仕退休或由于各种原因被迫离开官场的文人学士来说，入幕即是"齐家治国"的理想途径了。具有强烈的政治热情而被政治边缘化的这些饱学文士，入幕不仅可以获得束脩养家，还可以利用幕府优越的环境从事文学交游，借助于幕府的独特环境，完成自己的文学使命。谋取衣食，是文人入幕的主导动机。在此之上，可以间接实现齐家治国的理想，满足作为读书人的更高层次的精神需求，"游幕可

---

　　① ［美］亨利·基辛格：《论中国》，中信出版社 2012 年版，第 38 页。

以使他们有机会结识同时代的名流，开阔自己的眼界，并有可能建立起自己的关系网，这对扩大游幕学人个人的影响，对他们个人的发展，非常重要"①。近年来，幕府与文人游幕作为新的学术热点不断地引起学界的关注，相关论文论著不断问世。历朝历代，无论朝佐长短，无论中央政权中心位置的迁移与变化、朝代风俗之不同，从中央到地方，都置有或大或小的幕府。幕府文化及幕府文学由此引起研究者的兴趣。目前，有关唐代的幕府与幕府文学最为引人注目②，其原因在于唐诗的高度。其后，明清是幕府及幕府文学的高峰期，虽然幕府文化十分活跃，但幕府文学因缺少唐诗的气象而为后世文学研究所忽略。

清人平步青《霞外捃屑》云："幕友，不知始于何时，意者明末国初。"明初，各地方行政机构均设幕府属官，该官自能起到辅佐长官之治的作用。然而由于幕主自由征聘人才权力的缺失，明初幕职，未能形成风俗。洪武至正德年间，游幕者寥寥无几。从明代中期以后，由于政治经济形势的需要，聘幕之风迅然普及。朝廷大臣为稳固政治地位，开始公开聘请幕僚作为私人助手。上自内阁首辅，各地总督、巡抚或提学道司，下至普通官员、知县，无不需要自己聘请佐治

---

① 尚小明：《学人游幕与清代学术》，社会科学文献出版社 1999 年版，第 45 页。
② 在有关幕府的研究中，史学领域是重镇，多集中于清代，兹略。对清代以前的幕府研究论著有：李晚成《中国幕府制度考论》，《上海师范大学学报》1988 年第 1 期；戴伟华《唐代方镇文职僚佐考》，天津古籍出版社 1994 年版；郭润涛《中国幕府制度的特征、形态和变迁》，《中国史研究》1997 年第 1 期；石云涛《唐代幕府制度研究》，中国社会科学出版社 2003 年版；何龄修《史可法扬州督师期间的幕府人物》，《燕京学报》新 3、4 期，北京大学出版社 1997 年版；陈宝良《明代幕宾初探》，《中国史研究》2001 年第 2 期。幕府与文学之关系，近年来也引起学界的高度关注，主要研究成果有：戴伟华《唐代幕府与文学》，现代出版社 1990 年版；戴伟华《唐代使府与文学研究》，广西师范大学出版社 1998 年版；杨国宜、陈慧群《唐代幕府文人的境遇》，《天府新论》1991 年第 5 期；刘磊《北宋洛阳钱幕文人集团与诗文革新》，硕士学位论文，陕西师范大学，2000 年；陆婵娣《李商隐幕府诗研究》，硕士学位论文，暨南大学，2007 年；咸晓婷《元稹浙东幕府文学研究》，硕士学位论文，浙江大学，2007 年；马茂军、谢资娅《西京幕府作家群的散文创作》，《辽宁教育行政学院学报》2006 年第 1 期。这些研究成果充分说明，幕府文学正日益引起学界的重视。

助手，幕府风习迅速蔓延。明清易代后，幕府聘幕呈风靡之势①，"幕友的作用发挥到了极致"②。幕僚成为清代官府的主要群体，数量远超朝廷任命的官员。

沿明之习，清朝为了稳固江山，几乎将所有明朝的政治制度文化措施全部继承下来，外族统治汉族，除了不得不多重用汉族官员外，清朝大臣延宾入幕蔚然成风。由此，不仅满洲官员，汉族官员由于政治的需要也大批聘请私人幕僚佐政。龚鼎孳、冯溥、冯铨、曹溶、魏裔介等大臣都广揽幕僚，以至于作为一种官府的文化现象引起朝廷关注，到雍正元年（1723）即有令各省督抚举荐幕宾之谕："各省督抚衙门事繁，非一手一足所能办，势必延请幕宾相助，其来久矣……夫今之幕客，即古之参谋记室。凡节度观察等使赴任之时，皆征辟幕僚，功绩果著，即拜表荐引。彼爱惜功名，自不敢任意苟且。嗣后督抚所延幕客，须择历练老成，深信不疑之人，将姓名具题，如效力有年，果称厥职，行文咨部议叙，授之职位，以示砥砺。"③ 在满汉共同执政的朝廷中，几乎所有的满族官员、汉族官员都广招私人幕僚，从京师至州府县邑，幕僚的发展如火如荼。地方府、州、县等各级官府的胥吏大批涌现，文人游幕遍及全国，到清朝后期出现了垄断中国各路衙门的"绍兴师爷"。其中，"师爷"即对衙门幕僚的特别指称。因江浙尤其绍兴府一带的文人较早以刑名、书启作为终生职业，而且影响日益扩大，遂冠之以"绍兴师爷"之称。其实，整个江南地区大批文人学士从事幕僚之职，遍及全国各地。"捷宦之径一变而为大隐之

---

① 参见张纯明《清代的幕制》："元明以后幕职和以前迥然不同。法定的佐治人员形同虚设，位卑禄微，不足轻重，人以杂流目之。地方官吏办事不能无人，法定的人员既然不中用，只好在法定以外谋求补救的办法。明清式的幕友就是这样来的。在性质上，明清幕宾与汉唐幕制为截然两事。后者姓名达于台阁，禄秩注于铨部；前者不过地方官的私人而已。"《岭南学报》1949 年第 9 卷第 2 期。

② 高浣月：《清代刑名幕友研究》，中国政法大学出版社 2000 年版，第 1 页。

③ 《世宗宪皇帝实录》，雍正元年三月乙酉。

乡，时为之也。"① 至乾隆年间，师生亲友、父子祖孙，几乎垄断了中国各政府衙门，官员不断更换，而佐政幕僚则相对稳定。一直到民国时期，仍是不同军阀不同幕府控制中国政局，晚清民国是中国幕府的极盛时期。

一

"自西汉至赵宋，凡文武大臣，简镇中边，职将帅，或暂领虎符，得专征者，皆得自辟士，以补所不及，毋论已仕与不仕。"② 怀抱着汉唐的理想，大批文人奔赴幕府。游幕的经济动机远大于政治动机。对于步履匆匆，奔走在衙门中的幕僚来说，他们所希望的就是他们正服务的幕主的身份和地位，只是由于各种原因，未能步入仕途，或正在努力向官场奔走。或者这些幕僚曾经长久孜孜于科举而败北；或由于家庭变故，不能维持丰衣足食的生活；或由于社会的动荡打破了原有的平衡，远离官场而走入幕府。于是，游幕成为自明代中期以后文人谋生的一种方式，幕府强烈地吸引着那些渴望功名利禄的文士们。稽永仁游幕的最终理想是通过游幕所得，购买足以养活全家的田产，以解忧寒之虑，《抱犊山房集》卷五《与曹秋岳先生书》即云："中当路稍润巾鉼，归买一亩之宫，率妻孥奉高堂甘旨。"在此基础上，让后辈读书，自己亲自教授子孙，重振门庭，"再出余赀，俾弱弟分半耕读，某亦得不忧饥寒，则三十年以后之心思气力，皆可不用之衣食，而专精毕虑于文章。此某生平之荣愿也"。可谓十分朴实的入幕动机，没有为国为民的豪言壮语。但未曾想到的是，当他真的入幕之后，在

① 金兆燕：《严漱谷先生七十寿序》，《棕亭古文钞》卷7，《续修四库全书》，上海古籍出版社2000年版，第1442册，第345页。
② 徐渭：《代赠金卫镇序》，《徐文长逸稿》卷14，《徐渭集》，中华书局1983年版，第612页。

平乱不利的形势下，他本有逃生的可能，但他出于对幕主的感激、对朋友的忠诚，几乎是主动落网，最终被杀于狱中。

安徽颍州唐万有别其七十九岁高龄的老父而出游谋生，唐万有为独子，不忍别亲远游，"天下岂有贤子而轻去其亲之侧哉!"① 唐万有出游，实不得已，"贫，无以为养，以子路之刚不能不伤其心；以曾子之贤不能不动其心于三釜。夫同为人子，不能家食以为养，至劳其形神远游以负米，仰面干人，得之则喜，不得则悲"②。对于送子远游的父母来说，亦日夜担忧不已，当独子唐万有远游广陵后，其七十九岁的老父"其未归也，老亲或吃指而思之，或倚闾而望之，使非有大不得已者，而亲能忍于遣其子，子能忍于去其亲哉!"③ 其所谓"大不得已者"，就是如果不离家外出别谋生路，在家只有坐以待毙了。屈大均晚年无以为生，开始依靠变卖家产度日，他珍藏多年的名画也不得不忍痛割爱，其《卖董华亭手卷》云："董公真迹世间稀，博取锱铢更典衣。书画未充三日腹，文章长得百年饥。"书画文章等同于画饼充饥。"悔使黄金如粪土，暮龄生计益全非"，屈大均后悔壮年时期视金钱如粪土的青春意气，未曾想到，年迈体弱后，陷入生计全非的窘境。董其昌手卷是稀世珍宝，当年汪沄以友情相赠。晚年屈大均不得不割爱求生。屈大均《质古玩行》序云："古玩者，一玉杯，一玉小盘，一玉镇纸，皆汉代物也。一珊瑚笔架，以紫檀文具贮之，副以象箸三十矢。是数物者，价可不赀。以空乏故，倩赵生质于押钱之家，委曲求请，仅得银两许，感恨作歌。"三件汉代玉器，经历了一千四百余年的漫长岁月，已经是无价之宝，加之价值昂贵的名木紫檀所雕刻的盒子里盛放着名贵的珊瑚笔架，价值不可估量。更有甚者，还有三十支象牙制作的筷子，而上述如此之多的精美古物，居然仅典

---

① 计东：《送唐万有游广陵序》，《改亭集》卷7，《四库全书存目丛书》，齐鲁书社1997年影印本，集部，第228册，第620页。

② 同上。

③ 同上。

质了几两银子，使得屈大均心痛欲绝。这说明，生存永远在精神需求之上，当一个人饥寒交迫之时，没有什么可以引起他的兴趣。较之典质古玩，更令人心痛的是《卖墨与砚不售》中记述的事。在所藏珍宝典当殆尽后，凡是家中所有能够置换为米的东西无不典质，墨砚文章较之于生存已经微不足道了，因此，屈大均在最终主动走向高官幕府之前度过了一段依靠典质家中所有而度日的艰难时光，墨砚不售，意味着屈大均必须重新思考关于他持守的遗民节操的问题了，再坚守下去，全家人都会因缺食而命赴黄泉。这则是屈大均难以面对也不能接受的。由此，我们就能够理解屈大均为什么晚年汲汲于结交各类官员，就能够原谅并理解他的行为的改变。

杜濬遍交贤贵王侯以谋食，晚年曾游食至云间。周茂源《杜于皇过吾郡遄行赠别》记载二十余年不见的友人杜濬来访，相聚云间惊喜万分，但杜濬匆匆离他而去。周茂源迷惑不解，"谁令驱使不留行"①。已经获得朝廷俸禄的新官周茂源并不真正了解遗民杜濬所面临的处境：他已经陷入经济恐慌，终日为衣食所驱，不复当年风流豪爽的杜于皇了。对于大批蹭蹬于科场、谋求生存的文士来说，其深层心理对于游幕持以不得已的态度。

在科举之途中的大批文士将幕府作为托身之所。如果有祖上留下的产业，则可以安于做隐士，著书立说。故计东感慨："夫人生而蒙先业，不乏衣食，非命乎？既不以奔走衣食累其心，心无萦扰，则由定生慧，由静生明，我心之灵自日出而不穷。"② 只要生存的基本条件具备了，那么就可以心情平静下来，思索功名、哲学和人生问题，灵感自然会滚滚而来。金虞西与其父金远水皆以游幕为生，金人望《念奴娇·酬家虞西见访》序记录了金远水匍匐于科场数十年，已经是

---

① 周茂源：《鹤静堂集》卷 11，《四库全书存目丛书》，齐鲁书社 1997 年影印本，集部，第 219 册。

② 计东：《又与钱湘灵书》，《改亭集》卷 10，《四库全书存目丛书》，齐鲁书社 1997 年影印本，集部，第 228 册，第 661 页。

"场屋陈人也，两鬓就斑"，直到五十余岁，几近花甲，仍不辞辛劳，奔赴科场，金远水终生未忘科第。每当落第后，金氏父子便寻求入幕机会，靠幕府束脩继续等待三年后的科考。王嗣槐《桂山堂文选》卷三《与方渭仁书》描述自己的科第辛酸云："仆浮湛诸生三十年，其于文字，无所短长之效，已略可见。窃欲结庐河渚，著书一二，家无恒产，八口嗷嗷，老入幕府，为佣书计。"三十余年的穷秀才仍奔波于举路，疲惫不堪，真切渴望放弃前途，结庐隐居，但家无田产，又肩负八口之家，不得已，王嗣槐为生存走向了幕府，掌会计，谋束脩。

检视明清文化史，那些徘徊于科第之路的文士们在其青壮年时期，并未如此焦虑于经济，没有谁在青壮岁月谋求进取的时代诉说贫穷。中年以后，幸运者或中举，或捐纳，或荫袭得入官场，不曾贫穷。因此，对于官场上的龚鼎孳、钱谦益、吴梅村、曹溶、王士祯等官员来说，他们终生没有体验过贫穷的真实感受，因而，今天我们阅读他们的作品，即没有贫穷士子的哀叹幽怨，也没有对世事不公的愤慨抱怨，而是充满或温文尔雅或雍容大气的富贵气象。而对于那些中年以后尚未中举的文士来说，一方面，家口日增，食指渐多，日常生活所需都给这位当家者以巨大经济压力，使他感到焦虑。桐城钱澄之《客隐集》收录其康熙二年（1663）至康熙二十九年（1690）近二十年所作诗歌。他命名"客隐"，旨在突出这段时期的生活状态。另一方面，老之将至，势气顿衰，开始总结自己的人生，反思以往所为，转而认可现实，因此，中年以后的文士多走向幕府。钱澄之的《与程非二》记录其最初游幕，那时，虽入幕谋食，但是衣食无忧，可比官员的退休生活，与市隐无几，但是其后情况便发生了巨大变化，五孙、五曾孙环绕于膝，五世同堂，熙熙攘攘，所有的生活费用，婚丧嫁娶等，都依仗这个白发老翁。负田，已经衰老无力；求仕，已经年迈无能，对他来说，养活这子孙满堂的大家庭唯一的办法就是寻求官员的资助——唯有入幕。宝应王岩，字筑夫，移居兴化。当兴化李长倩赴任福建提学副使时，以白金十二镒聘请王岩共同赴闽，襄赞福建乡试。然王岩以母老拒绝。但随着生活质量的日益窘迫，他像屈大均一样，开始改变态度，热情与新朝合作，不仅应兴化知县之请入幕编辑《兴化县志》，而且当友人泾阳李念兹（字屺瞻，号劬庵）任职河间推官时，王岩也随同入幕，雷士俊《艾陵文钞》卷四《送王筑夫之河间序》云："进士李屺瞻授河间推官，以孙豸人为绍介，致辞吾友王筑夫，而延之幕下。筑夫年五十有六，狼狈失意，而有此役，筑夫之穷可知也。"当年王筑夫誓为隐士之心坚定不移，人到暮年，英雄之气荡然无存。同样的原因，岭南梁佩兰从不放弃科举，名僧大汕祝福梁佩兰："五十上达何为迟，六十临场正及时。"①

屈大均《送季子之惠阳》云："早归当岁暮，家食待经营。"因江南奏销案被黜后，计东以游幕为生，后又几度赴举，均以失败告终，遂终生游幕。他就饱尝游幕衣食之苦，其《改亭集》卷六《赠韩灿之之浙江幕府序》云："予身虽负米四方。"计东落第留京师，"日逐逐长安尘埃中，早起具轻舆良马，入玉堂食大官馔，开卷簪笔。或叉手深思，习音声于齿腭鼻舌，析微芒、极要眇，互称善不自逸"②。计东以自己的亲身经历劝诫韩灿之勿对幕府寄予过多希望，放弃诸多浪漫理想，因为一旦入幕，就会身不由己，情不由己。从文中亦可推知，计东在京师幕府是为官员代笔，所以他说，清早起床后，乘坐轿子或骑马到幕主府上华丽的餐厅吃早餐，这应当是幕主对司笔幕僚的极高待遇，然后坐在书房，开卷簪笔，构思文章，润色修辞。金人望《贺新郎·送原章赴章丘幕》曰："我亦诸侯客。自投闲、指麾徐庾，颇豪而适。忽把笔床收叠起，恋着旧时鸡肋。玄都观、看花如织。……

① 大汕：《送药亭梁解元会试》，《离六堂集》卷3，万毅等点校，中山大学出版社2007年版，第65页。
② 计东：《许师六诗草序》，《改亭集》卷3，《四库全书存目丛书》，齐鲁书社1997年影印本，集部，第228册，第581页。

怜君一管生天笔。为他人、东涂西沫,何其狼藉。席帽惯抽囊底智,须认陈琳之檄。门以外、戈戈束帛。若过临淄休骋望,问三千、食客收谁力。弹铗者,千中一。"词言自己曾经也是诸侯门客,代笔书札,深得幕主信赖。但后来因思乡而辞幕。深信友人原章凭其天生妙笔,信笔挥毫,便赢得"戈戈束帛"。祝愿友人入幕如愿以偿。嵇永仁《抱犊山房集》卷五《与曹秋岳先生书》记其幕府立功后,"得抽身还吴。因念江南文衡,客岁有伯乐之顾,益急图下帷,恐负知己"。由前次出游幕府所得,回归故里,希望科举一搏,但不久家乡的情况再度使他失望,嵇永仁不仅科举无望,而且经济上再度陷入绝境,又不得不负篋出游冀越。

最具代表性的莫过于明清易代之后那成千上万的前明遗民了。大批遗民在新朝的文化环境中不食周粟,他们或行医、占卜、开私塾,或为僧人佛,或遁入深山隐居避世。其中,行医卖卜可以谋生,维持生存。而入佛避世,对多数人来说则是难以做到的,没有谁无缘无故即看破红尘,因此,当南明永历政权彻底消亡之后,大批追随永历王朝的抗清者都遁入佛门。对于数十万遁入佛门的英雄豪杰来说,作为政治避难所的佛门清静被打破了,没有人终日烧香诵经。所以,尽管十年王谢九为僧,但不久之后,便纷纷出山谋皇粮。他们风尘仆仆,佛门内外步履匆匆的背后是谋求生存动机。如大汕,身任佛门住持,但他从没有停止过进入官场的脚步。清初两广总督吴兴祚也慷慨捐赠,供应了佛寺五百余僧人的伙食。对于做隐士的人来说,处境更为尴尬。隐居,那永远是文人的浪漫理想。没有谁能够真正决然赴隐。即使那些被迫走上隐居之途者,亦多充满劳愁与无奈。计东《筋政谱序》称所谓隐君子以酒度日的风习来源于《周易》,"读《易》三百八十四爻,终于未济之饮酒,君子所为安义命而需养以俟时者也"。计东认为《周易》此爻的旨意在于诠释了那些借酒度日的人其实都是借酒浇愁、待时而出的非凡义士,"人处未济之极,知其不可,奈何?

而乐天委运，当子饮于酒"。饮酒消忧以待出山时机，饮酒而不失其常。如果放意不返，则非《周易》之本意。据此，计东审视阮籍、陶潜，认为二人既已无待官场仕途而一意饮酒，但其"所为诗歌，若咏怀，咏荆轲、三良诸作，其志气勃勃若甚，不能忘怀于世"。这种著述便与隐士的实际行为产生矛盾，因而计东认为阮籍、陶潜之徒绝非真隐之士，而是充满不平的忧士。计东认为，即使未得志而暂屈于幕府，但最终的理想仍然是"旦暮出入紫禁，为侍从应制之作，被管弦而荐郊庙，始足乐耳"①。

即使对于那些希望真正归隐的人来说，隐居的前提是有足够的金钱和物质储备。吴盛藻《遣闷》诗曰："百口多家累，清风满客裾。何时婚嫁毕，得读老庄书。秩忝二千石，年过四十余。醉来常舞剑，精力恐衰疏。"作为官员，吴盛藻的理想俸禄是二千石，便可支撑其退休后百余口之家的悠闲生活。而对于同样家口日多，却乏收入的落魄文士来说，将来前景是不可想象的。因此，在文士的笔下，"买山钱"就成为一个屡屡出现的诗歌意象。唐人刘禹锡《酬乐天闲卧见忆》诗曰："同年未同隐，缘欠买山钱。"晚明名士施绍莘《花影集·送阇生北游》自记云："高人也是买山隐，自在山中不见山。"沈德生之"尔若飘然归来，我当分草堂半榻，容汝四大，何必买山而隐耶"②！即揭示了那些以买山为借口而终不入山的隐士的言与行的矛盾。赵开心《和赠穆倩词盟书正》述及他的理想乃拥有百万雄资，购买剡溪别墅一所，日夕与高人达士谈玄论道。这幅美妙图景，不仅是赵开心所期望的生活，亦应是自古至今文人们的共同理想。正因为是理想，因而永远不能化为现实。休宁孙默的经历即印证了这一观点。

康熙元年（1662），客居扬州的安徽书商孙默欲归隐黄山，遍索

---

① 计东：《许师六诗草序》，《改亭集》卷3，《四库全书存目丛书》，齐鲁书社1997年影印本，集部，第228册，第581页。

② 沈德生：《秋水庵花影集序》，施绍莘《秋水庵花影集》，上海古籍出版社1989年版。

赠诗。于是海内能文者，作诗以送。送归之作凡一千七百余首（篇），足以出版一本"送别"专集。一时名流如施闰章、宋荦、王渔洋等皆有题赠，成为当日轰动大江南北的文坛盛事。十余年后，为之"送行"的近千人中已有五十余人辞别人世。送行的人们依然在送行，但谁都不会想到，他们"真诚的祝福"却被孙无言无情地"欺骗"，他最终并未归去，而客死扬州。孙无言之所以十余年吟咏归隐而终于未归是因为缺少买山之资。出于文人的尊严，孙无言对于向友人索取归资——买山之钱难以启齿，故特别用非常策略的方式——逢人便讲欲归黄山，希望借此积累归里隐居的资本。当身在京城的高官王渔洋闻知孙无言最终未归后，十分恼怒，失望地说："无言竟未践此，悲夫！"① 深为孙无言不归而遗憾。尚未落魄的顾梦游在其《顾与治诗集》卷四《赠孙无言移居》中深信无言将归，"会向黄山去，栖迟意泊如"。但又为什么迟迟不决？当规劝无效后，许多人表示了极大的愤怒。孙无言的谋资计划落空，没有人真正赠给他一笔资金。当他失望地离开人世后，为他写送行诗的友人们无不叹息，只有计东，由于他与孙无言的相似经历，他真正理解了无言之死的原因，其《送孙无言归黄山序》云："五六年以来，予所见同人诗《送孙无言归黄山》者多矣，而无言未尝归也。一日予遇之邗上，诘其故，无言曰：'我所为欲归者，为营两先人葬也，而葬之资无从得，故久未能归也。'"② 计东认为，孙无言积累送别诗数千轴亦毫无意义，其醉翁之意并不在归，而在归之资。最重要的是一定要保证隐居后的衣食无忧，这是隐居的基本前提。李天植（字潜夫），鼎革后隐于僧。家奇贫，无子，又病疝气，走路不便，与老妻相对愁苦。饥饿濒死，而无以相救恤。魏禧前去探望，深为凄怆，为潜夫留下一支笔、一片砚及银五钱，这

---

① 孙枝蔚：《家无言将归黄山因极称住山之乐以劝其行三十二韵》诗后所附，《溉堂集》卷6，上海古籍出版社1979年版，第308页。

② 计东：《送孙无言归黄山序》，《改亭集》卷6，《四库全书存目丛书》，齐鲁书社1997年影印本，集部，第228册，第616页。

笔费用足以使李天植维持十余天的生活。魏禧敬佩李天植的操守，拜托嘉兴高官曹溶关怀照顾，曹溶慨然应允。随后，魏禧又拜托周青士约同人给李天植定期送食物，"费度每月米五斗，银五钱，人占一月，周乃复始。力不赡者，或月二三人占之。俟其考终，则应一月者，出银一两，断木垒土，便足供殡葬"①。李天植的幸运在于，他遇到了慷慨好义的魏禧和以助济穷困知名的同乡高官曹溶，对于缺少任何经济来源的隐士来说，最后的结局无不令人痛惜。而孙默的悲剧在于，其生前没有谁能够真正读懂他的内心。自晚明以来，甪直黄氏富甲一方，"奕世贵盛，人地既甲于一郡。又其文章著作，足奔走天下。天下名士，归之如云。复仲居则有甲第园林、玩好声伎之乐，出则盛舟舆、具宾从馆舍"②。易代兵火，几乎毁灭了黄氏家族万贯家财，"为时几何，而摇落遂若此（按：指复仲为生计而游幕）。其始也，卜筑深山，荷锄种瓜，叙述高士之传，小小可自给"。但随着时间的流逝，黄复仲做隐士的理想也难以维系了，耕种自给的生活亦不足温饱，以至于不得不谋食于笔砚，"今乃至自鬻其翰墨，困顿风尘中，依人惘惘，曾不能自匿"③。隐士的理想美梦被现实击碎。

陆次云《水调歌头·书意》云："久有买山志，未有买山钱。安得青蚨满橐，肩负向林泉。"这首词描绘了陆次云理想的山园，勾画了一幅线条清晰的风景画。但其自注却云："作此词二十年矣，此志至今未遂。奈何？"从词中所绘来看，这桩溪间别墅并不难营造，他的愿望并不过分，仅仅数椽草屋，千竿修竹，半畦田，白云流水自在烟。就是这样一处可谓简陋的居所，陆次云仍旧未能谋成，其原因仍是缺少那满橐青蚨。二十余年未能积累足够的买山钱，因此，陆次云的隐居理想最终化为空想。斥巨资购买翠微峰隐居的易堂九子，可真

---

① 魏禧：《与周青士书》，《魏叔子文集外篇》卷6，北京图书馆出版社1986年版。
② 计东：《送黄复仲序》，《改亭集》卷6，《四库全书存目丛书》，齐鲁书社1997年影印本，集部，第228册，第615页。
③ 同上。

是隐居成功的典范了，但是这种神仙般的生活并未持续多久，便由于坐吃山空经济告罄，不得不群体出山，各奔前程。彭士望《与陈少游书》载："易堂诸子各以饥驱，游艺四方。"这个遗民群体因贫困而解散。因此"买山钱"就成为历代渴望隐居而不能的文人情结，积累可以养家并足以供养后世的财富而隐居山林，任谁都无能为力。

对于明清的文人学士来说，科第之外的途径，最理想的就是入幕了。经商尽管可以赢得比做官更高的收入，但儒家轻视商人的传统观念，使得文士往往对这一职业不屑一顾。而入幕，既可以保持自己的文化身份，又可以间接地实现齐家治国的理想，更重要的是幕府束脩足以解决其家庭经济之累。计东《送韩灿之之浙江幕府序》云："予往来京师二十年，见友人之得为幕府客，扬扬盛车骑出国门者不可胜数。"虽然身为幕僚，却洋溢着志得意满之情，这是因为，尽管幕僚修金非复国俸，但幕主却能从经济上让幕僚得到最大限度的满足。

所有的游幕活动无论为功名、为国家、为家族，都可归入谋金的动机之下。无论有多少高尚宏伟、冠冕堂皇的理由。即使功名只向马上取的唐代，文人游幕的最终目的仍然是钱财。王澐在其《赠张子建观察》中不无抱怨："我生不得志，落魄好酒狂。一身仗剑出门去，十载游越复游梁。"仗剑出游南越北梁，不辞辛苦寻求入幕发达的机遇。因而当他在蔡毓荣湖广川幕时从征三藩，战争打响之际，他便成为逃兵。王澐游幕，旨在谋求富贵利禄，其《七十老翁歌戏用右丞句》云："结交往往倾公侯，篝满索朽粟成邱。"家中存钱的秘柜堆满金银，粮仓的谷物堆积如山，而这一理想实现的前提则是必须结交王侯，而结交王侯的途径则是入高官之幕。当友人询问王澐游幕的原因时，王澐回答："问余作客近何如，请君端视我屈指。只为饥驱负夙心，二十年来行万里。"贵族王侯对一普通文士慷慨资助的关键在于能否得到文士的精神资助。为此，文士们往往雄心勃勃，奔赴幕府。刘体仁向县令推荐自己的弟弟入其幕府，其《七颂堂尺牍》有《与伍

13

年翁》云："迩来宦途者，畏客如虎，遂令狷者视到溉满前，安知大贤不失于交臂乎？况吾辈自有往还，非同饰竽瑟者。"为了谋幕成功，分析幕客对于官员政治的帮助，如果官员拒绝，县令将会与天下贤能失之交臂。最后声言，凭借兄弟非凡才能，再谋生路轻而易举。但是，如果县令拒绝，那幕府损失将不堪设想。最后的语气坚定而决然，近乎要挟，其所隐含的潜在信息是：对于入幕机会的渴求，软硬兼施，以求成功。

行有余裕、不必为柴米发愁的宽松的生活环境是一个人坚持道德理想所不可或缺的物质前提。以遗民而终的归庄目睹众遗民纷纷下山出游幕府的现状而伤心慨叹："十年以来，始之阳慕节义而不与试者，多不能守其初。"① 而 "三十年来，率先迎降，反颜北面，非高冠峨峨，自号丈夫者与"②？在现实的穷困面前率先反颜事清的豪杰英雄放弃操守的原因在于，三十年来，家口日增，食指日繁，自己行将老去，为了家族的香火而投向新朝。在很大程度上，当年雄心勃勃的遗民理想并没有几个人可以固持始终，忠国的感情并不能完全抵消个人精神的失落和经济上的巨大损失。遗民节操属于一种集体主义概念，而生存则是现实和个性的生命形式。"三十年"后许多遗民的转向态度，其引人注目之处在于，它证明了遗民们强烈的生存欲望和为之付出的艰苦努力。明末复社名士嘉兴陆话山不得已出任知县，非意所存，尽管违背了自己最初的心志，但生存的欲望驱使他不得不出。当年以死相抗的英雄气魄荡然无存，驱使陆话山放弃理想走向新朝官场的事实即是"衣食"，否则，没有任何其他理由可以解释陆子的这种行动悖论。复社名流温溑三十岁开始隐居，与友人五六人"以行谊自矢"，"久之，其友皆变节而去"③。至康熙前期，出而应试 "滔滔者天

---

① 归庄：《族祖元祉及陈硕人双寿序》，《归庄集》卷3，上海古籍出版社1984年版。
② 归庄：《王峰完节录序》，《归庄集》卷3，上海古籍出版社1984年版。
③ 戴名世：《温溑家传》，《戴名世集》卷7，中华书局2000年版。

下皆是"①。除了生存下去的动力，还有什么能使讲究气节的中华儒士屈膝折腰？

"道行而名立"②，当"谋食"都成了问题，"谋道"就成了不切实际的空想。生存信念使人们认识到：谋道首先谋食。入仕即顺理成章地功成名就，而"道不行""士不遇"时，人们往往慨叹苦闷。当仕途已经无路可通时，在所有可选择的路径中入幕就是最佳捷径了。唐人已经堪为典范，到明清，尽管已经失去了唐代的环境，但明清文士们仍然怀抱着唐人的理想。计东《赠徐山仿序》云："士之不遇自孔子始。然能以其道独伸于天下。群弟子之不遇者，皆得依其师以自见，则不可谓之不遇矣。终战国之世，尤贵士，不独四公子也。士无怀一技而自废匿者。汉负薪牧豕之徒，资郎啬夫之辈，得自通天子，至有朝上书夕召见者，又公卿大臣皆得荐聘征辟，士有从布衣徒步一岁中至公府九列者，唐则若贺监之荐李白，杜甫之献三大礼赋，皆以诗文崛起。迨韩愈、杜牧之流，以著作干主司，或上书宰相求自媒，当时不以为耻，且幕府各辟名士，授官掌书记，士即以此致高位，其为遇之途盖广矣。宋取士之法渐狭，然太学生常二三千人聚京师，得昌言朝政得失，及人才进退当否之事，士之气常伸。"③计东历数历史上那些"士不遇"的范例，春秋时期，虽然孔子不遇而周游列国，但其弟子却因师之不遇而遇了。战国时代，四公子养士三千，士人各依其主。而汉代，凡有一艺一技者皆可至闻于朝廷，因此而身至青云。唐代，文人干谒，凭借诗赋即可腾达。而从宋代开始，由于取士之途的狭窄，尤其明清两朝以八股取士，把真才士拒之门外了。这篇文章，既表明了计东对八股取士的痛恨和不满，更表明了他就是被摈斥

① 顾炎武：《常熟陈君墓志铭》，《顾亭林诗文集·亭林余集》，中华书局1983年版，第160页。
② 计东：《送韩灿之之浙江幕府序》，《改亭集》卷6，《四库全书存目丛书》，齐鲁书社1997年影印本，集部，第228册，第610页。
③ 计东：《赠徐山仿序》，《改亭集》卷5，《四库全书存目丛书》，齐鲁书社1997年影印本，集部，第228册，第598页。

在科举门外的才士。证明了计东对于自己才华的充足信心。计东"不遇"——投刺被拒的经历使得他对其当代士人的际遇报以极度愤慨。在其遇到真正赏识他的高官之前，他的诗文充满对时代的不满，或直接抒发，或借他人之口倾吐。

明清时期，文人不遇而游幕，张煌言曾说："我明选举既行，荐辟遂废；一命必由铨衡，三事莫敢幕置。士之磊磊落落者，不得志而遨游公卿间。"① 游幕者的卖才谋食与曳裾投足的乞丐本质上并没有不同，但是仍然有许多人行走在游幕之途，朱彝尊《孙逸人寿序》直言游食之益："束脩之人可以代耕，广誉之闻胜于儋爵。游也，足以扬亲之名；居也，足以乐亲之志。"② 入幕束脩既可代耕糊口，又可发挥自己的才智特长，提升文化声名。明清文人别集中，再也不能回避这一普遍的社会现象了。

入幕谋生，尽管在士人笔下与垂帘卖字不相上下，但却说明他们心灵的一种疑问，尽管心怀忐忑，还是选择怀刺游幕。所有的入幕动机，最终都回归到谋生——经济的动机，谋功名、树声名的追求背后依然是谋生。生存就是他们出山下海入幕求生的正当理由。正是牢固的"地产"经济收入才使顾炎武能够摆脱官场的威势、贫困的羁绊。如果没有位居中枢的外甥徐乾学、徐元文等的经济及其政治遮护，没有变卖家产所得的巨额原始资本保障他的日常生活，那么，也许他早就放弃遗民身份，追随下山的遗民大军一起参加清廷科举，或走向各高官幕府。物质的宽裕和精神的自由，是顾炎武得以以遗民完节的经济保障。屈大均拒仕清朝，誓为遗民。当其家口不断增长，幼儿嗷嗷待哺时，他再也不忍心遗民下去了，于是，转而积极谋求经济上的多方支持，主动结交官府，上至广州将军、两广总督，广东、广西巡

---

① 张煌言：《徐允岩诗序》，《张苍水集》，中华书局1960年版，第12页。
② 朱彝尊：《曝书亭全集》卷41，王利民等校点，吉林文史出版社2009年版，第465页。

抚，下至知府、按察使、布政使、知州、太守等大大小小的官员，他无不主动拜访，而借屈大均的文化声望，与其交往的所有官员都会予其经济帮助。第一次赴肇庆为两广总督祝寿，总督当即赠送屈大均 37 亩肥沃的良田，另加数额不菲的白银，令屈大均感激不尽。此后，屈大均连续 8 年从广州赴肇庆为总督祝寿，其《蝉》诗曰："清绝真惭汝，依依为稻粱。"从蝉鸣的清高体悟到自己不得已谋食幕府的羞愧，但为了生存，清高的声名已经顾之不及了，其《送徐司业》云："衮衮登台省，而今少布衣。"这就是他目睹的现实。为了幕府修金，不得不收敛其文人的骨气，在幕府中低眉俯首、斯文扫地也就在情理之中了。顺治十七年（1660），邱象升（1630—1690）由侍讲外放任琼州通判，穷困潦倒的张养重为供养年迈的高堂而应邀入幕，随其南下。一年后返里，遂又出游，历浙、入闽、之粤、赴鄂、适燕，南北漂泊，入幕谋食十数载，足迹所至半天下。友人分俸相助，令张养重深感惭愧，委曲辛酸。责无旁贷的家庭重任使他无时无刻不想拂袖归去，计东即深感慨于游幕之苦，"我十余年来，未尝一日不劳苦于四方以谋菽水也"[①]。在计东看来，所谓托言"捧檄"养亲者实际上都是自己不甘清贫。

　　这就是文人学士纷纷奔走于游幕之途不知疲倦的原因，其他所有的原因都是借口而已。顺治八年（1651），广东抗清起义失败，证明复明的希望不复存在了。顾炎武仍在漫游。屈大均已绝望地返回广东。太仓毛师柱颇有诗名，因奏销罢黜，遂弃诸生，"以家贫，薄游四方"。阎尔梅也停止了漫游的脚步，接受了巡抚赵福星的邀请。抗清如此坚决的阎尔梅最终戴上了清初的大红顶戴的盖帽，毅然步入巡抚衙门，成为巡抚的幕僚。最后，50 岁的阎尔梅把儿子的教育视为头等大事，他之入巡抚之幕是为谋金育子，同时有足够的资金亲自赴昆

---

　　① 计东：《送唐万有游广陵序》，《改亭集》卷 7，《四库全书存目丛书》，齐鲁书社 1997 年影印本，集部，第 228 册，第 620 页。

山邀请顾炎武及其密友归庄到自己的府上教授其子。宋琬《送长益之周中丞幕府》其二曰："百口累卿须付托，再生深望主人恩。"周中丞的入幕邀请救助了谈长益一家的经济危机。

陕西名士李因笃《受祺堂文集》卷三《复顾先生》云："入幕虽卑，犹自食其力。""卑"固然是相对于官场而言。但是，入幕不仅可以自食其力，而且可以获得远远超出行医、授徒、卖文的收入。魏际端（1620—1677），字善伯，号伯子，曾入浙江巡抚范承谟幕府，当范承谟殉国后，魏际端继续游幕，并以此终其身。他曾公然表示，幕府生活养育了他的文学生命。其《魏伯子文集》卷二《家书》中说："吾既有贤主人，而日供我以粱肉，衣我以缯帛，我乃自究夫兴革损益经世之务，知刑名钱谷之政，寄平日好善恶恶、利物济民之心，闻朝廷四方之政。及其巡历，则又资舟车，具乾糇，而我乃悉览名山大川、城郭都市、土俗民情，不费一物，所得已多。则岂惟不厌，且甚喜；岂惟不苦，且甚乐。喜而乐故吾心尽，而与主人相得而益彰。"幕府实现了其政治理想，但魏际端首先感谢的是"供我以粱肉，衣我以缯帛"的恩人幕主，因为这解决了其最基本的生存需求。

二

仁和陈祚明易代后游幕于北京权贵幕府，其《己亥莫春同纪伯紫韩圣秋叔夜张祖望陈子寿沈友圣徐存永吴园次程伯建谢尔元黄仲丹方孟甲宋牧仲铁帆上人集柳湖萧寺伯紫将之闽粤叔夜将之永嘉存永将之中州仲丹将之莱阳孟甲将之晋阳人赋诗一章赠别座有李校书侑觞》即作于一次为纪映钟送行的京师雅集。在京落第举子纷纷离京而去，但他们离京后多数并未回归故乡，而是天南地北，奔赴不同幕府，等待入仕机会，或静候下次科考，"伯紫将之闽粤，叔夜将之永嘉，存永将之中州，仲丹将之莱阳，孟甲将之晋阳"。其中，纪伯紫即长期在京师龚鼎孳幕府，是年离京，远赴闽粤。叔夜赴永嘉幕，存永赴中州幕，仲丹赴莱阳幕，孟甲赴晋阳幕，继续游幕，继续科考。

曾畹《九月同杨次辛许贞起登夏州城楼》曰："昨岁计偕今下第（自注：昨岁重阳赴京），两经佳节倍凄然。"科举不第，心境凄凉，于是，接受陕西督学徐静庵之邀，入幕佐政，继续备考。其《投徐静庵督学》云："诗因穷极工何益，家类投荒久不回。欲假高冈双羽翼，南飞直到凤凰台。"写其两千里外游幕，迢迢征程，劈面霜风，为等待下次科考。诗文已极其工，但毫无所用，绝美的诗文并不能使他丰衣足食。他最需要的是科举登第，改变命运，更需要的是朝廷的那份稳定的俸禄。数年后，再度赴京科考，其《织堂川》云："东井何年聚五星，羸蹄奔走迹如萍。才归边塞头全白，一出罗川草尚青。"这说明，他在边塞军幕时间不久便离幕入关，可知他又踏上了赴京科考的征程。嘉定孙致弥，字恺似，康熙十七年（1678）被举荐博宏前，游幕为生。曾在河南南阳幕府五年之久。博鸿落第，在其准备归里时，一个偶然的机会改变了他的命运。他被邀入出国大使幕府，随同出使朝鲜一年之久，其《解连环》载："归计已定，忽为敏中刺史请于都尉公，邀入钟离郡幕，期以明夏复入都门。"如此，孙致弥不仅不必为衣食而愁，而且可以观览异国风光，同时回京后备考。无锡刘震修落第后南下浙江入幕，友人为之送行，吴绮《送刘震修赴越幕序》云："虞卿失意，才见诸侯；冯子作歌，徒称上客。粤稽往事，实用伤怀。岂有才似相如，犹复困同王粲！"鼓励刘震修珍惜机会，幕府立功，凭借才华必可腾达，必然不会像那位具相如之才却被困荆州的王粲。"新丰濯酒，竟发迹于鸢肩；定远投毫，遂成名于燕颔。遇合亦何常之有？英雄非无故而生。试听鸡声，宁无起舞；遥瞻龙气，肯许终埋。况乎山号秘图，异书可访；城名飞翼，霸迹犹存。谁欲请缨，不少风云之势；因而作赋，定妆岩壑之才。子其勉于脂车，吾将为之赠策矣。"李中素中进士前长期游幕于山东、山西、广东等，康熙十九年（1680）游幕上谷，其《庚申六月赴大中丞于夫子上谷幕府便过广平访卢菽浦表兄作》即作于赴中丞幕府途中。计东《剑啸集序》记溧阳宋子迈，由于"家贫，多事，屈首公车"，宋子迈即多年往返于京师幕府、科考与溧阳的征途之中。

正因为举路艰难，在闻知登第后，狂喜之情溢于言表。曾畹中举后，投书向友人报喜，其《丁未（1667）出试后投所知》曰："赋成丝竹杨庄喜，洛下惊传荐陆机。万里独怜慈母隔，全家须待彩衣归。金疮老马嘶春立，玉阙高雕出塞飞。多少亲朋吟望苦，满天梅杏正芳菲。"荣登金榜后，喜讯很快传遍京师大街小巷，处处传诵着新进士的名单。惊喜之余，他想到万里之外慈母的牵挂。进而想象当喜讯传至家乡后，全家人都在等待着彩衣归来，家中老仆则开始忙碌着洒扫庭阶迎接新进士，就是老马也似乎明白了主人的兴奋而引吭高歌。而亲朋旧友也都闻风而至，齐聚在曾府等待着喜宴开始。绍兴金烺《赣州闻沈笃人壹皆南宫之捷词以志喜并慰董子撝姜亦载》，可知此次南闱，山阴举子沈壹皆中举，而董子撝、姜亦载落榜。随后，董、姜二子亦南下岭南入幕。

没有什么可以阻挡入幕谋生的脚步，即使受到不公的冷遇和慢待。万历年间，梅国桢盛邀袁中道入幕佐政，多次书札相招而被拒，袁中道《珂雪斋集》卷一二《塞游记》中表示："明公厩马万匹，不以一骑逆予，而欲坐召国士，胡倨也？"辞幕而去。当然，高薪聘请而拒绝入幕的非常稀少，袁中道的辞幕不具有代表意义。阎尔梅（1603—1662）曾参史可法幕府，并极力劝说史可法进军山东、河北等地，以图恢复。清初定鼎后，阎尔梅挈妇将雏应聘巡抚赵福星之幕，为衣食家口，投奔新朝，计东因奏销案遭罢黜后，开始了其一生入幕求食的奔波之路。他深信，凭自己的才华找到一份幕府书记之职当轻而易举，对自己的前途充满信心。结果求职信几乎雪片般发出，亦多石沉大海。自己登门求职，也多被拒之门外。他高估了显贵的收入和他们的胸怀，结果久滞"两河间，仰而依人，无一善状"①。不仅大失所望，而且身陷囹圄。即使谋到一份幕僚之职，自视幕中陈琳，似乎也只是一厢情愿，他的才气根本没有引起幕主的重视，愤然辞去。他在《与同年钱湘灵书》中诉说离开河南幕府的原因："仆向客中州，亦曾遇某公，相待颇厚。而仆意怏怏。不久辞去者，观其厚仆与彼中一老伧无异。仆耻与为并。"② 因为在幕府中未能受到足够的人格尊重，尊严受挫辞幕而去。计东在中州的时间非常短暂，他认为士宁可固穷也不能受辱。然而，他很快就有所调整，并安慰自己："士既已不能自立，降志依人，何所不可忍者？"③ 既然依人幕下，奔走衣食，还有什么不能忍受？谭左羽在昌平任幕僚，因待遇比唱曲的戏子优伶还低而感到尊严受损，"有不豫之色"。朱彝尊"叩其故，则以贤主人好音乐，延吴下歌板师。所进食单恒倍主客之奉，思辞之归"。朱彝尊真诚劝其不必介意，夫"歌板师之教曲，在兄未适馆以前，主人既置之别馆，不与共席。每食但与兄偕，则能类族辨物矣。食单之丰，譬诸以鱼饲狸、以肉喂犬，于兄何损焉"④？朱彝尊认为，谭左羽能够享受到与主人同桌共餐的待遇，而伶人戏子则被置之别馆，这足以证明主人对谭才子的另眼相待了。李渔《笠翁诗集》卷六《诫隐诗》云："曼倩休嗟粟一囊，居官姓字易流芳。"以自己的经历所获劝告遗民出而游幕。入幕求生，即使被人议论甚至误解，也在所不惜了，生存是第一位的。计东出游官员之幕，其友人汪琬即讽刺责难，谓其不安于隐。遗民吕留良也坚决反对入幕求生，但是吕留良自己经营印书业，他不存在生计的困难。对于缺少家产的人来说，就不得不

---

① 计东：《又与宋牧仲书》，《改亭集》卷10，《四库全书存目丛书》，齐鲁书社1997年影印本，集部，第228册，第660页。

② 同上书，第661页。

③ 同上。

④ 朱彝尊：《寄谭十一兄左羽书》，《曝书亭全集》卷31，王利民等校点，吉林文史出版社2009年版，第387页。

首先考虑生存的问题。

入幕可观的经济收入不断地吸引着大批文士，那些反对的声音被淹没在入幕的滔滔洪流中。计东即真诚地道出了入幕者的真实心态："我母年六十五矣，我亦无同产兄弟。我有贤子能助我养母，不幸早逝。今有子一人，年二十而未成立。我十余年来未尝一日不劳苦于四方，以谋菽水也。旧交若汪子且不知我，而疑我责我，我惟自咎其无治生之才，以至于此。未尝以一言自白也。"① 由于"无治生之才"，对于汪琬的责难计东也就顾之不及了，亦不必为自己的行为进行辩解，这正是前文中屈大均、阎尔梅等所强调的入幕理由。计东《看云亭记》云："予困废佗傺久矣。生平以谀言进贵人，为嫉予者所讪笑。"② 作为正统文人，任谁都会对献媚贵人的行为鄙之贱之。但是，如此才华卓荦的计东却违心地讨好贵人，不顾友人讽刺讥笑，也就是说，为了生存，没有不可以放弃的。计东反复在其诗文中申述其出游的原因，"予也同为人子，家有老母，年六十余矣。有子一人，既坐废于圣世，又不能躬耕家食，为其亲甘旨之谋，穷年惶惶奔走，负米依人，忍辱遥见家山，不能奋飞南还"③。因此，计东数十年"锢废颓堕，不足恨，而日营营焉，劳辱其身心于仰事俯育之谋，天既不遗与我以沟壑，又不使之稍有余，得以杜门息交，读书为文，稍慰其胸臆"④。

沈受宏认为，能够被幕主选中，乃文人之大幸。首先解决的是衣食问题，其次便是学问得有所托，其《送许九日赴浙抚幕序》追忆为

① 计东：《送唐万有游广陵序》，《改亭集》卷7，《四库全书存目丛书》，齐鲁书社1997年影印本，集部，第228册，第620页
② 计东：《看云亭记》，《改亭集》卷9，《四库全书存目丛书》，齐鲁书社1997年影印本，集部，第228册，第645页。
③ 计东：《见山楼记》，《改亭集》卷8，《四库全书存目丛书》，齐鲁书社1997年影印本，集部，第228册，第643页。
④ 计东：《又与钱湘灵书》，《改亭集》卷10，《四库全书存目丛书》，齐鲁书社1997年影印本，集部，第228册，第661页。

陆桴亭赴马国柱幕府送行时的临别之言曰："吾侪小人，衣食所部之地者，寔宠嘉之。……人情爱乡国而思父母。"从家族乡里观念上支持友人游幕。其《上督学赵公书》中反复申明进入赵宗伯幕下的恳切希望：

> 松江府学诸生沈受宏，谨叩首，上言大宗师阁下：受宏少读古人之文，窃见韩愈有三上宰相书，又上于襄阳书。苏洵有上欧阳内翰书。是二公者，皆以贤士负文章之望。而方其困厄在下，欲求一日之知于当世之贤公卿，献其所为文章，不嫌于干请自进者之为，何哉？马之良者，期于伯乐；玉之美者，期于和氏。士之能文章者，亦以得遇知己为幸。非若营私图利之事，以干请自进为嫌也。伏惟大宗师奉天子命，视学东南。东南志士，无不听取舍、受赏罚于公堂之下，位固荣矣，体固严矣。然诸生之称曰宗师，大宗师之称诸生曰诸生，则是犹师弟也。

当会试报罢，许多人走向幕府。沿途水陆征程、投宿伙食、幕府工作、余暇思乡、友人通信、幕府雅集、异乡见闻等都反映到幕客的诗文之中。如钱塘陆次云，科举不第，游幕公卿之间，其继室王氏著《似见篇》，陆次云为之序云："余生计甚艰，将应贵阳太守之聘……余至夜郎，太守旋以忧去。余不及二载而归。……居一载，余生计益艰。八闽总督自南归，将聘余而之北。……复受偏沅巡抚之聘。抚军以国士待余，余欲归省亲，不即得。……岁丁巳，余于元旦忽惊瘖，心甚忧。"序中追叙了前后八年的游幕足迹。康熙九年（1670）约35岁，西赴夜郎，当是这位困于场屋的举子首次远行游幕。这次西行，有《九歌》诗，《序》曰："《九歌》者，次云楚游之所作也。余两作楚游矣。庚戌（1670），尝泛洞庭，有五溪之游。越十有二年，岁癸亥（1683），又泛洞庭，有三湘之役。"第二次出行，有《黔游纪行》十八首组诗，收入《澄江集》中。其中记载其旅程："昔游夜郎，已越八载。当时心苦，不敢作诗。转溯故情，聊陈所历。"《黔游纪行》描述了其旅途的路线：从杭州由内河出京口，溯长江西上，经金陵、湖口、武昌、岳阳，至洞庭南下湘江，再由武陵转湘西，入黔中。由于友人的去职，他并未能留居三载，只在贵州滞留了不足两年，其返当在康熙十一年（1672）。在杭州居一载，康熙十三年（1674），北上京师赴李天馥之邀入幕。未几，陆次云又离京南下经洞庭入沅湘巡抚幕府。其间，康熙十五年（1676）夏，曾回杭州。此前后的数年，都在沅湘幕府。当妻子王氏病逝时，他仍在沅湘。康熙九年（1670）至康熙十六年（1677）的八年中，陆次云在不同幕府谋生。赴幕途中的观山览水，幕府工作之余同僚唱和游览，遂创作了大量的诗词文赋。并记述西南少数民族的风情，其《八纮译史》等五种著作的多数都作于游幕贵州两年的观察，其《芙蓉城四种》（今存前三种，见《中国丛书综录》）亦当作于湖南。在吴三桂幕府深得器重，由于在幕府中对吴藩的生活了如指掌，所以当吴三桂被平后，陆次云有小说《圆圆传》传世。当陆次云回杭州料理完亡妻的丧事后，随即北上京师应博鸿之荐，己未博鸿报罢，在京师又居留了近三年之久。康熙二十九年（1690）秋，赴河南郏县令之任。上任不久，遭遇母丧，即回里丁忧。同年冬尚在郏县。随后赴沅湘友人幕府，时间即康熙二十二年（1683）前后。同时博鸿报罢的吴雯亦赴长沙幕府，吴雯《陆云士至潭州阻晤》四首即记载了在潭州遇到陆次云的欣喜，其三云："一月潇湘似病僧，官衙卤簿避中丞。何来飞下王乔舄，欲问仙源总不能。"吴雯游幕潇湘月余，在官衙内处理纷乱不清的卤簿。突然遇到旧日友人陆次云令他惊喜不已，遂喻之为仙人"王乔舄"。其四曰："草檄罗含心几灰，江郎彩笔对江梅。长沙自昔多才子，大半承明散后来。"即是写幕府工作司笔札的辛劳。康熙二十三年（1684）春，陆次云三度入京"候选诠曹"，随身携带自己的《北墅绪言》在京师遍请名流撰序，其中汪霦、李天馥、高士奇等都于是年春为之撰序。此次赴京，得江阴知县之任。江阴任上，聘请友人洪升入幕，洪升于康熙二十六年（1687）秋至康熙二十七年（1688）春在江阴陆次云幕府近半年，相互唱和。其间，赴江阴参加陆次云雅集者尚有吴绮、钱澄之、余怀、宋实颖等江南才子。吴绮《江阴陆天涛明府招集署斋》（其一）云："访戴何来系短槎，士龙为政俗无哗。官斋地隙常锄菜，海国风涛好种花。"描写陆知县衙门的清静与知县的清廉：官府内所有的空地上都种植蔬菜，一定程度上减轻了县衙的财政支出。江阴任内，付梓刊刻了《陆次云杂著》。尤侗《澄江集序》云："吾吴之有江阴，亦一壮县也。吾友陆子云士令于是，予尝过而问焉。见其钱谷纷挐。簿牒往来，应接不暇。以彼其才，固当胜任有余。乃于谈宴之次，忽出一编示余曰《澄江集》。"伴随陆次云一生的即游幕、创作、离幕、入幕及短期的做官，在游幕之途完成了他一个诗人的使命，尽管这是他未曾预期的。

计东、许师六皆博鸿报罢。计东留京师，入高官幕府。许师六归里，郁郁不乐，遂出游幕府，"溯大江，览秋浦、齐山之胜，既倦游归，即……集其所得于游屐药铛间者为诗若干首"①，请计东为序。计东在序中对许师六的选择表示真诚认可。清初文坛上几乎所有有所建树的文人无论后来为官与否都曾有过游幕的经历。王嗣槐入陕西歧阳县县令郑柏园幕，后嗣槐以文采得入京城相国冯溥幕府。南丰梁份（1641—1729），字质人，50岁时出游幕府，西至陕西、宁夏、青海，南到云南、贵州，遍及中原数省，行程数万里。沿途考察山川形势，遍历燕、赵、魏、齐、秦、晋之墟，访古今成败得失，探游牧民族的风土人情，搜寻遐荒轶事，并将其见闻一一记述下来，著有《西陲亥步》《图说》《西陲今略》等凡 40 卷。青浦陆庆臻（1613—1693），字集生，易代后终身游幕燕晋间，著《茅庵诗稿》。山阴何嘉延，字奕

---

① 计东：《许师六诗草序》，《改亭集》卷 3，《四库全书存目丛书》，齐鲁书社 1997 年影印本，集部，第 228 册，第 581 页。

美,明末御史何宏仁子,易代后游于四方,历佐幕府,诗文颇富。

时势使然,风会所趋。基于明清幕府文化的普遍性,关涉社会、文化、历史、风俗、政治、军事等多方面,难以在一个课题中解决所有问题,也不可能以一个课题即将幕府文化研究清楚。故本书选择明末清初近一个世纪的著名幕府作专门探讨。晚明至清初历史文化的巨大冲突与战争背景,这是幕府文化特别发达的时期。易代之际,由于稳定社会的需要,清初战争持续近半个世纪,许多封疆大吏建立幕府,聘用大批具有各种才艺的文人入幕,于是幕府与文人遂结下不解之缘。

政治军事的需要,财富的巨大诱惑,强烈地吸引着有才之士。唐代边塞诗的繁荣即与边关幕府密切相关,科举的新及第人,照例就辟外幕,而科举落第的布衣流落才士,更多因缘幕府,躐级进身。明代由于政治体制与幕府性质的变化,文人的游幕与前代相比有了很大的不同。明代中期以后,幕府空前繁荣。尤其是嘉靖以来,由于战争的需要,许多封疆大吏需要大批助手。于是,幕僚开始出现,许多科举不得志的文人走向幕府。清初,战争持续数十年,许多封疆大吏组建幕府,聘用大批具有各种才艺的文人入幕佐政。清代中期(从乾隆年间)以后,幕府文化日益发达,方面大臣继续大量聘请幕僚人员,但多已非军事需要,而是治国和学术的需要,虽然清代后期的各大幕府又是基于军事的目的扩大幕府,但多与西方文化相融合,已非传统意义上的幕府。基于此,本书选取明代中期坐镇东南的胡宗宪幕府为关注目标,深入探讨大航海时代到来之后中国文坛的反应。

胡宗宪幕府是明代最著名的幕府,其幕府的文学文化活动直接引领了时代潮流。胡宗宪是嘉靖十七年(1538)进士。嘉靖十九年(1540),18岁即出任山东益都知县,初步展露了其政治军事才能。作为威震一方的军事将领,在海防动荡时期,有力地巩固了边防,稳定了大明江山。胡宗宪礼贤下士,其幕府中会集了大批政治、军事、文学精英,从而对文学的发展产生了重要影响。

第一章　幕府与文人游幕

第一节　张君有才为时弃，辟向军中作书记①
——幕主延聘

　　名士宋登春乘舟沿运河北上，将至兖州。乐陵王闻知，欣喜不已，意欲留之幕府，但又十分担忧被拒绝，遂请能言善辩的幕僚专程到宋登春的小舟上，先呈上聘书礼金。表达了对宋登春人格与才艺的钦佩与敬仰，誉之为四十余年来遇到的"天下士"。宋登春一介布衣，游幕天下，足迹所至，官府争聘，足见宋登春身价的高贵。这是游幕文人的一个著名个案。事实上，清初，大批文人都步履匆匆地奔波于不同的幕府之间。而政府官员的政绩很大程度上取决于其手下有多少值得信任的干练幕僚。在正常情况下，出于政府工作之需，官员选择人才，聘请幕僚。自嘉靖以来，南倭北虏的险峻形势使得边关重镇成

---

① 参见朱察卿《寄张鸣教》序："时鸣教在刘将军幕府。"《朱邦宪集》卷1，《四库全书存目丛书》，齐鲁书社 1997 年影印本，集部，第 145 册，第 604 页。

为幕客文人尽显才华的齐聚之地，主柄一方的各级将领军官各自招聘精英入幕，出谋划策。继战国、盛唐以后，游幕再度成为科举蹭蹬文士治国谋生的生存途径。

一

徐渭代胡宗宪所作《赠金卫镇序》云："自西汉至赵宋，凡文武大臣简镇中边，职将帅或暂领虎符，得专征者，皆得自辟士，以补所不及。毋论已仕与不仕，虽贱至隶厮养，亦得辟，往往有入相天子，侍帷幄。"① 言及自汉至宋的幕府征士的盛况，无论出身与文化层次，怀才抱德之士都有入幕展才的机会。至明代，边关将领依然辟幕佐治，嘉善周伯器，"正统中，大征闽寇，沭阳伯金忠参赞军务，辟置幕下，议进取方略，多见用"②。虽然于幕府取得功名的事例史不绝书，但事实上，明代前期辟幕并未引人注目，亦未引起社会的高度关注。但在明代中期以后，从嘉靖时期开始，将帅喜文成为十分突出的文化趋势。文人入幕，不但产生了重要的社会影响，而且愈演愈烈，渐成不可阻挡的文化洪流。晚明幕府不仅改写了中国历史的进程，而且改写了中国文学史的发展历程。

嘉靖年间，由于政局动荡，朝廷给予边关重镇以空前的财力支持，使得边防将领能够有充足的经济实力广聘幕僚。王寅《城东道上逢汪公子子登》诗曰："九边陈言靖胡虏，千人召幕擒倭夷。"所言即明代九边守将为了抵抗蒙古的侵夺而广聘幕僚的盛况。朱察卿《赠吕山人中甫》序云："山人以能诗闻江湖，尝受知于辽蓟徐、杨二幕府，礼为上客。后二幕府以戎事论死，山人哭之极哀。"吕中甫对二幕主

---

① 徐渭：《徐文长逸稿》卷 14，《徐渭集》，中华书局 1999 年版。
② 钱谦益：《周沐阳鼎》，《列朝诗集小传》乙集卷 5，中华书局 1961 年版，第 195 页。

蒙冤而死伤痛至极，后上书申冤，虽然辩白无果，却证明了他对二位幕主的感恩之情，故时人尊之为"侠士"。此后，李少卿聘吕中甫至边州，吕中甫遂于幕府度过终生。北方九边骚乱的同时东南倭患乱起，抗倭主将组建幕府，征聘英才。胡宗宪主持东南抗倭，在众幕僚的共同筹划下，取得抗倭的重大胜利。山阴徐渭被胡宗宪聘入幕府，靠游资改变生活困境并成为知名的文人和艺术家。陆弼《仲春廿日发瓜渚同顾使君益卿赴闽粤郭次甫吴孝甫吴叔原送余京口是日值余初度记此留别》曰："宝剑柳枝春，翩翩向七闽。"陆弼同顾益卿南下福建，入幕抗倭，其友人郭次甫、吴孝甫、吴叔原为之送行江边，依依惜别。国事家事的双重责任激发着此际怀才抱玉之士匆匆奔赴东南。沈德符《万历野获编》卷十七《武臣好文》云："至隆万间，戚少保继光为蓟帅，时汪太函、王弇州，并称其文采，遂俨然以风雅自命。"沈德符认为边关将领聘请文人入幕的目的在于附庸风雅。附庸风雅的动机固然存在，但边关将领广聘幕僚的首要动机在于军事、战争，他们所聘幕僚许多都是饱读兵书的军事人才。正是由于戚继光、谭纶的蓟北幕府中都有许多卓越的知兵名士，蓟辽边关才得以获得数十年的安宁，当俞大猷冤死后，李杜为之撰《征蛮将军都督虚江俞公功行记》，并搜集编纂俞大猷诗文为《正气堂集》，使俞大猷著作得以传世。陈第为谭纶所赏识，被聘蓟辽付以重任。作为与蒙古交流的使节，陈第曾在明、蒙边境代表明朝接受蒙古的进贡，并亲至蒙古人毡幕中查看贡品礼单，其《至夷人帐房》描述蒙古文化的质朴与原始，将蒙古文字喻为象形的"虫鸟"，体现了陈第的文化优越感。李杜、陈第等入幕从军，不仅仅是边关生活的记录者，更是军事决策的参与者。

严嵩相府中有吴扩、章文、名医王某等幕客。首辅夏言相府多门下客。袁炜府上有王稚登、任记室等幕僚"校书秘阁"[1]；王逢年于幕

---

① 钱谦益：《王校书稚登》，《列朝诗集小传》丁集中，中华书局1961年版，第482页。

府中专门"草应制文字"①。邵芳在高拱幕府多年，曾替高拱谋相，深为高拱所信赖。吕需是徐阶督学时所特拔才子，徐任首辅，延其为幕宾，同时，徐阶府上有杨豫孙、范惟丕、沈明臣等幕客。刑科给事中钱梦皋，为沈一贯入幕宾。张居正任首辅，聘袁姓幕客，谋得杭、嘉、湖三府监兑之职。华亭贡生宋尧愈，因才华横溢被聘入张相府教授子弟。锦衣史继书，通过贿赂张居正奴仆游七，夤缘得入江陵幕中。张居正改革之顺利推行，与其众多幕僚的共同策划密切相关，这说明中国政局的复杂性，使得身居高位的官员需要决策时，自身已经难以对事情的发展趋势做出准确判断，必须依靠所信任的幕僚共同商酌。

由于帝王的血脉亲缘，地方王侯几乎无府无幕客。较之于朝廷大臣，地方王侯具有更为优越的经济优势，青州衡王在府第内修建待月楼，竣工之日，群宴门僚，请客赋诗，众幕客惟吕时臣（字中甫）所作最佳。后吕时臣又游幕沈宣王府，凭其才华游走于王侯幕府之间，得到丰厚的经济回报，最终客死河南。赵王朱厚煜聘请六十岁高龄的郑若庸至其彰德（河南安阳）府，并给予极高的物质待遇。同时，嘉兴名士尤嘉（字子嘉）亦被赵康王聘至幕府，专事文艺。由于文化的需要，自制府、中丞、司、道以下州郡县，都建立自己的幕僚群，或佐政，或从事文化事宜。

朱国汉《皖城》谓："新开幕府控岩关，南北舟车判此间。"自明中期始，整个中国的社会形态由于幕府的出现而改变了。京师高官、王侯贵族、方面大臣、军队衙署征聘幕僚，知府、太守等地方官员亦开始自聘"从事"，各级幕主聘请幕宾佐政治事，或将具体的衙门事务付之幕僚胥吏。而新任总督、巡抚或提学道巡历地方，均无配属的衙署办事人员，亦需要自己聘请佐治人员。于是，各类衙门、各色官

---

① 钱谦益：《玄阳山人王逢年》，《列朝诗集小传》丁集中，中华书局1961年版，第519页。

员聘请幕宾蔚然成风，所以凌廷堪谓之"风会所趋"。刑科给事中钱梦皋，为沈一贯入幕宾。周延儒府上私人如市，其幕客李元功、蒋福昌、周素儒及医生张景韶，则夙夜入幕，共商要事。职业幕僚董献廷，"凡求总兵、巡抚，必先通贿幕客董献廷，然后得之"①，虽然不能谓之中流砥柱，但董献廷确实成为那个时代炙手可热的人物。幕客之所以深受重视，除去他们博学多识外，是因为没有来自朝廷的恩惠，幕客均为幕主私聘之人，属于幕主的"自己人"，因此他们之间的关系即非比寻常——幕客对幕主而不是对国家负有责任。弘光时期，马士英幕下幕僚如潮。清初曹溶幕府、龚鼎孳幕府、周亮工幕府、毕载积幕府、冯溥幕府、魏裔介幕府等都广揽幕僚，借幕客之力高筑声名，创建政绩。对于非战时期的幕僚来说，高官聘请其入幕的首要动机是佐政。徐渭《送俞府公赴南刑部三首序》载俞某官绍兴，"闻新昌吕生光升称文藻，则召见"。继又将才子徐渭招聘入幕。而与佐政密切相关的是官府塾师。许多塾师因为在高官幕府，往往参与幕主的政治活动，因而其身份仍然是幕僚，如万历间相府塾师宋懋澄与首辅张居正。首辅在许多朝政问题上都与宋懋澄秘议相商，这已经非复塾师职责了。张居正因夺情被议，宋懋澄力谏而未能止，遂愤而辞幕。宋懋澄在张相府本职是授徒，但当他目睹首辅不守法度，背离传统时，即仗义执言。

清初，"在外专征的文武大吏常持有许多空头札付、空名告身，可以便宜委署官职；他们又因事急权重，可以随时为得力辅佐人员请功授官"②。沈受宏《送陆桴亭先生赴抚院马公幕序》云："国家定鼎三十年，海内晏安，兵销寇熄，天子励精求治，悯念江南为大邦重地，特简公于卿贰之班，授之节铖斧藻，以来抚此一方民。"马抚院

---

① 计六奇：《明季北略》卷 19《周延儒》，中华书局 1984 年版，第 342 页。
② 何龄修：《史可法督师扬州期间的幕府人物》，《燕京学报》新 3 期（1997 年）、新 4 期（1998 年）。

驻足江南，行装治毕，即开始征询地方良才，首先征聘名儒陆桴亭入幕。临行，友人沈受宏为陆桴亭送行，深信名儒与贤宦共事一堂，必有进于治。孙致弥《解连环》序云："休论尚存舌否。叹秦川漂泊，画难成虎。"描述其奔波幕府的匆匆步履。"休论尚存舌否"，可知孙致弥的幕府职责乃口才辩士，应该负责幕府的外交。最终，正是凭借其敏捷的反应和流利的口才得任出使朝鲜的"副使"之职。幕僚纪五昌因在江防中赞画立功，督师钱肃乐向监国鲁王推荐，遂授行人司行人。山阴吴汝宏，字能之，号寄碧，吴兴祚族兄。游幕四方。顺治六年（1649）替幕主索逋粤中，便道晋谒正任萍乡知县的族弟吴兴祚，遂留萍乡署中。吴兴祚正当青春少俊，胸怀天下，遂与吴汝宏讨论兵法。从此，吴汝宏追随吴兴祚三十余年，成为吴兴祚的得力助手和重要幕僚。其后，吴兴祚以闽抚出师平海，吴汝宏内参筹略，外阅视粮器，橐鞬从征，破白鸽岭，解泉州围，克复永春、海坛、金门、厦门等隘。报上，康熙帝晋吴兴祚大司马总制两广，而吴汝宏亦以军功加二十级，授山西霍州通判，赐秩正一品。一时皆壮其遇，自公卿贵人友朋亲族咸作诗章以颂美。古人以记室赞军荣，未有如吴汝宏这般荣耀。满族入关前，凡是疆场立功将士，政府均赏赐奴仆，而奴仆之立功者则赏赐官职。所以，吴汝宏即因遇时而得连升二十级，为官三载，惠政遍秦川，终因足疾辞归。归里后旋即南下岭南，再度入族弟两广总督吴兴祚幕府。张宸，字青琱，少有俊才，弘光时以诸生从乔总戎定侯军中，由功贡入太学。鼎革后，游京师，工诗文，公卿争延为幕客，时南雍已废，复就昌平籍入，援例由太学授中翰，奉诏宣布粤东，使旋归里，条上邑中不便事，得邀谕旨，晋兵曹主政，转员外郎。钱栴，字彦林，与夏完淳同时遇难，其长子钱熙（漱广）曾参与吴易军事，次子钱默（不识）国变后削发为僧，而钱栴宗子钱黯（字长孺，号书樵），则于顺治甲午（1654）、乙未（1655）联捷，授池州府推官。

　　富贵荣华和功名欲望强烈地吸引着文人游士千里迢迢奔赴幕府。

二

风云动荡的历史时期，方面大臣尤其需要幕僚。名藩巨镇或将军英雄取战功拜官爵，但文书往来、权事之谋则依赖幕僚，因而各路幕府都广招天下才俊，左良玉、袁崇焕、吴三桂、耿精忠、尚可喜等朝廷所倚重的大臣无论出于政治需要，还是风雅爱好，无不组建幕府，拥兵自重，雄镇一方。晚明以至清代，几乎所有的文人学士都有游幕经历，其中许多文士深怀兵法谋略。戚继光镇守蓟辽，特在长城脚下、近邻军事要塞山海关修筑莲心馆，聘请福建福清军事家、史学家郭造卿入住莲心馆，专修《燕史》以备军事之需；又在滦河西岸之三屯营总兵府修建挹秀馆，招募人才。史可法督师扬州，设礼贤馆，招纳异能之士，给予前来投奔的幕僚文士以月薪，这就是史可法幕府能够将士团结一致、死守扬州的重要原因，而非仅仅是忠于明朝的政治信仰。康熙十七年（1678）冬，姚启圣采纳随征幕僚参议道黄性震①建议，于漳州开修来馆（一说"招来馆"）以招降海上文武官员和兵民。投诚者均按原衔报部补官或保留现职，兵民赏银，不加追问。至康熙十九年（1680），两年内，共招抚明郑官员 5153 名，士兵 35677 名，是经济利益的驱动使得数万明兵放弃了自己的国家和人格尊严。冯溥在京师特筑万柳堂，余暇召集京师文人于此集会。周亮工镇守青州，修建真意亭招揽文人雅士。吴兴祚任无锡知县，在惠山修来悦楼、云起楼作为接待宾馆。丁炜备兵赣南，在其使院内修建甓园，召集四方名士，举办诗酒雅集。宾馆、别墅、美女与高薪，孰能拒此强

---

① 黄性震，字符起，号静庵，福建漳浦人。康熙十六年（1677）闽督姚启圣入漳筹海，时军兴旁午，才略之士多欲出见所长。闻启圣虚心求贤，可与共事。于是黄性震仗策军门，进平海条陈十便。启圣奇之，与语，大悦，恨相见之晚。每引入卧内，谈机密，促膝借箸，至夜分乃出。凡练兵遣将，用间用奇，剿抚机宜，无不竭谋尽智。

大的诱惑？如果没有这些实质的物质利益，仅仅是保国安民，就只能是一句不见任何效应的宣传词而已。

高官巨卿倾财纳士。对于幕主特别看重的文人，很多时候是幕主提早赠送聘金，以证明自己的真诚礼贤和对所聘幕客人格的尊重。据沈受宏《送陆桴亭先生赴抚院马公幕序》，江苏巡抚马祜之聘，亦先"具礼币"，然后派人驾车迎接。宋登春（1517—1584），字应元，号海翁、鹅池，真定府冀州人。30岁时，遭遇突然家变，妻子儿女五人俱丧，宋登春伤痛过度，须发皆白。此后带义子（侄子）宋鲸弃家远游。行程五万余里，北出居庸，南涉扬子，西越关陕，东泊沧海，凭借书画技艺游幕各高官幕府。其悲惨的遭遇令人同情，其卓绝的才艺令人仰慕，凡聘其入幕的官员无不先具聘礼。当其北上途经山东时便幸运地遇到乐陵王的挽留，这就是本节内容开头的那段描述。

戚继光一次在军营为其属下离幕赴任特举办欢送宴会时举杯豪言："今者一孝廉将之燕，一将军将之秦。诸先生有能为文以送之者，文成当出千金及他物为先生寿。"[1] 众人逡巡莫敢应。福建名士林章（字初文）"援笔立成数万言。大将军读之，且读且拜，立献黄金二十镒，白金二百镒，貂襜褕十，名马二，他瑅瑁、火齐、珊瑚、明珠悉称是"[2]。一篇即兴送行之文所获珠宝貂裘等可谓价值连城。据此标准，得主才士一生写三五篇送别文章即可满足终生富贵荣华。钱谦益《送张处士思任赴辽东参谋序》载，天启初，辽东经略袁应泰聘请张思任入幕，"撰书词，具马币，再拜遣使者以请"，张思任所收到的聘礼为聘书、宝马和未知其数的金银。

倾财力聘英才。万历间击退占领台湾的荷兰官兵的著名将领沈有容在其幕僚林玉融卒后，不但林玉融得以安然入土，其后代的生存亦

---

① 陈维崧：《邵山人潜夫传》，《陈迦陵散体文集》卷5，《陈维崧集》，上海古籍出版社2010年版，第119页。

② 同上。

得到沈将军的周密关照。另外，幕客郭氏父卒，沈将军周济其丧十余金。可知沈将军对其幕客关怀备至。沈受宏《送许九日赴浙抚幕序》载浙江巡抚范承谟聘许九日入幕："抚江南而贤者曰马公，求士于幕下，得其才者曰陆先生桴亭。""九日以能诗名一时。走重使，具厚币，迎以为客。……先生（九日）客于其（范公）幕也，其无乃有秦越之观乎？夫君子修德行道，有忧天下利生民之心者。"①沈受宏深为范承谟如此礼遇那位不得志的文士许九日而感动，范都督与许才子，身份相距天壤，"有秦越之观"，而范都督却能礼贤下士。范都督真可谓忧天下之忧的高官。

陆元辅入幕的前提是"以礼来聘"，且来者不拒，这说明他对自己才华的充分自信，他先后客京师近二十年，相国宋德宜、徐元文，侍郎叶方蔼，尚书徐乾学，这些鼎爵显贵均虔诚相交，给予丰厚的经济资助。后入江南巡抚余国柱幕府，成为余巡抚所依靠的心腹，倾力助幕主兴利除弊，成就功业。陆元辅游于达官显贵之门，所获束脩，使他丰衣足食外，还可大量购书，至藏书数千卷，游幕成就了陆元辅理学家的声名和在学术史上的地位。

李因笃誓为遗民，矢志不渝，但其生存却得益于有力者的帮助。一托于陈祺公上年，二十九岁即受聘为陈府课馆教子。陈上年转任雁平兵备道，李因笃随之赴雁门，前后九年之久的陈幕生涯即有八年参加陈上年的祝寿雅集；二庇于富平县令郭传芳，亦长达七年之久，如果缺少陈上年、郭传芳的经济帮助，恐怕李因笃的遗民之志难以持守。

屈大均在《送季子之惠阳》中曰："知尔丰湖去，深承太守情。"承蒙太守的关爱，屈大均幼子赴惠阳幕府，不仅减轻了屈子日渐加重的养家的重担，而且可以借此扩大屈大均的交往，为此，屈大均深表

---

① 沈受宏：《送许九日赴浙抚幕序》，《白溇先生文集》卷 1，《四库全书存目丛书》，齐鲁书社 1997 年影印本，集部，第 228 册。

感激。秀水曹溶在清初文坛上是个令人永远追怀的官员。尽管《清史稿》列其为"贰臣",但他对保护明代的文化和推进清代文坛的繁荣却起到了重要作用。曹溶（1613—1685），字洁躬，号秋岳，崇祯十年（1637）进士，任御史。李自成政权留用，顺治初起任河南道御史，督学顺天，历任户部侍郎、广东右布政使、山西按察副使等。在清初文坛上给予许多有影响的遗民以巨大的经济援助和学术引导。曹溶仕清后自喻为阮籍，阮籍穷途，可知曹溶不得已仕清的内心痛楚。因此他尽其所能保护前朝遗老并提供衣食保障。平湖李天植（1591—1672），字因仲，崇祯六年（1633）举人，明亡，绝意仕进，隐居蠡园，教书卖文织筐，苦度生计，后终于饿死。曹溶闻讯，纠合同志集资以助天植，且为其料理身后事。万泰（1598—1657），字履安，号悔菴，前明进士，于顺治九年（1652）以望六之龄应严州太守之聘，入幕为客，前后达四年之久。顺治十三年（1656）曹溶任广州右布政使职，邀万泰入幕，遂同行入粤。如果不是贫穷至万分极处的话，万泰是不会翻山越岭远赴蛮烟瘴雨的岭南的，万泰远赴南粤入幕实乃为了摆脱家境贫苦。顺治五年（1648），浙江"五君子"抗清事发，牵连众多，万泰姻亲李枬及其子李邺嗣皆牵连被捕入狱，被释后李枬自杀，出于亲情，万泰为其料理丧事。顺治十四年（1657），曹溶由广东布政使降调山西按察副使，赴大同，至康熙三年（1664）被免官止，在山西为官七年。此间，已经定居山西的江南名士顾炎武曾数度来访，谈诗论学，登山临水，情谊匪浅。从曹溶对其他遗民隐士的慷慨接济可以推出，曹溶给过顾炎武难以数计的物质帮助。尽管他们的交往是精神契合，但顾炎武初到山西，尚无立足之地，在曹府盘桓一月有余。陕西富平遗民李因笃少孤，外祖田时需抚之成立。田时需乃曹溶挚友，曹溶观察三晋时，李天生便以故人之子相从，得到曹溶的照拂。后由曹溶推荐，陈上年邀请李因笃入幕佐政。其他如俞汝言（1614—1679，字右吉）、屈大均（1630—1696）等均是曹幕中知名遗民。而朱彝尊入曹幕时间最久，其许多重要的学术活动都完成于曹溶幕府，必然得到过曹溶的鼎力资助。

三

严绳荪《送陆翼王归赴余中丞幕》云："幕府求名士，徵君忆故山。欲持经济策，且趁莺花还。"文人学士马不停蹄地求职入幕，辗转于不同幕府之间，谋生固然是最重要的原因，而青史留名的忧虑亦是其中不可忽略的因素。许多年逾花甲的文人为出版自己的书稿而出游幕府，结果往往有两种可能：一是幕主投资，为其幕僚出版文集，如两广总督吴兴祚，为其幕僚宜兴万树出版其词学著作《词律》，为绍兴金烺出版词集《绮霞词》等；二是利用幕主所给予的修金，回家自己谋刻。钱澄之直到花甲之年仍然四处游幕，目的是使其著作得到当道者的资助。在其尺牍中，就有许多写给当道者的书札，明白表示求助之意，《与李醒斋》云："倘更得祖台数行，申致前说，或可小邀伙助，以了此局"，希望李醒斋资助其"《诗稿》三十卷，及他《藏山稿》二十卷"[①] 的出版。

康熙三十三年（1694），福建遗民余怀盘桓扬州许久，即为谋求资金出版文集。《尺牍友声二集·己集》有余怀五札，内有"弟八十之年，若不料理著作，恐与草木同腐，到扬稍募刻资"。即表明了他的生命焦虑。宣城遗民吴街南赴扬州谋求刻资，《尺牍友声二集·庚集》"吴街南札"云："前《论世》拙著，托长年携正大家，倘就梓无缘，弟当箧以归耳。"诸如此类的临终前忧虑自己的文集不能传世的文人不在少数，此时，政府官员的援助即成为这些文人之作能否存世

---

① 钱澄之：《与李醒斋》，《藏山阁集·田间尺牍》卷 1，汤华泉校点，黄山书社 2004年版，第 445 页。

的关键了。据邵廷采《明遗民所知传》载张岱于易代后著《石匮藏书》为有明一代纪传，"顺治初，丰润谷应泰提学浙江，修纪事本末，以五百金购其书"。张岱虽然倾毕生精力著明史，却没有经济实力进行付梓出版，所以当谷应泰以"五百金"买去其书稿后，他并没有对于出卖自己著作权感到懊悔，反而如释重负，为自己的著作能够流传于世而感到欣慰。其后，谷应泰继续编辑明史。虽然张岱本人并未有多少记载，但作为一件重要的学术事件，仍旧有人为之不平，谷应泰以"每篇十金"的高价聘请杭州名士陆圻为其撰写《总论》，知情的姚际恒则将这件文坛事件的原委记载下来。从道德上说虽然不够磊落，但是，如果没有谷应泰重金购买，没有谷应泰高薪聘幕僚陆圻，那么《明史纪事本末》或许不会成为今天中国史研究者的必备古籍了。

泰州吴嘉纪坚守遗民节操，令人崇敬。顺治十八年（1661），周亮工至扬州，携吴嘉纪手稿《陋轩诗》至其赖古堂为之付梓，于康熙元年（1662）至康熙三年（1664），刊刻二百余首。其后，康熙七年（1668），吴嘉纪诗已累积400余首，谋取付刻。泰州分司汪兆璋（字苇斯）得知此情遂投资为之刊刻。两淮盐运使周亮工、扬州司理王士禛对吴嘉纪的诗极为欣赏，特为之作序，王士禛将序写好后，派人赶赴三百里之外，将序文送到吴嘉纪手中。吴嘉纪为此深为感动，特地租了一艘小船，专程到扬州感谢王士禛，并从此与王士禛成为挚友。吴嘉纪的诗卷刊刻问世后，其文学声名远播。假如没有分司汪兆璋的慷慨资助，我们今天的文学文化史上就不会有吴嘉纪的名字。由此可知，还有多少人凄凉而卒后，其一生的创作未能传世。

康熙二十三年（1684），蒋超然（字莘田）在岭南分俸资助叶燮，叶燮《宿蒋文孙斋阁有怀其尊人莘田》中记录了这段恩情。但是十年后，康熙三十四年（1695），叶燮诗集《己畦集》辑成，意欲付梓，却没有十年前的幸运了。不得已，携书稿到扬州。《尺牍友声二集·

庚集》"聂先札"云："叶星老带来《己畦集》，止此一部，因不概投，托弟代上，幸为赐阅。星老欲此地卖文，代撰墓志碑铭。"为了谋取刻资，叶燮在繁华的扬州开设书屋——代写墓志铭、碑刻文等。广州知府刘茂溶主动拜访遗民屈大均，表示愿意支持他编印规模宏大的文选——《广东文选》，屈大均欣喜不已，慨然应允。仅仅花费数年之功，便于康熙二十六年（1687）编辑竣工。康熙三十七年（1698），杜首昌《绾绣园集》结集，中丞张敬止为之投资付刻，高官宋荦、高士奇、尤侗等为之撰序。

曹寅除主持朝廷大型丛书《全唐诗》的编纂外，还个人资助刊刻其舅父顾景星《白茅堂集》、施闰章《学余堂集》、朱彝尊《曝书亭集》等。王猷定《四照堂集》卷一《答周栎园书》中云："风雅之在今日，危于一线。先生以苦心积学上溯有唐及汉魏屈宋，进而三百篇，穷源星宿，从佳刻扇头，一一读之，书箧几杖外，殷然留金石声。若寡昧如定，束发有志，白首纷如，连年贫病交缠，心血枯耗，且每对古人，益不敢轻下一笔。自悟三十年读书，方知惭愧二字。"道出了官员对于文学尤其是学术生态的决定作用。不能付梓出版的话，无论怎样经典的诗文都将失去意义。由于晚年方悟出经济之于文学的决定作用，王猷定"惭愧"自己生命之路的选择，间接地说明，遗民身份的选择是个错误的决定。王猷定带着生命的遗憾离开人世后，其诗文集由周亮工应杜濬的要求搜集刊印。

张秋绍《喜迁莺·赠吴留村使君》谓吴兴祚"万金酬士"。吴兴祚资助大批落魄文人出版文集。曾投资为龚鼎孳刻《定山堂诗集》（43卷），附《定山堂诗余》四卷，聘请才士顾修远、陈椒峰为之删定，负责刊刻，请吴梅村撰《序》。据此可知吴兴祚对龚鼎孳的深情厚谊。吴梅村《龚芝麓诗序》曰："大宗伯合肥龚先生搜其旧所著诗，手授丹徒姜子子羕曰：子知吾诗者也，亟图所以广其传。于是大行伯成吴侯方以为政余闲，扬扢风雅，谋诸顾子修远、陈子椒峰，相与诠次而刻之吴中。集成，命其友娄东吴伟业弁简端。"① 序末有"康熙九年，岁次庚戌，季夏，娄东弟吴伟业顿首拜撰"。可知，吴梅村序作于康熙九年（1670），早于《定山堂诗集》结集六年。《定山堂诗集》吴序后有周亮工撰于康熙十一年（1672）的《序》一篇及尤侗撰于康熙十二年（1673）《序》一篇。其中在钱谦益《序》后有吴兴祚《识》："虞山、合肥二先生，同为文苑主持，同位至大宗伯，二一逝于前，一逝于后。言念二序，为之辍翰，不忍多读也。"可知，吴兴祚钦佩龚鼎孳的文坛声望而慷慨资助。钱谦益（1582—1664）和龚鼎孳（1615—1673），都是深孚众望的博学朔儒，钱谦益卒于康熙三年（1664），生前已为龚鼎孳撰写序毕。龚鼎孳生前亦早已整理自己的诗集准备出版而乏资。直到三年后，由于吴兴祚的支持，才终于得以付梓。整个刊刻过程较为缓慢，《定山堂诗集》最终刻毕则在钱谦益序毕十年之后的康熙十五年（1676）了。除了上述所及外，吴兴祚所资助的文集先后有：宋俊《岸舫集》、吴绮《林蕙堂全集》、顾祖禹《读史方舆纪要》（前五卷）等。其幕僚所撰传奇，多由吴总督付资刊刻。康熙二十五年（1686），万树《空青石》传奇成，吴棠祯《空青石序》载该传奇由吴兴祚"寿诸梨枣以传"。这成为清初众多的词集及戏曲传奇得以流传于世的重要因由。吴兴祚还为吴楚材、吴调侯投资出版至今仍在产生广泛影响的《古文观止》。

文士入幕游幕能够得到理想的待遇，宦途之外的富贵理想凭借幕府可以实现。很多情况下，能够与幕主和睦相处，亲如兄弟。不仅经济有保障，也极有益于个人尊严的提升和声名的建立，例如严武与杜甫、董晋与韩愈，幕主与幕客相知之深，成为明清文士们所仰望的人生际遇。计东苦苦寻求，终于在宋荦幕府里安顿下来，其中重要的原因是幕主宋荦与计东公平相处，并没有将计东视为低一层次的雇用之人，这使得计东感激涕零，宾主友好相处，结下深情厚谊。

---

① 吴梅村：《龚芝麓诗序》，《吴梅村全集》卷28《文集》6，上海古籍出版社1990年版。

　　由于幕僚多是饱读诗书或身怀绝艺的非凡才士，于幕主工作所起的作用不言而喻。因而，幕主不仅在经济上资助他们，解决他们养家与养老的后顾之忧，而且许多有文化远见的幕主对于幕僚文人的扬名和留世也多给予关注。遗民王世桢（1626—1693），追随永历抗清，易代后留居岭南，萧瑟落魄，无以为生。惠州太守宝坻王紫铨烨延之惠州，教授其子立安、叔宛、季如及两幼孙。卒后，王烨撰《哭础臣兄》八首，其一曰："五十年来汗漫游，罗浮双峤拟归休。"并出资为之营葬故里，而在罗浮为之修筑衣冠冢。吴绮入幕，乃因为贫无治宅，吴绮《听翁自传》曰："癸亥游粤东，制府吴留村赠以买山钱归。"康熙二十三年（1684），吴绮在广州吴兴祚幕府已两年。徐釚此时亦在吴幕，是年徐釚离粤，临别众人为之送行，徐有《再叠前韵留别席间诸公》后注："时园次亦欲言归。"又有《次韵奉赠吴湖州园次》曰："草堂资就应归卧，何必看囊有一钱。"劝说吴绮，幕府修资只要足够买个庄园了就应归里，不必留恋幕府。是年八月，吴绮《林蕙堂文集》辑成，吴兴祚为之作序，并捐资助刊。如果没有吴兴祚的慷慨捐助，我们今天可能就不知道"红豆词人"为何许人了，更无缘看到保存了清初大量士林资料的《林蕙堂文集》（二十六卷）。康熙二十四年（1685），吴绮用吴兴祚所赠金银回扬州购置庄园。吴绮《听翁自传》载湖州知府任上被罢后，游幕岭南，"制府吴留村赠以买山钱，归得粉妆巷废圃居焉。又以钱二百缗。得东陵田七十亩，种秫与豆，足供半岁食"。其词《金缕曲·送吴听翁移家黄子陂》曰："昨日名卿东海畔，恰归来、清俸能分赠。"言吴绮归来，"名卿"分俸，所指即两广总督吴兴祚。从此，吴绮便拥有了自己的一方庄园，年老无忧。为了表达敬意，他特别请著名画家陈玉璂为自己的园林绘图，并亲自题诗，然后，将整册画遥寄岭南吴兴祚，以示对吴总督资助的感激。

此外，明清尚有许多借绘画占卜等技艺为高官所聘入幕献艺的名士。嘉靖年间，抗倭幕府成为文人云集的中心，汪懋麟《百尺梧桐阁集》卷三《抱耒堂记》云："古豪杰处显晦之际，莫不有所托迹，或渔钓射猎牧豕屠狗卖浆负局。"正是高额修金，强烈地吸引着那些科举官场之外的文士们。昆曲名伶苏昆生与说书艺人柳敬亭即凭借卓越的演唱艺术为左良玉聘入幕府献艺，为此，吴梅村特撰《楚两生行》加以颂扬。无锡画家华胥，字羲逸，以善画仕女被川湖总督蔡毓荣聘入幕府，华胥《忆秦游》载："访夏于涧，善琴，向在荆南幕游，甲寅（1674）闻警同归。"临战逃离，对于一般的参战士兵来说，一旦被抓回，则是杀无赦的死罪。而在大战将临之际，华胥和夏于涧趁机逃跑，总督任其所往，并不追究。这说明，对于许多才艺之士来说，他们入幕仅仅是谋求个人经济方面的收入，而非基于家国民情的高尚道德责任，他们入幕并非出于军事激情。未知蔡都督如何看待此类"逃兵"，他们在烽烟燃起之际顺利逃归的事实说明，在军幕中他们并没有被视作军人，而仅仅是作为活跃军队气氛的艺人，所以，当战争来临之际，遂其去就。同时这也说明，幕僚人员的身份是自由的，因为幕主私人所聘，既不受军纪的约束，幕主亦没有对幕僚施行法律制裁的权力。华胥的例子证明了传统儒家观念的一种悖论：当个体的生命遭遇危险时，所谓的忠义都不复存在了。这个悖论在下文的许九日的经历中再次得到证明。云间许九日，因才被浙江巡抚范承谟聘之入幕，沈受宏《送许九日赴浙抚幕序》云："抚浙江而贤者曰范公，求士于幕下，得其才者曰许先生九日。二先生者皆娄人，而九日以能诗名一时。走重使，具厚币，迎以为客。"许旭（1620—1689），字九日。陆桴亭、许九日在幕府均受到礼遇。后许九日随范承谟赴福建任。当耿精忠反清前夕，许九日借口辞幕而归，得以逃离战场，保全性命，而范承谟则死于兵难。苏州艺人章文以刻图知名天下，正德间被宁王朱宸濠聘至府第。当严嵩入阁，章文随被聘至严嵩相府，长达四年之久。晚明著名说书艺人柳敬亭，被著名将领左良玉延至幕中，给予极高的待遇。易代后，被大宗伯龚鼎孳聘至京师龚府，直到龚宗伯过世，柳敬亭方离京南下。王翘，字叔楚，嘉定人。王翘以画艺游幕府，并未参与幕府的军事行动，朱彝尊目睹王翘非凡的绘画技能。隆庆六年（1572），王翘卒，其幕主徐学谟亲为之撰《王山人墓志铭》《祭王叔楚文》。宣城查之恺，字惟勋，康熙初任东莞水师营守备，上元才士凌天杓以善画客查之恺东莞幕府多年。屈大均《答凌天杓》有"丹青知绝诣，凭尔画嫖姚"。自注："凌善画，在查将军幕。"①康熙十二年（1673），许三礼任海宁知县，幕中即汇集了许多专以"艺"入幕者。他们处于政治边缘，以艺而游。官员私衙所招，借琴棋书画、金石或星占卜医法术等，以充实幕主的精神生活。徐中行《张生从梁舍人游岭南檇李舟中和赠》曰："翩翩裘马壮游心，画手仍高子墨林。但得向平寻五岳，宁论陆贾赠千金。"张生为画家，随梁舍人赴岭南，应专职为梁舍人绘画。顾文渊（1647—1697），字文宁，号湘沅，又号雪坡、海粟居士，常熟人。擅画山水，写枯木竹石。游食四方，赖以资给。徐学谟《徐氏海隅集》卷十三《苏郡丞席上观籜冠生书画》即写在苏州县丞的酒席上观看画家"籜冠生"即席作画的场景。无锡印人陈瑞生，字朝嘴，秦松龄《陈朝嘴诗序》云："予从军汉南，君以幕府之辟，至烽烟蔽江，上炮车轰，日夜不绝，顾相与凭眺赋诗，沉郁顿挫，视昔加壮。"陈瑞生即凭其印艺为川湖总督蔡毓荣所知，聘之入幕，与秦松龄共事。计东《都门三子传后序》云："彼三子抱磊落不可羁之才，终其身侘傺厄塞以殁，既无攀援气势之力可以贻其子孙，而又未尝著书立说可垂空文以自见。"感慨三子游都门而不遇的悲剧，基于此，计东在《赠徐山仿序》中专门探讨人生的际遇问题："士之甚不遇者莫若有明以来，格于令甲、束以章程，既不许若汉之上书天子，从公卿荐辟以自进；又不许若唐之自干主司

---

① 屈大均：《答凌天杓》，《屈大均诗词编年笺校》卷5，中山大学出版社2000年版。

及宰相，或授官从书记于幕府；又不许若宋太学生之得参论朝事斥斥焉、靡靡焉。童子日佔毕乡塾，由郡县而升之学使者，不遇则老于童子科已耳。诸生日执业庠序，三岁而试之棘闱，不遇则老于诸生已耳。"[①] 在计东看来，士人之遇的机会，全在于所遇到的幕主的贤愚，并不在于士人本身的才能，直接将个体的命运与幕府相连接。因此，许多文士由于遇主，最终科举登第，踏入官场。这份耐心和执着如果没有幕主的经济支持，将不能实现。而对于那些最终没有及第的文士来说，游幕则是他们改变生活境况的前提和保障。邢台宋登春以画艺游幕于高官幕府。徐渭入胡宗宪幕，靠游资改变穷境并成为历史上知名的文人和画家，且以代笔所得巨额润笔购置别墅——青藤书屋。

陈允衡（1622—1671），字伯玑，号玉渊，江西新城人。以选文知名。流寓扬州，谋求其与李云田合作编订诗集《国雅》的刻资。遇旅居斯地的山西武乡程昆仑、扬州司理王士禛、两淮盐政胡文学。诸名士捐俸资助陈允衡，助刻《国雅初集》。王士禛亲为撰序。为感谢王渔洋的资助，陈允衡特在《初集》中收入渔洋诗 214 首，仅次于给他更多经济援助的大宗伯龚鼎孳（230 首）。画家龚贤在扬州结交诗友、画友，复苏扬州的文化活动。据《草香堂集》记载，龚贤提及的文友有六十余人，余者所涉尚不在少数。如周亮工、胡介、张养重、孙枝蔚、陈伯矶、陈允衡、查士标等人皆与龚贤过从甚密；王士禛、朱彝尊、吴伟业、黄周星、黄白山、张大风等亦与之有深交，而这些文友、画友大多结识、交游于扬州。时至康熙二十六年（1687），六十九岁高龄的龚贤受孔尚任之邀，由南京直赴扬州"秘园雅集"。这次由孔尚任组织的集会，不但有春江社友王学臣、望文、卓子任、李玉峰、张筑夫、彝功、友一，尚有吴绮、丘柯村、蒋前民、闵宾连、闵义行、陈叔霞、张谐石、倪永清、李若谷、徐丙文、陈鹤山、钱锦

---

① 计东：《赠徐山仿序》，《改亭集》卷5，《四库全书存目丛书》，齐鲁书社 1997 年影印本，集部，第 228 册。

树等长期寓居扬州的文化名人。这次集会，亦有龚贤、查士标、石涛三位著名画家，各路英才欢聚一堂，传为艺坛佳话，同时证明了易代后扬州文化迅速复苏。邢昉（1590—1653），字孟贞，一字石湖，江苏高淳薛城人。有《宛游草》《石臼集》。与施闰章友善。邢昉殁后，施闰章为辑其诗以传。王渔洋以不得其为友为恨。当王渔洋任国子监祭酒时，恰逢李姓同乡出知高淳县，遂请李县令寻访邢昉的后裔，知其老妻稚孙，茕茕孤寡，遂脱赠三百金，为置腴田百亩。

清初，许多汉族封疆大吏和朝野大小官吏，大多由明朝而来，尽管已经身仕新朝，但他们多怀有旧朝情结。对一些汉族官员来说，保护关怀遗民友人，在一定程度上补偿了他们由于多种原因出仕异族政权而造成的心灵愧疚。帮助困境中的遗民，成全其气节，是多少良心未泯、善意尚存的汉族官员的心愿。傅山、方文、方以智、顾炎武、孙奇逢等学识渊博的遗民，即被人们视为精神和文化领袖。他们不仅在经济上受到新朝官员的大力资助，他们的学术活动也都不同程度地得到他们的经济赞助。经济的支持和政治的遮护，成为清初遗民文学活动取得巨大成就并最终走向繁荣的必备条件。

傅山的文学活动与仕清官员也密切相关。顺治间，当傅山因涉嫌反清入狱后，时任山西布政使的魏一鳌力证傅山清白而终使傅山以无罪获释。事实上，当朝廷审讯时，指魏为证人实乃傅山的灵机"诬告"，但魏却敢当所"诬"，挺身而出。魏一鳌，字莲陆，别号海翁，自号酒道人，直隶新安人，崇祯壬午（1642）举人，官忻州知州。顺治二年（1645）被迫赴举，授山西平定州知州。顺治九年（1652），山西天灾，应傅山之请，魏一鳌下令免除了本不在免税名单中的傅山在山西忻州的土地税。顺治十年（1653），魏一鳌在太原郊外的土塘村为傅山购置别业。陈上年，顺治至康熙初任泾固道兵备，山西雁门道兵备使，尽管他本人极少有学术活动，但他对遗民学者的经济赞助却为他赢得极好口碑。他豁达大度，尤好交游，以热情的学术赞助人而知名。当曹溶离职回乡后，曾一直得到曹溶资助的学者朱彝尊又因曹溶的推荐入山西布政使王显祚幕府，并受到礼遇和尊重。顺治年间陕西合阳知县王又旦（1636—1687），字幼华，号黄湄，部阳人，顺治十五年（1658）进士，官至户科给事中。任湖广潜江知县期间，王又旦捐资为陕西遗民诗人孙枝蔚修筑别墅——焦获寓楼，使孙安心于湖广采集当地民歌。康熙十二年（1673）秋，顾炎武在山西汾州介山修筑别墅竣工，其在京城任高官的外甥徐乾学、徐秉义、徐元文同撰《为舅氏顾宁人征书启》云：

> 舅氏顾宁人先生，年逾六十，笃志五经，欲作书堂于西河之介山，聚天下之书藏之，以贻后之学者。……伏维先达名公，好事君子，如有前代刻板善本及抄本经史有用之书，或送之堂中，或借来录副，庶传习有资，坟典不坠，可胜冀幸之至。

排除甥舅间的血缘亲情，以顾炎武当日在士林的文化声望，以徐氏三兄弟在康熙朝的显赫政治地位，他们联名以布告天下的方式在全国范围内公开征集古籍的文化行为证明了一个蒸蒸日上的新政权对遗民文化学术活动的积极支持。王渔洋司理扬州时多有赞助文学之举，曾极力资助邹祗谟编选词集《倚声初集》，又支持遗民孙默搜集并刊刻《国朝名家诗余》——迄今所知清代最早的一部规模宏大的词总集，对于清初的词学复兴起到了重要作用。

仕清官员不仅给遗民们提供经济资助，他们也力所能及地为旧王孙们提供政治遮护。顺治九年（1652），魏一鳌力平发生在傅山家中佥婿暴死的人命案件，使傅山化险为夷。龚鼎孳鼎力相助过无数被通遗民。顺治十一年（1654），傅山因涉嫌参与组织反清活动被捕入狱，一年后以无罪获释。这即是清初著名的"朱衣道人案"。除了傅山友人的努力斡旋外，身居朝中要职的龚鼎孳、山西巡抚孙茂兰均是傅山安全获释的关键人物。龚鼎孳并因为遗民无罪辩护而被弹劾贬职。同时，当顾炎武被捕入狱后，龚鼎孳、徐乾学、魏裔介等朝中大臣极力斡旋，终于使顾以无罪获释。顺治年间，两淮盐课御史姜图南幕府，多有遗民前来投靠，"饥则饷其粟，寒则衣以裘"，新朝官员的遗民情结使得当时大批誓做遗民的人不远万里投奔而来，有的一住便是十余年。

大量的历史文献都有记载，清初的官员不但积极赞助著名的遗民学者，其中有些人还成为旧遗民的门生弟子。遗民孙奇逢移居河南辉县苏门后，魏裔介和汤斌等清廷官员便拜孙为师，自称弟子。种种事实证明，新朝官员对旧遗民的资助成为清初政治与文学活动中一个极为重要的文化现象。如果没有汉族官员的这种积极态度，如果没有汉族官员对遗民文学文化活动所提供的经济支持和政治遮护，那么，清代文学就不会于清初即得到全面复兴，如果缺少这些援助，清代文学至少不会如我们今天所见的如此光芒璀璨。

第二节　只为孟尝能好客，故将长铗一弹歌①
——请求入幕

为生计所迫四处谋求幕职的落魄名士计东"往来京师几二十年，见友人之得为幕府上客，扬扬盛车骑、出国门者，不可胜数"②。最终计东游幕一生。福建林章富有文采，屡举不第，遂入幕从军任幕府书记，其《上周大司马》云："书生岂敢夸投笔，愿向军前赋采薇。"谦虚地表明自己虽然不具班固投笔从戎、疆场立功的雄才大略，但也具

---

① 林章：《上刘诚意伯》，《林初文诗文全集》（不分卷），天启（1621—1627）间刻本。
② 计东：《赠韩灿之之浙江幕府序》，《改亭集》卷6，《四库全书存目丛书》，齐鲁书社1997年影印本，集部，第228册。

军前效劳的知识与才华，表达幕府献策的恳切希望。

自科举选士以来，荣登金榜、光宗耀祖成为所有读书人的终极理想。从事科举，成为文人唯一的选择，终生"奋志科名"，但是由于入取名额的限定和三年一次的科考，使得大批的文人奔波在科举征途中。其间，由于家族香火的需要，这些举子往往弱冠之年即已结婚生子，已经背负了沉重的家庭经济负担。科考的同时必须承担起养家的责任，但他们从未放弃科举前程，如蒲松龄即是众所周知的典范。那么，当屡屡科考碰壁之后，在等待三年后的考试之前的这段时间，他们不可能悠闲地在家攻读，况且往往有数十个三年的等待。待举期间或数年、十余年、数十年，或四五十年的漫长科考征途中，他们是凭借什么兼顾养家又读书？其中一个明显的事实是，古代凡是能够参加科考的举子往往至少是中小地主，多有土地资产。在最初的科举中，家族往往能够提供攻读费用。但是，随着他们结婚生子，往往兄弟分家析产。来自长辈的经济援助断绝，必须自己承担起养育妻子的责任，同时又不能放弃科考。谋生，通过什么方式养家攻读，就是首先要解决的问题。对于多数举子来说，开馆授徒是最初被认同的一种理想的谋生方式。古代读书人，有谁真正做到了淡泊名利？康熙三十八年（1699）广东乡试，佛山一位102岁的老生员黄章应试，入场时，大书"百岁观场"四字于灯，令其曾孙为之先导，自言："吾今科且未中，来科百五岁亦未中，至百八岁始当获隽，尚有许多事业，出为国家效力耳。"科举征途中，除了少部分人能够最终金榜题名，步入仕途；一大批人则会成为落第者，或止于举人，或止于生员，或终身为童生。江南沈锡田五次科考，五次落第。继续专心攻读待考，还是耕读兼顾，是许多科举蹭蹬之士所必须做出的选择。

对于个体的文士来说，退出科场，归隐田园固然是一种极好的选择，但是对于家族来说，隐居则意味着放弃对家族的责任，这是多数人难以做到的。被奉为隐士典范的陶潜之隐居乡村有充裕的时间赋闲情，有足够的银两沽酒纵饮，他可以悠闲地漫步在乡间小路，趣味盎然地欣赏田园风光，但为其劳作耕种的那些农民则缺少这份雅志与逍遥。陶潜自由的隐士生活激发了后世代代文人的向往。陶潜的研究者往往关注陶潜对政治的抵抗方式，却忽略了他采取这一行为方式的根本原因在于陶潜虽隐居乡村但却有足够丰裕的经济基础，事实上他是一个多产而富有的土地经营者。明清文人的谋生方式除了对多数人来说可望不可求的科举入仕之途外，多有其他谋生方式。最具代表性的莫过于明清易代之际那大批遗民隐士了，其中许多人并不面临经济困顿的威胁。新城遗民徐夜，字东痴，宁饥寒也"不为稻粱谋①"，守薄田度日，曾因窘困而赋《饥颂》，"曾无隔日粮"，寂寥贫穷情见乎词。但其"首阳"之志仍丝毫未减，以至于时有乞食之举。但《饥颂》首先证明了他对于食物的渴求，生活舒适的人不会对衣食特别关注。从徐夜全部诗作看，他之所以恒为遗民的主要生计支撑并非他甘心忍受饥饿，并非他面临死亡毫无畏惧，而是其高官表弟王士禛的源源不断的经济援助。陈所学，字行之，号鸥沙，明亡，遣散奴仆，折所居室为僧寺，"居四十余年而卒"②。假如没有十几甚至几十亩土地作为衣食之蓄，或者由显贵或者富商资助，那么陈所学将无以于三间茅屋度四十余年岁月之久。归庄族祖归元祉，崇祯末年"年近四十，始补诸生。盖得之如此之难也！越二年，遭乙酉之变，遂谢去。何其决也？时例未及六年者不得谢。族祖捐终岁授经之资二十余金，贿胥役，乃得请"③。族祖以二十金贿赂狱卒，方取得遗民的纯洁身份。归元祉之所以如此决绝，是因为归家乃声振一方的豪门望族，归家田产广袤、奴仆成群，易代动荡并未损害其原有的经济基础。然而并非所有的遗民隐士都能够拥有背后的经济依托，能够像徐夜长久获得资助和归元

---

①　徐夜：《闻雁》，张光兴选注《徐夜诗选注》，天津古籍出版社 1993 年版。

②　孙静庵：《明遗民录》卷 8《陈所学》，浙江古籍出版社 1985 年版。

③　归庄：《族祖元祉及陈硕人双寿序》，《归庄集》卷 3，上海古籍出版社 1984 年版。

祉具有雄厚经济基础一样的遗民毕竟是少数，多数遗民隐士必须自己解决生计问题。更重要的是，大多数隐士坚持了数十年的遗民生活后，多已家境荡然。流落金陵的宣城遗民蔡蓁春（字大美）穷困潦倒，老遗民顾梦游促其出游，规劝其为八口之腹计唯有出游谋食，否则别无选择。

一

明清生员大量增加，而仕路狭窄，大多生员难能入仕，于是，"授徒自给"即成为多数读书人在奔向科举之途中所最钟情的谋生方式，既可赢得束脩养家，亦可保持并维护自己的文化身份。昆山归氏家族的巨额财产伴随长辈的逐渐凋零和岁月动荡日渐荡空，到归庄时已经常常为"饥"所困，以至于"饥"成为其诗歌屡屡吟咏的主题。《饥》诗曰："饭糗空希圣，餐云谩学仙。最悲白发母，无病昼长眠。"彩云随处可餐，非必学仙求道。但道家的餐风饮露终究不能解决目前的温饱问题，又如"采薇长往身犹在，负米归来室已虚"（《除夕》）。最使归庄心痛的是其母为掩饰饥饿之状而"无病昼长眠"。生活之艰辛未能动摇归庄的遗民之志，他并未计划出仕谋求富贵，而是力耕"砚"田。《夏日娄东旅舍杂述》云："书法文章兼绘事，砚田如许总无秋。"他深信自己书法文章绘画无所不通，对生活温饱充满信心。"乞食诗篇还唱和，换钱书画有牵攀。"[1] 于是，辗转于江南各地授徒求生。往来于虞山、昆山、吴门、长兴、扬州、天长、嘉定、淮阴等地，徜徉于洞庭山、苞山、邓尉山之间，所到之处以处馆为业。顺治六年（1649）主"虞山陈氏馆"（《年谱》），居"故尚书公必谦第"（《题壁诗序》）。次年，因陈氏家衰，将尚书第卖与某将军，归庄亦携

---

① 归庄：《客中述怀》，《归庄集》卷1，上海古籍出版社1984年版。

笈而去。无锡蒋路然聘请归庄教授子弟。顺治七年（1650），"主族父元卿家"。顺治八年（1651）"至梁溪，舍馆友人家"。顺治十年（1653），应万寿祺之邀，"往淮阴，教其子"。顺治十二年（1655），"授经嘉定"。顺治十六年（1659），"在吴门，主袁重其斋"。顺治十七年（1660），"至洞庭，主路苏生家"。康熙元年（1662），"至吴门，主金孝章俊明孺宜堂"。康熙二年（1663），馆江淮天长"张先生"斋①。清初，坚持精神独立，以新朝局外者的身份谋取生存如归庄者是处皆有。朱一是，字近修，崇祯壬午（1642）举人，兵后披缁衣授徒。戴笠，明诸生，国变后，入秀峰山为僧，旋返初服，隐居朱家港，教授生徒。即使穷困至极，这些深受儒家文化熏陶、自视为精英的读书人也多不屑于亲自操锄躬耕，尽管他们也无数遍地表白意欲归耕，却没有人真正地操锄躬耕。更为重要的是，授徒所得馆资远远高于耕种的收入。徐中行《包获军中丞汪公幕下士尝受诗于明卿余赠之于宜城》四首其一曰："孤臣岁晚发江潭，客有长缨且驻骖。寥落怪君经癖在，当年曾事杜征南。"据此可知，包获军作为经师被汪道昆聘至幕府授经，故云"经癖"。其四曰："纷纭屠贩尽麒麟，力尽戎旃未致身。但遇吾曹官自拙，始知词赋善穷人。"表示虽然未能戎马致身，但凭借词赋才华，自己窘困的经济状况已经大为改善。

行医、占卜、卖文、卖画、行商等也是文人举子所钟情的谋生职业。文人不能放弃的是其知识情结。李延昰，曾至桂林参与唐王军事，其后事败遁迹入道，避居浙江平湖佑圣观，以行医自给。傅山，世传儒医，善疗男女杂症，兼理外感内伤。工诗文书画，尤精医学，其于太原古晋阳城开诊所——"卫生堂药铺"，求医者门庭若市。方文，字尔止，号嵞山，桐城人，明末诸生，国变后，以卖卜、行医游食为生。蒋平阶，字大鸿，几社名士，乙酉（1645）赴闽，唐王授兵部司务，晋御史。闽破，服黄冠亡命，假青鸟术游齐鲁，转徙吴越。

----

① 归庄：《赠崇真甫序》，《归庄集》卷3，上海古籍出版社1984年版。

赵继鼎，字取新，号止安，崇祯十三年（1640）进士，官至兵部主事。国变，隐遁江北，卖卜于市。张翼星，字三明，国变后隐于卜肆，日获百钱以自给。吴宗潜，在诗社受到冲击后"遂隐于医"，在苕溪间浪迹江湖，治病不问贵贱，在民间享有医名医德。陆圻，字丽京，号讲山，明亡，绝意功名，行医卖药于江浙间。邬继思，字沂公，工诗，国变后，隐于医。范路，字遵甫，自兰溪迁长水，经乱卖药于市。宋龙，字子犹，国变后避地太仓，隐于医。范路，字遵甫，乱后，卖药于市。由于收入的不可固定性，行医卖卜较之于开馆授徒显然收入高得多。因此，行医成为文人谋生的一条捷径。儒林降而为医，"比户皆医"，说明在历史的特殊时期，选择这一谋生方式的隐士数量之多。他们不仅医德高尚，且善于著述总结。明末清初，由于这一特殊的遗民群体，一批医学著作因此问世。傅山有《傅青主女科》《男科》《产后编》，喻昌有《尚论篇》《医门法律》《寓意草》，陆圻著有《本草丹台录》《医林口谱》《医案》《医林新编》，李延昰有《补撰药品化义》《医学口诀》《脉诀汇辨》《痘珍全书》等。

作为知识精英，许多人在书画方面有精深而独特的造诣，并早已声名远扬，借此亦可度日谋生。徐渭晚年即仅靠卖画写字维持生存。徐枋，字昭法，崇祯十五年（1642）举人。明亡，父汧殉节，徐枋遵父命避居吴江、无锡。康熙二年（1663）隐居于天平山麓上沙村，筑涧上草堂以卖画自给。独居四十年，守约固穷，终身不入城市。戴本孝，字务旃，国变后隐居鹰阿山。遍游名山大川，广交朋友，纵情山水，不接流俗，卖书画供朝夕。朱耷，字雪个，号八大山人，南昌人，明亡后，削发为僧，后改做道士，卖画以生，寄情于画，以书画表达对旧王朝的眷恋。顾梦游，字与治，崇祯末贡生，入清不仕，晚年唯坐卧一小斋卖诗文自给。以遗民终老。尽管书画乃文章末道，最初乃文人余兴的寄托，但在许多时候也可借此糊口，这对于有此长技者算是一种幸运。不仅可以凭此证明自己的文化身份，书画也成为他们保持身份和广交众友的媒介，从而证明自己仍是一个"文化资本"的拥有者。文化资本不像政治权力及财富可能随时局的变化减少或丧失，一个人的文化资本则不易被剥夺。因此，许多书画家在文艺上的声名，不但没有因改朝换代而受损，且在新的政治文化环境中持续增长。许多仕清的新贵士绅依然保留着前朝的文化雅趣，仍然是遗民书画艺术的主要消费者。

士农工商，商人作为四民之末，并不像授徒行医那样受到遗民的普遍青睐。但明嘉靖以来由于商品经济的冲击，"弃儒经商""士商合流"已成为令人瞩目的新潮流。从商已经成为科举之外士人的普遍选择，以至于清初江南学宪李嵩阳论当时生员被人轻视的原因之一即是走利如鹜，辍诗书而躬为商贾。尤其是易代之初，文人的这一职业选择成为许多遗民借以隐身的途径。顾炎武北上经营农庄，与晋商联手贩卖布匹，并开创了中国最早的银行——山西票号，同时以所赢利交游和搜访书籍，成为学术史上的巨儒。吕留良则经营书坊，选刻时文，赢得暴利，进而扩大营业规模，成为清初宋诗派的实际鼓扬者。淮上"望社"首领阎修龄，字再彭，国变后，到离城四十里外白马湖边筑一蒲庵，《山阳县志》谓其"朝夕行吟，介然自守"，接纳庇护流亡南北者，"同时如李楷、杜濬、傅山、王猷定、魏禧、阎尔梅辈，过淮皆下榻焉"①。所谓"下榻"实谓"隐匿"。阎修龄之所以从容于此，是因为阎家乃占籍淮安的山西盐商，尽管经过易代动荡，阎家仍资财雄厚，有足够的财力物力支持此举。同时，阎修龄并未停止其商业营利活动。有些参加农耕的遗民，如魏禧与易堂九子、孙奇逢等，主要的精力用于读书和交友。钱谦益为遗民柯元芳撰墓志铭，记其子仕清为枣阳令，柯喜不自胜，认为从此可以舒眉坦腹，长为逸民。柯元芳之所以能安心做遗民，是因为其子入仕已经为其提供了衣食无忧的保障。遗民孙枝蔚到仪真（仪征）访友时见客路征尘皆商贾，感到

---

① 李元庚：《望社姓氏考》，《中国典籍与文化》2008 年第 1 期。

世风已今非昔比。而明遗民梯队中，拒不出仕者也多有坐贾行商者。

周篯，字青士，又字笃谷，嘉兴人。易代后，弃举子业，就市廛卖米。府城初破，有括故家遗书连船载以鬻于市者，君买得一船，积楼下，每日中交易。箕笃斗斛，权衡堆满，肆拨乱书，糠粃中吟诵不辍。安徽米商载米八百斛，得值千金，托青士保管。徽商独往硖石，中道溺死，青士具棺以敛，手书呼商人子至，倾笃还之。孙枝蔚，字豹人，号溉堂，陕西三原人，于扬州做盐商，三置千金。吴嘉纪于顺治年间曾从事贩薪生意。盛符升，王渔洋最早的门生之一，经营书坊，并承担了其师大部分作品的编刻工作。牛位坤，字调均，别号太初，泽州高平人，明亡，位坤遂混迹博徒酒人里侠，且读且耕且贾以糊口。仰食于贵人，才者难免。万寿祺晚年，时时曳杖入西邻普应寺退院中，与沙弥争余渖。饥饿驱使着这位曾以孤高傲然于世的遗民抢夺僧人残羹余沥。万寿祺的例子说明作为道德典范的遗民当家业告罄之际，当饥肠辘辘之时，怎能对近在咫尺的食物无动于衷？仅靠个人的天赋才华并不能提供基本的生活保障。平湖李天植（1591—1672），明亡，绝意仕进，教书卖文织筐，后家境愈益艰困，寄身于寺院。又十余年，终于饿死。"一餔不火，胡能生活？"① 只要不甘饿死，就必须寻求出路，别无选择。"尚恐救死不赡，奚暇复志诗书？"② 食不果腹时，孰能钟情于文学？"曹沫、聂政无三尺之剑，则不如农夫之处垄亩。蛟龙处木，不若狐狸；骐骥处水，不若跛鳖。士之无资，何以异此？"③ 士困穷途，"虽明敏若颜端，经济若董贾，文章若班马，授以广成、羡门之诀，投以岐伯、卢扁之术，终当捐骸，岂有过补？生无以建立奇绝，死当含无穷之恨耳！"④

---

① 徐渭：《上提学副使张公书》，《徐文长佚草》卷3，《徐渭集》，中华书局1999年版，第1109页。
② 同上。
③ 同上。
④ 同上。

对于仕进无门又诸多家累的文士来说，入幕就不失为一条维持生计的出路。明清时期，以此谋生的人数远远多于行医授徒和销字售画者。入幕，作为一种理想的谋生途径，既可解决生计问题，又可保持知识分子的"文化"身份。

二

入幕求食成为多数文人的共同选择。因此，较之于幕府主动聘请幕僚，更多的情况则是文士们积极谋求入幕之径，或主动写信毛遂自荐，或托友人代为举荐。

云间名士彭宾及其子彭师度即多有写给当时正在政府中任职的汉族官员的求职信，这些信件成为研究落魄文士与官员之间复杂关系的极为珍贵的历史文献。彭师度《饥士赋》描述作为四民之首的"士"在国变之后，"紫门没于蒿莱，华屋树夫荆棘。千村沉河伯之宫，四野尽杨侯之宅……皆名为士，饥馑既同。……惟饥士之苦怀，含百辛而莫诉。……或穷檐之得餔，幸甘棠之初憩，非泣思于来暮。见郑侠之绘图，知汲黯之非误。爰作赋以代陈，雪饥士之衷愫"。栖迟京师，渴望有人相助，上书当道，请求汲引。彭氏父子看来真是陷入生活绝境了。彭宾曾经是晚明云间几社著名的六子之一，与陈子龙、夏完淳一起，慷慨激昂，寻找救时之策，每年几社集会所编《几社壬申合稿》的付刻都由彭宾担任，此时，没有谁会考虑出版经费的问题，无论谁负责出版，都是一种荣耀。如今，彭氏父子也沦落至为衣食而操劳的境地。彭氏与严氏有三十年通家之好，屡有婚约。当彭师度羁困长安，叩天无路时，严灏亭正在京师任御史。彭师度认为凭此情谊，严氏当不会拒绝援引，于是有《上严灏亭副宪书》：

　　入都以来，颇欲以袜线之才，待用于门下。承先生揖之座右，赐以酒食，相见之欢、慰劳之切，意勤勤恳恳，若怜其落魄而思有以振之于泥途，盖未尝不翘首而思企也。嗣自以后，先生之位日益高，而某之穷且困益甚，色沮气蒇，扫门为恧。遂至咫尺之间，不啻万里。然微闻扶掖乡俊，奖借不绝口，虽身在疏觊，又未尝不鼓舞踊跃，叹为盛事也。客况沦落，自伤不遇，无由屡望清尘，一吐肝膈。兹者失意成疴，渴思还里，闻朝廷新令，许三品以上官保举人才，而先生有荐贤为国之柄，敢竭其愚瞽以异俯听。李固曰："养身者以练神为宝，安国者以积贤为道。"今中外师师济济，不可谓无人，而以忧勤之圣主，竟不能收得士之报者，用人杂而成格拘也。皇上怒一方之纷扰，悯百姓之流亡，恐克复城邑之后，兵灾疮痍，抚绥倍急，故欲得慈惠之长、忠信之师，以奠定其地，特开保举之端，不循资格之故，甚盛典也。近闻朝士，意向仍属废弃之旧老，诖误之遗绅。虽不失人，惟求旧之意，而草茅蓬掖，一无拔擢，岂圣天子不次用人之至意乎！先生以盖代之鸿名，当邦宪之重地，其所保举者，当必有瑰异之行，奇特之才，久蓄于夹袋中。而某则愿有请者。与其保现任为超迁之阶，宁若赦诖误为自新之路；与其奖世俗、杜雌黄之口，宁若收寒俊、储薪樗之用。况已仕之人，素享逸乐，宜乎黼黻承平，不能经营祸难，惟草茅之士，掩抑困顿，其受苦既深，而老才益练，苟得名位，则必痛自惕厉，以报所知。若其身负瑕疵，不堪蹉跌，又必力于改图，以盖前愆。此必然之理也。今国家令严法重，言路有不当者，辄议罢斥，其畏缩而不敢言者不知其几。若保举之事得言矣，又不畅所欲言，而伸拔俗之见，又何时而得言乎！或以进贤有翟璜之赏，不实有王丹之罚。苟非其生平所素习，则不能轻举即信矣。能保于目前，而不能保其既往，则无所短长之人，适足为举主累耳。此其事亦或有之。然未可为通论也。长吏之事，所贵者廉能，今则安疆欲其休养，所重在廉。危疆欲其扞御，所重在能，必须委之以事权，无人得以掣其肘，而后可以尽其才。有志之士，出于今日，必且怀忠肝、蓄义胆，奋不顾身，以赴国家之急，又安有败检秽行以负所荐乎！此有以信其必不然矣。然吾闻非常之事，必有非常之人起，而身任其责，不避谤议。首先抗言，然后所举得人而黜陟咸当。而历观史册，亦寥寥其人。盖非无其人，而权之所操有专有不专也。汉之时，田蚡以武帝好文，黜道崇儒，多所铨叙。公孙起客馆，海内名士，沛艾而进。然以董仲舒之醇谨，韩辕、欧阳之明经博古，申公之笃行，并不得推。或推而不及显，而其所与推毂者，乃出于王藏赵绾之流，岂真知人之难哉！人情好软美而畏奇拔，乐诡随而恶直质，所由来矣。先生人伦玑镜，能无破拘挛之见、申崇竑之议乎？江南奏销一案，罢斥万余，以分毫之逋欠，遭森严之重科，禁锢数年，积重难返，虽改从死，亡者已多。而青年洁行，沉困里衖者亦自不乏进士如钱中谐、彭孙遹，孝廉如计东、董俞等皆有通明之才，可备任使，先生能乘此机会陈其冤而举之乎？如某者跅口钝朽之士也，罕有攀援，时逢谣诼，虽毛义有捧檄之心，而援引无马周之路。行将策蹇，归乡终老衡门矣，辱长者交谊有素，陈其区区，幸不鄙刍荛，一加裁察。

彭师度于此自荐信中，首言为国荐贤乃人臣盛举，不当循例拘牵，况乃朝廷新令。次言破格荐举，当求之诖误一途，彼既深受折磨，必能出人头地，以收后效。再言不但荐举不当拘格，尤须委事权而无掣肘，方能实得用人之益，莫则实举可荐之人，似乎全不干于己，为国为民为友人，但结尾终于点明上书的动机："先生能乘此机会陈其冤而举之乎？"希望严灏亭为其周旋平反其奏销之累，进而举荐他谋一高官幕府。慷慨雄辩，恳切动人。辘辘饥肠会使崇高的"节操"信念轰然倒塌。入仕新朝唯恐不及，哪里还有故国之念！充斥在这封洋洋洒洒的上书中的是一种恳切的求职之心。

57

嘉兴计东，诸生，少负经世才，意气勃发，著《筹南五论》上史可法，经画明晰。旋遭世变，随隐居里门读书。日久既贫无以养，始出就举，慨然北游京师，遍谒当道，以求汲引，上书先期中举的乡人汪琬，请求援引，汪琬回以"丈夫不宜轻受人恩"①而拒绝。计东遂有《答汪钝翁书》遍引古今求食而成功的先例表达希望得到贤明官吏之助的迫切心情，认为宋代徐仲车之所以成其孝节之名，在于得到了华州崔太守的鼎力相助。范文正仲淹守睢州，"孙明复屡上谒，范公厌之，语曰：'少年何不勤于学，而好游如此？'对曰：'亲老家贫，若月得钱十贯养母，即不出矣。'范公为补教授子弟《春秋》，使得廪饩如所需之数，遂不复见。后十余年，闻泰山有孙先生，经明行修，有司荐于朝，则前睢州上谒少年也。嗟乎！彼北郭子、徐仲车、孙明复三人者，非天下豪杰哉！犹以亲之故受人之恩，况于东哉！……今有如晏子、崔公、范公其人者乎？东感之当不后于所称三人者矣"。以古贤士徐仲车、北郭子、孙明复自喻，认为自己的才能并不后于上述三贤，只是自己没有三贤的际遇，如果有人助我，我将如飞鹏展翅，施展才干。表达渴望得到贤良资助的焦灼之心。由此计东慨叹"隐固不易，偕隐尤难"②。诚然表示，"使予今日亦若有华州崔太守者，在我吴二三百里之内，怜而客之，使岁有所贮，以养我母，不至劳我生以奔走衣食，逐逐于寒暑之时、水陆之道，读书励志以长贫贱，浩然自足，岂非大恩哉"③！计东还在《与某人书》中表达入幕的恳切希望，"今天下最贱者莫如士。向闻阁下，散金结客，今见阁下惜财慢士，亦可谓识时务之尤矣！但不肖读史迁《货殖传》载我家文子之言曰：'凡物贱之征贵，贵之征贱。'贵出如粪土，贱取如

---

① 计东：《答汪钝翁书》，《改亭集》卷10，《四库全书存目丛书》，齐鲁书社1997年影印本，集部，第658页。

② 计东：《与丁药园书》，《改亭集》卷10，《四库全书存目丛书》，齐鲁书社1997年影印本，集部，第659页。

③ 同上。

珠玉。今士之贱甚矣，独非征贵之时乎！即为阁下货殖计，何不稍稍出其家中最多之金钱，结纳一二坎壈失志魁杰非常之士，以备阁下异日缓急之用。若居积，然于阁下大有利。不然，当凄风焚绨纷，一旦焚威炙人，始挥汗而采葛，窃笑阁下之疏于计矣"①。计东为某官进行规划，建议这位官员从其府上堆积如山的金库中抽取少许招纳一两个"坎壈失志"之士入幕备顾问。计东自述曰："布衣失职坎壈无聊之士，忍辱好奇计，勃勃有飞扬之气，能上下千古人物，会得失成败之数，及经世救时之大略，若古王猛马周辈者，天下之大，如东比者亦不多数人。"② 一旦需要，这些"魁杰非常之士"便会为幕主谋三窟。计东认为他具备这种谋天治国的才能，决然以示，如果阁下招"我"入幕，"我"定不负所托，助阁下成就大业。由于其仕进执着，孜孜以求，终于于顺治十四年（1657）举京兆御试第二，名动长安。"东浙既亡，异时举人争先入仕，皆复会试于新朝，黄宗羲《思旧录》谓之'还魂举人'。"而不愿为官者也多为生存之计而主动寻求机遇。尤侗《计甫草传》为计东的选择做了合情合理的解释，计东于甲申易代后欲作遗民，但为养母而不得已出山应新朝之举，"久之，丁父丧，家多难。母老，贫无以养。于是，慨然投袂，出试于有司"。而计东则频频写信，四处投递，谋取入幕机遇。计东即深有感慨于游幕之苦，"我十余年来，未尝一日不劳苦于四方以谋菽水也"③。计东中举前以游幕为生，江南奏销案后，再度游幕以终，饱尝游幕衣食之苦，《赠韩灿之之浙江幕府序》描述自己数年来"负米四方"④。正因入幕

① 计东：《与某人书》，《改亭集》卷10，《四库全书存目丛书》，齐鲁书社1997年影印本，集部，第659页。
② 计东：《与宋牧仲书》，《改亭集》卷10，《四库全书存目丛书》，齐鲁书社1997年影印本，集部，第660页。
③ 计东：《送唐万有游广陵序》，《改亭集》卷7，《四库全书存目丛书》，齐鲁书社1997年影印本，集部，第228册，第620页。
④ 计东：《赠韩灿之之浙江幕府序》，《改亭集》卷6，《四库全书存目丛书》，齐鲁书社1997年影印本，集部，第610页。

的优越性，落魄文士们才强烈地谋求入幕机会。陆世仪年近六十，放弃隐身，开始积极主动出游，对花甲之年的老人来说他已丧失了游山玩水的青春壮志，仅仅为了赡养八十高堂和交付官府的税收。

嵇永仁因家贫失学，入金华胡大参幕府。其后上书曹溶，请求汲引，其《抱犊山房集》卷五《与曹秋岳先生书》云：

> 桑干风沙之内，曾邀先生枉顾，拳拳以生事学业为问。诚哀家贫而忧失学也。嗣后，某随大　胡公复过金婺，偷暇读《汉书》一年，读唐宋诸子又一年。王子于一更劝读《尚书》。于是粗辨古文家数。然举笔临文，则又茫然矣。窃叹古人学问有成，类皆牧牛耕犊，樵山渔水于穷困发愤得之，未见有寄人篱下，温衣饱食而能窥文章堂奥者也。某弃而之闾里，思欲究竟此道，坚不出门。奈老亲弱弟，衣食不继，不得已复走风尘，为观察祖公所留。公稔某缘养亲而出，为预备父母百年事，恒驰寄菽水。某感其恩遇，条画治河数。时河苦迁徙，口决运梗，中外惴惴。观察以防上河宪。河宪上大府，各嘉纳，报可。不半年，功告成。某得抽身还吴。因念江南文衡，客岁有伯乐之顾，益急图下帷，恐负知已。乃还，视故乡无一枝可栖，为养亲地，又不得不担簦出游冀越，中当路稍润巾饼，归买一亩之宫，率妻孥奉高堂甘，再出余赀，俾弱弟分半耕读，某亦得不忧饥寒，则三十年以后之心思气力，皆可不用之衣食，而专精毕虑于文章。此某生平之荣愿也。某到湖上之日，即谒林铁崖先生，始知先生读书客中，便期趋侍教诲，以足痛未果。不意先生折节先枉存我逆旅，何前辈爱士急而怜才切也。夫轩盖声施之地，往往奔走贫士，有同雁鹜而士之伛偻屈折于其门者，仰伺奴仆意色，求一登堂，尚不可得，岂敢望大人先生之就见哉！某于今窃自幸矣！幸大人先生既不我鄙弃，则必以若人或有一得可节取而造就之。故不惮孜孜汲引，是以聊自壮也。抑闻先生嘱铁崖先生语，须劝勉嵇子读书，

至谆至切，则又何相见之暂而相期之深，遂相督之严也。某思古人学问，要皆有得力亲切之人，如一瓣香専归南丰者，事非一二某待今人诗文颇严，然亦不肯轻恕古人。若时贤中大人先生有类先秦两汉初唐者，则又不啻古人之好好之矣！方今海内名硕辄云，子云多而桓谭少。某正谓子云未必多也。不过往来称弟子者，一二虚声侯芭耳。芭文不见于世，乃以为扬雄之书胜周易，殆过谀甚矣。某不尔也。某于当今巨公诗若文顾亦曾手追成书矣！然每不自量，窃欲厉掌奋膝，以绍禹功。独于先生诗文未获全本。十年之内，或从一篗一笺，积累钞录，合诸体不满二三十首。以此为平生憾。常拟负笈蹑蹻，不计道里修阻，从先生小胥私乞缣缃，缮写数帙，又苦魏勃无路，可効扫门。今幸先生驻此，则某可省梦寐之劳与风雨邮置之瘁，先生顾何惜，尽倾所藏，稍饫调饥，使一介鲰生，稇载而归淮水也乎？伏楮待命，可胜发愤。

这封充溢着强烈的求生呼声的信未见回音。但嵇永仁没有气馁，随后上书严灏亭，其《抱犊山房集》卷五《上严灏亭先生书》曰：

某少碌碌四方，余澹心为字留山，梵林图之。越数年，秦淮樊圻、谢成、吴宏、高岑、邹喆又续为图，合肥公官司寇时爱而题曰：疏林茆屋．步步引入山之梦。栎公觐长安，相遇白云观中，亦有“黄尘犹在面，辛苦赋留山”之句……而来者非他人，乃栎下生见山比部，更变为五湖操艇之图。诗云：我慕鸱夷洁，期来吊五湖。自是江以南北莫不知有留山堂，留山堂云。然某实无堂也。年来方伯袁公，廉使金公，赠买山钱始得置屋溪上，而四方之熟识某者，仍在车尘马足间卜之，而不知某实有堂矣。夫岂惟有堂且得名公大人如先生者枉存陋巷、足辱蓬门，使乡人知有长者车辙，某得稍贤于佣贩牧竖之万一，且不至如往日寻声觅响，索某于东西南北、萍水无定之乡，不亦大可幸哉！某今更有望者，先生之诗，建帜中原，吾党咏歌已久，独先生画不多见。知先生不为世作画。某窃拟先生画，当苍老疏宕，全是元人。其秀润圆洁，仍本宋人家数。夫元画非别有源，派不过脱胎宋人，化整为散，化正为奇，化刻画为高脱，先生盖真用此意哉！间尝考之周时，礼明乐备，六艺浸淫，画从此始。穆王时，其臣封膜作画，厥后帝王之家，设立画苑，学士公卿间以绘事应制，则画亦非寻常山人墨客小伎薄俩而已也。某今请先生为作留山堂图，其间柴门流水、破壁颓楹，固不足绘。愿先生绘其境界峭特者，俾某异日短衣犊裈，推鹿车载父母妻子入山，当以先生一图为今日百朋耳。舍弟师巢亦粗学作画，特令赍缣造门，长跪以请，伏惟教诲不宣。

科举途中那不计其数的落魄举子，当最终的理想破灭后，仍然要寻求谋生之路，福清林章（1551—1599）《癸未下第》曰："五回下第岂应虚，留读人间未尽书。敢谓王孙终饱饭，不逢公子谩歌鱼。黄金颜色秋云似，白璧文章燕石如。莫怅芙蓉开较晚，东风排布本来疏。"由于五试科第不举，林章遂转而求幕谋生，距离京城最近军情至急的蓟辽便是无数名士施展才气的圣地。林章首先希望立功边塞，其《寄郑宾野将军》曰："一剑曾轻万户侯，如今风雨泣床头。将军自有平胡策，肯向新丰问马周。"《新唐书·马周传》载，唐初中书令马周贫贱时，曾住在新丰的旅舍，备受店主冷落。林章认为自己具备马周的才华，却没有马周的际遇，一旦机会到来，自己一定能够成就马周般的功业。希望郑将军能够为其提供平台。后又为张驾部投刺，其《张驾部赞画》曰："共夸汉将号征蛮，幕府风流不可攀。……二十年来恩未报，肯教孤剑倚天山。"又《上申相公》曰："几年江海一穷麟，欲借恩波未有因。只谓曾夸题柱客，不妨今作扫门人。蛮书十道临关急，汉节千山出岭频。见说君王正南顾，长缨何惜赐孤臣。"他之敢上书时相申时行，只因在某一场合，申相公曾无意中赞美了林章的诗句，而这一赞美又辗转为林章所知，故林章感激涕零，即使到相府为仆扫地亦心甘情愿。否则，边情紧急，希望申相能推荐赴边关任幕府书记。最终林章如愿以偿，得赴边塞，行前有《上孟纳言》："觅得从军一剑新，相看羸却泪沾巾。敢云抱璞终无辨，只为投珠未有因。马革不辞秦戍冷，蛾眉犹忆汉宫春。朝来问道西征急，谁荐当年草檄人。"对于申相的推荐感激不尽。短暂的军旅生涯旋即结束，"二十年来总是萍，如今何处说飘零"（林章《寄钱忠台司理》）。林章万分留恋地离开蓟门，其失意与失落，使得他且住且行，沿途投刺，希望觅得新的幕府。过天津，有《长芦赠李运长》曰："为政风流早擅场，而今藩臬更辉光。……驱驰自愧非千里，却欲长鸣过九方。"途经淮阳，投刺牛姓官员，《淮阳谒牛直指》曰："十载江湖为钓鳌，忽瞻骢马梦魂劳。"又《淮南上李制府》曰："一时仙客淮南胜，千古才名邺下尊。惟有西游人落落，不堪咫尺望龙门。"李制府幕府宾客济济一堂，李制府亦因好客而名声远扬。显然，林章希望能够成为其幕僚中的一员。《淮上谒江兵宪》曰："尊前秋色芙蓉幕，铙里春风杖杜歌。彩笔于今知更好，试教草檄看如何。"可知，淮上的投刺毫无所获。无奈继续南下。行至润泽，曾递送名刺于郡守王玉沙。当林章驻足润泽时，王郡守亲到林章下榻处慰问，使得林章备感温暖，"客途日日望三台，欲借辉光愧不才。偶向洛中怀刺过，何劳江上问船来"（林章《润泽蓬莱观王玉沙郡守相过》）。但王郡守只是表达了问候，并未能留林章于幕府。林章遂失意南下，所过之处，只要有为官的旧相识，他都投刺问路。《润州夜谒李长卿侍御》曰："十年天地一孤踪，岂有凌云赋不逢。漫愤昔时曾避马，翻惭今日始登龙。杨雄识字功名薄，汲黯怜才意气浓。愿借春风拂尘铗，口嫌相过数从容。"至金陵，则有《留都上邢少司马》自注："时司马以西征播酋行。"诗曰："司马牙璋此日分，谁将书剑许从军。……不须频说东征事，只是当年吐哺勤。"颂扬邢少司马具有周公吐哺的品德，林章真实的意图在于能够跟随司马出征。《寄黄序宾大行》曰："拼将一哭向穷途，别泪年来眼底枯。日暮白云愁倚舍，春寒红粉怨当垆。……也有故人如鲍叔，不知曾忆槛车无。"可见林章在生死线上的苦苦挣扎。

尽管许多失意文人曾得到官员不菲的经济援助，但绝没有人因慕其高尚的道义永恒地资以衣食。计东《改亭集》卷六《送黄复仲序》记黄复仲为江南甪直人，自晚明以来，甪直黄氏富甲一方，黄复仲，"奕世贵盛，人地既甲于一郡。又其文章著作，足奔走天下。天下名士，归之如云。复仲居则有甲第园林、玩好声伎之乐，出则盛舟舆、具宾从馆舍，意气饶适，人望之若神仙"。易代兵火，几乎毁灭了黄氏家族万贯家财，"为时几何，而摇落遂若此。其始也，卜筑深山，荷锄种瓜，叙述高士之传，小小可自给"。但随着时间的流逝，黄复仲做隐士的理想也难以维系了，耕种自给的生活亦难以解决温饱，以至于不得不谋食于笔砚，"今乃至自鬻其翰墨，困顿风尘中，依人悯悯。曾不能自匿"。隐士的生活终于不能继续了。湖北黄冈遗民杜濬，字于皇，号茶村，乱后寄居金陵，时有文友聚会。友人慕其才华，纷然而至。为保持友人的诗兴，杜濬常常令家人变卖家产首饰而沽酒。不甘放弃自己高贵的人格谋求干禄，而褰裳求助于昔日友人，当仕宦远方的友人看到今日落魄的杜名士后，感慨万千：京洛之间，辐辏轩车，纷纷然追逐金粟，孰还有心听你吟诵声诗？深受遗民敬重的杜濬在繁华已逝后至有乞食之举，不仅以诗记录了自己行乞的经历（《向顾书宣乞火米》《乞食诗》），而且将自己的别墅"茶村草堂"更名"饥凤轩"。这说明：生存永远是人生第一要义。像杜于皇般的才士所面对的不仅是一己的缺衣乏食，而且是整个家族香火断绝的威胁。著名隐士陈伯玑于顺治十四年（1657）年底流落白门，旅况非前，无以度岁，卖书卖墨过残年。没有什么能够抵挡每况愈下的经济困顿。唯有高官大贾之家方得闻吹箫奏笙。许多遗民固然可以靠自己受人仰慕的人格游食四方，可以维持一段壮游千里不赍粮的寄食岁月，如孙枝蔚、余怀、孙默诸子，但寄食究非终身之计。

顾炎武乃儒商，在北方广置田产，衣食无忧，又有在京师任要职的三甥。因此，他虽然晚年居无定所，游走于黄河南北，但是每到一处都有地方官员接待。顾炎武的际遇与他的三位高官外甥直接相关。但并非所有的遗民隐士都有生活来源，像顾炎武者终究是少数。当生存面临危机之时，孰能放弃生存的机遇？当新朝征召前朝遗贤圣旨一到，顷刻间，老遗民终于耐不住山中饥寒而出谒新朝新贵，往赴新朝科选，风尘仆仆踏上逐衣争食之途。数十年后，除了饿死病死者外，遗民作为一个精英群体几乎被人们所淡忘了。唯有出山自救——入仕或入幕才能唤回人们真诚的记忆。许多遗民中途改辙成为司空见惯的新气象。康熙十六年（1677）、十七年（1678），新朝士子靠入资得官者甚众。王应奎《柳南续笔》卷二载："鼎革初，诸生有抗节不就试者，后文宗按临，出示：山林隐逸，有志进取，一体收录。诸生乃相率而至……及进院，以桌凳限于额，仍驱之出，人即以前韵为诗曰：'失节夷齐下首阳，院门推出更凄凉。从今决意还山去，薇蕨堪嗟已吃光。'"所言之意即汲取新朝功名的艰难和强手林立的残酷竞争。坚持不出的方文对此踊跃之举深表理解，"无奈山中饥馁何，便应谒选勿蹉跎"。

沈受宏科举不如意，遂自荐入幕，其《上督学赵公书》曰：

> 松江府学诸生沈受宏，谨叩首，上言大宗师阁下：受宏少读古人之文，窃见韩愈有三上宰相书，又上于襄阳书。苏洵有上欧阳内翰书。是二公者，皆以贤士负文章之望。而方其困厄在下，欲求一日之知于当世之贤公卿，献其所为文章，不嫌于干请自进者之为，何哉？马之良者，期于伯乐；玉之美者，期于和氏。士之能文章者，亦以得遇知己为幸。非若营私图利之事，以干请自进为嫌也。伏惟大宗师奉天子命，视学东南。东南志士，无不听

取舍、受赏罚于公堂之下，位固荣矣，体固严矣。然诸生之称曰
宗师，大宗师之称诸生曰诸生，则是犹师弟也。

谋生，是大批文人走向幕府的主要原因。许九日在范承谟军幕，
开赴福建平定叛乱，当清军面临绝境时，许九日托言辞幕而归，成为
战场的逃兵。王澐也从湖南战场出逃，离开其幕主川湖总督蔡毓荣。
卓尔堪，于康熙十三年（1674）入福建总督郎廷佐幕府，参加平定耿
精忠之乱，任参佐，奔赴金华。七年军旅生涯，到康熙十九年
（1680）郑经退守台湾，沿海大部收复，卓尔堪亦辞幕归里，无获军
功，功败垂成。嘉庆《重修扬州府志》卷五十三《人物·隐逸》谓卓
尔堪"从军七年，大功垂成，闻母病即乞归"。母病乞归只是他的借
口，真正的动机是惧怕战争。在军情最危急的时刻，这些饱读诗书的
精英文士都临战而逃，这说明，在他们的心灵深处，保家保命远在帝
王祖国之上。他们深信：身家性命才是人生的终极意义。因此，当世
道黑暗，士人为了一种崇高的信念而退出喧嚣之世，此可谓儒家"修
身"，但修身的同时却放弃了对家庭、对社会的责任，一定不能齐家。
即使只顾自己修身的雅士，当面对经济危机，生存面临困境之时，修
身也不能维持长久。

三

《孔从子》载子思告曾子曰："时移世异，人各有宜。……伋于此
时不自高，人将下吾；不自贵，人将贱吾。舜禹揖让，汤武用师，非
故相诡，乃各时也。"认为时移势易，在动乱之世，各路诸侯都在竞
招天下英雄，在得士则昌、失士则亡的时代，正为谋士们提供了施展
才能的际遇，生当此际，有志之士应自高自贵，主动出击，谋求际
遇。姜太公垂钓渭水、卢藏用读书终南的际遇实在是太过稀少了，各

方官员政务缠身，家族庞大，没有如此多的闲暇打问隐居之士。子思的思考深刻睿智，适合每一时代的文人的选择。守株待兔的终南捷径固然不乏其人，但对于奔波路途的游幕文士来说，能够坐卧深山，扬名四海，被幕主所知而主动聘请的终究寥寥。张煌言说过："自战国封君以盛宾客、高名誉相夸尚，而从衡之士，莫不奔走侯门，取一时富贵。"① 明清文士都从战国名士那里汲取精神给养，对多数人来说，纳币来请是可遇而不可求的际遇。正是在等待的这些抱才怀玉的名士，却没有朝廷固定的俸禄，而赡养父母、养育妻子才是他们生命的最终职责，因而在实际的游幕中，真正能够为了尊严傲然而去的非常稀少，多少幕士屈尊人下，为了幕僚修金忍辱偷生，也因此才会有如此多的发抒牢愁、"穷而后工"的诗文。

秦松龄《有怀顾华封在历城堵伊令署》喟叹："丈夫失意每如此，含耻自拔尘埃中。"无锡顾华封科举不第，失意出游，遂入山东济南府历城县衙署佐政。孙枝蔚"年五十，浮客扬州，若妻妾子女奴婢之待主人开口而食者，且三百指"②，为了家人衣食，孙枝蔚白首游幕，不得不长年刺促乞食于江湖，其"刺促乞食"即处处投门路，走关系，谋衣食。当曾畹几度科举落第后，便屡屡给相知官员写自荐信，请求入幕。阎尔梅《赠张冲玄》诗曰："两年狂走河南路，山雨山风无处住。"如此知名的阎隐士也为了生计不得不山南山北往返奔波。虽然不能凭职业谋取官职，但幕府中有记室，修有千金者。即才学之士，得以遨游公卿，得高价，由此，"食贫居约而获游于权贵之门，常人之情鲜不愿者"。入幕求食成为许多文人的共同选择。陈祚明《投赠李庚生大司马》曰："十年荷莜田间晚，八口谁知阙餐饭。……长安旧交裘马色，肯念成都卖卜人。"委婉表达希望入幕，得到提携的意愿。顺治十二年（1655）陈祚明被故人胡兆龙、严沆邀请赴京入

---

① 张煌言：《徐允岩诗集序》，《张苍水诗文集》第一编《冰槎集》（不分卷）。
② 魏禧：《溉堂续集叙》，《魏叔子文集》卷9，北京图书馆出版社1986年版。

幕，"幞被奚囊，从两公游"。寓京十九年，他孤身辗转就馆于严沆、胡兆龙府第，佣书卖文以给食全家，陈祚明于《燕山遥哭二小侄》中所谓"我缘乞食走京华"，其勤勉劳顿远非"赫然倾动朝野"之光华所能遮掩。

康熙二十五年（1686）至二十八年（1689），孔尚任督河广陵期间，易堂九子中魏和公出山访孔，对于老儒的需求，孔尚任表示真诚以待。宁都曾灿（1626—1689），字青藜，号止山，清兵南下，率十万众协助杨廷麟力保南赣。兵败隐居翠微峰。后出山游幕，先后之闽、之浙、之粤。为了谋生，"奔走风尘中，刺促不休"①，处处投门拜友，寻求生存之路。无锡黄传祖，字心甫，康熙二年（1663）九月重阳，与方文同赴青州访周亮工幕府，王渔洋在平山堂为之饯行，并有《九日与方尔止黄心甫邹吁士盛珍示集平山堂醉歌送方黄二子赴青州谒周司农》。方文也有诗记此。

当屈大均抗清无望返回岭南后，他对清廷的态度因其家庭经济危机而发生了巨大变化，由前期的负隅抵抗改为积极接受，其《屡得友朋书札感赋》（一）曰："一谢交游故国回，寒暄不断素书来。杜陵虽有虚名好，沟壑何曾一救来。（自注：少陵诗：虚名但蒙寒暄问，泛爱不救沟壑辱。）"他反思曾经的行为，恍然悟到，以往所求，全然一场虚空，只是浪得虚名，不能解救目前的经济困窘。于是屈子开始主动而频繁地结交权贵，在《至韶阳呈陈使君》中声称"孺子知交多太守"，言明"无营偏作稻粱谋"，结交权贵的动机在于寻求经济资助。其《复上韶阳述怀呈使君》曰："尚平游未得，儿女事茫茫。白首劳婚嫁，丹丘阙稻粱。殷勤干太守，不敢卧羲皇。"已经归来，却不能高卧，儿婚女嫁，前人尚平、丹丘已是可仿效的典范，为谋求婚资，屈大均不再顾及身份，赴韶阳"殷勤干太守"，而且，这已经是再度

① 曾灿：《与宋荔裳先生书》，《曾青藜文集》卷11，《四库未收书辑刊》，北京出版社2000年版，柒辑，第25册，第534页。

赴幕。计东《改亭集》卷十《答汪钝翁书》表达了希望遇到贤明官吏之助的迫切心情，认为宋代徐仲车之所以成其孝节之名，在于得到了华州崔太守的鼎力相助。"使予今日亦若有华州崔太守者，在我吴二三百里之内，怜而客之，使岁有所贮，以养我母，不至劳我生以奔走衣食，逐逐于寒暑之时、水陆之道，读书励志以长贫贱，浩然自足，岂非大恩哉！"计东明确表示，如果能够有足够的养老资金，自己即闭门读书，决然不出。计东于此借往日范仲淹成名之酒浇自己不得志的胸中块垒，恳望汪琬予以资助。吴绮《林蕙堂全集》卷十九有《和洗进士乔之见赠韵》曰："老去难闲访戴身，五羊城下驻征轮。"说的就是这位著名的红豆词人因爱才被劾罢湖州知府，年老体弱之时，出游访戴，直赴岭南，投奔正任两广总督的本族兄弟吴兴祚。

能够中举者终究是少数。多数人终生不放弃科考，谋生与科举并重，那么，怎样二者兼顾？在京落第诸子纷纷离去可知，他们离京并非回家，而是赴幕。举路坎坷的文士游幕以自养同时结交显宦，开阔视野，谋求机会。徐喈凤《貂裘换酒·送路敬止赴蒋芳荪幕，十四叠前韵》曰：

> 每见怀才者。暂栖迟、芙蓉幕里，笔挥尘洒。君是吾乡高才子，饱学兼工书画。更雄辩、如河悬泻。好友招为书记客，仿嘉宾、帐内听人话。奇计出，缫酬价。翩翩裘带青萍挂。趁春风、轻帆逸棹，船行似马。就陆便登仙霞岭，指日无诸台下。蒋颖叔、故人重把。愧我如蜗粘壁久，不追随、南海将蛟射。分手际，黯然也。

游幕对于举子来说，意义有三：其一，谋金，可以养家，又可借幕府工作余暇攻读备考。其二，广泛交友，幕府往往是读书人聚集之所，可以切磋交流。其三，打通门径，如果得到特别有身份有背景的幕主的赏识，那么，幕主会在京城进行活动，打通各路关系，便于中举。因此，对于致力于科举的多数文人来说，走向幕府往往是最理想的选择。李良年，字武曾，号秋锦，嘉兴人，诸生，家贫游食四方，踪迹几遍天下。与兄李绳远、弟李符皆游幕府。李氏三兄弟终生游幕，常与朱彝尊、王翃、周笒、缪泳、沈进等人聚，幕府争聘之。康熙时，荐应博学鸿词，不遇。复入凤阳知府、福建巡抚之幕，后徐乾学开志局于洞庭山，应聘与修《一统志》。李良年多次落第，无奈离京，"荷衣敢望点朝班"①，不敢期望的背后隐含的是对"点朝班"的热切渴望。其《题毛会侯明府戴笠垂竿图》云："江湖与朝市，判若分卯酉。仕路方摩肩，讵有垂竿手。"② 期待哪位高官能够垂竿相携。《送斯年兄之滇南序》云："幕府又以好事称。当是时，上鲜资格之悬，其所以激励鼓舞之者靡不至，怀才抱器之士，褰裳裹糇，云集而影从，由幕府以自达于当宁者何限！……我闻枚皋、阮瑀、陈琳之徒，并以记室文字参当世之机务，乃以兄之才，顾不得在军门旁午飞书驰檄之会，矫首厕足其间，而后时以往，人咸以是惜之。"③

列举历史上游幕成功的先例，对其兄远赴滇南幕府表示真诚祝愿。李良年三兄弟以游幕为生，家资渐丰，直到康熙二十九年（1690）、三十年（1691）之际，年岁歉收，"米石三四金"，李家"食指犹数百计"（李绳远《寻壑外言》自序）。不耐生活的磨难，落魄文士，坚贞遗民，守节隐士，最终殊途同归，走向幕府，因此屈大均无限感慨，在《送徐司业》中慨叹："衮衮登台省，而今少布衣。"

不管是幕主邀请，还是投刺入幕，更多的文人笔下关于入幕的途径并不计较，重要的是已经从事于幕府。许多幕僚文士长久栖迟于幕府，数年、数十年，甚至终身为幕。张九钺往来南北幕府三十余年，

---

① 李良年：《下第后梦中得谷鸟桃花句醒足成之》，朱丽霞整理《秋锦山房集》卷6，上海古籍出版社 2011 年版，第 247 页。

② 李良年：《题毛会侯明府戴笠垂竿图》，朱丽霞整理《秋锦山房集》卷6，上海古籍出版社 2011 年版，第 247 页。

③ 李良年：《送斯年兄之滇南序》，朱丽霞整理《秋锦山房集》卷16，上海古籍出版社 2011 年版，第 473 页。

一生的主要时光消磨于幕府。华亭王澐（1619—1693），游幕齐梁楚越，其为王丹麓祝寿的《千秋岁》自注："客游二十载。"汪懋麟《送尔止归白下时将游闽粤》曰："江海飘蓬已白头，常将生事托孤舟。衰年未遂还山愿，尚欲辞家万里游。"为了在衰暮之年能够"遂"还山之愿而出游，那么，其万里之外的游览还会仅属游山玩水？嘉兴缪永谋，国变后，绝意仕进，授经生徒以为养，不给则游于四方。岁一归，视父困辄复出。山阳遗民杜首昌放弃遗民身份，交结官员，康熙十九年（1680），入闽，入姚启圣幕府，其《宴姚少保府陪诸眉居都督佟晋公方伯刘诚庵铨部》曰："尚书召客来缝掖，说剑论诗意气豪。……集成狐腋酬谋士，携得猩唇染战袍。错落霜刀兼彩笔，轻裘缓带自风骚。"即使在幕府深受委屈，也绝不放弃这得之不易的入幕机会。

万历间，福清何璧，字玉长，号渤海逋客，擅长写诗谱曲，颇知兵法，少年尚侠，"使酒纵博"，有"河朔壮士"之誉。钱谦益《列朝诗集小传》为其立"何侠士"传。朱彝尊《静志居诗话》中称其为"矜奇之士"。万历三十七年（1609），何璧游徽州歙县，闻县令张涛喜结交奇士，遂作诗四章投赠。为张氏所器重，于是征聘入幕。当时辽东战事紧急，张涛于万历四十年（1612），"开府于辽东"，即调任辽东巡抚，何璧又成为其帐中幕僚，在幕府出谋划策。当张涛被贬回里，何璧亦受牵连而离开辽东，余生落魄，客死他乡。

鲍龙生（1640—1691），字子韶，号镂斋，又号咄斋。祖籍歙县，生于江西赣县。尝游吴鲁燕齐间，一时知名之士皆与交。康熙十六年（1677），参江西都督幕，从破赣浙闽间。康熙三十一年（1692）游粤东，三月病殁。著有《红螺词》。当他路过梅岭，与坐镇南雄的太守江南陆世楷相聚酒楼，鲍龙生即兴填《念奴娇·寄陆孝山太守》曰：

> 珠江香浦，最无端、清梦年来醒未。偶向兔园称揖客，碌碌差他中贵。掉臂将归，探梅岭上，落拓逢君醉。虚堂灯暗，销魂

佳句犹记。

> 堪笑跃马挥戈，依人草檄，也止同儿戏。人到江南莺燕候，消受凄凉如此。短剑频看，深杯自劝，满眼谁知己。石城烟雨，一天漠漠离思。

这虽然不能说是鲍甕生的绝笔词，但却是他晚年的慨叹之作。长期在广州做幕僚，于南雄酒肆逢故人，悲愤喷薄而出。"兔园称揖客"，对自己身为幕僚身份的深自不满。虽然亦曾于战场上"跃马挥戈"立功石城，但功而无获，最终仍然"依人草檄"，倾诉了对自己人生际遇的不平，亦因此，人到中年便抑郁而卒。

朱彝尊一生游幕，虽然在康熙十八年（1679）博鸿后有皇帝特诏紫禁城骑马的恩遇，但在京城做官的时间仅仅三年。他长期携其子朱昆田在山东任巡抚幕僚，其间推荐介绍了许多江南才子赴山东各地任幕僚，这即是不久之后"绍兴师爷"便布满全国各地政府的重要原因。郑培由福建幕转入广东幕。朱彝尊《送郑公培入粤》曰："入闽闽有滩，度岭岭有关。……秋深高凉郡，郡守（郑君梁）当之官。英英玉堂彦，戟舍有余闲。好贤若缁衣，为子具馆餐。况有王大令（原），儒雅足盘桓。……暇过五羊城，越台尤壮观。番番三老友（谓梁陈屈三子），为我报平安。"[1] 诗中追溯了郑培在福建幕府所受到的知遇，郡守郑梁聘郑培入幕授徒，为他准备丰盛的餐饮。而大令王原儒雅风流，多与郑培盘桓游览，饮酒赋诗。如今，郑培西上五羊城，将会会见著名的岭南三子：屈大均、梁佩兰、陈恭尹，诗人相聚，文坛必将产生新的变化。文学与经济自然产生内在关联。

无论选择什么人生道路，生存下去永远首当其冲，屈大均多次拒绝入仕清朝，但他从没有断绝与官府的交往，尤其是后来回到岭南之

---

① 朱彝尊：《送郑公培入粤》，《曝书亭全集》卷16，王利民等校点，吉林文史出版社2009年版，第219页。

后，频繁出入高官幕府，其《蝉》云："人疑流水至，天与露华香。清绝真惭汝，依依为稻粱。"这其实是屈大均借蝉自咏的自我表白。

黄扉，又名黄罗扉，仁和人，诸生。有《半月楼集》。其《念奴娇·客途》曰："鸦啼疏树，正深秋，又是愁人离别。一路丹枫惊客梦，几度辞家见月。书剑飘零，长途奔逐，老尽英雄骨。何时樽酒，断桥再踏残雪。晓际结伴同行，旗亭驿舍，处处伤情切。砧杵声中鸡唱早，曲涧奔流如咽。远寺钟鸣，荒村烟霭，脚底芒鞋滑。嗟予半世，云山历遍千叠。"所写即是赴幕途中的感受与见闻，写出了多数游幕者共同的心声。

刘体仁向县令推荐自己的弟弟入其幕府，其动机为谋食，《七颂堂尺牍》有《与伍年翁》："迩来宦途者，畏客如虎，遂令狙者视到溉满前，安知大贤不失于交臂乎？况吾辈自有往还，非同饰竿牍者。"

谈迁持守遗民节操，日久天长，缺失生活来源，迫不得已遂远赴周中丞幕府，其友宋琬《送长益之周中丞幕府》曰："弹铗不劳歌幸舍，上书无计达天门。"

刘履丁，字渔仲，漳甫人。明末以诸生应辟召，擢郁林州知州，久客金陵。入清，游幕京师，擅书画。

周澎，字文涛，福建晋江人。博学工古文、诗赋。康熙初，福建水师提督施琅延之幕中，刻不能离，翰墨皆出其手。

孙象五，孙无言弟，随兄客居扬州，后入汝南幕府。吴嘉纪《送孙无言令弟象五游汝南》"时无言仲君同行"诗云："未见诗书贱，为商岂自轻。欲称真学者，不敢谋后生。"

邵长蘅《送郑生之楚幕》曰："子真辞谷口，南郡得康成。幕府需才子，穷冬念此行。"

刘石龄，字介子，国变后，以高才不试于有司，随就幕府。

黄季刚，名之驯，广东吴川县人。幕游江南，无意求名，以词为性命。

吴嘉纪，康熙初入青州海防道周亮工幕府。

吴绮《赠宋维清》曰："居贫未信从军乐，任侠偏嗟行路难。"

龚百朋，入清源县令张汝湖幕府。

透过明清文人的描写，我们看到的是奔波于路途的游幕文人的匆匆步履，我们所感知的并非那些科举得第、人生如意的达人心声，而是难以数计的为养家糊口而寻找机遇的儒生的痛苦呻吟。甚至多人死于游幕之途：华亭蒋无逸（堪舆大师蒋平阶次子）卒于岭南幕府，陈维崧《红林檎近·大鸿有西河之戚作此代唁》自注："大鸿次子无逸殁于岭南幕中。"嘉兴周篔（1623—1687），字青士，号筜谷。入清不仕，经商授徒。康熙二十三年（1684），游幕京师，与李符、沈皥日等唱和诗词。三年后（1687）南返，病卒途中。山阴张杉，字南士，抗清失败后四处浪游。康熙十九年（1680）游粤，入其侄广东盐市司提举张溱幕府。游粤二年。康熙二十年（1681）欲返越。未及归，卒于岭南。宜兴戏曲家万树长期游幕岭南，死于归里之小舟中。杭州沈甸华，号朗思，甲申后弃诸生，晚年因窘困远游南粤，归及维扬病卒。孙治，字宇台，号鉴庵，仁和遗民，自称武林西山樵者。既老且贫，以父殡未有葬地，不得已出游，遂殁于泽州。太仓叶藩（1642—1701），字桐初，号南屏，叶燮之侄，杜浚之婿。易代后不仕新朝，客游四方，名公卿争延之，曾入曹雪芹祖曹寅幕府。晚客涿州，卒于旅次。王翃死于从岭南游幕归里之途。王础臣病卒于岭南。这些令人伤感的案例不免令人望幕生畏。可以说，这些幕士都死于稻粱的滚滚征途中。

然而，即使翻山越岭，出生入死，也没有阻遏幕客继续入幕寻求谋生之路的勇气和匆匆步伐。屈大均因游幕得以养育妻子儿女，不断地购置田产、房宅。陈子龙得意弟子王澐家储钱的保险柜贮满了金银财宝，穿钱的麻绳已经腐烂断裂而主人不知，所储存的稻米堆满粮仓。计东游幕所得束脩，使得母亲安度晚年。李良年、李绳远家族，易代后三兄弟以游幕为生，直到康熙二十九年（1690）、三十年（1691）之际，年岁歉收，"米石三四金"，李绳远《寻壑外言》自序云李家"食指犹数百计"，除李符在福建幕府英年早逝外，李良年、李绳远分别在杭州西湖岸边建造了豪华的别墅庄园。宁都望族魏氏在国变后以巨资买下翠微山，举家迁入以隐。魏氏三兄弟（魏祥、魏礼、魏禧）等易堂九子入山隐居，躬耕自食。但身为长子的魏祥看到日益萧条的家族境况，深感责任沉重，在与父兄隐居翠微山数年之后，终于于顺治十年（1653）慨然贬服以出，主动出山谋食幕府并参加科举考试，为家族担负起延续香火并希其燎原的职责。许多曾共同海誓山盟的遗民隐士终于不奈山中饥寒，纷纷出山，并"次第取科名"。

第三节　茗香尽日交兰蕙，案牍千行傍荔枝
——幕府职责

顺治十二年（1655），遗民陈祚明在清廷新贵胡兆龙、严沆的盛情邀请下打点行装，北上京师。当他风尘仆仆舟车初至时，消息不胫而走，传遍大街小巷，于是京城士大夫争下榻焉。一介窘困书生，仅仅为赡养老母而以贫佣书京师。但由于他博学知名，尤其擅长选文，他的文选都是举子们所争相购买的畅销书。由于崇高的声望，一旦落足京师，王公显贵争相聘请，以至于大宗伯龚鼎孳、王崇简也亲自三顾茅庐，携礼金诚恳相邀。尽管陈祚明以选文知名，但他誉满京城绝非仅仅是学术上的成就。王崇简深知其丰富的内在涵养。这说明，陈祚明不仅学识渊博，而且能够运筹帷幄，筹划方略，具有深刻的政治卓见。京城高官对他的热情绝非是仅仅仰慕他的学术声望，更重要的

是他体现在政治、军事方面的非凡才华，而后者恰好是幕主所急需的。幕客的才华方是入幕的个人资本，文学辅佐政事，是幕客文人的基本职责。徐渭《送俞府公赴南刑部三首序》谓元稹坐镇浙东时，广开幕府，"所聘幕职，皆当时文士……然于事功，则未多闻"。"有事则抽笔束带，向厅事而署记，无事则舟提策，览溪山，访古昔，抽笔而为文章。"文事与政事相结合，才是幕府的真正意义。

幕府的职责首先在于政事，陆世仪（1611—1672）认为，文士们不必因朝代更替而死节、隐遁，如此则贤才不得用世，导致世风日下。拯救世风，文人士大夫责无旁贷，认识到这一点，他便于顺治初毅然放弃隐居开始了其大庇天下的人生历程。首先应江西安义县令毛如石之邀，入幕佐政，使一方秩序得以安宁。康熙初，又应江苏巡抚玛古之邀入幕佐政，以"圣道"为职责，关注社会现实，参政议政，凡是关于民生利弊莫不指陈。安徽鲍夔生，亦在隐居很长一段时间后决定主动出游，入幕从政，实现自我的价值，他直接选择充满机遇和风险的京师。临行，友人魏禧为其送行，《送歙县鲍生北游叙》云："京师，公卿贵人之所以辐辏，草泽贤人奇士所托伏，夔生游当必有遇。……夔生此行不宾大帅则督抚，下逮郡县书记之任，将因是习文武吏事，知四方大利害。"深信鲍子凭借卓荦才华，必将为上自督抚下及郡县的各级官员所引重，凭其所习"文武吏事"及颇知"四方大利害"而在幕府充分施展其大济天下的雄心壮志。文人奔走于幕府成为明清文学生成的一道亮丽的风景。

自嘉靖间边疆大臣大量招聘幕僚始，直至整个清代，由于文化建设、地方治理的需要，自制府、中丞、司、道以下州郡县，都建立自己的幕僚群，或佐政，或从事文化事宜，这些幕僚文人多可间接地获得参与当世事务的机会。

一

　　动乱之际，许多志存经济者投身幕府。无论幕主招聘还是文人投谒，参加幕府的军事活动确是首要动机。许多饱学之士颇知兵法，战事爆发遂入幕献策。从嘉靖至清初，前后一个半世纪的风云动荡中，各路幕府收罗了不计其数的文人才俊。茅坤因知兵，被蓟辽总督杨虞坡聘请入幕，共商军事，其《上杨虞坡大司马书》云："获以簿书事公幕府……从公游，出入亭障，擘画山川。"连江陈第(1541—1617)，字季立，号一斋，擅音韵，秀才。嘉靖四十一年(1562)，戚继光率军进驻连江，督理抗倭。陈第赴军门献策，聘之幕下。其战略战术得到施展，为戚继光、俞大猷所倚重。万历元年(1573)，陈第入俞大猷幕府，教以兵法。万历五年(1577)，在古北口训练士兵。万历七年(1579)，升游击将军。万历十一年(1583)，蓟辽总督吴兑派人在军中摊售高价布匹，陈第不从，辞职回乡。宋俊《柳亭诗话》卷二十五"杨花曲"载："连江陈季立，以诸生为俞将军大猷所知。劝其立武功以自见。荐于谭襄毅纶。居蓟镇者十年。与戚南塘论兵相得。"尽管最终陈第被迫辞幕，然而他人生的价值实现于军幕。晚明是人才辈出的时代，人才多由幕府所铸就。

　　清军南下横扫中原之际，遭遇史可法的顽强抵抗。如果说胡宗宪因爱护人才，使得其东南幕府改写了明代文学史的话，那么扬州史可法幕府则绘制了明代文学最光辉的篇章。史可法以兵部尚书职督理东南军务，晚明许多谋士参加了史可法扬州幕府。幕中设二十一社资谋议，以供各类才人幕僚各尽其才。苏州卢渭，廪生，史可法任南京兵部尚书时聘其入幕，筹划军备，卢渭连上《上史大司马南都切计十策》《上史大司马东南权议四策》，又奉史可法之命，发布《杀贼誓言》。当史可法备兵扬州时，卢渭赴扬州参谒，遂留之幕中。无锡王世桢（1626—1693），字础尘，甲申之变，谒督师史可法于维扬，进救时之策。史公大悦，延入幕府，亲为之冠，行三加礼。江西彭士望，阁臣史可法督师扬州，招士望参扬州军幕，献奇策，力主用高杰、左良玉军"清君侧之恶"，未被采纳，但却证明了彭士望的军事远见。淮安王之桢，诣史可法军前陈防御十策，遂辟置幕中，掌机宜文字。军书羽檄，多出其手。在军幕，整理史可法奏疏五十余通，硝烟战火中，尽其可能保存宝贵的军事资料，没有王之桢，今天我们就无从知晓史可法坚守扬州的艰难与其誓死守城的决心。后来成为孔尚任著名戏曲《桃花扇》主角的明末四公子之一的河南名士侯方域亦曾出于国事激情入史可法幕府效力。昆山孙元凯、史可法开府扬州，辟参其军，献《兵事七策》。南昌王猷定，为人倜傥自豪，史可法闻其贤，征为记室。嘉定张涵，以镇压奴变闻名，应聘史可法幕，授都司。条上七事，可法用其四，城破，被害。昆山归昭，戎服谒史都督，遂留幕下，城破，殉难。当史可法兵败后，许多幕僚辗转入鲁王、唐王、桂王幕府，继续抗清。当最后的南明永历王朝败亡后，这些幕客各谋生路，或顺降，或隐居，或入幕。当三藩乱起，许多忠明之士纷纷南下入三藩之幕，直到乱平。青史留名的那些文士们多有南下的抗清经历。孙旭《平吴录》载，康熙间，吕师濂走云南，入吴三桂幕府，为吴出谋划策，修造园亭，广置女乐，为韬晦计。吴三桂反清时，吕师濂又为吴铸造印信，任工曹职。当三藩平定后，吕师濂留居岭南，后入两广总督吴兴祚幕府，颇受器重。镇江谈允谦，字长益，与冒襄、阎尔梅、顾景星、丁耀亢等为诗友。康熙初入山东抚军幕府。麻伯顾则远赴西部古凉州从军幕府，宣城梅鼎祚（1549—1615）《游燕草序》云："麻甥伯顾参永昌军事。永昌，古武威西凉地也。"清兵南下，明刑部员外郎钱肃乐建牙行事，督师钱江，纪五昌，入其幕府，多所赞画。何丹邱出榆关，入缙云军幕，郑应曾《何丹邱先生传》云："时大中丞缙云昆岩郑公，以重望出镇榆关，敦请先生（何白）入幕……间议兵谋边计，动中机宜。"龚升璐，清初举路坎坷，遂入军幕，参赞机务，吴盛藻《龚升璐诗序》云："龚子之才不可一世，而欲以近科制艺为描头画脚之文，龚子不屑也。而当世之知龚子则益甚。自开府以及藩臬诸名公，欲以赞机务，筹国家大计，辄曰升璐。而升璐之扪虱而谈，借箸而筹者，无不中繁。是龚子之出颖于芙蓉帐中，已略见一斑。"寄畅园主秦松龄、抗清殉国的陈子龙弟子王澐等大批才俊被聘入清初平三藩之乱的川湖总督蔡毓荣军幕，他们都创作了大量从军诗，透过这些创作，我们看到了蔡毓荣率军作战的威武雄姿和战场的艰苦，也因此得知，即使在枪林弹雨中，蔡都督也潇洒地与其身边幕僚赋诗唱和，有时，幕客数人正在战壕吟诗，突然敌人的子弹飞来，于是他们马上放弃吟诗而投入战斗，今天读来仍然让人揪心的战火中的文学成为那段时期的真实记录，同时，这也是有关军事文学的第一手资料。虽然文学史上边塞诗成熟于盛唐，鼎盛于盛唐，许多诗人都有从军赴边的经历，但是唐代边塞诗人虽然赴边，即使岑参以其出神入化之笔描绘奇异瑰丽的西域风光，但岑参并没有上阵杀敌，也没有像王澐这般战斗间隙提笔赋诗。

当耿精忠于福建反清，范承谟奉命平乱，许九日以知兵为范都督聘请入幕，从征福建。临战之际，许九日辞幕归里，两年后范承谟被害。范承谟于狱中作《百苦吟》，自序云："癸丑（1673）秋，从予入闽，未数月而予遭异变。稽子与三山林子能任、会稽王子幼誉、华亭沈子天成，同罹其难。"《福建通志》卷六十五《杂记·祥异》载："（康熙）十五年九月十六夜，总督范承谟被害，宾幕稽永仁、沈上章、王龙光、李全弟、范承谱、领纛王天佑、家人于通等五十余人皆被害。"同时遇难者，除了范承谟序中所提的尚有弟范承谱，幕宾沈上章、李全，领蠹王天佑，家隶于通等五十三人，他们感公壮烈，皆同时被害。山河为之悲泣的壮烈牺牲，感天动地，许九日《闻变遥哭制府范侍郎》记录当时"三千里内家家哭"，"回首同时琴剑客，生还独一董庭兰"。共事范幕的友人同时被拘，只有董庭兰设计逃生。无锡嵇永仁等众多幕僚也同时殉难，其家仆激于义受殓扶柩归里。可歌可泣的壮举，催人泪下。可贵的是，范总督及其幕僚的集体殉难唤醒了已经归里的许九日的良知，他深自愧疚。里居未久，复入杨中丞幕，再度由浙赴闽，参加平乱之战。当他途经范承谟浙江任内的衙署时，感慨万千，遂有诗《丁巳（1677）冬再入闽中过范侍郎旧驻兵处》曰："千里寒云空结阵，三年碧血未成灰。"表明他誓死平乱的决心。次年（1678）达闽，有《戊午（1678）春范侍郎家人迎载空旐北归时予在杨中丞幕中不能追送望而哭之》曰："三年此地又重来，岘首茫茫堕客杯。剑履已归天上去，风烟还见海边开。"在福州，每当目睹当年范司马的旧迹时，许九日无不为之伤痛追悔，作成《戊午（1678）夏日登钓龙台遥望制府旧署追哭》三首等。当嵇永仁等赴福建军幕参与平乱之战时，其友人梁溪秦松龄也赴川湖军幕，亲临前线，出生入死，在隆隆炮声中奋勇杀敌。秦松龄《陈朝喈诗序》云："予从军汉南，君以幕府之辟，至烽烟蔽江，上炮车轰，日夜不绝。"当三藩乱起，许多遗民隐士激于民族情结，远赴福建、广东、云南，加入三藩的反清战争，他们怀抱着复明的希望奔赴前线，山阴宋俊赴福建军幕，临行，与友人留别，有《二郎神·从军闽中留别诸友》，而其友人则赴云南军幕，宋俊则有《春云怨·寄怀诸友从军昆明》。

张煌言《徐允岩诗集序》中论述入幕文人"其间亦有奇策秘计，为诸公子排难解纷，是足称矣。汉、晋以来，公卿俱得辟除僚属，幕府弘开……一代之人才，往往由之而出"①。入幕从军，也往往是一个

---

① 张煌言：《徐允岩诗集序》，《张苍水集》，中华书局 1960 年版，第 12 页。

家族崛起的机缘。绍兴吴氏家族即因游幕而成为望族，吴越川，字大圭，经商于辽东①，礼亲王代善聘其入幕，付以总管之任，因功升清河卫守备。《清朝野史大观》卷五载吴大圭，"绍兴人，明末负贩辽东，为烈王幕客，掌会计事"。当胡宗宪在狱中自杀之后，徐渭远赴辽东，入蓟辽总督同乡吴兑幕府。绍兴吴兑家族至清初，培养了一位卓越的军事领导——两广总督吴兴祚。吴兴祚任职岭南，开创十三行，成为清朝唯一的对外贸易港口。西方各国的货物由广州运往北京乃至全国各地，十三行繁忙的中西贸易持续二百多年，直到鸦片战争爆发。吴氏家族和一个王朝的命运息息相关。

如果说抗清之际，文人入幕尚有志澄天下，抵抗外族入侵的民族激情而不带有经济动机的话，那么除此之外，几乎所有的入幕的背后支撑都是谋生的经济动机。

二

梁辰鱼《送春野陈缮部分司杭州》言幕府主人的消闲云："出纳之吝付有司，税课纷纷我何有。"秦松龄《有怀顾华封在历城堵伊令署》亦云："讼庭无事日吟咏，高怀落落与尔同。"政府的课税征收、庭讼断案、地方教化等是幕府工作的重要职责，都需要幕僚佐助。战争的持续时间不长，真正的战争较之历史的漫漫长河也属晨星。战争之所以令人振奋、令人铭记，是因为战争往往会改写历史。而历史的真正的推进是经由人们的日常生活。王龙光《次和泪谱》谓嵇永仁："先生少为诸生，食饩有年，噪声名场中。所为文章，往往为人传诵。

---

① 吴大斌，州山吴氏二支三分七世孙，六岁父卒。成人后，托付二弟照顾母亲，自己带着三弟吴大圭遨游海内，最后定居辽东，入明朝辽东大将李成梁幕府。州山族人有四方之志的都归附到他的门下，辽东的名士也把登吴大斌门称为"登龙门"。万历四十四年（1616）辽东失守，孔有德攻陷登州，要吴大斌随军效力。吴大斌遂渡海至登州。

81

辄取科第已。独屡挫场屋，郁郁不得志，以亲老昆弟未成室，出就馆谷。当世知其具经济才，或聘治河，或诹荒政，历有成效。”这个事例说明官府的地方行政对于人民生活质量的决定作用，因此，地方官员的首要职责是地方治安和发展经济。参战之前，嵇永仁即协助官员治理黄河水灾，应对灾荒，安抚百姓。这就是一个优秀的幕僚人才对于官员行政的重要意义。

曾灿《与丁雁水观察书》①论述了治理地方民政的方法，首先是治理案牍，其次是审理人命案件。虽然都是官员天经地义的职责，但事实上又全部是官员所聘的幕僚的责任。曾灿本人即靠其一生悠游于高官幕府，协理案件，主要是协理盐政，借幕府收入养活了其数十口的家人，其间，娶媳嫁女，生儿养孙，家口不断增长，消费日渐提高，所有的家庭开支全部来自曾灿的游幕收入。可知曾灿对于官员政绩的重要作用，以至于巡抚大人会将一省的盐业全部交付曾灿管理，虽然没有来自朝廷的任命，但是幕府中的曾灿实际上充任了财政厅厅长的职责。对于官员来说，物色到才华卓越、能力超强的幕僚非常不易，因此，清代的杂记随笔中便会发现许多有关物色幕僚的记载。黄六鸿《福惠全书》中“延幕友”载：“州邑事繁，钱谷、刑名、书启，自须助理之人。若地当冲剧，钱粮比较，词讼审理，与夫往来迎送，非才长肆应，势难兼顾，幕友又须酌量事之烦简，而增减其人。”这说明，幕友不仅遍及中央到地方，而且成为地方官员不可缺少的得力助手。在治理地方的政治秩序中，尤其需要幕僚的协助，律例、成案、责例、公文、账房、断案、收税、漕运、治河、书信等幕府纷繁复杂之事，官员不可能一人兼具，因而各级官吏上自总督、巡抚、布政使、提学、按察使等，下至知府、知州、知县，都要大量聘请幕僚帮助处理政务。

---

① 曾灿：《与丁雁水观察书》，《曾青藜文集》卷11，《四库未收书辑刊》，北京出版社2000年版，柒辑，第25册，第538页。

曾灿的例子足以说明幕僚的收入具有怎样的诱惑，因此，官场外的大批人员涌入幕府，导致许多无才无能的人也混迹幕府，万枫江《幕学举要》云："幕中流品最为错杂。有宦辙覆车，借人酒杯，浇己块垒；有贵胄飘零，拼挡纨绔，入幕效颦；又有以铁砚难磨，青毡冷漠，变业谋生；又有胥钞诸练，借栖一枝；更有学剑不成，铅刀小试。"这段文字概括了入幕人员的层次不同、职业不同、目的不同，所起的作用也不同的种种类型。万枫江认为，在社会的各种职业选择中，唯有幕业最为复杂。在此，他列出了五种幕府从业者：在宦海风波中失意者，寄身幕府，将自己的才能间接借助他人得以发挥；贵族王孙，家道败落，飘零入幕，借以维持自己的纨绔之身；落第书生，在幕府谋求文人身份；衙门胥吏，熟知幕务，栖息一幕，垄断行业，清代的"绍兴师爷"即垄断了全国各地的政府衙门。万枫江所提供的潜在信息是，幕府既是各路英雄豪杰呈才使能的广阔天地，同时也是各种旁门左道的有利空间。正因为幕中流品丛杂，才更体现了幕僚人员的职业素质。因此计东《送韩灿之之浙江幕府序》论述幕僚的行政职责曰："至治两浙大略，凡所为察属吏戢悍兵靖寇，原恤民困，广视听，酌宽猛，使民皆乐其生，而下吏惕然知畏法。"①根据自己的游幕经验谆谆告诫友人韩灿之，到治所，忠于职守，勤政爱民，严格守法，造福人民，协助幕主维持地方治安，公正断案，清理诉讼。这就使得我们明白了计东能够终生游幕的原因。太仓沈受宏《白溇先生文集》卷一《送陆桴亭先生赴抚院马公幕序》云："国家定鼎三十年，海内晏安，兵销寇熄，天子励精求治，悯念江南为大邦重地，特简公于卿贰之班，授之节钺斧藻，以来抚此一方民。公至，则奉扬德意，细大入矩，远迩趋化。"寄予陆桴亭精心佐政的殷切期望，又云："都察院右副都御使

①　计东：《送韩灿之之浙江幕府序》，《改亭集》卷6，《四库全书存目丛书》，齐鲁书社1997年影印本，集部，第228册。

马公巡抚江南之三年，闻太仓陆桴亭先生之贤，具礼币，肃使者迎于丹阳之馆舍。先生拜受命。反及家，载书趣装，召故人告行。公既大贤，先生复儒者，二者相合，人知其必有进于治也。"江南巡抚聘请陆桴亭入幕讲学，奉扬德意，教化人民。顺治十八年（1661），博学巨儒老遗民陆世仪，为生计出游入江西安义毛天麒知县幕，为其询利弊、严防守、设支更、招流亡、征服毒、革船户、汰马价、清钱谷、造仓廒、稽逃户、查越站、禁闹房、靖赌博、除奸蠹，成为毛知县的得力助手。从沈受宏的描述中可知，陆世仪在县衙无所不能，几乎代替了县令的全部职责。全才的幕僚，必然炙手可热，幕主争相聘请。死于义的嵇永仁在《与曹秋岳先生书》中谓自己于易代后坚不出门，发誓像陈维崧之父陈贞慧那样隐于一室，拒不出仕。奈老亲弱弟，衣食不继，不得已复走风尘，为观察祖公所留。为了赡养双亲抚养弱弟，不得不出山。祖观察闻知嵇永仁的声名，高薪聘请入幕，公念某缘养亲而出，为预备父母百年事，恒驰寄菽水。幕府中，祖观察不但付给嵇永仁高额的修资，而且为其父母准备了足够的"百年"之资，此外，持续给嵇永仁的家里寄礼品，这令嵇永仁感激不尽。为报答祖观察的恩情，嵇永仁在幕府中，协助祖观察解决了最棘手的治河问题，在幕府的各种职位中，处理漕运、治荒、水患等事务，都需要有专业知识的人从中谋划，而清代，盐业则成为地方政务中的主要问题。江西遗民曾灿，即以博学的盐业知识，服务于各高官幕府，长期追随浙江巡抚佐理盐政。曾灿《与丁雁水观察书》论述了治理地方民政的方法，首先是治理案牍，其次是审理人命案件——这是地方政府最需要的幕僚人员，黄宗羲《蒋氏三世传》载，蒋之骥，字龙友，"尝客龙溪徐令，民王九如晨出不返，其子疑一怨家，投牒，尸不得，无以成狱。令问于君"。蒋之骥成功地帮助徐县令查破人命案，将真凶绳之以法。由于蒋之骥的公正，在其幕府工作中，也帮助幕主洗清冤案，释放无辜者。义乌金光，善权谋，尚可喜从辽阳入关，闻光声名，置之幕下。凡有计议，必咨于光而后行。顺治中，尚可喜晋爵平南王，光随之粤。在金光的辅助下，平南王凿山开矿，煮海鬻盐，遣列郡之税使，通外洋之贾舶，光无不从中擘画，平南王迅速积累了雄厚的财富，成为清初三藩中最富有的藩府。

三

授徒作为一份读书人谋生的职业，确能维持自己底层文化人的身份，但往往收入微薄，不可作托命之思。对多数人来说，授徒仅仅作为一种谋生媒介，如果还能谋求到其他生存方式，则往往放弃授徒。除非再也找不到谋生之路了。这并非易代之际文人的选择，而是古代知识人的普遍状况。而在"遗民时代"，还可以感受到众遗民坚强的生命信念。此际的授徒与传统的授徒隐然有别——不仅生存，而且具有某种文化影响力和社会功能的象征。因此在仕宦之外所有的谋生职业中，最为文人所衷心的是授徒。或者自己开馆招收学生，或者到达官显贵府第授课。后者往往又成为多数人的选择，因为在达官府第，往往有较高的束脩收入。如果得到官员的特别赏识，那么，可以借助达官的资源尽早科举中第。而在达官的府第授徒，教授官员子弟的同时，也往往参与达官的政治谋划，成为这些官员的个人参谋。从这个层面说，进入达官的塾师先生即非仅仅是授徒之师，而是兼具谋士之责的幕僚了。因此，从这个层面说，进入高官府第的塾师就兼具塾师与幕僚的双重身份了。

顾衡（1637—?），字孝持，一字霍庵，娄县人（今上海松江人）。善画，尤长诗文词。康熙八年（1669）入梁化凤幕府。康熙三十三年（1694）官临淮训导。有《盘谷词钞》。其《浪淘沙·自七丫口渡海至崇明》序曰："忆己亥（1659）夏，太保梁公驻节于此，值海寇猝犯建康，公率水军三千，破贼十万众，世祖嘉其绩移镇云间。己酉（1669），延余入幕，命两令嗣公调、公和执弟子礼，相得甚欢。今公调奉命复镇崇沙，而太保殁已二十余年矣。追忆旧交，不胜感怆，为填此词。"

陈子龙二下一岁时，宜兴陈贞慧以千金聘其至亳村浩然堂教授六岁的长子陈维崧。教授之余，与陈贞慧觞咏月余而去。但他们并没有时间的限定，更没有契约，所以，尽管千金所聘，陈子龙仅在陈贞慧家教授数月。陈维崧十六岁时，父陈贞慧延请宣城昝质做馆，教授陈维崧诸弟。

云间文士李雯以诸生终，其一生的创作都出自做馆师和幕僚之时。李雯早有诗名，亦曾馆于陈家，教授陈维崧诸弟。云间望族宋氏家族聘请李雯做宋征舆塾师，遂与宋征璧、宋征舆兄弟交游唱酬。明亡后，李雯在京师最早投顺清朝，并以才华深得多尔衮信任，成为多尔衮所依赖的随身幕僚，代为草檄，那封声情并茂的劝史可法投降书即出自李雯之手。而宋氏兄弟之父宋尧俞万历年间因才满京师而为首辅张居正聘为相府馆师。侯官高兆，字云客。福建巡抚许某，十分器重高兆学问，聘为家庭塾师，教其子许孝超读书。后许孝超在广东、云南等地先后为官，对高兆所著《六经图考》未刻成书之事耿耿于怀。不惜从千里之外请高兆到北京，专门为之付刻。其后，高兆入杭州张抚军幕府。孙枝蔚白首出游幕府，以修金养家，汪懋麟《喜豹人自西江幕府归读其诗稿即题卷后得五绝句》，其一曰：

> 节度亲贤世所无，何妨白首授生徒。
> 纵非就食依严武，也算吟诗遇石湖。

据此，可知节度使爱贤好士，聘请白发孙翁入幕授徒。并且，此次游幕，孙翁获得极高的待遇，虽然没有谈及具体钱数的多少与物的种类，但诗中说到孙翁在幕府堪比唐之杜甫、宋之姜夔，而其幕主则堪比善待杜甫的严武和为姜夔购买田产并赠妾小红的范成大。仅此，孙翁三百余口之家的生计即因此而有保障。无锡秦松龄出应湖广总督蔡毓荣之邀，即入幕至军中讲学。

钱肃润《文瀫初编》卷六有曾灿《张虞山闽南集序》曰："余以汀州司理招致宾幕，见学使者所衡士，文多汪洋奇拔，有山水之气。知其中必有人相左右，称主文者。今春过淮上，见虞山，乃知此时同在汀州，恨相见晚。"曾灿赴闽西汀州司理幕，负责司法断案。其间与提学官多有交往，曾于提学幕府遇到"椰冠道人"张养重（1617—1684），二人一见如故，从中得知张养重的幕府职责是阅卷、办学等。崇祯十年（1637），高淳邢昉（1590—1653，字孟贞）应任职华亭的贵阳人杨文骢（字龙友）之邀入幕授徒。汤之孙《邢孟贞先生年谱》载："十年丁丑……贵阳杨龙友秉铎华亭，延先生署中，二子从游焉……斯时云间儿社名士如朱宗远、夏彝仲、陈卧子、李舒章、周勒卣、徐闇公相与订交甚欢。"在华亭幕府，邢昉得以与云间名士夏彝仲、陈卧子等相唱和。邢昉的参与，打破了云间几社长期以来成员仅限于云间一地的格局，增加了新的文化元素，邢昉将徽派文化带到云间。经由一个偶然的原因，地域文化得到了融合。这是这些文士们未曾想到的文化意义，而当时邢昉入幕即为谋资，方文《嵞山集》卷四《寄怀邢孟贞》即云其"年年谋馆粲"。

娄县顾衡（1637—?），字孝持，善画。康熙八年（1669），大宗伯梁清标聘请入幕教授其二子梁公调、梁公和。顾衡《浪淘沙·自七丫口渡海至崇明》序："忆己亥（1659）夏，太保梁公驻节于此，值海寇猝犯建康，公率水军三千，破贼十万众，世祖嘉其绩移镇云间。己酉（1669），延余入幕，命两令嗣公调、公和执弟子礼，相得甚欢。"梁清标给予顾衡以贵宾待遇，当大宗伯逝世二十多年后，顾衡仍然不断追怀大宗伯的关爱。当大公子梁公调学成入仕后，梁氏家族继续保持对顾孝持的资助，"今公调奉命复镇崇沙，而太保殁已二十余年矣。追忆旧交，不胜感怆，为填此词"。顾孝持在大宗伯府第授徒几十年，直到康熙三十三年（1694）出任临淮训导。绍兴才俊吴楚材、吴调侯叔侄在福建军幕授徒，教授巡抚吴兴祚之子。为了保证授课的质量，他们精心编选《古文观止》，不仅吴楚材因此知名，而且《古文观止》至今都是被人们奉为经典的古文选本。

彭孙遹《寄钱子青时客雷明府署中》云："知君抱得丰城宝，仙令还能拂拭看。"战时的边关幕府并非常设，而幕府授徒也并非怀才抱艺文士所心仪的谋生之路。代司笔札，是游幕人员最常见的工作。昆山秀才郑若庸因诗文知名，于嘉靖三十三年（1554）被王爷聘请北行入幕，代司笔札。徐渭论代笔职业的产生曰："古人为文章，鲜有代人者。盖能文者非显则隐，显者贵，求之不得，况令其代？隐者高，得之无由，亦安能使之代？渭于文若马耕耳，而处于不显不隐之间，故人得而代之。在渭亦不能避其代。又今制用时义，以故业举得官者，类不为古文词，即有为之者，而其所送赠贺启之礼，乃百倍于古，其势不得不取诸代，而代之者必士之微而非隐者也。"[1] 徐渭在幕府中由代笔札至无所不代，他的多方面的才华使得总督胡宗宪倚之为心腹。

书启信札，代表了幕主官员的隐私，因此从事笔札的幕僚往往深得幕主信赖。代人撰写，非复自己的真实经历和感受，对于作者来说，似乎代人写作是一种不够光彩的职业，带有明显的功利性，因而许多文人结集一生的诗文创作时凡代笔之作多弃之不顾。而徐渭则是个例外。徐渭的代撰之作，拓宽稳固了胡宗宪在朝廷的位置。徐渭即将其代撰之作收入其文集中并直接命名为《抄代集》，公然宣示自己

---

[1] 徐渭：《抄代集小序》，《徐文长三集》卷19，《徐渭集》，中华书局1999年版，第536页。

曾经的职业，任凭后人品评。

云间彭师度风尘仆仆奔走京师，托门投友，上书乡谊严灏亭请求入幕，书沉大海。栖迟于长安数年终竟沦落不遇。在绝望之中，为吏部侍郎宋德宜上书，请求援引。其《彭省庐先生文集》卷三《上宋右之侍郎书》云：

> 曩者登先生之堂，意勤勤恳恳，若怜其落魄而思有以振之于泥涂者，私心甚喜。已而至门，则阍者辞，再至，则又辞。非退朝未暇，即贵客在门。主人或深居偃卧，而客则踟蹰，嗫嚅仰首。候阍人意旨傲视而拒不为通也。……近者闻先生有荐贤之柄，私心踊跃，谓先生长才广识，当必有魁梧奇杰出君夹袋中，而微闻所举不过在耳目之前。窃所未解，敢不避。……今有人偃塞于世者三十年矣，少诵读无名利心，人所趋者恒止之，人所通者恒介之。于文辞无所不著，而未尝求炫于人。四方贤豪识与不识皆知之。软美者恶其直，通明者赏其真。政练辞达，无所措施，奔走长安街，冀一知遇者又三四年矣。殷殷乎有慨于心。若将饥渴，或歌或哭以自遣。其亦沦落不得志之士也。先生其亦念之乎？昔原思行野，子贡叹其贫；王粲旅食，中郎伤其困。濑女以壶浆救士，漂女以一饭留恩。此皆以分寸之细德，收远大之鸿名也。……某垂老之年，无所轻重于世，然不能拮平勃之椽，游卫霍之室，而喋喋与左右者，地近而谊亲。曾有以信其生平而稍稍为之援引也。今自料与世龃龉，将归岩穴以老矣。料大君子之心，未必弃旧交如敝履。

"右之"乃常州汉官宋德宜的字。宋德宜顺治十二年（1655）进士，康熙间累迁吏部尚书，文华殿大学士。在任期间举荐了陈维崧、计东等大批江南才俊，这是众人皆知的信息。彭师度上书中，希望宋尚书"怜其落魄"而"振之泥涂"。但宋府的守门人屡屡将彭子拒之门外，最后通过关节，所上书终于抵达尚书之手。宋德宜阅毕彭师度的自荐信，为其真诚所感动，收之幕下，彭师度凭其才华成为宋尚书德宜的代笔人。在彭师度的文集中，大量"代"作即代宋德宜。如《代大阅应制三十韵》，所代"幕主"有权广泛阅览应制诗，这说明彭师度幕主的官位非比寻常。《代经筵恭记二十韵》可知，其"幕主"是皇帝的经筵讲官——帝王师。这些都是幕主身份的一种明证，也说明彭师度借此而获得高贵身份。但未久因观点不合辞职而去。彭士超《彭省庐先生文集序》载其父彭师度一生"凡三上都门，逗留二十余载，终所不遇"。母卒归里，"十余年杜门不出，而贫窭益甚。既无负郭之田，可赡饘粥，兼以向平之事未完，遂有复游长安之想"。六十九岁时，友人刘静寰任覃怀太守以书相聘，彭师度遂决意命驾，意将出游覃怀。但行至邯郸，一病不起，终赴玉楼之召，殒命于游幕谋生的途中。同时宜兴万树游幕数十年，亦最终死于离幕归里之途。彭师度之子彭士超，弱冠之年即亦事浪游，羁栖幕下，八试棘闱不售，终生做幕客。可以说，华亭彭氏是个世代游幕的家族。

四

"游幕可以使他们获得一定的条件，以发挥自己的特长，从事学术文化活动。这些条件包括较多的闲余时间，丰富的图书资料，幕府内频繁的学术交流等。游幕经历本身对某些学术活动，如诗歌创作、历史地理研究来说，也是一笔宝贵的财富。"① 谈迁（1593—1657）入弘文院编修朱之锡之幕得以借机搜访史料，订补《国榷》，但其南北奔走搜访史料途程食宿并不能自给，需要他人资助。否则，这项浩瀚

---

① 尚小明：《学人游幕与清代学术》，社会科学文献出版社 1999 年版，第 45 页。

的文化工程将只能是空中楼阁。因此，谈迁入幕首先是生存动机，同时赋予自己的文化使命以历史新义。明代后期，地方志编纂的学术活动大盛，许多地方官员热衷于编辑地方志，广聘幕僚。何白在郑汝璧幕，修《榆林志》；郭造卿在戚继光幕，修《燕志》；车任远在上虞县令幕，修《上虞县志》。明代官员的文化意识使得他们在任时努力保存一方文化而编辑地方志。清朝江山稳固后，朝廷下令全国府州县都要编辑地方志，为了最终纂修《大清一统志》。因此，从县邑、州府到数省总督，都开始了大规模招聘幕僚文士。

无锡遗民顾祖禹（1631—1692）耗费时日著成《读史方舆纪要》，遗民魏禧为之撰序，赞叹是著内容宏博和对学术的贡献。但成书后，顾氏却没有资金出版。直到康熙五年（1666），由于无锡知县吴兴祚的资助，《方舆纪要》（前五卷）方得以问世。王晫《今世说》卷三载："顾景范著《方舆纪要》成，吴抚军先刊五卷行世。"吴抚军即吴兴祚。由于吴知县的迁官，《方舆纪要》的出版即此搁置。其后顾祖禹为了继续顺利编辑《方舆纪要》，应聘徐乾学洞庭书局之招，入史局。顾祖禹早年参加耿精忠幕府三载，因"干以谋不用"，遂归，康熙二十六年（1687），在两次拒绝徐乾学之邀后出而入幕，参纂《大清一统志》。这说明，他对《大清一统志》并不热心，之所以应聘，是因为需要借助徐氏的束脩和资料完成《读史方舆纪要》。是籍的最终完成也确在《一统志》编纂期间。所以当徐乾学在纂辑名单上列入其名时，顾祖禹誓死以拒。而在徐乾学的洞庭史局，由于朝廷直接支持的大型学术工程，幕府优善的经济待遇，徐乾学幕府网罗天下名士几尽，一时如刘继庄、陆元辅、姜宸英、黄虞稷、冯宗仪、万斯同、胡渭等皆集阙下。到康熙初，许多文人为生存之计毅然放弃隐居加入游幕行列，同时在幕府中成就了其学术声名和诗文影响，如李渔、毛奇龄、万斯同、查慎行、洪升等。万斯同（1638—1702）以布衣入住徐氏兄弟的碧山堂宾馆，即为了借此实现修史的理想，虽"隐操总裁之柄"却"不居纂修之名"。事实上，万斯同个人没有财力完成著史的神圣职责，于是入幕，即可获得充足的条件去完成这一使命。韩菼《有怀堂文稿》卷十八有《资政大夫经筵讲官刑部尚书徐公乾学行状》，其中即云徐乾学"负海内望，而勤于造进，笃于人物，一时庶几之流，奔走辐辏如不及。山林遗逸之老，亦不惜几两，展远千里乐从公（徐乾学）。公迎致馆餐而厚资之，俾至如归，访问故实，商榷僻书，以广见闻。后生之才隽者，延誉荐引无虚日，即片言细行之善，亦叹赏不去口。荜门寒畯，或穷困来投，愀然同其忧，辄竭所有资助，不足更继之，即质贷亦不倦。以故京师邸第，客至恒满不能容，多僦别院以居之，登公之门者甚众"，因而徐氏幕府收罗了大量的遗民隐士。裘琏《纂修书局同人题名私记》载："一日之耗，动逾中产，公犹必以尽善切属多士，而不务求速成塞责。"文人入幕，除协助幕主处理政事外，最主要的即是修书和校书等学术活动。每当县试、乡试后，大批的阅卷重任，均需要幕僚。

康熙初，两广总督吴兴祚、广东巡抚李士桢主修《广东舆图》《广东通志》，分别从无锡、绍兴聘请十余位文学才士入幕。吴兴祚任无锡知县时主修《无锡县志》。吴存礼康熙间修《通州志》。广州分巡肇高廉罗道韩作栋在明王泮所修《七星岩志》基础上重修增补为十六卷。《志》成，请其幕僚——因填词而罢官的红豆词人吴绮为之润色刊行。康熙二十三年（1684），西宁知县张溶主修《西宁县志》，其幕僚文士彭孙遹、任埈、陆荣登、林之枚、屈修、梁佩兰、陈恭尹、王澐、萧士浚、屈大均同题《山响亭》诗，又有从克敬、黄辉斗、陈玉、沈凤、黄承瓒、刘锡龄同题同韵唱和《龙井》诗。诸子相聚西宁县署，历时三年竣工（康熙二十三年至二十六年，1684—1687）。嘉定汪价（1609—1678），字介人，号三侬外史，游幕半天下。顺治六年（1649），贾汉复巡抚河南，聘修《河南通志》。其间杂采诸史料成《中州杂俎》《三侬啸旨》等，并著小品《声色移人说》。蒋莘田聘请常熟画家姚匡入其幕府绘图。姜宸英《姚石村南游日记序》载："初虞山姚子石村，赴粤东观察蒋使君之招，以甲子（1684）岁八月自金阊发舟，十月抵粤省署。又一岁还吴。……独蒋观察序，以奉命绘舆图，特招致姚子董其事。"姚游幕岭南，遂有《南游日记》。康熙四十七年（1708），陈弈禧补江西南安守，遇吕熊于淮南，延之修郡乘。吕熊，著《女仙外史》。上海周洽，字载熙，号竹冈，工山水、人物、花鸟、虫鱼，写真尤推独步。

地域性诗文集的编辑，许多是地方官员所聘幕僚的专职工作。云间宋征舆任福建提督学政，广招幕僚门客，编辑《全闽诗选》。入其福建提学幕府的即有其友人王澐、张宫、范彤弧、罗耀。

第二章　游幕与文学生态

文学的生成，很大程度上与谋生密切相关。在许多情况下，文学或成为谋生的手段与方式，或成为谋生的副产品。陆元辅云："诗必游而后工，必穷者之游而后尤工。"其所谓"游"，是指外出谋生，而非指今日所理解的观光旅游，游览仅仅是谋生途中所遇景观的记录而已。李白作为中国诗史的巅峰作家，一生在山水漫游中度过，"五岳寻仙不辞远，一生好入名山游"。何止李白，游山玩水是每一位文人的生活理想。但能够实现这一理想的，除了李白和晚明的徐霞客外，诗史上恐怕再也没有其三了。因为，几乎所有的读书人首先要解决的是谋生。尽管此后大多数诗人都有过较漫长的漫游经历，但几乎无一例外的是"途经"——赴任途中、入幕途中、入馆途中、行医采药途中，几乎没有谁有能力为游览而游览。李白则没有这种担忧，他"腰缠十万贯，骑鹤下扬州"（殷芸《小说》），"千金散尽还复来"（李白《将进酒》）。在扬州不足一年，李白即"散金三十万"。李白没有工作，没有固定收入，他只是一个天马行空的游侠诗人，而且一旦有钱便会"黄金逐手快意尽"。即使如此，李白仍然潇洒地漫游了江南、江北，从未因经济困顿而停步。但是，李白所经营的婚姻是其完成漫游的经济基础——先后两任妻子都是前宰相的小姐。这是文学史上独一无二的特例，李白之路不可复制。晚明徐霞客遍游中国山水，也基于其母亲所支撑的家族的纺织产业，如果缺少这一坚实的经济后盾，没有任何功名的徐霞客的漫游将会成为泡影。李白和徐霞客的文学成功只能属于个案，不具有典范意义。而对于多数文人来说，养家糊口才是其天经地义的职责，一定程度上，文学只是其谋生的手段或结果。湖南诗人《张九陶园文集》卷四《健松草堂诗钞序》认为："古今人才多出幕府，自应、刘、陈、阮后，颜、谢、鲍、庾，唐之少陵、义山、牧之，宋之欧阳、苏、陆，其尤著者。"事实上，真正为文学而文学的作家并不存在。在文学作品生成原因的探求中，游幕是其中一个非常重要的文化因素。叶绍本《兼山堂诗》卷首《兼山堂诗序》之"自古诗人多出幕僚"的断言便直接将文学的生成归之于文人游幕。这个断言虽然不能覆盖文学的生态，但是它确实揭示了文学生成的一条真实存在却长期被忽略的内在规律。如果说叶绍本的"一言以蔽之"的断言尚嫌武断的话，终身游幕的姚椿的分析就相对温和得多，姚椿《晚学斋文集》卷四《史赤霞遗集序》中说："古之人才聚于幕府者为多，而于诗人为尤盛。"他发现，古代文人才士不仅相聚于幕府，而且幕府为他们的创作提供了创作的平台，幕府环境激发文人的创作灵感，"盖其见闻繁富，阅历广博，凡欣愉忧愤之情，身世家国之故，其于人己晋接，皆征性情，抒才藻。自风雅以来，行旅篇什。唐宋以降，幕府征辟之士班班著见，载籍者大抵其客游之作居多也"。姚椿在此将唐宋以来著名诗人的成功都归入游幕的途径上，对照文学史的发展，这个总结很大程度上符合史实。在个体的创作中，以自娱、抒情为主要动机的创作一直存在，但我们也不应漠视文人创作中的实用因素，"唱和"诗词就是最具代表性的实用文体。以"七宝楼台"闻名的南宋词人吴文英游幕终生，托足于权贵，以词曳裾侯门，其总共三百四十余首的《梦窗词》中酬赠之作多达一百五十余首，既是其身为江湖游士谋生的手段，亦似含以词炫才的不甘寂寞心理。吴文英没有预料到，他的幕府创作给予四百年之后的清代词坛以怎样巨大的影响，以至于清代最具影响的常州词派一直沐浴着吴文英的光辉。而吴文英词之所以能够产生如此影响，在于其穷愁劳苦的游幕求生。

　　明清文学史在很大程度上是入幕文人的文化生活史。许多文人一生创作硕果累累但精华之作即成于游幕之中，从客观方面看，游幕文人构成了明清文学创作队伍的主流。朱彝尊、陈维崧仰给游幕维持生存，游幕经历使他们分别成为清初两大词派——浙西词派、阳羡词派的实际开创者。明清时期，幕府的文学交游和文学活动直接制约和推动了文学的发展与变化。尤其清初，许多著名文士都出身幕府，他们借用幕府的特殊社会关系和幕府修金养育自己的文学生命。杜于皇、孙枝蔚、孙默、计东、赵友沂诸子则专注于"游幕"或授徒，同样成就文学声名。在文学史的进程中，凡是文学发达的时期，必定是文人游幕活动频繁的时期，战国散文和唐代诗歌的空前繁荣即与文人游幕密切相关。嘉靖以后，特殊的政治背景导致大批文士入幕求生。幕府的文学交游和学术活动直接制约和推动了明清文学的发展与变化。许多影响巨大的学术流派得以在幕府中形成，许多浩繁的学术工程借助于幕府得以实现。游幕作为士人保持身份与尊严的一条理想途径，大量的幕府文学应运而生。这是明清文学尤其是明中后期至清代文学生成的重要原因。遗憾的是，这一文学生成的原因却并没有为文学研究者所重视，而如果抛开作者的生存状况去谈论其文学成就，我们就会忽略事实的真相。

第一节 白面书生能办事，功名淝水到今存
——幕府酬唱

因抗清而殒身的名士陈孝威殉国时刚三十四岁，追随南明永历朝廷转战西南。他留下了一部表明心志的诗集《壶山集》。这部诗集为他赢得后世的尊重，同时也为他赢得文学声名。而《壶山集》所记载的就是其游幕的人生之旅，其《壶山集》卷二《幕府唱和词》曰：

> 鲸鲵荐食敢称尊，文武迎风忍复论。
>
> 白面书生能办事，功名淝水到今存。
>
> 万国珙球奉至尊，狂儿敢自夸昆仑。
>
> 铭燕取虎今谁氏，不羡班家两弟昆。
>
> 一见夷吾万帐呼，轻裘缓带佩雄图。
>
> 帝室若无温祖辈，那教江左不单于。
>
> 丈夫意气漫掀髯，何必君恩叹未沾。
>
> 几许世间难了事，先生一出慰苍黔。
>
> 鼓纛西征气胆豪，长城万里勒功高。
>
> 凯歌欢动麒麟阁，此日绦悬带血刀。
>
> 旌旗拂拂指陪都，虎帐三千动地呼。
>
> 频索香醪投士卒，醉麾富父斩长颅。
>
> 徒读父书愧匪材。

这首诗追忆了历史上以游幕建立功名的英雄人物，白面书生谢安镇定自若，赢得淝水之战的胜利，班固、班彪昆弟出使万里之外，勒铭燕然，功抵昆仑。桓温北伐，轻裘缓带，使得敌人望而生畏。这首

诗中，陈孝威所隐喻的真正意图在于，他就是他的时代的谢安、班彪和桓温。幕主对他的信任和赏识给了他空前的自信，幕府生活造就了陈孝威虽然短暂却极富价值的一生。同时，这首诗向我们透露的另一个信息是，一个幕客的人生价值和对未来的影响取决于幕主的眼光。如果没有幕主的赏识，那么即使一个才华横溢的人也终将隐没无闻。一定程度上说，幕主的文学兴趣决定着其幕僚的功名及其文学成就的高低。宣城梅鼎祚（1549—1615）《鹿裘石室集》卷四《游燕草序》乃为其甥麻伯顾游幕燕赵边塞的诗集《游燕草》而作，序中追忆自己的一生也像其外甥一样大半耗于游幕与游宦，"余惟游一也。燕则客游，诗为政；凉则宦游，兵为政"。他认为，战争、政治与文学之间存在内在的必然关联。战争虽然与文学密切相关，但建构这一关联的媒介是文学的创作者，多数情况下，这些创作者都是没有职位的军队幕府官员的私人助手。军事幕府需要许多书记文人，同样地方政府的日常政务仍需要大量的佐治人员。幕府是佐助幕主办理公共事务的机构，但幕友却是幕主私人聘用的人员。雅好文学者在公事之余可以诗文自娱。当幕主亦爱好文学之时，幕友则不能不陪侍幕主参与诗酒之会。同时，工作之余，宾主多有文字游戏以供消闲，往往佳作问世。幕主借此提高自己的文学声望：楚襄王时有宋玉唐景，梁孝王时有邹枚严马，游者美矣，尽管其主不善文辞，但其幕客却皆为文学精英，由此，楚襄王、梁孝王亦因此以文学声名流芳后世。幕主雅好文学，召集天下文学才士相互唱和吟咏：王羲之、谢玄官越，儒雅风流，与山水交相辉映。至唐，"元稹徙官浙东，以得蓬莱自喜。旧经载其事，云所辟幕职，皆当时文士，镜湖、秦望之游，月三四焉，而风咏诗什，动盈卷帙"。明代以前的历史上，幕府文学，史不绝书，但并未形成一种文学发展的动力，所有的游幕文学都是个案。但是，从明代开始，贯穿整个清代，文学生态再也不能对游幕者视而不见了，胡宗宪、戚继光军功赫赫外，都广招文学雅士。文人奔走于幕府成为晚明以来文学生成的一个重要因由。

其中，最引人注目的是边疆武臣对于文学的财力和精神支持。明清幕府文学的发达即源起于边患，先是东南抗倭，继之东北抗满，名将大臣奉命赴边，而各路精英人才也纷纷踏上赴边征途。沈德符《万里野获编》卷十七"武臣好文"云："本朝武弁能文者，如郭定襄、汤允绩之属，皆以诗名。然不过聊以自娱耳。非敢艺坛建旄钺也。自嘉靖间东南倭难孔炽，幸臣胡宗宪、赵文华辈，开府江浙。时世宗方喜祥瑞，争以表疏称贺博宠，收取词客充翘馆。胡得浙人徐渭、沈明臣、赵得松，江人朱察卿，俱荷异礼，获厚赍，浸淫及于介胄，皆倚客以为重，渐如唐季藩镇。至隆万间戚少保为蓟帅，时汪太函、王弇州，并称其文采，遂俨然以风雅自命。幕客郭造卿辈，尊之为元敬词宗先生。"这就是明代幕府文学滚滚而来的源头。边关将领胡宗宪、赵文华、戚继光幕下皆汇集大批文士精英。

明廷抵抗蒙古鞑靼，设置九边专防，驻守重兵。九边将领争相招聘幕僚，如宁夏总督萧如薰①，本是延安卫世袭武官，万历间，出任宁夏将军，弹压甫北叛乱。萧如薰征战沙场，亦酷爱文学，其幕府里聚集了一批文学士子，沈德符《万历野获编》卷十七《兵部·武臣好文》载萧如薰"以翰墨自命，山人辈作队趋之。随军转徙，无不称季馨词宗先生。蚁附蝇集，去而复来"。赵翼《陔馀丛考》亦载："万历中，萧如薰为保定总兵，能诗士趋之，宾坐常满。"尽管武将喜文有附庸风雅之嫌，但"以文学饰吏治"②却是时代的风气。兵事余暇，习

---

① 萧如薰（？—1628），字季馨，延安卫（今陕西延安市）人，世袭武官。万历中期，萧如薰担任宁夏参将，守平罗城。万历二十年（1592）平定叛乱。夫人杨氏是尚书杨兆之女，助夫坚守平罗。万历二十二年（1594），任宁夏总兵。萧如薰痴迷于文学。很多文人墨客纷纷求访他，与他讨论诗文，其幕府常常宾朋满座。

武将世家：祖萧汉，凉州副总兵、都督金事。父萧文奎，京营副将、都督同知。萧如薰兄弟四人都是著名将领：兄萧如兰，任过陕西副总兵；弟萧如蕙，任过宁夏总兵官；萧如芷，任过提督南京教场。

② 徐渭：《送俞府公赴南刑部三首并序》，《徐文长三集》卷4，《徐渭集》，中华书局1999年版，第57页。

文弄墨，最著名的就是戚继光了，其《止止堂集》中，大量的诗歌是交游，其中许多诗即与其他边关将领的酬唱之作，《宪大夫履斋宋公、云衢王公、右轩王公、竹亭马公，秋日过访滦上，即席奉呈》吟的是一群戍守边关的大臣集会，饮酒赋诗；《壬申除夕同驾部左使君、蓟州徐使君、檀州王使君集民部侯使君署中偶成》说的是戍边大臣相聚度除夕。《秋日承民部二泉申公、监兵有轩王公，召泛舟后登峰台寺赋此》《万历乙亥秋九月，同协守史君宸、太平守谷君承功、三屯辐重李君逢时，喜峰寺守陈君忠，再登太平南山有作》。其诗《龙潭》序云："蓟镇石匣营南十里为龙潭……兹冬，余会标格将士于石匣。暇携西路协守副总兵都督张君臣、石塘副总兵徐君枝、墙子参将董君一元、古北参将苑君宗儒，标下参将陶君世臣、游击李君如梗、陈君伯怿、曹家刘君楫、镇房王君诏，总镇中军都司崔君经、奇兵许君茂，杞原任参将、杨君秉中、张君爵，游击高君如桂、王君轸、张君铭同游，诗以纪之。"这次游龙潭者共十七人，全部是各路军官，无一布衣。嘉靖四十一年（1562）八月十五，戚继光攻克横屿，凯旋回师。中秋月圆，驻军旷野，时军中无酒，戚将军仰望苍穹，慷慨赋诗——《凯歌》，"一唱万和，更节以鼓，音响震林木，三军乃尽欢"①，全军将士群情激昂，一起唱和，歌声响彻云霄，这就是戚继光幕府军歌的诞生，也是中国军事史上最早的军歌，充分证明了戚继光的文韬武略。隆庆六年（1572）十二月，戚继光巡边至山海关，"陪阅视少司马汪公，大中丞杨公，驾部左公、任公，宪使徐公、王公，同登山海关之观海亭暨关城楼，各赋诗为适"②。朱彝尊于《静志居诗话》卷十四论戚继光在蓟门，只要"军中有暇，辄与文士接席赋诗"。戚继光《端阳奉邀藩臬诸司观龙舟有作》曰："参差飞鹢集中流，震地欢声竞楚舟。宪纪高悬明法象，海氛常

---

① 戚国祚：《戚少保年谱耆编》卷3，李克、郝教苏点校，中华书局2003年版，第87页。
② 戚国祚：《戚少保年谱耆编》卷10，李克、郝教苏点校，中华书局2003年版，第358页。

净见皋筹。江潭独抱孤臣节，身世何须渔父谋。一片丹心风浪里，心怀击楫敢忘忧！"描写幕府节日娱乐的欢快场景和将兵一心，奋力搏击的壮观场面。《兵宪刘公以游喜峰柞子洞诸作见示赋答》的创作是因刘兵宪将自己的诗作寄给戚继光，戚总兵则即兴提笔作酬和诗以分享游观之乐。《圣水泉》序云："万历元秋，司马刘公、中丞杨公，召诸大夫且集别谷院，而材官误引至此。偶得佳泉，命余率偏将陈君伯怿治之。诸公助金有差，遂拓为亭，获四石龟，并美石，置诸亭渠，纪之。"由于向导的错误，使这些聚会的大臣意外得到一方圣地，为此，分别写诗纪念这次有意义的误行，如《中秋即席呈中丞杨公》《和徐使君秋日建昌闻警得戎字》。

吸引着文人才俊奔赴幕府的原因除了与幕主的私人友情外，更重要的原因是幕府强大的财力，经济方面的巨大诱惑是幕府人才齐聚的首要原因。沈德符《万历野获编》卷十七《兵部·武臣好文》云："自隆庆来，款市事成，山人之外，一切医卜星相，奉荐函出者，各满所望而归。幼年曾见故相家僮业按摩者，游宣府亦得二百金，已为怪事。今年至都，在黄贞甫礼部座中，见二三小唱，窄袖急装若远游者。来叩首，云谢别。问之，则乞得内召候考选名公书，往塞上也。余笑谓贞甫曰：他日必有坊曲女伴，祈公等书牍，作陇头儿者，将奈何？贞甫曰：不然。诸边营妓如云，大胜京师，我却愁诸弁以此相荐，报我辈龙阳、子都耳。"沈德符描绘了他在京师所目睹的一桩曲坛怪事：在京师的那些伶人一旦应邀演出结束马上收拾行装匆匆起程赴边塞，而边塞向来不是为从事演艺者提供舞台的环境，但是，明朝情况却大不相同了，由于边患，朝廷倾国力支持边疆军事。由此，不仅满腹诗书的文人先后奔赴边塞出谋献策，医卜星相等也赴边府寻找发财的机会。更为重要的是，自从边疆开边贸易以来，商人便步履匆匆地穿行在边关与内地的行程中，由于边贸，且不言商人大发横财，即使戏子伶人也闻风而行，边疆成为科举之外的各阶层人们趋之若鹜的圣地了，以至于唱曲谋生的戏子也对边关充满深情，当他们在京师礼部尚书府的演出一结束，就匆匆整装"往塞上"出发，而在故宰相府上从事按摩业的家童也加入赴边关淘金的洪流中便不足为怪了。结果一年下来，小童亦得二百金（二百两银子）的巨额收入，这个数字已远远超出一个中层官员的全年收入。而戏班塞上唱戏所得会超越在京师尚书府第的收入。沈德符《万历野获编》卷十七《兵部·武臣好文》即云："世所呼为山人，充塞塞垣，所入不足以供此辈溪壑。久亦厌之而不能止矣。"沈德符认为，这些武官如此痴迷于文学，目的是以此宽慰不幸的人生。这些高级武官以诗人的身份来博取名声，赏曲看戏，纵情饮乐，他们放纵其享乐心灵享受生命；与文人为友，提升自己的文化品位。沈德符评价萧如薰的这种与军人身份相异的趣味虽为他获得了一时天才的名声，最终，社会和财政压力却使这位高官吐血而亡。总兵雷某于中秋之夜举办盛大家宴，邀请名流赏月。徐渭《十五夕酌于幕中，不赴雷总公之专邀》云："高会不能酬，非关避赏秋。"多为幕主的社交锦上添花。方文行医至京师，参加大宗伯龚鼎孳的宴会，作《偕姚仙期王尊素纪伯紫赵友沂邓孝威吴园次刘玉龚半千李秀升集龚孝升寓斋为别限韵》。毛奇龄《西河集》卷一五四《吴门喜遇郭襄图饮次留赠并谢所贻联句》曰："贤王惊赋彩，蛮女授衣香。"自注："杉。时郭以诗百韵赠俺苕公，每一字酬一金。"郭襄图的友人绍兴名士张杉在吴门旅店与同样正在游幕的毛奇龄相遇，张杉告知毛奇龄，在幕主组织的一次联句唱和中，郭襄图即兴作百韵诗，以一字一金之价，即获百金（一百两银子），而总督的年薪不过一百八十两银子。边关将领的娱乐文化的支出全部来自朝廷无底线的军事拨款。还有什么理由能够使那些举路坎坷的文士们抵挡住如此的诱惑。因此，人们不管征召还是自荐，纷纷投奔不同的幕府。尤侗《看云草堂集》卷二《饮梁翀天都督幕府》其一曰："开门揖客大将军，朱鹭铙歌彻夜闻。帐下美人弹八尺，壁间壮士响千斤。卷帘骤拂横山雨，抚剑遥空瀚海云。万里封侯谈笑事，燕然我愿勒铭文。"其二曰："麒麟图画待君侯，汗马余闲数酒筹。一座簪缨吟玳瑁，三更刁斗叫貔貅。灯前丝管春云遏，雨后楼台暑气收。犹记出车歌六月，此时战鼓动江头。"歌颂梁翀天都督威震一方的将军气度，"万里封侯谈笑事"，"燕然我愿勒铭文"，"我"希望跟随出征，凯旋之日"我"将亲自燕然勒名。太平时日，幕府中即会"朱鹭铙歌彻夜闻"，幕中才子"一座簪缨吟玳瑁"，精妙绝伦的诗篇即纷纷诞生。幕府衙署的日常接待如钦差巡视，官员路过，幕主的生辰、除夕、元宵、清明、端午、重阳等节日庆典，幕主往往举办雅集。隆庆六年除夕，蓟门守边，戚继光"同驾部左使君、蓟州徐使君、檀州王使君、集民部侯使君署中为赋度岁"①，最终的唱和产品，往往结集由幕主投资出版。

边关军幕文化生活的空前活跃引人注目，但是，较之于边关，内地各官府的文化气息也毫不逊色。许多官员以幕主的身份召辟文人在自己周围进行文化活动，几乎每一位官员周围都有一批文化人士。顺治十八年（1661），青州周亮工是清初文坛领袖人物，曾在青州建真意亭延揽文人，诸诚李澄中、寿光安致远、安丘张贞等散文名家皆入幕为宾，共同成就了其散文声名。周亮工于青州府大会青州遗民。后将大批遗民招致幕下，李澄中到青州，"与乐安李焕章、寿光安致远、安丘张贞讲业真意亭"。康熙二年（1663），分守青州道，任青州兵备佥事。康熙三年（1664），周亮工于署内"真意亭"大会宴享，与会十二人中，有袁藩、李澄中、李象先、杨涵、张贞等人，可说为青州府遗民一次盛大聚会，李象先有《真意亭雅集诗序》以记当时盛况。康熙鸿博前后，在大学士冯溥府第，聚集了一批文士，陈维崧、毛奇龄、吴任臣、徐林鸿、吴侬祥，时称佳山堂六子。晋江丁炜（1627—1696），字瞻汝，号雁水。康熙初以升兵部郎中任赣南分巡道。在其

---

① 戚国祚：《戚少保年谱耆编》卷 10，李克、郝教苏点校，中华书局 2003 年版，第358 页。

使院内修建"麑园",召集四方名士。自云：客至传觞，梦回观史。聘请名士魏礼入幕佐政。当吴绮受两广总督吴兴祚之邀南下岭南途径赣州时，赣州按察使丁炜款待于麑园，觞咏月余。临行，丁炜多有馈赠。吴绮《雁水屡饷酒米以病未能趋谢赋此代柬》曰："平分客舍三升米，宁问官厨一甑尘。知我晚怜身已老，感君多为意全真。饥童卧起闻相告，弹铗冯骥近不贫。"才华横溢的吴绮，当年驰骋于词坛，何等风光。如今沦落天涯，受到"三升米"的馈赠也感激涕零。将自己喻为战国弹铗的名士冯谖，依然显示其自负的才气。山东王村毕再积任扬州刺史，山东桓台王渔洋同时任扬州司理，他们都在自己的幕府里为大批的江南名士提供交流平台，由此也奠定了毕再积、王渔洋的文坛地位。其中，许多落魄文人后来命运的改变即得益于在毕、王幕府的经历。

吴兴祚任无锡知县长达十三年，成为壮县。为了汇集江南文士，他特在惠山修建云起楼、来悦楼等名胜，举办诗词集会，其《元夕诸同人燕集来悦楼步奚司马韵》曰："节遇传柑起夕讴，尊前有客试新蒭。月从梅里墟边过，人似凉州梦里游。一夜管弦凝碧落，万家灯火拥高楼。归来不觉清狂甚，醉倚床头抚蒯缑。"吴知县组织玉树堂宴集，有《玉树堂宴集》。广州第一任将军王永誉府第牡丹盛开，特招岭南三家、张梯、张远、陈阿平等雅集倚剑堂，分韵赋诗。众宾客观剧赏曲。吴兴祚在听梧轩举办诗酒雅集，率先作《听梧轩雅集同刘公勇朱子葆余澹心顾修远秦补念秦留仙刘震修顾天石即席分韵得何字》。刘体仁亦在画舫内招待众友，以回谢吴知县的盛情，有《邀吴伯成、余澹心、朱子葆、顾修远、秦补念、秦留仙、顾天石、震修弟舟宴分韵》。康熙二十四年，黄与坚于康熙二十三年典试贵州，二十四年春，自黔至粤。王渔洋至广州，同游者有屈大均、太常寺少卿高层云。屈大均随同王士祯到肇庆，登阅江楼，参与吴兴祚组织的七星岩雅集。李士桢重建镇海楼落成，大宴群僚。吴总督重修宝月台，金烺《同吕

仲子登宝月台》自注："为宋包孝肃建，吴制府重修。"吴制府制作
"万寿怡"香，众幕僚皆题和。吴兴祚爱好文学，喜雅集，多次在其
无锡府第举办诗酒雅会。方文《嵞山续集》卷四有《吴伯成明府招同
秦留仙太史周子俶顾修远徐原一龚介眉孝廉黄汉臣高士严荪友徐安士
顾天石马云翎茂才社集限韵次伯成去吴门予亦归矣》，可见所与会者
皆诗坛名流。

　　宋荦任江苏巡抚，幕下多有唱和，邵长蘅是其中佼佼者。他曾应
宋荦之邀，对宋代学者施元之注释的苏轼诗集残本重新进行编辑、补
充，由宋荦以《施注苏诗》之名重刊。武进邵长蘅，字子湘，别号青
门山人，曾入宋荦江苏巡抚幕。代宋荦选侯方域、魏禧、汪琬散文为
《国朝三家文钞》。徐学谟有游幕终生，其《仲夏望日省僚宴集分韵得
并字赋十韵》《辛酉修觐郡僚饮饯郊亭谩赋》《王学博偕二僚属携酒山
园作》《初春桃园省僚七人饯宋膳部之楚作》（二首）、《春夜顾圣之、
宋登春二山人集郡斋，时顾有襄阳之行，赠别》（二首）、《九日同应
黄州袁别驾，林、顾二山人集江夏长春观》《雨后襄阳郡僚集昭明楼
作》等幕府唱和诗充满了其《徐氏海隅集》的每一个角落。

　　屈大均《寿两广制府》曰："由来大司马，诗冠柏梁台。"陈恭
尹、屈大均每年亲赴肇庆为总督祝寿，创作了许多祝寿诗。如陈恭尹
即有《献祝大司马制府吴公》《新篁次吴大司马》《听莺次吴大司马》
《吴大司马泊舟三水，予挈白菊遗之，适王将军在座，即事联句十一
韵》《献祝大司马吴公》《盐梅二律祝吴大司马》《大司马留存吴公招
同茹琼山子苍、张惠来，时公刘将军季翼、新安王我占、山阴娄子
思、同里屈翁山奉陪，京卿紫阁张公，集石公离六堂即席次张公韵送
之入都》《江边行献大司马制府吴公》《庚午冬夜羊城宴集，联句十二
韵》《又次前韵即事呈吴留存司马、钱葭湄太常》《寄呈留存大司马》，
屈大均则有《授经耿参藩署中值其生辰诗以为寿》《寿两广制府》等
数十首呈献吴总督的诗。

第二节 将军开宴索诗文，有美虞姬捧爵勤

——游幕与文学的诞生

从嘉靖开始的文人游幕直接左右着文坛的发展，并直接操控了清代文学的史程。徐渭《代赠金卫镇序》云："明兴，始犹循之，尤称得人，然不专以幕僚目。自科举之制定，而举者颇多得人，毋事辟请。至于今，即有辟者，亦非古所辟者之主与宾矣。"① 徐渭带有抱怨情绪的序言表明了他内心的不平：游幕文士缺乏政治前途，既不能得到任何官职，更无从说治天下于太平，但是幕府仍然强烈地吸引着文士们，徐渭一生的文化声名即是在幕府中建立的。由于商品经济的高度发展，尤其嘉靖以后的边患和倭乱，封疆大吏迫切需要机敏的谋士和精明的幕僚。许多地方大吏为了使得皇帝采纳自己的主张，在奏疏的撰写方面字斟句酌，而文字修辞则往往并非长官高吏的特长。因此，明中期的政治动荡，使得各地方大吏在上疏奏折中大动心血，文辞华美和深切动人的文章即需要幕友的智慧和才华。于是，大批科举蹭蹬的文士走入幕府，徐渭、王寅、沈明臣等都入胡宗宪幕府。林章《刘采鸾席上》云："将军开宴索诗文，有美虞姬捧爵勤。"由此，大量的幕府文学应运而生。

易代后，许多科举蹭蹬的文士入仕无望，不得不寻找新的途径以养家糊口。于是，游幕就成为一条理想的途径，成为一种既可糊口又使个人建立功名的选择。明清时期，游幕文人通过这一途径完成了自己的人格与文学的双重使命——同样垂名后世：无论于诗，还是于

---

① 徐渭：《代赠金卫镇序》，《徐文长逸稿》卷14，《徐渭集》，中华书局1983年版，第612页。

史。可以说，文人游幕直接导致了清代文学走向繁荣。山东乐安李象先，字焕章，其《再与马汉仪书》写自己的从游经历云："某自丧乱以来，无家矣。不得已而放之山崖水次，僧寮道舍。……薄游江南者二，之淮、滁，渡江至秣陵；游中州、汴、宋、亳、宿间；游晋中邺、武安，涉潞、黎、上党、平阳、洪洞、赵城；游京师者八九；游岱岳者三；过曲阜、任城、曹、单者三；游不其，登大小劳者二；更游琅邪不数计。皆睹佳山水名区，以广其胸中之见闻；更遇文人墨客，讨论风雅，扬霍性灵；非无故而东西南北也！更忆京兆、嵩、洛、浒、陇、渭、泾之境，润、浦、维扬之间，皆童少时从先大人宦游，未得尽览其胜。复欲至其地，且欲之浙东、西，湖南、北，粤左、右，以年老无济胜之具，故不得往，而此心方以为恨。"① 可知李象先早年依靠其祖父的俸禄完成了漫游天下寻找机遇的旅程，而年老后"湖南、北，粤左、右"之游之所以未能实现是因缺少"济胜"之资。但恰是东南西北的游历使得他成为知名一时的文人，留下了丰富的文学作品。文学与游幕息息相关。计东，字甫草，勃勃有飞扬之气。负经世才，为衣食计而客邺城，将游邺之作结集为《中州集》，汪琬所作《钝翁类稿》卷二十九《计甫草中州集序》云：

> 盖甫草自春徂秋，遍游大河之南北，其车辙马迹之所及，率皆明季时战争旧垒也。故其戈头矢镞，阴磷遗骼，往往集出于颓垣野田、荒烟蔓草之中，见之恒有苍凉壮烈、愤然不平之余思，则其为道途逆旅诸作也，宜其多彷徨而凄恻。逾河涉洛，遥望嵩山少室苏门之□秀，其间长林修竹飞瀑清湍绵亘而不绝，至于菟园雁池、铜台紫陌之旁，日落风号、狐嗥而鸱啸，虽欲问梁孝王之骄侈，曹氏之雄豪，意气而眇乎远矣。则其为登临怀古诸作也，宜其多幽峭而深长，所遇贤士大夫与夫王孙贵胄，下及酒人

---

① 李焕章：《再与马汉仪书》，《织斋文集》卷3，乐安李氏尚志堂光绪十三年（1887）刻本。

侠客卖浆屠沽之徒，埋名而□姓者犹不失中原文物之遗焉。幸得追随其步趋，而相与上下往复其议论，无不动心骇魄，可歌可涕，则其为往来赠答、宴饮别离诸作也，宜其多激昂沉郁而出之顿挫。然则甫草所作之工，盖至是而蔑以加矣。昔太史公足迹几半天心，而子美太白，亦尝□□齐鲁秦蜀荆湖之间，故能出其所得，名当时而传后世。诗文之道，虽古今人常不相及，而要之以好游而益工，则固千载已来，雄才杰士之所同也。方予之少也，亦欲藉区区之翰墨与甫草相角逐，及一旦系官于此，无由为名山大川千里之游，以壮其气，而开拓其耳目。于是，学日益劣，识日益卑，而才□亦渐以凋落。盖有愧于甫草多矣。况敢远望古人乎！顾犹欲竭其固陋为甫草序此而不辞者，何哉！夫亦以志吾愧也。

作为著名的散文家，汪琬入仕前也经历了漫长辛苦的游幕岁月，当他阅读计甫草的《游草》时便备感亲切，他感到计甫草的诗写出了自己的心声。不仅如此，他认为计甫草的诗之所以凄恻感人，就是因为产生于游幕之途的亲身经历。进而汪琬梳理文学史上那些所谓经典，无不"游而益工"。因此，他说，真正的文学属于那些游幕为生的文人，因为真正拥有山水的不是居住其中的人，而是那些欣赏山水者。是游幕者的关爱使得风景成为风景。宜兴吴湛，字济明，从其族子礼部主事吴贞启，游于粤东。一时名士如黎遂球、陈乔生、梁祐达、罗大宾，皆与之为莫逆交，著《粤游日记》。徐渭赴宣大巡抚吴兑幕府，创作了《上谷歌》《宣府校场歌》《上谷边词》等许多边塞诗。曾灿由于奔走谋食而无暇顾及文学，"向者《过日集诗选》，粗有头绪，而年来饥驱靡暇，剜剚无资，遂而因循，前功几堕。近笔耕毗陵，幕中所得修脯，悉赡此役"①。因缺少资金的支持曾灿不得不入

---

① 曾灿：《与宋荔裳先生书》，《曾青藜文集》卷11，《四库未收书辑刊》，北京出版社2000年版，柒辑，第25册，第534页。

幕，诗选工作依靠高官的帮资最终完成，顺利付梓。吕师濂，字黍字，号守斋，行八，称吕八，山阴人，吕洪烈叔，明武英殿大学士吕本曾孙，习武知兵，"甲申后，散财结客，好谈兵"。遍历九边。游滇南为幕府上客，又至粤、闽而归。李良年《吕黍字以诗集属分虎见寄有此赠》谓吕子："十龄学为文，十五爱结客。破产掷秋烟，瘗笔等山积。二十羽陵蠹，缥锦肆剥蚀。三十塞上鸿，秋南更春北。天使为散材，甲第编苇荻。被褐赴国门，贤豪许相识。"可知吕黍字风流豪荡的性格，著有《何山草堂诗稿》。王渔洋司理扬州，吕师濂多与之唱和。陈玉璂《学文堂集·七言古》有《孙处士歌送无言归黄山毕载积刺史席间同诸子赋》云："毕公好客客满座，一时衮衮皆名流。茂之先生八十余，攒眉曳杖歌四愁。杜陵老叟大名热（杜濬），秦淮画师笔势遒（龚贤）。程生吕生才并绝（程邃、吕师濂），酒酣往往弹箜篌。"方孝标《何山草堂诗集序》云："黍字，擅文。遭乱，事定，一省故墓而去。浮大江，渡黄河，顿辔于梁宋燕齐之郊，历九边，至酒泉、张掖。久之，挟策入滇中。滇人士比之枚乘、刘楨焉。"《晚晴簃诗汇》卷十七云："黍字，裔出相家，甲申后散财结客。好谈兵，慕徐文长之为人，遍历九边，游滇南，为幕府上客。后乃去之粤、闽而归。其踪迹颇奇。诗豪迈不羁，时寓沧桑之慨。"吕师濂随吴兴祚赴闽、粤，长期居吴兴祚幕府。著传奇《金门马》（今佚）。善诗词，《全清词·顺康卷》所收《梅子黄时雨·客端州，对梅雨作》《夏云峰·赋得夏云多奇峰》《蓦山溪·送友归山阴》《夏初临·立夏，和万吴两先生》等，知其词全部作于岭南吴总督幕府时期。

由于幕府的特殊文化环境，幕僚人员有的长期追随幕主。如万树、易宏即长期追随两广总督吴兴祚，万树在无锡即与时任知县的吴兴祚相唱酬，当吴兴祚升福建巡抚、两广总督后，万树亦随至福州、肇庆，直到吴总督离任，前后十余年，万树都在吴兴祚幕府。以"十家王谢半为僧"知名的岭南才子易宏，当吴兴祚任两广总督之初，便以才被聘入总督幕，当吴总督迁官北上后，易宏亦追随北上，形影不离，直到吴兴祚病逝，前后共八年之久。而老遗民纪映钟被大宗伯龚鼎孳聘至京师龚府，一住即十余年，龚遭弹被罢，纪映钟才离京南下。更多的则是短期任职的幕僚，奔走于天南地北的不同幕府，或者由于三年一度的科举不得不离幕，如万树，尽管他追随吴兴祚从无锡至福建再至广东前后十余年，但他从没有放弃科举，每到试期，他便离幕赴考，落第后再赴吴幕。嘉兴李良年，奔走于幕府与京师之间，入幕佐政、赴京科考，落第离京、赴幕求食，当他康熙十八年博鸿报罢，便受新任贵州巡抚曹申吉之邀，随其之黔。三年后归里，再度京师落第后，转赴安徽亳州幕府。因此，幕府人员的步履匆匆和频繁更动，使得幕府人员往往有更多的送往迎新，因此，送别之作遍布诗人文集。

在宋琬的诗文中，大多均迎来送往之作。其《送李方山之滇南幕府》曰："峭帆忽向桐庐去，从征万里滇池路。……羡君彩笔动星辰，挥毫坐使三苗格。"① 宋琬友人李方山才气纵横，游幕云南。后归，二人再度相聚，宋琬填《满江红》词以赠，其一曰："西子湖头，送君日、杨花飞雪。一万里、蛮烟瘴雨，朱门空谒。"可知，李方山游幕滇南，失望而归，故宋琬谓其"朱门空谒"。王古直不仕新朝，游幕谋生，宋琬诗亦多有为王古直送行之作，其《送王古直之通州崔老山幕》，诗云："宪使遥分虎节新，惊传记室得王珣。应无檄草劳才子，且喜琴樽共主人。"② 亦知王古直赴通州任幕府书记。通州，守卫京师的最后门户，政治军事上都具有重要的战略意义，崔老山任通州守，他深知自己肩负的责任，于是聘请卓识的王古直入幕佐政。送别酒宴中，宋琬真诚希望王古直在此重要岗位上能够为民请命，"哀鸿遍野忧三转，翠辇经过赖尔陈"。谈迁因一部著名的《国榷》而名垂青史，

---

① 宋琬：《送李方山之滇南幕府》，《安雅堂未刻稿》。
② 宋琬：《送王古直之通州崔老山幕》，《安雅堂未刻稿》。

学界皆知谈迁当时因为收集资料而入京师高官幕府,事实上谈迁首先是为解决衣食生存而入幕,幕府余暇才从事资料的收集,当他起程北上之际,宋琬为之作《送长益之周中丞幕府》,其一曰:"宪府霜轺出凤池,二东人赋裌衣诗。主逢陶侃才方展,座有王珣喜可知。"诗中写出了众人对谈迁被邀入京的欣喜,为谈迁的未来而欣喜。文学史上铺天盖地的送别诗多与谋生相关。从文学传播的角度看,游人既是诗词的创作者,同时也是传播者。诗人的创作不再局限于某一孤立的空间。翻阅清人别集,扑面而来的是大量的"送某某"之作。如果没有文人游幕之举,中国古典诗歌将会顿然失色。送别诗外,文学史上留别诗也毫不逊色,其背后仍然与谋生相关,杜首昌《将之太原留别诸同学》曰:"客路三千亦偶然,长歌直上太行巅。乍晴乍雨莺啼候,轻暖轻寒麦秀天。"想象三千里征程,一路前行一路歌。当他到达太原时,一部新的诗集亦随之诞生。朱彝尊《曝书亭全集》卷三八《陈叟诗集序》云钱塘陈叟,"游于燕,集舟行所作诗,多至百首,诵其辞,莫不有欣然自得之趣"。长洲孝廉顾侠君,游幕福建,途经武夷山,往还四月,作诗百余首,才博志专,朱彝尊为之序,付梓出版。其诗歌都是游幕之旅的忠实记录。查慎行入仕前,游幕于黔、粤、闽、赣、鲁等地,创作数千首山水诗,引领一代诗风。黄仲则终生辗转于幕府之中,创作了千余首山水诗。

送别、留别诗诞生的背后是谋生的经济动因,而当送别和留别的人起程之后,更多的时间消耗在路程中,怀古、山水等许多作品往往产生于游幕途中。文人游幕,万里征程得江山之助,山川的雄奇俊美会涌入笔下。不仅如此,由于游幕,往往会体会到完全不同的文化习俗、异域风光,海宁朱人远一生游幕,"尝自汉江泝荆门入蜀,往还数万里,猿猱之所栖、蛮獠之宅,山川险塞,靡不登览。其视兹山,无异部娄,而长言咏叹之不置,岂非山水之情,有独深者欤？"①

文人游幕，大量山水诗因之诞生，尽管总体成就逊色于唐代同类诗，但也不乏经典之作，更重要的是，明清山水诗保留了大量第一手的文史资料。

"序记"在传统山水文发展中占有重要席位。它使山水文学在更具体的描绘中展示了地域特色，丰富了山水文学的抒情格调。身为朝廷命官，离京赴任，多有日期限定，翻阅仕宦者典籍可知，凡赴任和离任回京之官员，他们途中尽管亦游山玩水，但却较少写诗作文，因而可推知，他们的游览多走马观花而不能细细品味景中的文化内涵。较之于朝廷命官，幕客则自由得多，他们奔走于四面八方的幕府谋食，幕主多为旧日相知或友人推荐入幕，故幕客赴幕多没有时间限定，有的可以在途中随时拜访友人，流连忘返，一住半月三周乃习以为常，游兴已尽方起程赴幕。半生游幕的朱彝尊云，"学士大夫或不若布衣之自适。游览之顷，纵吾意之所如，而言之不倦"②。其《方编修锦官集序》云："自一命官吏至三九之列之官，上计，持使节，宣诏命，告祠名山大川，置邮乘传，必计道里之数，立严程限之。虽有岩壑文酒之乐，不遑燕嬉少。或濡滞，则虑风雨水潦，冰雪之阻。诗所云，每怀靡及者也。惟三年一省试，主司毕事而返，不立程限归，时所经历岩壑之胜，友朋文酒之会，偶一流连胜咏，而闻者不以为非，盖圣主尚文，故遇使者特优。然其人或专于文而不好为诗，又其地平衍，无可喜可愕以形之歌咏，则虽有作，不能多，多亦不能传之远。"③幕客又多才俊之士，所游之处，多有山水诗词和游记之文，他们有充足的时

---

① 朱彝尊：《朱人远西山诗序》，《曝书亭全集》卷38，王利民等校点，吉林文史出版社2009年版，第439页。

② 朱彝尊：《陈叟诗集序》，《曝书亭全集》卷38，王利民等校点，吉林文史出版社2009年版，第442页。

③ 朱彝尊：《方编修锦官集序》，《曝书亭全集》卷37，王利民等校点，吉林文史出版社2009年版，第432页。

间对所游景点和古迹进行考证调查和品味，因而幕客之诗往往化为经典而广泛流传。

王沄游幕二十余年，创作了四卷《漫游纪略》，分越游、闽游、燕游、淮游、齐鲁游、粤游、楚游等。作为陈子龙弟子，曾参加几社，崇祯末从陈子龙游越东。顺治丁亥，陈子龙参加松江提督吴胜兆反清行动，殉国。王沄收师遗骸，从此浪迹江湖。顺治八年至九年（1650—1651），由浙江南游福建，遂后北上京师，识蔡士英。旋由北京至淮上，客漕督周有德幕府。后随蔡士英军部至湖南，入四川。蔡士英殁，三藩事发，王沄入蔡士英之子蔡毓荣军幕，征讨吴三桂，驻军岳阳。三藩未平，王沄于康熙十四年乙卯回松江。此后，当三藩事平，蔡毓荣因侵吞吴三桂财物并娶吴三桂之妾，论罪当斩，改戍黑龙江。王沄一生历游大幕，曾为蔡士英、蔡毓荣父子及周有德幕客，前后游幕十七年。《漫游纪略提要》云："历纪越闽淮齐鲁粤楚之游，及其山川城郭风土物产，靡不赅缕及之。"王沄十分详细地记录了自己游幕南北的经历，顶风冒雪，露宿荒野和山川秀丽、民风淳朴的所见所闻。其中即有陪同蔡毓荣征讨吴三桂时，一次山头战役间隙，蔡将军与众幕僚饮酒赋诗唱和，正在兴酣之际，叛军部队又发起进攻，于是他们立即停止了战场吟诗而投入战斗中。更有令人哭笑不得的是，平湖赵沺，字天来，号帆青，粤东提学慕其名而聘之入幕，本寄以重任，但赵沺抵署即辞归。将往返所作诗结集为《资真集度岭言》。从浙江平湖到广东，翻山越岭，水路兼程，路途之上仅单程即需要月余，尚且他到达官府后随即辞归，加上途中的凭吊古迹所耗费的时间，赵沺这次的岭南之行至少耗时三个月之久。由于他自己并没有记录他游幕岭南的真实动机，他也未能在其诗文中记录下他此行的费用来源，今天我们已经无法考证出他这次岭南行的资金是自费还是粤东提学赞助。但据以往惯例，官员聘幕僚，往往先寄去一部分银子，以备幕僚途中所需和起程前的家用安排。因此我们可以推知，赵泚这次岭南行的费用当来自粤东提学。但赵泚令人不可思议的奇怪行为使得我们可以推断他真实的内心想法：借公款消费的机会旅游考察。

如果说送别诗、山水诗贯穿了明清文人游幕的全部历程的话，那么，边塞诗的繁荣则仅限于边患时期。陆弼《入闽关》曰："群峦马上俯崔嵬，海色遥临睥睨回。万里职方周地尽，千秋风气汉时开。"即写其入幕从军的途中见闻和军队抗倭的气概。自从倭患起，诗文中就开始有所反映。至嘉靖，诗文的突出主题即是御倭。抗倭名臣王忬有《倭夷容留叛逆纠结入寇疏》、薛应旂《御寇论》、宗臣有《七月西征记》等，都旨在探讨抗倭之策。胡宗宪总督东南，主持抗倭，文坛上遂发生了巨大变化，兵事与抗倭成为此际文坛的主旋律，相关作品如唐顺之《与胡梅林总督》、唐枢《复胡梅林论处王直》、俞大猷《论王直不可招》、王慎中《海上平寇记》等。茅坤《纪剿徐海本末》则记嘉靖三十五年（1556）总督胡宗宪诱杀倭寇首领徐海之事。

嘉靖三十四年（1555），工部侍郎赵文华奉命祭海并区处海防事务，府中有醉石山人朱察卿。察卿为监生时即慷慨任侠，与沈明臣、王稚登等山人为莫逆交，是极有担当的人物。嘉靖三十五年（1556），胡宗宪以兵部侍郎总督军务讨倭，幕府中有徐渭、沈明臣、王寅、郑若曾等幕客，他们在幕府中出谋划策。《明史·胡宗宪传》谓："其性善宾客，至技术、杂流，豢养皆有恩，能得其力。"徐渭自称有四绝，书一、诗二、文三、画四，但同时"知兵好奇计"。沈明臣更是个具有政治头脑的人物，胡宗宪擒徐海、诱王直，多用其谋。而行军理政，又得王寅、郑若曾等人匡扶之力。王寅自称十岳山人，既练武术，又多有奇谋。郑若曾则理性地思考倭变由来及防御措施，著有《海防图论》《日本图纂》《朝鲜图说》《琉球图说》《海防一鉴图》《海运全图》及《江南经略》等，其有关江防、海防形势者，皆所目击亲历；而日本、朝鲜诸考，则通过咨访考察而得其实据，皆"非剿掇史传以成书，与书生纸上之谈固有殊焉"。督、抚、将帅幕府中有大批幕客文人，如总兵刘显府中之康从理、黄省曾，戚继光府中之郭造卿、王翘等。翁万达以兵部侍郎兼金都御史总督宣大山西保定军务，立即招故旧胡思岩入幕协助。胡思岩，浙江天台人，诗文极佳。自万历中叶以后，边镇专阃将帅以能诗名者很多，戚继光、萧如薰、杜文焕即其中之佼佼者。戚继光尤好延文士，倾赏结纳，取足军府。萧如薰亦能诗，士趋之若鹜，宾座常满。陈第、颜钧为著名的王门学者，均曾入俞大猷幕，成为参谋、军师。至晚明，由于东北局势的紧张，各地将帅无不招聘记室、幕客。东平侯刘泽清开府淮阴，聘贾开宗掌其军书记。辽东巡抚方一藻向宁前兵备道陈祖苞推荐孙承宗幕僚举人周敏成，后者遂入陈祖苞幕府赞画辽东军务。朝廷所面临的最大敌人首先是东南倭寇。当倭寇平定后，主要战场转移到蓟北抵抗蒙古鞑靼，紧接着就是满族的入侵，这场旷日持久的战争持续了近半个世纪。为了抵抗山海关外的满族，朝廷派重兵防守辽东。其中，军功最显赫的是袁崇焕。而袁崇焕之所以能够一夫当关，是因为在他的幕府中，汇集了大批各路精英人才。如果不是被陷害和误解，凭借如此庞大的幕府精英，满族兵不会如此快速地打败明朝最坚固的力量。随后，清兵挥师南下，长驱直入，横扫中原，几乎所向披靡。但到江南，则遭遇明军数支军队的顽强抵抗，其中最令后人怀念的是史可法。为了抵抗清兵南下，史可法扬州幕府招聘了 100 人共襄军事。[①]

擅长各种技艺的人员入幕，带来了幕府文化生活的丰富多彩，李云龙《黎有道拥丽人入幕筑别院君之戏赠》曰："不须戎服排门去，

---

① 何龄修：《史可法扬州督师期间的幕府人物》，《燕京学报》新 3 期（1997 年）、新 4 期（1998 年）。

窥户人今隔降纱。"

　　明人管志道《从先维俗议》卷五《家宴勿张乐》："每见吴越间缙绅燕会，即不张乐，幕客亦以曲声唱和为常。"缙绅举办大型宴会，幕客宾朋往往"曲声唱和"。明清传奇、戏曲的空前繁荣很大程度上与幕府直接相关。嘉靖到康熙，动荡的时代使得武臣地位迅速提升，随之而起的是武臣为中心的势力的加强。储欣在《在陆草堂文集》卷三《明吴尚书传》中说："蓟门，故雄镇也，岁费兵粮五十余万，诸将朘剥，购珍玩，馈遗文吏极丰。酒食邀嬉，声色之奉甲于天下，由是户多虚籍。"虽然储欣于此仅指坐镇蓟门的军官的边廷娱乐，由于军情的空前紧张，朝廷对蓟门的财力支持是没有预算的，也就是说，戍守蓟门的军官的军费开支没有底线，"声色之奉甲于天下"，充足的军费不仅保障了国防，而且养育了大批军幕谋士，他们得以"购珍玩，馈遗文吏极丰"。尽管这仅指蓟门，但是却总结了自嘉靖以来边廷财政的实际状况，幕府总督或将军利用他们在财政、人事等方面的自主权广收幕僚，而有一技之长之士往往利用同乡、朋友或相互引荐的方式投身幕府，于是幕府成了当时人才汇集之所。胡宗宪任浙直福建总督时，他的部下除了戚继光、俞大猷等才兼文武的名将外，还有谭纶、汪道昆等富有艺术修养的名臣，再加上徐渭、沈明臣等才俊之士充斥幕僚，一时人才之盛甲东南。在胡宗宪幕府的日常活动中戏剧活动也是其中重要的一部分。隆庆元年（1567）谭纶进兵部左侍郎蓟辽总督，戚继光为神机营副将，辅佐谭纶共治东北边事。隆庆六年（1572），汪道昆奉诏阅视蓟辽边务。在强大的财力支撑下，他们军事之余，便选妓征歌，赏曲听音。晚明率先倡导此风的是胡宗宪，明李绍文《皇明世说新语》卷八"汰侈"载："胡宗宪都浙。值迎春，张宴召客。选女妓二百侍饮，每十人则以佳者一人领之。使奉酒炙、乐器之属，傍不设几案，亦无他执役者，歌呼谑亵。至暮，张灯火数里，鼓吹丝竹震天，女妓夹道跪送，传呼不绝。"才士精英会集一堂，固然不免频繁地醉酒欢歌。胡宗宪的个人爱好引领了边关将领的娱乐文化的趋势，从此，这一风俗贯穿了整个清代。

何璧（生卒时间无考），字玉长，号渤海逋客，福清人。放荡不羁，喜饮酒赋诗。年轻时游学清流、南京，深得王若、林古度、曹学佺、张涛赏识。因受曹学佺影响，何璧对戏曲产生浓厚兴趣。万历三十七年（1609），何璧作诗四章向安徽歙县县令、湖北黄陂人张涛表达从军戍边的愿望，为张涛所赏识。张涛"将某废寺为共学书院，置书万卷。令璧接礼名下士"，并聘何璧为教师。此后，张涛向朝廷推荐何璧为大将，未果。万历四十一年（1613），何璧应张涛邀请，到张涛的辽东抚台任幕僚。在辽东，何璧表现出卓越的军事才能。就在张楚欲推荐他担任军事要职时，张楚被罢去官职。何璧深谙辽东战事，可惜"终不得用"。何璧诗有《辽蓟吟》一卷，文有《逋客集》一册，均佚。何璧在张楚被罢，离开辽东之后，壮志难酬，穷困潦倒，不久又回到南京。由于受福清籍戏曲家林章的儿子，著名"遗民诗人"、版刻家林古度的影响，何璧于万历四十四年（1616）编校并刻印了《北西厢记》二卷。正文首页题"渤海逋客校梓"，序末署"万历丙辰夏日渤海何璧撰"，后钤有"何璧之印""玉长"及"侠骨禅心"三印。其序言，是一篇出色的戏剧文学理论。钱谦益《列朝诗集小传·何侠士璧》为其立传。

归安茅元仪①《观大将军谢简之家伎演所自述蝴蝶梦乐府》诗云："开尊出家伎，惠我忘形骸。炼音变时俗，出态如出芽。"茅元仪"好

---

① 茅元仪（1594—1644?），字止生，号石民，归安（浙江吴兴）人，自幼"喜读兵农之道"（《石民四十集》卷69），成年熟悉用兵方略，曾任经略辽东的兵部右侍郎杨镐幕僚，后为兵部尚书孙承宗所重用。崇祯二年（1629），因战功升任副总兵，治舟师戍守觉华岛（菊花岛，今辽宁兴城南），获罪遣戍漳浦（今属福建），忧愤国事，郁郁而死。他目睹武备废弛状况，曾多次上言富强大计，汇集兵家、术数之书2000余种，历时15年辑成大型军事类书《武备志》由兵诀评、战略考、阵练制、军资乘、占度载五部分组成。共240卷，200余万字，图738幅。日本宽文年间（1661—1672）须原屋茂兵卫等刊本流传。乾隆间曾被列为禁书。

谈兵，通知古今用兵方略，及九边阨塞要害"①，曾经作为幕僚跟随孙承宗视师边境，在其诗词中，即多有对边疆幕府戏曲活动的描写，此诗即写粤东谢弘仪幕府规模宏大的声乐歌舞。山东临清人狄明叔，官至浙西参戎，酷爱昆曲，壮年辞官，归里时购买吴儿至家乡教唱昆曲，并置办昆曲女乐一部，冯梦祯在 1596 年 12 月 9 日的日记中专门记载狄明叔家乐："初九（十二月）晴，寒……狄明甫来。留叙，底暮而别。狄，临清人，名某，家世武弁，仕至浙西参戎，三十解官归。有文采，家畜声伎。"② 胡应麟《狄明叔后房姬侍甚部，而新畜小鬟十余，合奏南剧，尤为宾客艳慕。先是余未及睹，特此讯之》，其中所言"南剧"即江南昆曲。又《狄明叔邀集新居命女伎奏剧，凡〈玉簪〉、〈浣纱〉、〈红拂〉三本，即席成七言律四章》，其中言及《玉簪记》《浣纱记》和《红拂记》等剧目，是万历年间流行于江南一带的经典剧目，后来伴随戏曲的传播，成为一直传唱在清代戏曲舞台上的经典剧种。而在冯梦祯的时代，他在齐鲁大地上能够欣赏到悠扬的江南昆曲，显然是狄明叔致仕时从江南所带回。

据胡忌、刘致中《昆剧发展史》卷首《明末清初昆剧流播路线图》可知，明末清初，昆曲伴随官员幕府传播到东北、西北、西南等边境地区。如吴三桂镇守云南时，即将其在北京的昆曲家乐带到云南。清抱阳生《甲申朝事小纪》初编卷五《吴三桂始末》载："浙人吕黍字言于桂曰：'王权尊势重，致使傅、李参劾。盍不营园亭，多买歌童舞女，日夜娱乐，使朝廷弗疑。'桂以为然，即命黍子督造安福园于王府之左，松柏高五、六丈者，移种皆活。历三年，园成。与吴复庵等弹琴赋诗，徜徉其间。又使赵婴采买吴伶年十五者，共四十人为一队。申衙故有戏具，犹以为未足，另造各色金甲嵌明珠，银甲嵌珊瑚，又各色玉带、金带、银带、珈南带、犀甲带、沉香带，俱嵌

---

① 钱谦益：《茅待诏元仪》，《列朝诗集小传》丁集下，中华书局 1961 年版，第 591 页。
② 李绳远：《寻壑外言》（不分卷），乾隆元年（1736）嘉兴李菊房刻本。

珠宝，凡为箱三十。约费数十万金。送入安福园。"陈子龙弟子王澐《漫游纪略》卷四《楚游下》载："三桂之所部，视三藩为众。平滇后，收诸降将兵，益强。滇池固僻饶，三桂厚自封殖，席黔国庄田之利……徼外珍宝充牣，富于天室。园林声伎之盛，僭侈逾禁中矣。"可见，吴三桂割据云贵时期在其众幕僚的引导下用于娱乐戏曲的巨大开支，尽管他最初是以此迷惑朝廷掩盖其反清的动机，但事实上却在云贵引领了戏曲的空前繁荣，将经典的戏曲剧种——昆曲传播到遥远的云贵高原。伴随军事征服，地域文化得到了快速交融。同时，在东北的白山黑水之间，当明兵部尚书张缙彦降清后因党争被陷，被流放到黑龙江宁古塔之时，亦将其昆曲家乐带到了宁古塔。杨宾《柳边纪略》载："康熙初，宁古塔张桓公（张缙彦）有歌姬十人，李兼汝、祁奕喜教优儿十六人。"在宁古塔将军巴海的关照下，昆曲在东北也迅速传播开来。

李绳远在广东幕府时，其《张总戎席上醉歌留别》诗曰："端州城边月初见，端州总戎夜开宴。金屏美人如花容，赵舞吴歌坐深院。"渲染端州（广东肇庆）总戎军中夜宴歌舞演剧的盛况。谢弘仪（浙江绍兴人）将军集编、导为一身，创作传奇《蝴蝶梦》。当时的两广总督府，以吴兴祚为中心形成了一个戏剧家社团。康熙初，两广总督绍兴人吴兴祚[①]爱好戏剧，家蓄数支伎乐。红豆词人吴绮被罢湖州知府后南下岭南，入吴总督幕府两年，在吴绮的诗中，即有关于总督府赏戏的许多记载。众所周知的李渔，携带家班，四方巡回演出。

幕府戏曲文化的空前繁荣，必然要求新剧本的不断问世。由此，深谙戏曲的文人便被源源不断地聘请至幕府，其中，不少是专门从事戏曲创作的。张凤翼"善度曲，自晨至夕，口呜呜不已"。且能粉墨登场，常与仲子演《琵琶记》，暮年，总兵李应祥厚礼求作戏曲，以

---

① 吴兴祚，字伯成，号留村，浙江山阴人。八旗正红旗籍。以贡知萍乡县，改无锡。后擢巡抚，晋兵部尚书，康熙二十一年（1682）迁两广总督。

宣扬其平播功勋，因作《平播记》。此剧以平定播州杨应龙事变入戏，系时事新剧，惜"过于张大"，有失真之病，且未见流传。康熙五年（1666）李渔受陕西巡抚贾汉复①之邀携家班游秦"馆诸别宫"，据俞为民《李渔评传》载："食五侯之鲭而衣千狐之裘者，凡四阅月。"同年又应巡抚刘斗②之邀赴甘肃演出，作客一月。后刘斗任福建总督，李渔又有闽地之游。将领张勇③亦邀李渔戏班在其府中演出，并受殷勤接待。李渔率领其昆腔家乐北游陕西、甘肃等边塞地区演出，回归之日获得大笔资财，为其继续从事戏剧活动提供了经济保障。南方昆曲遂得以在北地传播并产生影响。李渔的戏曲创作经由游幕得以完成。

万树《满江红·庆投琼六赤词》自序云："丙寅（1686）八月杪，吴大司马宴客，命骰子行酒……公命满酌十二玉彝，遍饮座上。众皆曰，是不可不记，属树播为乐府以传之。"即记载一次中秋幕府月宴，他们沿用古老的游戏——掷骰子，根据骰子的输赢行酒。其间，总督吴公掷全红骰子，兴奋之余，连饮十二杯，大将豪爽，万树即将这个夜晚的场景谱为传奇，总督家班排练上演，于是总督府的新剧种诞生。万树《满江红·赠慎庵，时将归江南》二曰："花剪珊瑚，抽象管、试填新曲。"自注："时余制《珊瑚毯》曲，方付伶人演出。"

中秋时节，幕友吴慎庵欲归里，众人在总督府运筹堂为其开宴送行，酒席间，总督令家班演出万树新剧《珊瑚毯》。由于《珊瑚毯》

① 贾汉复（1605—1677），字胶侯，号静庵。汉军正蓝旗人。明崇祯间任淮安副将。仕清，累字右副都御史、兵部尚书、陕西巡抚。见俞为民《李渔评传》，南京大学出版社1998年版，第32页。

② 刘斗，字耀薇。直隶清苑（今属河北）人，一说保定人。顺治初以教习王世子，授兵部启心郎，顺治十八年（1661）授甘肃巡抚，康熙九年（1670）迁福建总督。康熙五年（1666），李渔在其府中作客一月。后李渔游历闽地时，又受其款待。见俞为民《李渔评传》，南京大学出版社1998年版，第32页。

③ 张勇（？—1684），字飞熊，一字非熊。陕西咸宁人，一说洋县人。明崇祯间为副将，清顺治间降清，授游击，累官甘肃总兵、云南提督、靖逆将军、少傅兼太子太师，谥襄壮。康熙五年（1666）邀李渔游秦。李渔在其府中受到殷勤接待。见俞为民《李渔评传》，南京大学出版社1998年版，第32页。

剧本的失传，今天我们无从知道该剧的内容，但从"听歌声便是，渭城丝竹"可知，定是与送别相关，万树的戏曲直接受教于舅氏吴炳，故可推知《珊瑚毬》亦应是佳人才子聚散离合的爱情故事。又，万树《满庭芳·赠翼城崔文赤》自序："少年新隽，见梨园歌余新制曲，极为心赏，因赋此赠别，兼订明岁灯夕之游。"则记载在巨鹿的一次庆贺某位少年擢第的酒宴上观看梨园演出，所上演的居然是万树自己所创作的传奇剧本，这说明，在河北的民间戏班已经开始努力吸取江南昆曲的柔美唱腔，同时也说明河北梨园对于新剧种的强烈需求，因而当万树的昆曲剧本在广宗县署上演后，很快在社会上广泛传播。又，友人徐筠皋任襄陵太守，邀请万树赴襄陵游玩。为了表达对太守邀请的感激，万树特为制《藐姑仙》剧，一个新剧种源自对一份友情的回报。又，万树《曲游春·慎庵自梁溪来粤》后自注："时正大司马寿筋，歌余所撰《霓裳曲》。"此外，万树的词学著作《词律》及其剧作《风流棒》等就完成于两广总督府（治所在肇庆）中。《嘉庆宜兴县旧志》卷八《人物志》"文苑"载："吴大司马兴祚总督两广，爱其（指万树）才，延至幕，一切奏议皆出其手。暇则制曲为新声，甫脱稿，大司马令家伶捧笙璈，按拍高歌以侑筋。"受万树影响，吴兴祚之子吴秉钧创作《电目书》剧；吴棠祯（秉钧之叔）创作杂剧《赤豆军》《美人丹》。与万树同在吴幕的绍兴人吕洪烈创作传奇《回头宝》《状元符》《双猿幻》《宝砚缘》。吴绮、徐釚亦曾托身吴兴祚之幕。曹寅《楝亭集》卷七有题为《辛卯孟科四日金氏甥携许镇帅家伶见过，闽乐也，阁坐塞默胡卢而已。至双文烧香曲，闻有"罗哩哇"句，记〈董解元西厢〉曾有之，问之良然。为之哄然。老子不独解禽言，兼通蛇语矣。漫识一绝句》所记为福建地方声腔的《西厢记》演出。尽管在曹寅看来，混合地方声腔的昆曲演出类似"禽言""蛇语"，但也足以惟妙惟肖，似真似幻。

令人欣喜的是，幕府戏曲氛围的巨大吸引力，致使许多幕主亦参与戏曲创作中。茅元仪《观大将军谢简之家伎演所自述蝴蝶梦乐府》诗云："耳目无久玩，新者入我怀。奇赏竟何许？忽在天之涯。岂无歌舞围，蛮音习滥哇。塞耳亦以久，负此风日佳。我公宴笑余，奴隶狼与豺。开尊出家伎，惠我忘形骸。炼音变时俗，出态如出芽。"茅元仪是归安人，曾经作为孙承宗幕僚跟随孙氏视师边境。此诗写作地点应在粤东谢弘仪幕府中。可知，谢弘仪的家乐戏班已经吸收了闽粤地方唱腔。谢将军不仅具有撰剧的文才，而且会编会导，可知其对于戏曲的投入与执着。

黄之隽《唐堂集》卷四十三《陈大中丞招同王修撰宝传、顾庶常侠君饮揆天阁下观剧》，诗后小注曰"时在肇庆"。诗的尾联为"惯听娇浮吴语好，不知身是喀端州"。当时陈大中丞为粤抚，官署在肇庆。嘉靖三十年（1551）至三十二年（1553）担任总督的陕西人何栋、万历二十二年（1594）至二十五年（1597）任总督的孙铁、天启四年（1624）至六年（1626）的总督吴用先都有极高的戏剧造诣。其中何栋、吴用先家有声伎之奉。孙铁是明代著名戏曲家吕天成的舅舅，也是王骥德和吕天成钦佩的曲坛前辈。王骥德《曲律》卷四："余所恃为词学丽泽者四人，谓词隐（沈璟）先生、孙大司马（鑛）、比部俟居（孙如法）及勤之（吕天成）。"又云："余于阴阳二字之旨，实大司马（孙鑛）暨先生（孙如法）指授为多，不敢忘所自得。"孙鑛曾提出戏剧创作的十大艺术标准"南戏十要"，见吕天成《曲品》。

此外，史书、子书、小说等也大量出现。《滇史》作者诸葛元声，号味水，会稽人，诸生，生卒年不详，万历九年（1581）到云南临元道贺幼殊（长沙人）处做幕客，直到万历四十五年（1617）始离滇。《滇史》编成于万历四十五年，次年作者离滇，携书稿赴湖广郧阳，得抚治郧襄等处都御史陈禹谟的资助，得以镂版。是书对史料的剪裁取舍主观性很大，按语中所作的某些史评议论，对奇闻迷信、神奇怪诞的渲染，都存在不少缺陷，但仍保存了大量史料。

第三章　胡宗宪幕府与嘉靖文坛

　　誓为遗民，致力于探讨历史兴亡原因的学者黄宗羲在其《南雷诗文集》中云："桑海之交，士之慕义强仁者一往不顾，其姓名隐显，以俟后人之摭拾，然而泯灭者多矣，此志士之所痛也。故文丞相幕府之士，《宋史》既以之入忠义传矣，好事者又为幕府列传，附之丞相之后以张之。"又云："余读文、陆传而叹一时忠义之士何其盛也！故邓光荐为《文丞相幕府传》，僚将宾从，牵连可书者六十余人，其散见于宋末元初名家之文集者，残山剩水之间或明或没，读者追想其风概，累嘘而不能已者，又不知凡几。"文天祥，是后世耳熟能详的宋末爱国将领，在黄宗羲的诗文中，文天祥的名字反复出现，表明黄宗羲是以文天祥作为自己的人生目标。上述这段文字揭示了南宋末年追随文天祥誓死抗元的大批幕僚在文天祥被杀后他们的人生选择：义无反顾地殉国，或隐遁不出。宋亡后隐遁不出的邓光荐开始记录宋末那段悲壮的历史，为了不使后世忘记他们的牺牲，特撰《文丞相幕府传》，其中记载了可表可彰的幕僚六十余人，黄宗羲认为，抗金的文天祥幕府，绝不仅仅是这六十余名幕僚，还有很多未知姓名的将士。但是，即使是六十余人，文天祥的幕府也可谓庞大了，他们协助文天祥，出谋划策，成为文天祥事业的中坚力量。文天祥亦因此而更令后世敬仰。

作为杰出的历史人物，胡宗宪是16世纪初中国历史的推动者，是明代历史前期太平向后期动荡过渡的调停者，不仅在明代史，即使在中国史上，胡宗宪都占有重要地位。作为历史风云人物，有关胡宗宪的历史故事、电影电视、小说戏曲可谓层出不穷，但几乎都集中于胡宗宪的政治生涯与军事生涯，尚且没有对胡宗宪与其时代的文坛相关联的研究。近年来，在小说研究中，有将小说《金瓶梅》附会为胡宗宪所著之说，作为一种新观点，引起学界新一轮的讨论，至今未能定论。胡宗宪抗倭期间组建了庞大的幕府，不惜高薪聘请各路人才精英，嘉靖年间，东南半壁江山归属胡宗宪，《明史·胡宗宪传》："宗宪虽尽督东南数十府。"几乎天下英才尽入胡幕，他对嘉靖文坛产生了重大影响，嘉靖以后，明代文坛在复古的呼声中繁荣发展。黄宗羲认为国初、嘉靖、崇祯为明代散文之三个发展兴盛的阶段，其中嘉靖散文在有明文坛上成就最高，有明文章，"至嘉靖而昆山、毗陵、晋江者起，讲究不遗余力，大洲、浚谷相与犄角，号为极盛"①。胡宗宪幕府与复古文坛密切相关，与唐宋派、性灵派都产生联系，这一文学史上的问题至今没有引起学界关注。胡宗宪幕府牵动了明代中后期的文坛，以此为界，明代文学史分为明显不同的前后两期。

胡宗宪运筹帷幄，决胜千里，之所以抗倭势如破竹，每战必胜，是因为胡宗宪招募了许多军事精英，如俞大猷、戚继光、卢镗等将领英勇善战；胡宗宪幕府还招聘了大批非将领而知兵法的文人谋士，如茅坤、沈明臣、王寅、徐渭等。此外，还有许多虽然由于各种原因未能进入胡总督幕府（如吴承恩即因缺少推荐者而失去入幕机会）的文士，都在热切关注着抗倭形式的变化，如归有光，写诗文描写抗倭战况。何良俊《四友斋丛说》亦载："江南自有倭夷之变，用兵六七年，

---

① 黄宗羲：《黄梨洲文集·序类》，陈乃乾编，中华书局2009年版，第388页。

中更总督数人，所费钱粮数百万，然毫发无用。唯胡梅林稍能建功。……其破费钱粮虽多，然其功亦何可终掩哉！"如果没有强大的经济诱惑，仅仅是抗倭的爱国激情不足以使如此众多的才人投奔幕下。胡宗宪幕府里，云集了当时东南最有名的文人能士。① 胡宗宪幕府是明代颇有声势的幕府，在嘉靖间平倭过程中发挥了重要作用，《明史》载胡宗宪"威权震东南，性善宾客，招致东南士大夫预谋议，名用是起，至技术杂流豢养皆有恩，能得其力"。

胡宗宪进士出身，先任益都知县、余姚知县，后以御史巡按宣府、大同，整军纪，固边防，政绩显著。嘉靖三十年（1551），巡按湖广，平定苗民起义，显示了其卓越的政治和军事才能。嘉靖三十三年（1554）四月，出任浙江巡按监察御史。嘉靖三十四年（1555）六月，以右佥都御史巡抚浙江。嘉靖三十五年（1556），以兵部左侍郎兼右佥都御史总督南直隶、浙江。嘉靖四十一年（1562），内阁首辅严嵩被罢官，其子严世蕃被捕。胡宗宪由于经严嵩义子赵文华的举荐而升迁，因而被视为严党。嘉靖四十一年（1562），在新任内阁首辅徐阶的授意下，南京给事中陆凤仪以贪污军饷、滥征赋税、党庇严嵩等十大罪名上疏弹劾胡宗宪。不久胡宗宪便自杀狱中，结束了其风云激荡的一生。

总督东南期间，为了抗倭，胡宗宪组建了庞大的幕府。作为当时指挥抗倭的领导机构，除了戚继光、俞大猷等军事将领外，还会集了一批知兵善文的文人，大多为明代南直隶（江苏、安徽）与浙江地区的士绅，其中又以生员居多。其间许多著名文人如徐渭、茅坤、沈明臣、王寅等都曾被招致入幕。这些幕客有的为幕主主文代笔，有的直接参与了谋划诱捕麻叶、徐海、汪直的重大军事行动，为抗倭的最终胜利做出了巨大贡献，如梁辰鱼即曾主动投奔胡幕。胡宗宪幕府曾是

---

① 参见吕靖波《胡宗宪幕府人物考略》，《滁州学院学报》2008 年第 4 期，本节内容在该文基础上做必要补充。

盛极一时的场所，笼络了不少东南才士，连有过功名的茅坤都以花甲之年奔走幕下。在梁辰鱼到来的嘉靖四十一年（1562），正是幕府蓬勃发展时期。此际，他见到了早已在幕府的名士沈明臣、徐渭和王寅，交友唱和，谋划方案，不仅成为胡宗宪抗倭的主要策划者，而且共同成为此后文坛风向的引导者。

对明朝历史来说，胡宗宪浙江幕府意义非凡，它的组建改变了整个大明王朝的国运。

第一节　邺中玄醴寒于水，稷下雄谈逞似云
——胡宗宪幕僚及文学交游

胡宗宪重用俞大猷、刘显、谭纶、卢镗等知名宿将，特别是信任并重用当时尚不知名的戚继光，从山东调戚继光赴浙江任参将主持军事，支持戚继光两次募兵抗倭，提拔戚继光、厚待戚家军。从此，戚继光与戚家军成为中国军事史上耳熟能详的名字，戚继光也成为中国历史上妇孺皆知的人物。因为胡宗宪的知人善任，"尤好施予，故属下皆能效死力"。胡宗宪尽管生命短暂，在明中后期的历史上，他却是改变中国命运的关键人物。他的巨大的军事成就的取得得益于他坐镇东南所组建的庞大幕府，抗倭——是其幕僚人员共襄的宏举伟业。因此，胡宗宪幕僚人员的考证就是研究胡宗宪历史功绩的锁钥，吕靖波的《胡宗宪幕府人物考》[①] 对胡宗宪幕府的初步统计结果是十六人。事实上，坐镇东南的总督幕府内，实际幕僚人员远不止此数。本书中考证出姓名者有二十二人之多，尚且有许多未留名的隐士逸士等匆匆过客。其中徐渭、茅坤功劳巨大、成就卓著，下文详细介绍。

---

① 吕靖波：《胡宗宪幕府人物考》，《滁州师范学院学报》2008 年第 7 期。

1. 郑若曾（1502—1582），字伯鲁，号开阳，昆山人，诸生。少年时从师于岳父魏校，后从师于王守仁，与归有光、唐顺之等切磋学问。嘉靖十四年（1535）中秀才，次年（1536）贡生。嘉靖十九年（1540）赴顺天乡试，不第。回乡著书，光绪六年（1880）《昆新两县续修合志》（卷三十）称郑若曾"幼有经世志，凡天文、地舆、山经、海籍，靡不得其端委，妇翁魏校最器重之。嘉靖中以诸生入北雍，闱中拟元者再，竟不遇"。郑若曾少年天才，为何不遇信陵君。齐国孟尝君广招宾客，天下名士皆来投奔，至其幕府"食客三千"，而稷下学宫亦扬名四海，为什么没有郑才子的一席之地。此诗表达了对郑若曾怀才不遇的深切同情。郑若曾深研兵法，嘉靖三十一年（1552），倭寇猖獗，郑若曾以《珍倭方略》密陈胡宗宪，被胡宗宪及戚继光聘入幕府，参赞机务。据茅坤《筹海图编序》，当时胡宗宪"持币聘君过幕府"。至幕，郑若曾"首括诸道之绾海而州与其诸岛之错海而峙者文图，诸岛之或贡或绝或内犯中国，所遣使与彼之部署文字器什战斗之习，不可以不条见也，于是次之文《事略》。然诸道之山川夷险异形，其所勒习战阵异宜也。于是分列广东、福建、浙江、直隶、登莱，又各自文图，而系之以兵防事宜"。可谓天下军事了若指掌，尤其熟谙兵法中常用的"用谍"，郑若曾多次派人伪装成内奸成功诱使倭寇。因参与平倭有功，论功授世袭锦衣卫官员，力辞不受，荐修国史，不就。归而著述，于嘉靖四十年（1561）、四十一年（1562）纂辑成《日本图纂》和《筹海图编》。其后又撰《江南经略》。

《筹海图编》十三卷，记明代抵御倭寇事。以嘉靖时事为主，上溯明初及明以前中日交通情况。首列沿海和日本地图、日本事略，继以分省御倭事宜并列年表、寇踪图谱，再次记述重大战役与遇难者事迹，终以兵略。对于用兵、城守、剿托、互市等，皆详细记载，并附有沿海布防、战船详图。有《万里海防图论》《江防图考》《朝鲜图说》《琉球图说》《安南图说》等，为明清研究海防和海外交通的权威著作。《筹海图编》是研究中国海防史的重要专著，它的编撰过程以郑若曾入胡宗宪幕府为界分为两个阶段。郑若曾在未入幕府前已经完成了《筹海图编》前七卷的部分内容，剩余部分及内容和后六卷完成于胡宗宪幕府之中。在《筹海图编》第二阶段的编撰中，在胡宗宪的具体参与指导下而成书，胡总督拨款付梓，因此，《筹海图编》付梓时特标明"胡宗宪辑议"。《筹海图编》翔实地记载了倭寇史料，它不仅成为明代海防建设的重要文献，而且第一次提出了完整的中国近代海防思想。

《江南经略》是专为倭患而作的江防专著。作为《筹海图编》的姊妹篇，显示出敏锐的军事意识。在编排次序上，按倭寇的进犯路径安排资料，"御寇之法，海战为上，故先之以海防图。海防失守，而后滋蔓及江，故江防图次之"，"倭舶自东南而来，华亭、上海首当其冲，次嘉定，次太仓，次常熟，故序海防以松江居前，苏州次之。其入江也，常熟首当其冲，次靖江，次江阴、武进，次丹阳、丹徒，故序江防，以苏州居前，常镇次之"（《江南经略凡例》）。在具体内容的编排上则与《筹海图编》互相补充，"杭嘉湖等府事宜之详，予已别载《筹海图编》，同志者合而观之，当互见矣"（《江南经略凡例》）。《江南经略》的撰写目的即指导抗倭，内多军事计谋。其中所列江河湖海，交通要冲，多经作者亲自实地调查，"凡水陆道路，躬亲阅历，多方考证，一一著明，而于所当设险之处，又为图，为说，罔敢阙略，庶后之经略者可考而知焉"（《江南经略凡例》）。尤其是有些地方向无图志，是作者第一次绘制，《江南经略》卷一下《海防论》载，"太湖图古所未有……乃操小艇，历五湖，越半载始有所得，凡港读通塞之迹，古今异同之名，何者为水利之所关，何者为兵防之所要，悉详识之，而绘为二图。……庶司兵者得有所据以便规画矣"。因此，该书具有珍贵的史料价值和军事地理学价值。其间，郑若曾从与倭寇有生意来往的浙江商人手里购买了许多日本商人的资料，并亲自访问日本使臣和其他日本人，汇集原始资料辑成《日本图纂》，主要介绍日本历史、地理、语言及中日关系史，以及日本海盗的船只、武器、战术等。这是中国历史上第一次对外国进行密切关注的著作。

当今，研究军事史的专家普遍认为，郑若曾无疑是明清两代最重要的军事家。其一，在倭寇最猖獗的时代，他能够运用世界地理知识对日本及周边国家开展深入而广泛的研究，制定了一系列御倭的方略，并倡导全民抗倭，最终与戚继光、唐顺之等共同平定了倭寇之乱；其二，他的军事著作和地理著作如《万里海防图论》《江防图考》《日本图纂》《筹海图编》《江南经略》及《朝鲜图说》《安南图说》《琉球图说》等对后世产生了深远的影响。尤其是《筹海图编》广为流传，在日本、朝鲜等亚洲国家被视为海防经典之作。同时，他也是中国古代史上"海上长城"的具体筹划者，他提出的"万里海防"的概念，把沿海的广东、福建、浙江、直隶（今江苏一带）和山东等各省作为统一的海防前线，唇齿相依。因此，郑若曾是中国历史上最早具有海防意识的军事家。

2. 沈明臣（1518—1596），字嘉则，号句章山人，晚号栎社长，浙江鄞县人，诸生。《列朝诗集小传》谓沈明臣"少为博士弟子，数奇不偶，胡少保督师平倭，偕徐渭文长辟置幕府"。沈明臣是较早进入胡宗宪幕府的成员，任幕府书记，沈明臣与徐渭共同成为胡宗宪所信赖的左臂右膀。对于一个科场蹭蹬的书生而言，沈明臣对胡宗宪深感知遇之恩，目睹了其冒死报国的抗倭过程，所以当胡氏被逮捕瘐死狱中，他不惧牵连，走哭墓下，持所为诔，遍告士林，为文颂冤。汪道昆《孤愤集序》记录了胡宗宪自杀后"诸门下士若故人无一至者。沈山人为司马诔，则自四明走墓下哭之"。胡宗宪死后，几多信誓旦旦共生死的门客友人纷纷离去，而沈明臣不但亲为撰写诔文，而且不辞劳顿，从浙江宁波赴安徽歙县祭悼胡总督。仅此便足以证明沈明臣重义的人品。《孤愤集》的成书本即沈明臣激于胡总督的冤屈，愤然一气呵成之作，是为胡宗宪鸣冤的呐喊。经由沈明臣，胡宗宪的商界友人汪道昆得知其冤情，不仅提笔为《孤愤集》撰序，而且写诗为其鸣不平。序文中引沈明臣语云："司马多大度，憎喜自如。当意辄予千金，不当辄谩骂。臣非礼弗食，故千金不及臣。然坐客多贤豪贵人，司马目摄之不为礼；比臣在座，意独在臣。臣居与居，臣起与起。其所严事者，宜莫如臣。乃今身殒而名不传，臣固未得死司马所耳。臣病三年矣，孤愤上当于天。"由此，可知沈明臣在胡宗宪幕府中所受到的特别尊崇，同徐渭一样，胡宗宪幕府时期是他们一生中最闪光的时期，是他们生命际遇的巅峰期。其后，沈明臣继续四方游幕，朱察卿《用拙集序》载："沈嘉则走闽中，赴汪开府、吴邵武及戚将军期。去来道里著《蒯缑》《丁艾》二集。"在胡宗宪死后，沈明臣亦曾游幕于汪道昆、吴从周及戚继光幕府。五十岁后归里授徒。受张时彻等推重，与天一阁主范钦交谊甚笃。沈明臣被奉为四明诗坛耆宿，屠隆、杨承鲲随从学诗。子沈一贯（1531—1615），字肩吾，又字不疑、子唯，号龙江，又号蛟门，万历年间官至首辅。

3. 王寅（？—1585），字仲房，一字亮卿，自号十岳山人，安徽歙县人。诸生，不喜举业，遂弃籍。钱谦益《列朝诗集小传》卷二八载王寅"周游吴、楚、闽、越名山，远览搜，不遗余力……及海上用兵，客督府尚书胡公所"。王寅在胡宗宪幕府中与徐渭、沈明臣、茅坤长期共事，兵事余暇，唱和答赠，在他们各自的诗集中都保存了这段时期的大量创作，这也使得胡宗宪幕府在明代文学史上占有着重要地位。胡宗宪不仅给予徐渭以改变命运的帮助，而且捐俸为王寅出版诗集，并亲为序，序云："仲房性疏狂，肮脏多忤于时，纵缙绅先生折节为知己者，稍不合则飘然拂衣而去，不复顾。予与仲房为知己，深恐其诗篇久而散失，遂取其素所见者梓之。"王寅倜傥自负，用心词曲。经由汪道昆的举荐，胡宗宪聘至幕府。王寅在幕府中并不得意，未受重用。于是寄情诗酒，嘉靖四十一年（1562），与祝时泰、高应冕等组织西河八社。著《十岳山人诗集》四卷，《王十岳乐府》一卷。其《乐府小序》追忆自己生平经历曰：

> 予客生大江之北，年弱冠而好说剑，乃遍游中原，闻缙绅先生有以乐府名家者，无不访而问焉。若韵书，若谱格，八百三十二名家，一千七百五十余杂剧，皆得领其大略矣。后还鄣乡，图以明经干禄，而置之若未前闻。及壮而成，遂愧为儒，弃去之时，于隐园独居之暇，随境感事，漫一编捏。

其中寄寓了生命的郁闷，可知他谱写传奇乐府是他在谋求政治军事前程遭遇挫折后的发泄途径。

4. 吕需，号水山，通兵略、书画。与徐阶友善。同徐文长、沈嘉则客胡梅林幕府，时称幕中三山人。康熙年间塘栖人沈淇芳（号椒羽）《杭郡诗续辑·小传》有《十子咏并序》，其第四首即写里人吕需。光绪间王同所编《塘栖志》记载，吕需入胡宗宪幕府参与抗倭。当时"胡宗宪总制四镇，击倭海上……需且陈方略，宗宪用其谋，卒擒海贼徐直"。天启进士萧山来方炜《吕山人需传》载："岁丙辰，文贞公已亚相，梅林胡公总督四镇，击倭海上。虑从中制，翼自结于云间。会语溪吕纳言悉公与文贞交，梅林因以客礼见公。公故见贵人生平不作擎曲，简傲放论，胡公深器重之。委公天下事焉。公去都中，胡公以二吏赍书揭以随，北谒文贞于内。握手道欢，略脱礼法。谈笑大廷之侧，旁若无人。二吏窥屏间，汗流浃背。文贞随作报书，遣吏而留公。公又从旁掣文贞笔，作家报。胡公启视，悉二吏对，益奇之。遣介胄之士日侯，不时报入。公归，旋骑具陈所授方略。自是，投分愈深。尝治军桐乡、海盐，旌节道栖上，必造公庐。一切大计，皆密请于公。自大将偏神以下，指示悉当，卒擒徐明山、汪直二巨寇，四镇始安。公之借箸力也。"吕需并未长期留居胡宗宪幕府。除了他通兵略，能为胡宗宪出谋划策外，胡宗宪更重视的是他与徐阶的师生关系，正是这种政治背景，使得胡宗宪在高层权力之争中能够左右逢源，顺利实施作战方略。所以后来在平定倭寇后，胡宗宪即在塘栖建"德勋书院"以颂扬吕需。

5. 蒋洲，字信之，浙江鄞县人，诸生，好游侠。嘉靖三十三年（1554），万表荐蒋洲于浙江巡抚胡宗宪，襄办抗倭事。嘉靖三十四年（1555），胡宗宪派蒋洲为使臣出海招抚王直，同时宣谕日本，八月，胡宗宪以蒋洲为正使，组建使团出使日本。经历了海上种种风涛险阻，蒋洲终于在日本见到王直并说动其归降朝廷，并于嘉靖三十六年（1557）与其党毛海峰、叶碧川回到杭州。不久，王直来降，十一月胡宗宪奉旨斩杀王直。御史赵孔昭以蒋洲出使日本不见国王，指控他为王直同党，系诏狱论死。后经郎中唐顺之疏救获释。尚书谭纶镇守蓟辽，以参赞军务相招，遂赴蓟北。卒于河北昌平旅舍。

6. 陈可愿，字敬修，浙江鄞县人，诸生。陈可愿与蒋洲一同出使日本，劝诱王直。但陈可愿先于蒋洲回国，参与了擒获徐海的军事行动。李诩《戒庵老人漫笔》（卷五）载："方陈生归时，适徐海拥众围桐乡，桐乡大困。都御史阮某不知计，陈生及夏正说海而解其围，计擒徐海等。又叶宗满覆舟山贼党，皆陈生以贼攻贼云。"灭徐海、王直后，首功之臣蒋洲、陈可愿却遭人诋毁，被格去生员身份。总督胡宗宪捐粟将他二人纳入太学。

7. 金丹，浙江嘉善人，初为诸生，后弃文学武。沈德符《万历野获编》载："时蒋洲等入海游说未归，当事俱忧之，募能再往者拜官，丹出应募，约成而归。胡司马嘉其功，即以都阃题请。丹时本业已荒，遂就右列。"可知，在剿灭王直的过程中，金丹亦配合蒋洲一行胜利完成出使重任，而得到胡宗宪的赏识。其后，金丹又多次随胡宗宪部将戚继光出征，"多所俘获，累军功官至参将，已居家穆然儒雅，不知其为故帅云"①。

8. 沈坤，浙江平湖人。《浙江通志》卷二百八十（天启）《平湖县志》载："沈坤，居平湖之西麓，家颇饶，嘉靖间以门户充役集收银米，遇岁饥坤悉散家赀并所收银米以疗饥民，官督之无以应，甘罪狱中。会倭寇猝临，总督胡公募勇敢之士，闻坤名，出狱留幕下。一日值战王江泾，我军失利，胡被围，坤子惟敬甫弱冠，单骑突围中挟胡而出，胡益爱重坤，授千总职，部兵三千。父子设计，伪装犒军药酒，手执公文经倭营，度倭追将近，弃舟渡水，走倭得酒喜争饮而死者无算。"据此，沈坤之子不顾自身危险突入重围，救出战败被困的总督胡宗宪，表现了沈坤父子的机智勇敢。成为胡宗宪所倚重的重要手下。其后在剿倭战斗中屡立战功。

9. 沈维锜，字震躬，浙江平湖人，诸生。嘉靖三十六年（1557），徐海被困驻沈庄，疑惧不定。胡宗宪急需一说客游说徐海，据（光绪）《平湖县志》卷十八"沈维锜"："时倭巢沈庄，势若负隅，众莫敢入，维锜独往说之，倭欣然请降，已大兵四集，尽歼之。"沈维锜功成不受赏。其后，又成功地说动王直投诚，"胡（宗宪）问：'汝何策动之?'锜曰：'倭巢锜室，当以主人礼进，锜有绕舍田百亩，因寇荒芜，国课无措，诱彼屯田，徐图说之。'胡服其议。锜儒服入倭丛中，为叙主客礼，谈论颇洽，因说以耕种之利，并为画久远计，而阴俟大兵四集，后卒歼倭，实锜本谋也"②。沈维锜与沈坤在胡宗宪幕府中成为总督深为器重的左膀右臂。

10. 何心隐（1517—1579），原名梁汝元，字柱乾，号夫山，江西永丰人。嘉靖间因"开罪贵势"，被充贵州卫军。《何心隐集》收入邹元标所撰《梁山人传》中有"浙江总制梅林胡公稔知其才足以济艰拨乱，遗书黔阳，以礼聘之，赞谋帏幄，以平倭寇"。如同王寅一样，

---

① 万历《秀水县志》卷6，民国十四年（1925）铅印本。
② 钱希言：《讨桂编》，《松枢十九山》卷下，万历间刻本。

何心隐也颇知兵书，但未能施展其军事才华，由于各种原因，何心隐并未真正受到胡宗宪的重视，黄宗羲《泰州学案序》谓："总制得心隐，语人曰：'斯人无所用，在左右，能令人神王耳。'"心性甚高的何心隐不愿仅仅做一清客，不久便辞幕随程学颜北上京师另谋生路。

11. 朱先，浙江秀水人，武举出身。倭寇乱时，曾散财结客，组织海滨盐徒抗倭，曾手刃数十倭寇，将首级献给胡宗宪。与何心隐不同的是，朱先深得胡宗宪信任和重用。不仅参与了胡宗宪指挥的大小十余次抗倭战役，而且每战必勇往直前、身先士卒，终以军功授都司职。

12. 罗龙文，字含章，号小华山人，安徽歙县人。以制墨闻名，为墨业"歙派"代表。仗义好侠。机智勇敢，胡宗宪招之入幕，委以重任，屡立功勋。胡宗宪上书推荐，罗龙文遂因功入阁。沈德符《万历野获编》卷十八载罗龙文"因叙功得为中书入内阁，与严东楼款密，且令品第所得江南诸宝玩，其入幕无间朝夕"。由于与严世蕃过分亲密，严世蕃伏诛后，罗龙文也被杀。

13. 田汝成，字叔禾，杭州人，嘉靖五年（1526）进士。沈德符《万历野获编》卷十载云："嘉靖间倭事旁午，而主上酷喜祥瑞。胡梅林总制南方，每报捷献瑞，辄为四六表，以博天颜一启。上又留心文字，凡俪语奇丽处，皆以御笔点出，别令小内臣录为一册。以故东南才士，缙绅则田汝成、茅坤辈，诸生则徐渭等，咸集幕下，不灭罗隐之于钱镠。此后大帅军中，亦绝无此风矣。"据此可知，田汝成与茅坤、徐渭一样，除了参与胡宗宪的军事谋划外，尚且担负着为其撰写润色奏表的职责。

14. 管懋光，字子谦，安徽歙县人。1938年版《歙县志》（卷八）载："海上寇起，徐海与王直递为魁雄，麻叶荧惑其间。叶众不如徐、王而悍捷绝伦，能跃空数丈，行水底数里。胡总督宗宪欲诱海弋叶，乃剿海而擒直，海业已入，罗龙文间而谋弋叶。龙文往客于龠，曾见懋光儿时，至是密引于总督。密谋而出，偕诣海，海因与懋光约。于是设宴迎叶，叶拥大舰劲众来赴，已至烧烛，乃为姆阵赌酒。叶方出拳，懋光从后挽之，一曳仆地，即有一如叶装者起登席，五十步烛影中，叶众不辨也。叶方仆，懋光断其一臂，挈小舟载以飞行，部下悉降。时懋光年二十五，后袭父职，胡总督罢归殁，而懋光仅官把总，殁于刘家河。"在徐渭的诗文中，多有与管懋光交游的记录。

15. 汪应晴，字季明，安徽歙县人。1938 年版《歙县志》（卷八）载："初为杭州府诸生，以不得志于主司，有裹革沙场之志，会胡督宗宪戡乱海上，应晴应募军前赞画，屡立战功，擢游兵把总。"

16. 徐耻斋，海盐人，阮元《两浙辖轩录》卷二载有徐豫贞（字德宣，号沧浮）诗《过族叔耻斋公墓作》，其《序》云："公倜傥不羁，颇涉书史，对人言不肯作乡语，人皆笑之。明嘉靖中，海上被倭寇，公父遇害，发愤以布衣走京师，上书阙下。世庙大奇之，立召见与语，大悦，敕光禄赐饭，下其书总制胡公宗宪，俾参军谋。累奏绩效。幕府欲上其功。公谢曰：某为父报仇耳，他非所冀也。竟拂衣去。公奇气高节，有古烈士风，而人多以狂目之。没世无传，亦可慨也。"可知，徐耻斋曾为报父仇而入胡宗宪幕府，屡立战功而不受赏。

17. 华锦，上海人，徐海事迹以茅坤《徐海本末》最为详尽。茅坤佐胡宗宪幕，见闻准确。其中云派"谍者"谍徐海军情及阴结其两侍女，未著"谍者"之姓名，胡宗宪派的间谍就是华锦。隆庆五年（1571），华锦给刚满十岁的徐光启讲述嘉靖三十五年（1556）受胡宗宪之派遣，侦探徐海军情及说服徐海归降事情，惊心动魄的描述激起了徐光启的军事激情。事见徐光启友人上海张鼐《吴淞甲乙倭变志》。徐光启后来对军事科学、自然科学如此痴迷就渊源有自了。

18. 谢顾，在朝廷杀王直后，胡宗宪幕僚谢顾在日后的回忆中描述王直出生之异，见《筹海图编》卷九《擒获王直》。据此可知，谢顾有机会接近王直及其家人。

19. 耿定向，嘉靖四十五年（1566），就是胡宗宪死后的第二年八月，耿定向视学徽州，看到胡宗宪灵柩被弃于宁国一处道路边茅屋下，不禁吃惊，伤心落泪，不能自已。胡宗宪灵柩如何会弃置于宁国路上呢？原来，当日胡宗宪次子胡松奇护送父亲灵柩回绩溪老家安葬，走到宁国道中，忽听说家中已被知府何东序查抄，亲人全逮入徽州府牢狱，只好将父亲灵柩暂寄路旁茅屋下，远遁避祸。耿定向发现后，立即派人将灵柩移至绩溪县城郊和尚寺里暂时安放。且亲自祭奠，抚棺痛哭。

20. 谷某，梁辰鱼《少岱歌赠历城谷明府》曰："此中逸士谷少君，谪居人间八十春。"谷少君，解音律，"游心律吕更多识，调宫按羽应天地。手编韵书几万言，不向杨雄问奇字。翛然逸韵非尘群，门墙弟子纷如云。辩倾稷下三千士，诗压江南十万军"。自注："公在浙西胡尚书幕中赋诗，座客阁笔。"可知谷某曾入聘胡宗宪浙东幕府。

此外，尚有未知姓氏的老管家。从胡宗宪上溯，家族七世同居，至胡宗宪仍有八百多亩田地，这位管家至少忠心耿耿为胡家服侍了四代人。胡宗宪被逮捕，胡家被封门查抄的艰难情况下，其他仆佃下人星散，唯独这位老管家坚持不走，他细心地藏匿起胡家各种文书资料，无数次受到官府刑罚，抵死不交，表现了忠贞事主的气节，深受胡家和乡里敬重。

虽然没入胡总督幕府，但与胡总督有交往的人亦不少，其中最令人关注的是吴承恩。嘉靖四十年（1561）冬，吴承恩撰《贺总制梅林胡公奏捷障词》，为浙江总督胡宗宪庆贺剿倭胜利，中有"学剑无成，请缨有志，未由叩奉，私幸躬逢"。胡宗宪礼贤下士，广招门客，一时间东南才学纷纷投奔其麾下。这说明吴承恩也曾想进入胡宗宪幕府，但终无缘亲见胡总督。

在各路幕僚精英的共同谋划下，经由胡宗宪的主持，嘉靖以后，东南倭患基本平息，故茅坤《与张督府崛崃公书》曰："大司马胡公没后，海上烽燧不至，所从诸将戍卒大较共为轻裘缓带，以相踟蹰而嬉耳可无事者。"

第二节　横槊几同江上赋，看花还共幕中杯
——茅坤与胡宗宪

胡宗宪视师浙东，总持抗倭，广征英才。在其幕府中，茅坤是深为胡总督器重的幕僚之一。时倭事方急，胡宗宪延之幕中，与筹兵事。茅坤与胡宗宪同为嘉靖十七年（1538）进士。历任青阳、丹徒知县，于嘉靖二十四年（1545），擢礼部仪制同主事。嘉靖二十五年（1546），谪广平通判。后又屡迁广西兵备金事、河南副使等。嘉靖三十四年（1555）解职还乡。茅坤在其《与大同胡中丞书》自谓："仆少由文学起家，然于兵钤抑尝侈心焉。"表明尽管自己是个文学爱好者，并借文学步入仕途，但自幼则痴迷于兵法。因此，他的为宦踪迹亦多与兵事相关。当他任职广西时，即平定了历来为朝廷深感棘手的瑶僮之乱。茅坤积累了丰富的军事经验，以花甲之年奔走胡宗宪幕下，胡总督时时以国事质诸公（茅坤）。"胡公知兵，有大度，公（茅坤）亦以其类己，而乐亲之。"由于茅坤的入幕，胡宗宪对于抗倭事宜充满信心。

一

茅坤与胡宗宪因同年之谊，私人情谊非比寻常，茅坤《胡夫人墓表》中记载胡宗宪将茅坤视为"肺腑交"。嘉靖二十八年（1549），北方九边军情严峻，蒙古鞑靼首领俺答率骑兵二十万，大举进犯宣府、大同，直逼京师。朝廷调胡宗宪急赴大同指挥作战。嘉靖二十九年（1550）六月，鞑靼再度进犯大同，胡宗宪设伏大败俺答。但由于仇鸾的不抵抗，致使俺答绕过胡宗宪防守的大同，劫掠中原，转而得以攻入首都北京，史称"庚戌之变"。俺答在多次遣使要求开放朝贡贸易未果后兵临北京，以武力要求明朝政府开放边贸。嘉靖三十年（1551），明朝开放宣府、大同等地与蒙古进行茶马交易。此后很长一段时期，边关战争停息。胡宗宪戍大同的功劳可比明初于谦，于是，坊间遂有"不是于胡双少保，大明终作小朝廷"之谚。茅坤正经历了"庚戌之变"前后的边关烽火。

胡宗宪初至军情危急的大同就开始招募军事人才，组建幕府。他首先想到的是同年卸任官员茅坤。为了使茅坤动心，胡宗宪亲自撰写邀请函，并派其大公子星夜兼程，携重金赴浙江诚邀茅坤入幕。阅读书札毕，茅坤激动不已，随即回书一封，茅坤《茅鹿门先生文集》卷七《与大同胡中丞书》中说："公按节朔方，且款关不闻烽燧，兹固明天子之盛，而公督府所同心戮力，以内戢疆场、外詟戎虏，兵家所谓战胜于无形者，固有自矣。……缙绅大夫内则出入禁围，股肱天子，外则跃马边陲，贾勇沙漠，庶几古之勒燕然，铭瀚海者流也。"茅坤认为，士大夫的天职即应当边庭立功，守疆卫国。信中同时告知胡宗宪即将赴幕，随后打点行装起程。在大同边镇，他更多地关注边贸开放以来中蒙边境和平安宁的繁荣景象，创作了不少有关中蒙边塞贸易的诗文，其《出塞歌》引曰："国家频年马市以来，诸边烽燧之警已绝矣。大中丞胡公橄参军从子一夔而下，南购缯帛赋长歌以献之。"这里透露了一个十分重要的信息：战争结束了，中蒙商人来往不绝，贸易繁荣。巨大的经济利益强烈地吸引着从事各种贸易的商人，山西晋商开始崛起，并由此步入中国历史的进程。而南方的瓷器、丝绸、茶叶也源源不断地运送至大同。在这股商业气息的影响下，大中丞胡宗宪也开始染指商业，他派遣从子胡一夔南下江南"购缯帛"运往大同。这应该是中国历史上最早的官商一体的先例。这说明，在中国传统的儒学思想中，士农工商的观念开始动摇，官场上对于"商业"的认识也开始发生变化。作为胡宗宪的幕僚，茅坤目睹了大中丞的经商，他在诗歌中没有表明对这一重要事件的褒贬态度，只是描述了一件历史事实。但是，既然茅坤"赋长歌以献之"，作诗为胡一夔送行，说明他对于胡中丞的经商并不反对。不久，胡宗宪调任北直隶巡按监察御史。嘉靖三十年（1551），胡宗宪出任湖广巡按监察御史，平定苗民起义。嘉靖三十三年（1554）任浙江巡按御史。胡宗宪在中国政治舞台上逐渐浮出水面。其间，茅坤一直追随在胡宗宪身边。嘉靖三十四年（1555）四月，胡宗宪与张经大败倭寇于王江泾。这次关键性的胜利，首先体现了胡宗宪的智慧，但其许多军事幕僚则起到了至关重要的作用。

胡宗宪对茅坤的知遇与提携，体现为在许多具体的军事行动中，都咨询采纳茅坤的建议。为纪念王江泾大捷，茅坤撰《御史来》《王江泾》以颂扬战功，后二诗收入茅坤歌颂胡宗宪的十首组诗《大司马胡公铙歌鼓吹曲》中。此外茅坤《为胡督府赋红战袍》曰："年来好重铠，复道袭绯衣。海上霞分彩，林中日避辉。战酣惊汗马，羽猎闪朱旗。夜半檐枪照，应驰万里威。"随后收复桐乡，茅坤遂有《桐乡城》，序云："明年乙卯（1555），公改总督。徐海入寇，提督阮公引河朔兵战皂林，既败走，寇遂鼓噪围桐乡。公不得已，遣谍诱降之，卒释其围。为《桐乡城》第四。"诗有:"我公闻之气填膺,遗谍抱间走敌营。千金缟绮一掷间,曼姬对帐相欢腾。大酋释甲走,小酋孤且穷。焚香埒众愿请命,乞许累臣比外封。"茅坤在胡宗宪的幕府中,以他个人的独特视角记录了史书中所忽略的许多有关胡宗宪幕府生活的细节与事件,甚至有些事件能够预示未来的发展。嘉靖三十五年(1556)二月,胡宗宪因功升浙直福建总督,茅坤随行。幕府中与著名文士王寅、沈明臣、徐渭相识,遂有《胡少保携师入闽幕中逢王十岳沈勾章徐天池赋诗送之》:"南征书记怜君辈,并属当年邺下才。横槊几同江上赋,看花还共幕中杯。"这说明,胡宗宪幕府在征战中不断壮大,也说明胡宗宪搜罗人才不遗余力。四月至十二月,先后于桐乡败徐海,俘陈东;于平湖诱杀徐海,取得乍浦、凫山、舟山大捷,场场都是艰苦的战役。茅坤不仅亲自参加了这些战斗,而且创作了《桐乡城》《鲸之涸》《王翠翘》《凫山高》《舟山》等诗以示相贺。而其《纪剿徐海本末》则详细描述了剿灭徐海的经过。嘉靖三十六年(1557)十月,胡宗宪遣人诱缚海盗首领王直。茅坤特撰《序》以记胡完宪的卓识和智慧。其《茅鹿门先生文集》卷十二《再赠宫保胡公序》中有"予时过公垒,公左手筹军吏,右手饮醇醪,若忘敌然。予间以色危之,公独引剑画地呼唱曰:'特于国家事当不当,顾吾则唯以此报朝廷耳,君何忧!'"惊讶慨叹胡宗宪的将军气概。茅坤将胡宗宪诱杀寇首徐海经历编述为《徐海本末》。茅坤《筹海图编序》追忆明朝海防的薄弱,颂扬胡宗宪的海防功绩,"少保胡公来,小大数十百战,稍得芟刈群凶,遂填东南"。茅坤《大司马胡公铙歌鼓吹曲十首》,则是对胡宗宪自巡按御史到兵部尚书(大司马)任内荡倭历程的歌颂。《序》云:"予览观古乐府所载汉魏以来《铙歌·鼓吹词》,并颂天子命将出师及武功之成,以奏凯而告有庙者也。大略仿古者《江汉》之诗之遗,以褒美国家,威耀无穷。今皇上御极,德洽四裔,十余年以来,海岛之夷扰我内郡，覆我戍将，南自闽越，东连吴会，北接淮海，亘三千余里，烽燧交驰，远近怖骇。于是赫然震怒，特简胡公由监察御史赐之玺书，擐甲视师。所向捷闻，一擢为佥都御史，爰提戎务；未几，擢兵部侍郎，总督浙直；又未几，以功擢右都御史。越三载，加太子太保。顷者，公上疏论诸将帅事宜，皇上特敕所司改兵部尚书。嗟乎！云龙相从，君臣一时，千年以来，可谓盛际者已！当是时，元孽既芟，威熠夷海，东南数十州郡之间，羽檄不闻，远近邕怿。由我皇上命将得人，寄之阃绥，却谗不受，耆定尔功。予尝从礼部尚书郎后，得观太常肄乐，间仿古《铙歌·鼓吹曲》著为十章，矢歌我公身捍国家，且推本所自，由皇上明盛，远媲周宣，二三元老再继山甫，故尹吉得以成功于江汉耳。窃欲闻之于朝，令太常得播金石，以奏阙庭。或曰：予以罪放，非其职也。适湖郡太守张君某，闻郡人欲为祠祠公岘山，如晋人碑羊叔子汉江上故事，且请予铙歌镌之牲石之左，令春秋祠，郡弟子得习而歌焉。予遂书之。"嘉靖三十七年（1558）八月，胡宗宪夫人亡故，茅坤赴杭州吊唁，撰《胡夫人墓表》。嘉靖三十九年（1560），茅坤有《绩溪县学梅里胡公生祠记》等。嘉靖四十一年（1562）五月，严嵩被罢，严世蕃下狱。七月，胡宗宪率师入闽。茅坤有《胡少保携师入闽幕中逢王十岳沈勾章徐天池赋诗送之》。其间，茅坤与沈嘉则、王寅、徐渭等幕僚多有唱酬，徐渭即有《从少保公视师福建抵严宴眺北高峰同茅大夫沈嘉则》。同年十一月，由于被视为严党遭弹劾。十二月，胡宗宪罢官押赴北京。嘉靖帝亲为开脱，释令归里。

在许多诗歌中，茅坤都表达了对胡宗宪的敬仰和同情，如《席间览优人演习薛仁贵传记感督府胡公以罪没于今犹未见获赐葬也系之以诗》《过督府胡公祠赋诗四首》。而在其后与友人的通信中，亦多涉及胡总督，表达深切怀念，如写给胡总督之子的《胡公子过杭省先司马祠赋赠》，书札《与胡锦衣书》《与胡参军书》等。

据吴梦旸《鹿门茅公传》载，胡宗宪下狱后，慑于党争的威力，胡公"诸宾客多自匿，公（茅坤）独出其故所著《徐海本末》，上书宰执，盛言胡公有社稷功，其过特酒过耳，何足罪？大功不宥，其何以为来者劝？后二十年，而倭复内讧，言者追录胡公事，多据公言为实录，顷复胡公官爵。其后，而人皆诵公谊云"。茅坤起于正义，冒险为胡宗宪讼冤。正气正义，感天动地，《明史纪事本末》收入此节。

嘉靖四十四年（1565）十月，胡宗宪在家乡被捕，押解至京时。出于义气和不平，茅坤奋身赴京，为胡宗宪奔走呼号，鸣冤叫屈。并向胡宗宪继任者赵孔昭上书，请其从中斡旋，谋取解救办法。虽然未能奏效，忠义之心彰彰可鉴。茅坤认为，胡宗宪的功绩映照吴越十五州郡间，"先帝（嘉靖）倚靠司马公为大江以南一长堙也"（《与胡锦衣书》）。当胡宗宪被议，茅坤为之辩护，茅坤《白华楼稿》卷三《上袁元峰相公书》曰："近闻言者论列督府以不肖雅共之游好，并为姗及甚且横口丑诋吹及毛疵，嗟乎！此可就仆之获罪于清朝，见攻于群众。……虽然，仆不足以道也。独感督府公所遭，窃不能不仰天而欷歔者。东南数十州郡所罹倭奴之患，汉之七国，唐之黄巾之变，不是过也。攻城破邑，覆军斩将，无岁无之。天子亦为震怒，征天下之材官，口将以临之。然辄败去，未闻有俘其一旅，摧其一阵者，何则？彼皆择摧锋之少，而又越海而战，人皆死斗，故得以一倍百、以十倍千，而吾官军之前而斗之……当是时，寇熟视吾东南数十州郡之子女若几上肉，一起纨绮玉帛若外库，然东南数十州郡恐恐焉，家不保旦，户不保夕。而胡公自御史来，即荷圣天子简任，被之玺书，授戈而战，它所俘斩不暇悉数，一败之于王江泾，再败之于龛山，三败之于沈庄，所效首房不下万计，至于麻叶、陈东、徐海、王直辈，并海上之枭雄宿猾。朝廷所题覆不靳通侯之爵、万金之赏而购之者，胡公独能内不顾身家之祸，外不顾流口之谗，远遣谍于波涛，近朋间于肘腋，遂及以次擒缚，数十州郡始晏然，不闻烽燧。嗟乎！亦雄矣。当其督战之勤，往往闻其夜半备水草屦而走，矢石四集，奋不顾身，其最为孤危万死一生者。……督府之卒不下千人。胡公不得已出为饵贼之策，迟成兵之至以击之。当是时，仆犹牵文法畏名义，力谕之曰：'与其犯中外之谤，以贾没家之祸，不如死绥一战，以冀十一。'公独张目据席，剖冠而奋呼曰：'贼万不可支吾，如此则祸止一家，如彼则贻国家数十年东南无穷之祸。'又左顾一佩刀而曰：'吾万一天不佑，唯以此自尽报主上耳。'于乎仆及左右时皆为之引涕。已而兵既四集，寇卒授首。胡公盖誓死殉国，故能以其孤危之身横白啄之口出万死之后，成一朝之功耳。贼没之后，朝廷始免南顾之忧，而谤讪之臣累累然起而攻之。荷圣天子独为悯痛，曲赐保全，今竟以人告曾参杀人者三不能不投杼而起。闻已逮系，仆切痛心苟欲按论，胡公之罪杯酒踟蹰，豪宕自喜，大略汉之列侯将军，唐之藩镇节度使者之风是也，其所为声色之嬖、冠裳之褒，众所不得而庇之者然。至于长材大略，雄心猛智，临敌乘危，转败为功，亦众所不得而掩之者，故律之以壮士之行，则世或不与；课之以捍国之勋，则世不可无。……所可痛者世道崄巇，公论不明。始则悬通侯之爵、万金之赏，以贾其损身赴难之气，终则引其杯酒之过、文法之绳以诛其戡乱定难之功，恐它日国家有急事，属危疑，无复敢挺身而前者耳。"信中详细描绘胡宗宪抗倭的经过，具体战役及胡宗宪如何殒身为国的事迹，凭借一个友人对胡宗宪的了解，为之辩解，诚恳热切。但最终，茅坤的游说仍石沉大海。

胡宗宪蒙冤而死后，朝廷认识到胡宗宪的冤屈而为之造祠堂。茅坤认为这仍然不能慰藉胡公九泉之灵，遂专门去绩溪凭吊，《绩溪县志》说，胡宗宪被逮时，"茅坤上书颂其冤。及卒，沈明臣作孤愤，走墓下哭，天下闻而悲焉"。并多有怀念之作：《丛山关晓发怀梅林督府公》（拂衣一鼓调，山水扬清音）、《过督府胡公祠赋诗》四首、《过歙州吊同年鲍三峰汪虚舟游蛟潭潘直原胡斗潢胡梅林六公》二首、《席间览优人演习薛仁贵传记感故督府胡公以罪没于今犹未获赐葬也系之以诗》（古来摧战士，岂特薛幽州。汉代悲飞将，秦人泣杜邮。中原罢羽檄，幕府卧轻裘。谁问胡司马，功成殡一抔）、《胡公子过杭省先司马公祠赋赠》（翩翩公子胥江上，荐藻先祠涕泪沱。百二山河遗战垒，东南州郡旧提戈。镯镂几恸鸱夷子，薏苡堪怜马伏波）。在茅坤的诗集中，胡司马的频频出现证明了茅坤对于胡宗宪人格的敬仰和蒙冤而死的不平。此后，茅坤回归故里，授徒、刻书为生。

二

茅坤遭遇弹劾被罢，友人吴悟斋将茅坤的遭遇喻为同被谗言所误隐居蓝田的李广、被困敦煌的陈汤，吴悟斋甚为茅坤鸣不平，义形于色，认为茅坤被罢是"明庭自毁熊罴之臣"（《与吴悟斋中丞书》）。茅坤认为自己的遭遇远过于李广与陈汤，他说李广与陈汤不过是"以劳蒙诉、以才被放而已，未闻构之以网罟，而中之以罪者"（《与吴悟斋中丞书》）。可知，茅坤不仅被弹劾，而且以罪论处，内心冤屈无处申诉，归里后，"对客狂歌舞剑，顾影而不能不为之泄然汗发、泫然欲涕"（《与吴悟斋中丞书》）。在许多文章尤其是书札中，屡屡提及自己被罢的冤屈与不平，"少忤执政，坐罪废。中朝之士，卒无友刷而援之者。进不得笞兵万里外，为国家竭蠢年尺寸之施；退不及以文章自娱，勒成一家之言，以遗于世。区区心，知旦夕当与莽草萎化矣，百年之后，谁复有怜而吊之者？"（《再与沈虹台太史书》）《与靳两城中丞书》曰："仆既忤执政，以罪废，归与渔缗樵斧相沉冥……而今且衰白矣。曩之颜日以槁，发日以抽白，而掀髯而吟，顾影而舞，仆既失故吾矣。"

　　里居后的茅坤，尽管看似醉酒狂歌，但其实他无时无刻不在关注朝廷，关注国事，与在朝廷、在地方的许多官员、昔日友人写信，他时刻关注着时局的发展。当有人升迁后，他会及时写信祝贺，如《再与沈虹台太史书》云："近得邸报，知圣天子已留公侍从矣。仆不胜跃然喜。"

　　友人钱弦台出守广信，途经杭州，茅坤因未及赶至饯行，便以书札相贺，遂有《复广信守钱弦台书》，鼓励钱太守励精图治。《与吴悟斋中丞书》中侃侃而谈当代国事体现了茅坤的忧国之心。

　　关注国事的同时，茅坤一直在寻找出山机遇，当听说其师林退斋迁官赴京路过钱塘时，茅坤特别赶赴钱塘拜望其师。但当茅坤到达杭州时，林退斋已经离杭两日，于是，茅坤写了一封《上林退斋先生书》派书童乘舟追赶林退斋，这封信中，茅坤追叙了历史上那些曾经被贬而由于被某位官员所赏识推荐得以回归官场并创建了宏伟业绩为国家做出了重大贡献的乡里才士。其所表达的真正意图是，希望林退斋回京后，向朝廷力荐自己回归官场。

　　当渴望荐举的希望破灭后，茅坤选择了走进官府的私人府第。茅坤认为，自己只要遇到赏识其才华的有识之士，那么，他就会放飞自己的才华，无往不前。"抱非常之材，遇不世之知"，即能"建功末路，托名竹帛"。《与庄阳山方伯书》中说："公按节浙上以来，吏民所拥戴不忘者于今耿耿也。仆独深当其衰飒之年……倘或邀天之宠公及按节临镇浙上，仆及抠衣幕府，公不无惊且讶者，虽然，其胸者所抱尺寸之知犹迥然未改也。语曰：白头如新，公不厌故人或及随公油幢而濯缨于西湖烟波之汭，固切切也。"

　　自从嘉靖二十九年（1550），倭寇发难以来，朝廷广招人才主持抗倭，诸将领也广聘英才入幕。在茅坤被谗归里后，他的名声屡被朝廷正直大臣所提及，这些信息又源源不断地传到茅坤那里，令他感激不尽，在《与王西石公书》中说："庚戌（嘉靖二十九年）以后，国家数困虏骑之薄，圣天子所一时大搜中外疆场非常之材，而公且首应明诏。当是时，十数公者，仆所识不识，大都国之万里要衮才，而国家所赖以捍烽燧、翊社稷者，公之勋业灿然声施当世矣，学士大夫所共倚之以为石画，朝廷所共倚之以为长城，而岩壑草野间好奇仗剑之客所欲从公幕府间，一吐其魁垒慷慨之气而恨无路者。""语曰：士为知己者死。仆愿附田光而向风刎颈于长者之侧，不知公以为何如也。"透过上述情真意切的文字，可以感知茅坤对于一份幕府之职的强烈需求。所谓抗敌报国，只不过是幕府谋生的一个堂皇的借口，经济的高额收入才是其积极入幕的首要动机。其《与某中丞书》曰："仆南海罪隶之余也，忤当世坐废久矣，顾读古传记，数慕世之豪隽之士所或与之上下驰骤笞兵万里外，颇侈心焉。友人某间，尝称公不置口，而曰：'世之武库也。'愿厕门下宾客厮役之列，而未有路。顷者，某从公幕府归，且传公间共谭司马论天下士，往往屈指及仆，甚者稍稍或为游扬公卿间。"对于这位赏识茅坤的中丞，茅坤也表达自己入幕效劳的恳切希望，"顷谭司马以病归，乃得道逢江上，稍稍擘画世之疆场之士，亦辄以公为冠军侯。仆虽未及望颜色接簪舄，而公之卓荦之材，嫖姚之气，智勇仁明，内之拊将士，使三军乐战斗而赴枹鼓，外之捍疆场、镇国家，使毡裘之虏内怖而远避，非公其谁已乎？所称神交而愿附执鞭者仆之谓矣。"隆庆间，朝廷招纳贤才，京卿寺台所举荐者"大略非世之硕望之士，即执政者所故相推纳者也，又不然，或其能养交以市誉者也。世虽有魁垒之士，所不幸蒙世诟，中朝无他援且瓦砾之矣"（《与某人书》）。

由于年事已高，他开始编辑自己一生的文集，《上学士赵大洲书》叙及二人交往并不多，"曩者衡山驿亭，一执袂之间"，似乎一面之交。但赵学士之"好士之名满天下"，并在与他人谈论政事时表达了对于茅坤的同情。这令茅坤感激不尽，"仆虽罪废，窃于丘壑间愿效古之庆历赋颂圣德，以仰歌明盛耳。不审公肯以为然否？相违既久，相望弥切，兹因友人范太史入朝，特附缄书，少布年来旷问之私。家绫二端，盖亦效古人绩缕之诚耳"。书札末尾，茅坤并附上自己的文集。信中反复追叙欧阳修之于苏舜钦成名的意义，没有欧阳修的揄扬，苏舜钦将湮没无闻。为了表达自己的敬意，特别赠送赵学士二匹绸缎，以使赵学士为自己的文集写序。《再与沈虹台太史书》亦表示希望沈太史为其写序："私录向来所著作，倘许之，仆虽老，犹能摹□（按：原文不清）公之文章之深。……何如？何如？"给已经"二十年"（《与靳学颜中丞书》）不相见的故友——时为山西巡抚靳学颜写信，希望靳抚为其赐序，同样，为了表达情意同时不被拒绝，赠送"家织四端"，"以为公之轻裘缓带之需"。

终其一生，茅坤对于盛年时期被黜归一直心怀怨恨，在许多书札中都流露不平，《与谭二华督抚府书 事公由两广移蓟镇》中云："仆以忤时，坐罪废归来乎林壑者十余年，伏莽之戎未已也，而况于他乎？……圣天子特赐玺书召公还朝，募幽并燕赵之士以备戎行。窃惟幽并燕赵之墟，古今来称天下劲兵处也，以公平生视士卒如婴儿、将校若心臂，油幢所向，千里内一切材官骑士古所称射鸣镝而穿重铠者，当为之州郡响应，如水赴壑矣。"书中为谭二华提出了许多赞画措施。

在其《白华楼藏稿》中，除了极少诗文是为某秀才而作外，几乎所有的寿文、序跋、书札都是与某高官相联系，上至内阁首辅，下至地方教谕，这说明里居后的茅坤，一直与官场保持密切联系。他的隐居生活，从来没有休闲过，一直处于一种紧张的生存状态，家族中纷繁复杂的事件使得他每天都面临生存的焦虑，"不幸家世饶田业，然岁所成田租不下千石，少者七八百石，此则闾里所可覆者也。族中食指百二十人，仆所岁割己资以为不能婚嫁与丧葬疾病者之需无算。其间割田以赡少者五亩十亩，多者二十亩三十亩，亦无算。又如先君内外姻党及他故人，虽仆之内外姻党及他故人，未尝不解衣推食，以相有无者，此则族中支庶与内外姻党故人所可覆者也。当其凶年，闾里缺食，仆又以童奴往往出金钱米谷以给之，绝不责息。他如郡县赋役、岁时期会，仆茕茕然效命恐后"（《与杨使君书》）。从这个角度来加以审视，茅坤文集中大量的官场应酬之作即其谋生的重要方式。

由此，上推茅坤与胡宗宪的友情，当茅坤接受胡宗宪的邀请时，茅坤刚刚退出官场，尚且家境优渥，无经济匮乏之忧。此时入幕，可谓激于一种崇高的人生理想。但当胡宗宪死后，茅坤曾决心归隐茅庐，不再复出。但隐居未久，即因家族经济的困窘而放弃自己曾经的诺言，慨然出山，主动谋求入幕的机会，先后拜访了在胡宗宪幕府所交往的那些在位官员如谭纶等，凭借旧日情谊，得到幕府之职，因此，茅坤后期的游幕完全建立在谋生的经济基础之上。而其文学上的收获则是游幕生活的真实反映。

第三节　南游数千里，名山遍行迹[①]
——梁辰鱼游幕踪迹

梁辰鱼（1519—1594），字伯龙，号玉泉山人。文徵明《鹿城集序》载："（伯龙）以一书生，南游会稽，探禹穴，历永嘉、括苍诸名山而还，既又溯荆巫，上九嶷，泛洞庭、彭蠡，登黄鹤楼，观庐山瀑布，寻赤壁周郎遗迹，篇中历历可见。"梁辰鱼词曲中的登临游览、寻幽怀古、酬唱赠答之作占据绝大部分，对于人到中年出游的梁辰鱼来说，这正是他游幕为生的真实凭据。登临怀古是游幕之途的经历，酬唱赠答是幕府工作生活之需。尽管梁辰鱼解释自己的出行道："非

[①] 梁辰鱼：《游庐山北境天池上方寄俞仲蔚丈》，《梁辰鱼集》卷6，吴书荫点校，上海古籍出版社2010年版，第100页。

专为毕吾明经事也。盖远追子长芳轨，欲北走燕云，东游海岱，西历山陕，览观天下之大形胜，与天下豪杰士上下其议论，驰骋其文辞，以一吐胸中奇耳。"① 直观的印象是梁伯龙出游是为了寻找人生机遇，但更重要的则是谋生，这是隐藏在其表述后面的真实意图，"这两次出行也是投奔别人"②。其友人李奎读懂了伯龙内心真实的声音，在《送梁伯龙归吴》中言："世路有荆棘，山乡多翠微。莫将和氏璧，却向楚人挥。"小诗"道出了他（伯龙）依附于人的辛酸"③。由于科举不第，为了谋生而出游幕府，"惭余海滨士，早岁多困阨"（《游庐山北境天池上方寄俞仲蔚丈》）。为寻求机会和谋生而出游，但其内心并非真正爱山喜水，正是"繁礼走尘容，诸情滞精魄"（《游庐山北境天池上方寄俞仲蔚丈》）。

"由来勋业安足云，眼中之事徒纷纷。"（《过嘉鱼县赤壁山》）他无暇顾及功名勋业的原因在于被俗事所纠缠，俗事无非是家庭琐事、家务纠纷等。而家务纠纷终究是由于经济的原因。

子，开林、开津。

女，适金华知府周后叔之子廷栋。另一女，适许氏。周后叔亦爱赏曲，王世贞《弇州山人四部稿》卷八八《明忠顺大夫金华知府汉浦周君（后叔）墓志铭》曰："自度曲，授童子合乐而奏之。移声入破，柱句谐节，务穷要眇。"

正德十四年，己卯（1519），出生。

嘉靖二十二年，癸卯（1543），二十五岁。

约于是年撰传奇《浣纱记》。

嘉靖三十年，辛亥（1551），三十三岁。

---

① 文徵明：《鹿城集序》，周道振辑校《鹿城集》卷首，上海古籍出版社 1987 年版。
② 梁辰鱼：《梁辰鱼集·前言》，吴书荫点校，上海古籍出版社 2010 年版，第 1 页。
③ 同上。

有《送龚侍御赴温州诗》，表达入幕的希望。

龚秉德，山东濮州人，进士，嘉靖三十年（1551）任温州知府，后升湖广副使。嘉靖三十一年（1552），重葺温州书院。龚秉德自上任以来，赈济灾民，兴教利商，抗击倭寇，体恤孤贫，颇有政声。

嘉靖三十二年，癸丑（1553），三十五岁。

四月，有《咏树里灯》诗，"同周公瑕、张伯起诸公之作"（《盛明百家诗·梁国子生集》）。

秋，游永嘉（温州），投奔处州同知同乡皇甫汸和温州知府龚秉德。梁伯龙多有与龚侍御交往的诗。其《奉酬龚温州侍御见贻之作》《送松江九峰山僧如颠往永嘉江心寺读书并谒郡太守龚侍御二首》《寄龚温州秉德》等皆是与龚知府交往的记录。

《江东白苎》卷下《画眉序套曲·秋日登瀫水驿楼感旧作》序云："余幼有游癖，每一兴思，则奋然高举。癸丑之岁，南游永嘉，道经兰溪。"瀫水，浙江兰溪别名。此次赴永嘉，沿途登山临水，走访古寺，创作了大量山水风景怀古诗：《溯流入金华诸山涧水中作》《寓居永嘉客舍作》《梦游括苍寻轩辕上升遗迹呈处州别驾皇甫子循》《过桐庐》《过严陵瀬祠堂》《登严州南高峰浮图瞻眺》《游仙岩山憩梅雨亭沿流上龙潭观瀑布泉寻妙湛庵访智上人之作》《癸丑岁兵阻武林闻任少府海上之捷诗》三首、《游青田石门洞观瀑布采菖蒲寄俞阶甫》《过永嘉谢公梦草堂有怀从弟懋先》《登谢灵运池上楼有怀诸弟》《永嘉逢鲍六敬远》等皆作于游幕途中。其后，梁辰鱼将这次出游所作诗结集为《南游集》，并将手稿寄给王世贞请为序言。王世贞《弇州山人四部稿》卷十三《贻梁伯龙》序云："伯龙示我《南游篇》，奇哉！然多慷慨忧生之感。"梁辰鱼《鹿城诗集》卷七《留别俞仲蔚丈》中曰："弱龄结遐想，逍遥好奇观。连岁值闵凶，羽翼常摧残。哀毁逾十年，寝室不遑安。遂辜平生志，万里空云山。中岁幸少息，素心殊未阑。"（俞仲蔚是梁辰鱼姑丈）描述科举不第的无奈，其南游的动机就是谋生。途经杭州，顺便拜访知府滁州友人孙孟等官员，作《同俞玄津重登杭州太守孙公新构太虚楼瞻眺》。任少府，即任环，苏州府同知，八月升苏州兵备。皇甫子循，即皇汸，长洲人，处州府同知。

在温州，受到知府龚秉德的赏识，《奉酬龚温州侍御见贻之作》中曰："幕中怜鲍谢，门下愧应刘。"

冬，返里。友人僧赴永嘉，伯龙赠诗《送松江九峰僧如颠往永嘉江心寺读书并谒郡守龚侍御》二首。

嘉靖三十三年，甲寅（1554），三十六岁。

春，游中州，投奔大梁王。作《送王别驾转客部员外》："君能异日扁舟访茂苑，我亦相期走马直上梁王台。"

中秋，在洛阳与王别驾同游，作《七夕同王别驾西郭莲塘泛舟》："使君洛中豪，敷政和且长。佐郡茂余绩，典邑理旧疆。行田当休假，观风值时康。"

河南仪封主簿陈吉甫是江南人，伯龙旧识，有《寄仪封簿陈吉甫》："故人江东彦，志气何激昂……一旦远行役，佐邑滞他邦。讼牒日纠纷，逢迎事趑趄。"诗中向陈吉甫诉说幕中的不乐，日日纠缠在数不清的复杂卷宗中，处理案件，解决纠纷。不能完全按照自己的判断做出裁决，必须听从长官的意旨，"逢迎事趑趄"，可知，他在幕府中的苦闷。但为了那份可以养家的束脩，不得不俯首于官府。这不合乎其自由的个性，未几，便辞幕归里。

事实上，梁王对伯龙十分关照。张大复《梅花草堂集·皇明昆山人物传》卷八《梁辰鱼传》载："公性善酒，饮可一石。大梁王侯请与决赌。左右列巨觥各数十，引满，轰饮之。侯几八斗而醉，公尽一石弗动。时有梨园数辈，更互奏杂调。公倚而和之。其音若丝，无不尽态。侯大笑乐，谓伯龙之技，如香象搏兔，具见全力如此。"

是年，倭寇猖狂，扫掠苏州、昆山、松江等地，伯龙在中州忧伤不已，作《甲寅感怀》二诗，诗有"白头空坐《江南赋》，青草谁招

151

塞北魂。时事惊心卷帘坐，戎葵花落又黄昏"。流露忧国伤时之慨。在梁伯龙早期诗曲中，多充满报国的壮志豪情，全然没有后期的消极颓废的玩世情怀。

嘉靖三十四年，乙卯（1555），三十七岁。

秋，赴荆州，作万里之游，《远游》曰："偃蹇三十年，束缚裳与屐。"不甘蜗居乡里，出游寻求机遇。"怜予远游不得意，临行遗我琼瑶篇。吴门一夜秋风起，巫峡迢迢几千里。""我行况值深秋时，中岁落魄还数奇。"可知，他赴荆州乃不得已之举，因为放弃游幕，那么只有坐吃山空了。

从俞仲蔚《仲蔚集》卷三《送梁伯龙游楚并寄周水部》可知此次远游是投奔视察榷政的工部钦差亲家周胤昌和荆州知府常州袁祖庚。梁辰鱼女适周胤昌子周廷栋。据此，也可以推知，既然梁伯龙有官至工部钦差的亲家，在婚姻要求门当户对的时代，谅伯龙家境也不至于穷困到缺衣乏食的境地。但是，伯龙一直在到处诉说他的穷困，那么，他所谓的诉说在很大程度上即含有人生壮怀的意图。

周后叔，字胤昌，昆山人，嘉靖二十九年（1550）进士，任工部水司主事，视榷荆州。迁屯田员外郎。

袁祖庚，字绳之，长洲人。嘉靖二十年（1541）进士，任荆州知府。

是年十月，杨继盛被杀，周胤昌被牵连忤权相严嵩，被谪武冈州同知。梁辰鱼《鹿城诗集》卷十四有《送屯田员外周胤昌左迁武冈州别驾》，《江东白苎》卷下有《玉抱肚·送屯田员外周胤昌左迁武冈》。王世贞《弇州山人诗集》卷十一有《赠周武冈胤昌时以考功法坐浮薄谪》。

感于亲家的义行，伯龙特赠送古镜，作《古镜赠周胤昌》："心清四海称水鉴，皎如一镜悬秋空。……赠君此镜十分圆，万岁千秋似明月。"希望亲家永远如高悬的明镜，做一个正直的官员，同时，这面镜子表明了梁辰鱼对周胤昌的态度：坚定地支持他。

黄姬水作《送梁伯龙游荆南》。

至苏州，留别文徵明。

拜会友人，创作了系列诗词，《江东白苎》卷上有《舟过湘江吊屈大夫》《湘君词》《过嘉鱼县赤壁山》《同袁荆州庾信楼雠集》《铁柱宫谒许真君》《渡昌山峡》《游远安王芳洲别墅》《题曲江楼寄周水部胤昌楼即张九龄所登江陵郡南楼》《荆州城楼瞻眺寄袁太守》《岳阳城见梅花寄袁荆州》《黄陵庙》《屈原庙》；曲则有《玉抱肚·岁暮登江陵庾信楼作》《玉抱肚·江陵灯夕筵上留别诸公归苏州》。

此次游幕，泛鄂渚，过洞庭，沿途有：《江东白苎》卷上《驻马听·寓居长沙客舍作》《又同渔舟晓泊岳阳楼下作》，《江东白苎》卷下《小桃红套曲 过湘江吊屈原大夫》，《鹿城诗集》卷六《游庐山北境天池上方寄俞仲蔚丈》《游东林寺》，《鹿城诗集》卷十四《同周水部雨中泊岳州城陵矶寄成都太守刘大武》，《鹿城诗集》卷二十三《秋日游豫章瑞昌王南山别墅八韵》《憩庐山瑶上人凌虚阁六韵》等。文徵明《鹿城集序》谓梁辰鱼"与天下豪杰士上下其议论，驰骋其文辞，以吐胸中奇耳"。徐朔方《梁辰鱼年谱·前言》谓："看起来高雅得很，实际上却是一种无可奈何的变相的谋生之道。"可谓知人之论。

由于梁辰鱼善曲，在荆州受到辽王朱宪㸅的热情款待，其诗《奉和辽王芳华宫夜宴诗应教》曰："飞盖西园集，清樽北海开。管弦帘外合，珠翠掌中回。睿藻浮仙桂，琼筵列绮梅。独怜湖海上，摛翰愧邹枚。"《弇州山人诗集》卷三十五《赠梁伯龙》："伯龙善词，尝游荆州，为王门上客。"

在荆州陪周胤昌登剑阁、游东川，作《剑阁诗送周七丈重游东西川》。

此次赴荆州，徐朔方《晚明曲家年谱》"梁辰鱼年谱"考证曰"兼有逃避倭寇的用意"，此说欠妥。

游幕荆州，陪同知府袁祖庚（字绳之）游览名胜，有《同袁荆州庾信楼宴集》。《游远安王芳洲别墅》也是宴集所作："羽觞会嘉客，四座张鸣琴。……兹游尽文彦，高论谐素心。"

嘉靖三十五年，丙辰（1556），三十八岁。

正月，由荆州起程还乡。

《鹿城诗集》卷十九有《同萝村李中丞汉浦周水部登黄鹤楼瞻眺得钿字》，《鹿城诗集》卷十《过嘉鱼县赤壁山》，同卷《玉泉山人歌别屠潘》。《江东白苎》刊于是年或稍后。

嘉靖三十六年，丁巳（1557），三十九岁。

《鹿城诗集》卷十九《寄萝村李中丞时督湖广川贵皇木开府荆州》，李中丞，李宪卿，昆山人，是年由河南按察使巡抚湖广。

嘉靖三十七年，戊午（1558），四十岁。

五月，北上京师参加顺天府秋试。

八十九岁老翁文徵明为梁辰鱼《鹿城诗集》撰序，梁辰鱼将携诗集赴京参加是年秋试。

友人为其送行，伯龙有《留别张师舜师文顾茂仁茂俭王伯钦幼文昆仲》："既纡云霞志，能复事生产?"可知，此行为谋生。其中一句"太行无峻坂"可知，这是北行，且有游晋之计划。有《留别俞仲蔚丈》。

沈明臣《远游篇赠梁伯龙》："少年读书未得意，仗剑跃马游燕京。""相逢莫作皮相士，四海结交从此始。"

《鹿城诗集》卷十一有《东鲁门歌赠东平判官陈文信》《少岱歌赠历城谷明府》等。

嘉靖三十八年，己未（1559），四十一岁。

杨慎卒，梁辰鱼《鹿城诗集》卷二十三有《哭升庵杨太史》。

嘉靖三十九年，庚申（1560），四十二岁。

《鹿城诗集》卷十九《送徐礼部任荆州太守》，徐礼部，徐学谟，嘉定人，任职礼部祠祭司郎中。

嘉靖四十年，辛酉（1561），四十三岁。

《鹿城诗集》卷十有《辛酉七夕大水作》。

散曲《南吕宜春令·辛酉季秋代沈太玄赠金陵杨季真》。词曲获得润笔费百金，《万历野获编》卷二十五《词曲·南北散套》载："梁少白《貂裘染》（《南吕宜春令》），乃一扬州盐客眷旧院妓杨小环，求其题咏。曲成以百金为寿。"沈太玄乃扬州盐商。

嘉靖四十一年，壬戌（1562），四十四岁。

《鹿城诗集》卷十九《壬戌元宵得银字》，作于金陵。

《江东白苎续集》卷上有《中吕好事近·壬戌季春代朱长孺赠金陵吕小乔》。

秋，收到胡宗宪聘书，赴杭州。临行，友人为其送行，王稚登有《送梁伯龙谒胡尚书》："钱塘八月看潮时，君去他乡谒所知"，"游幕多闲好赋诗，莫向越姬歌《白苎》。"（《王上舍集》）顾懋宏（允默）《送梁伯龙赴越镇之辟》曰："吴门梁生人所推，阮瑀之书王粲诗。……辟书相属驿路来，倒屣定须延上客。元戎文武自罕伍，更君书记多筹画。"对梁辰鱼入幕寄予深切厚望。

梁辰鱼喜谈兵，其《拟出塞序》自述其抱负云："逸气每凌乎六郡，而侠声常播于五陵。鲁连子之羽可以一飞，陈相国之奇或能六出。假以樊侯十万之师，佐之李卿五千之众，则横行鸡塞，当双饮左右贤王之头，而直上狼居，必两系单于之颈。"无论是《浣纱记》还是杂剧《红线女》，都有大量武林侠客的身影。但在其诗文中却没有丝毫有关战争的记载，在倭寇横行的嘉靖年间，他的一生，没有参与任何一场战斗。胡宗宪招募伯龙入幕，亦非由于梁辰鱼的兵法知识。

顾允默之《顾伯子集》有《秋日次周芝孙韵寄梁伯龙于越》。在胡总督幕数月，在幕府与徐渭、沈明臣相识。梁辰鱼《鹿城诗集》卷十《四明狂客歌赠沈四十三嘉则》序："今年秋，（嘉则）与予遇于武林。两人一见问姓氏，如旧识。各道平生，相顾大笑。因邀予登苍苍阁……未几，嘉则南游闽越，予亦北归吴门。"

由于某种原因，梁辰鱼在幕中未受重视，便辞幕离去。在胡总督幕府总共三个月。随后，梁辰鱼赴金华，看望亲家金华同知周胤昌。周同知为其送行，《周胤昌集》卷上有《送梁伯龙周芝孙游越东还》《晚泊乌伤怀梁伯龙周芝孙先期经此》。梁辰鱼《鹿城诗集》卷二十《寄信奉俞子自》："壬戌秋，余游越中。遇九河俞子自于武林之僧舍。相见握手如平生。拟唱和湖山，一发奇藻。不意践东林开士之约，竟有金华洞天之游。"周胤昌，别号东林开士。

徐渭为其饯行，《徐渭集》卷六《送梁君还昆》曰："送子返吴城，怜予亦远行。"梁辰鱼《鹿城诗集》卷十四亦有《寄山阴徐文长》。

友人李奎为伯龙饯行，作《送梁伯龙归吴》有："孤舟适越至，长剑复归吴。世路有荆棘，乡山多翠微。莫将和氏泪，却向楚人挥。"（《龙珠山房诗集》卷上）又作《送少白梁伯龙》《送梁伯龙归吴》。

同年，"重阳，归自濲水，访之寺僧，而子自扁舟已归章贡矣。凝伫南云，不胜悬恋。归吴门不数月，而幕中诸公以尚书去位，亦皆飚散云驰，无一存者。回首陈迹，顿如梦中。追念昔游，因寄斯作"（《寄信丰俞子自》）。胡宗宪于嘉靖三十九年（1560）晋兵部尚书。嘉靖四十一年（1562）十一月，胡宗宪遭劾被捕。幕府解散。

当友人顾允默得知梁伯龙的幕府际遇时，写诗安慰，作《秋入次周芝孙韵寄梁伯龙于越》："怀君提剑武林游，雁影蛩声绕戍楼。七校倦看刁斗月，六桥惊换鼓鼙秋。西施溪上花辞醉，严子滩上柳带愁。吴越不须谈往事，归来同为伴闲鸥。"

归里后，决心不再远游。但这份坚定的决心很快便被生计问题打破了。

嘉靖四十二年，癸亥（1563），四十五岁。

纳妾胥云房。《江东白苎续集》卷上《双调步步娇·癸亥秋夜同云房胥姬坐西窗感旧作》。恩爱七年后妾亡。

嘉靖四十三年，甲子（1564），四十六岁。

二月，王世贞兄弟赴长兴拜访徐中行，梁辰鱼赠行，《鹿城诗集》卷七有《移舟松陵送王青州昆仲之长兴并寄徐子与使君》。徐中行，嘉靖四十二年（1563）由瑞州同知丁内艰归。

此前，梁辰鱼与徐中行已经相识。《天目集》卷七《赠梁伯龙》曰："春夜曾同醉习池，岁寒何意慰心期。竹林早识青云器，茂苑争传《白苎词》。"

季春二十二日，《鹿城诗集》卷二十一有《赠周胤昌双笛诗》。是时，周胤昌任金华同知。

秋，与王世贞兄弟、徐中行、黄淳父（姬水）等相会虎丘，为张凤翼北上会试送行。

为宪副张约之情之不负碧山楼题诗。

嘉靖四十四年，乙丑（1565），四十七岁。

二月，合葬叔祖父母。

嘉靖四十五年，丙寅（1566），四十八岁。

北游齐鲁。入友人官府。俞允文《俞仲蔚集》卷四《送梁伯龙游泰山西登嵩少遂入秦中望塞垣诗》："此间王公我所亲，只今海内惟知音。时参大府政多暇，一见能使无归心。"知伯龙北上齐鲁王姓官员幕府，伯龙《寄历城令王伯嵚》之王伯嵚则是与伯龙相唱和的常州挚友，他们一起参加金陵的莲台之会，轰动一时。

二月，《弇州山人四部稿》卷十九有《春夜宴离赟园别王元美敬美二表叔》"驱车入齐秦"，北游。

行至太仓，看望王世贞兄弟，作《春夜宴离赟园别王元美敬美二表叔》。王世贞作《赠梁伯龙北游歌》云："东连海岱西二华，黄河一线中间流。燕赵悲歌酒人得，原尝侠节眉头识。须留国士经寸心，肯博侯门万金璧。"显然，北游为谋金。王世懋《王奉常集》卷三《送梁伯龙壮游歌》："东道琅琊渡莱水，蓬莱阁前海成市。徘徊览古齐鲁间，五岳先从岱宗始……朝游大梁夕游秦？九州便欲游其八。"王氏兄弟与伯龙同行至苏州，话别，伯龙有《移舟松陵送王青州昆仲之长兴并寄徐子舆使君》："理棹尽南指，扬舲独北征。"知为北行中州所作。

至苏州，会见友人。

至无锡，赠诗册于友人俞宪。俞宪录梁生诗四十一首，辑为《梁国子生集》入《盛明百家诗》。诗序云："（伯龙）北上时，取道无锡，以诗一册谒予。"

至常州，拜访王穉登、吴宗高等，有《毗陵别吴宗高童少瑜杜子庸王百穀》："海岱客游子，河梁故人送。送客去何之？云入齐与雍。"

至金陵。《鹿城诗集》卷二十三有《题赵凔英制重绡屏风十韵》："往岁，赵子来吴中，四明沈嘉则，昆山俞仲蔚，嘉定殷无美，太仓王元美、敬美，各分韵赋五言长篇赠之。"殷都，字无美。尹台《远游篇赠别梁伯龙》曰："矫矫少白生，雅志特踔揭。挟策三十载，不能事干谒。"俞允文《俞仲蔚集》卷四《送梁伯龙游泰山西登嵩少遂入秦中望塞垣诗》曰："自言四月上泰山。"诗云："梁生四十仍落拓，往往壮心兼壮游。"在金陵，伯龙参加金坛曹大章莲台品会。《说郛续集》卷四十四《莲台仙会品》云："金坛曹公，家居多逸豫，恣情美艳。隆嘉间尝结客秦淮，有莲台之会。同游者毗陵王伯高、玉峰梁伯龙诸先辈，俱擅才调，品藻诸姬，一时之盛，嗣后绝响。"据《四库全书总目提要》载，曹大章，字一呈，号含斋，"金坛人，嘉靖癸丑进士，官翰林院编修，以病疾罢"。

夏，有《送谷子迁游广州并寄南海诸君子十六韵》，其序云："余北游泰山，遇子迁于建业，云将有广州之行，因赋新篇，以致远况。"

中有"君行当六月"。

与姚太史同舟至彭城，有《同禹门姚太史溯流自淮阴至彭城作》。

秋，至山东，有《登济上李白酒楼别海阳胡使君》。

游曲阜，有《谒孔林》《谒颜子庙》《东鲁门歌赠东平判官莆田陈文信》等。

遇高官尹台，同登泰山，《登泰山诗·奉答礼部尚书尹相公一百三十韵》自注："丙寅初秋作。"尹台，字崇基，江西永新人。嘉靖十四年（1535）进士，官至礼部尚书，有《洞麓堂集》。是年秋，尹尚书有泰山之行，与伯龙相遇，"公来当秋晨，为行值炎夕"。

由王世贞推介，在济南，会李攀龙，《弇州山人四部稿》卷一一七《书李于鳞》（二三）云："仆与于鳞隔何啻人间世……所与从游者梁辰鱼……能为诗若词，词客伯仲王敬夫（九思）。语仆东欲游海岱，西登太华。中间谒济南生。毕此死不恨矣。仆喜其言，敬以报足下。"作为见面礼，梁辰鱼携带王世贞未刊稿《艺苑卮言》赠李攀龙。《沧溟集》卷二九《与许殿卿（邦才）》云："适姑苏梁生以元美书至，出《卮言》以示……生今探海市。"此外，伯龙为李攀龙写诗《赠李于鳞》五首。

李攀龙甚厚待梁辰鱼。《鹿城诗集》中出现了许多与李攀龙相关的诗：卷七《赠李于鳞》五首，卷十五《过李于鳞东庄草堂》，卷二十《再赠李于鳞》《留别章丘李太常开先》，卷二十六《章丘李伯华席上》等。李攀龙《沧溟集》卷十则有《赠吴人梁辰鱼》曰："词客吴门谁不羡，王家兄弟雅盘桓。"当李攀龙过世后，梁辰鱼有《哭于鳞》："当年孤剑走齐疆，曾记题诗过草堂。"追忆旧游之乐。

与历城县谷太守交往，有《少岱歌赠历城谷明府》："此中逸士谷少君，谪居人间八十春。"谷少君，解音律，"游心律吕更多识，调宫按羽应天地。手编韵书几万言，不向杨雄问奇字。翛然逸韵非尘群，门墙弟子纷如云。辩倾稷下三千士，诗压江南十万军"。自注："公在浙西胡尚书幕中赋诗，座客阁笔。"

在徂徕山，作《松云歌赠王明府》。

东游登莱青兖诸州。《鹿城诗集》卷二十有《酬范兖州宗吴》《赠兖州别驾郜吏部大经》《重登兖州城南楼》《宴青州副使秦使君钫公署》《奉答青州杜太守思》《同莱州太守钱同文游海岱庙》《蓬莱阁望海赠李登州凤》《同衡王教授嘉鱼李端曙登青州城楼》《落日青州城楼留别嘉鱼李端曙》。

这次北行，本计划继续西游华山，但未成行，不得不南下归里。吴书荫解释为伯龙"因囊中羞涩而罢"（《梁辰鱼集前言》）。

秋，九月，俞允文《梁国子生集序》谓梁伯龙"欲北走燕云，东游海岱，西尽山陕，览观天下之形胜，与天下士上下其议论，以吐胸中之奇者，一第何足为轻重哉"！

隆庆元年，丁卯（1567），四十九岁。

暮春，送王稚登北游。《鹿城诗集》卷十一《送王伯穀北游》曰："南国归里相君死，今年送君当暮春。"王稚登为大臣袁炜幕僚。袁炜卒，王稚登赴墓凭吊。袁炜政敌徐阶执政，王稚登复游长安。

秋，结诗社于与南京鹫峰禅寺。

莫是龙《石秀斋集》卷三《怀友七首》记录了鹫峰禅寺诗社的七位诗人：梁伯龙、殷无美（都）、孙齐之（七政）、王君载、吴宗高、沈道章、尹教甫。而孙齐之《松韵堂集》卷十二《社中新评》则列同社四十三人。张大复《昆山人物传·梁辰鱼》云："丈夫不得志，纵帙猎奇，拥姬酣卧，秉烛行游，皆足以消耗其日月，然不得其所与俱。"

莫廷韩《怀友七首》中"梁伯龙"曰："涉胜每独往，离俗远幕游。飘飘凌云气，寥寥抱青邱……早晚高阳徒，浊酒来劝酬。抵掌叙平生，落魄半朱楼。"

《鹿城诗集》卷二十《丁卯冬日过周荡村别业有玉堂弟夜坐作》

曰："先人别业沧江畔，四十年余一度来。"

同年，参加曹公所举办的莲台诗会。《亘史杂篇》卷四"文部·叙曲潘之恒"记录："金坛曹公家居，多逸豫，恣情美艳。隆庆庚午，结客秦淮，有莲台之会。同游者毗陵吴伯高嵚、玉峰梁伯龙辰鱼辈，俱擅才调，品藻诸姬，一时之盛，嗣后绝响。"

隆庆二年，戊辰（1568），五十岁。

《江东白苎续集》卷下《南吕七贤过关·代金坛王四儿锡山渡口晓别作》之跋："戊辰岁游锡山王氏馆中。因四儿爱唱此词，细味音律，聊定七调，遂代其留别。"

归里后，携大笔游幕之资在家乡构筑豪华别墅。张大复《皇明昆山人物传》卷八谓梁伯龙"乃行营华屋，招来四方奇杰之彦。嘉靖间七子都与之。而王元美与戚大将军继光尝造其庐，楼船弇树。公亦时披鹤氅，啸咏其间。或鹖冠褐裳，拥美女，挟弹飞丝，骑行山石，曲折上下。不知者以为神仙云"。

与王世贞、戚继光相往来。王世贞《弇州山人四部续稿》卷三八《寿少保兼太子太保左都督南塘戚公六十序》云："隆庆之戊辰，元敬（戚继光）自闽帅御追锋而北，偕伯玉访余弇中……盖三宿而后别。"

是年，戚继光以福建总兵召为神机营副将北上，途经昆山、太仓，故稍作停留。

五十岁以后，梁伯龙不再出游。凭借声望，在家交友代笔赚取润笔之费，其《江东白苎续集》大量的散曲是代撰之作。梁辰鱼的"代作"多为富商大贾或豪门公子的情事助兴而作，如《宜春令·辛酉季秋代沈太玄赠金陵杨季真》《步步娇·壬申秋日代幻住子寄邢素兰作》《好事近·壬戌季春代朱长孺赠金陵吕小乔》等，都收到了不菲的经济回报。

梁伯龙在曲坛艺苑声名鹊起，其所谱之曲，刚落笔，则梨园弟子争相传唱，所谓《李攀龙集》卷十四《寄赠梁伯龙》之"金陵子弟知名胜，乐府争传绝妙辞"。

隆庆三年，己巳（1569），五十一岁。

《鹿城诗集》卷十一有《送许明府公旦之萧山》。许承周，字公旦，昆山人，是年任萧山知县。

小妾胥云房去世，梁伯龙不胜伤感，有《瓦盆儿·己巳立秋夜雨悼亡姬胥云房作》："记恩多怨少，七年心难对傍人道。"

隆庆四年，庚午（1570），五十二岁。

夏末初秋，梁伯龙与曹大章、吴嶷等在金陵举办盛大莲台仙会，品评诸妓，恣情欢乐。

从金陵回到苏州。魏良辅所改编的昆山腔已经在苏州一带流行开来。从此，梁辰鱼开始把主要精力用于谱曲，自创新调。同时，与郑思笠、唐小虞、陈棋泉等精研音理，更迭唱和。

纪遇，作曲有《江东白苎续集》卷上《仙吕入双调摊破金字令·庚午孟夏望夕遇虞山月容张一儿于虎丘殿阶作》《孝南歌·庚午初秋悼亡改定旧曲》。

四月，王世贞被起用为山西提刑按察使。六月，伯龙作《送王元美叔赴晋阳》。秋，王世贞启行，邀伯龙同行，伯龙以母病辞。

有《哭李于鳞二首》。

隆庆五年，辛未（1571），五十三岁。

有诗《鹿城诗集》卷十五《九日登昆山送尹教甫归庐陵得今字》送尹教甫。

冬，送友，《鹿城诗集》卷十一《送赵道人游五台山歌》曰："山西廉察王伯公，去岁约我游云中。兹山望望空在眼，讵知衰草捐霜风。今年送师过残腊，阳和正值梅花发。"自注："庚午秋，王元美廉访山西，约余一登塞垣，兼游五台、恒岳，竟以老母病亟而止。"

隆庆六年，壬申（1572），五十四岁。

狎妓相别。《江东白苎续集》卷上有《南吕香罗带·壬申秋何昭华访余玉山下扁舟西归赋别》《南吕七犯玲珑·壬申八月十七夜遇陈芳兰于虎丘作》。

代人谱曲赠妓。《江东白苎续集》卷下《双调步步娇·别情·壬申秋日代幻住子寄邢素兰作》。

王世贞为其作《古乐府序》。

与沈明臣重聚，沈明臣《丰对楼诗选》卷十七《吴门喜遇梁六伯龙答赠》曰："已隔十年面，俱非旧日容。"指十年前临安之别。

王稚登赠诗，《南有堂诗》卷六有《席上赠梁伯龙诸君》。

万历元年，癸酉（1573），五十五岁。

送友解组。《鹿城诗集》卷二二有《送崛崍张中丞解职自南都归蜀》。张佳胤，应天巡抚，是年正月去职。

哭友。《鹿城诗集》卷二一有《哭王君载》二首，序曰："癸酉季夏，君载北游金陵，舟次城南。移书别我，匆匆西去。不十日，竟没于郡之南关。"

《初秋送周芝孙游泰山兼寄历城令王伯钦》，王炳衡，字伯钦，隆庆五年（1571）进士。官历城知县。调临安。

谱曲代人赠妓。有《江东白苎续集》卷下《仙吕小措大·癸酉季秋代绿萝居士怀马湘兰作》。

凌濛初《南音三籁》下收梁伯龙杂犯宫调《九疑山·寄情》，编者跋："此旧院马湘兰赠先季父者。余犹及见其画扇上手书此词。所云'水馆'二语，盖季父有馆名盟鸥也。然实是少白代作。启口便露少白面目矣。此调亦是少白所自创。"

得王寅寄诗。王寅《后吴越游》卷二《寄俞仲蔚梁伯龙昆山因问潘明府》曰："蓬门独著潜夫论，乐府争传美女篇。"美女篇指梁伯龙《浣纱记》中的西施。

伯龙《寄历城令王伯钦》盖作于是年，诗云："王郎饮酒夜复午，醉来赋诗且击鼓。满堂狎客俱欢呼，一足蹒跚能剑舞。自从作吏历下城，折腰束带趋逢迎。政理和平长官喜，镈镏弃置常独醒。"

万历二年，甲戌（1574），五十六岁。

作《送王元美入楚》。

作《送沈文川司训杭州六韵》，沈衍庆，字文川，昆山人，是年任杭州训导。

傅宅赏菊，王寅《后吴越游》卷三有《梁伯龙张仲立邀同傅元凯斋中赏菊》。

作《封少司马汪长庚暨吴淑人七十寿》，汪长庚，汪道昆，字伯玉，官左司马。

徐阶主持重修上方寺成，梁伯龙作诗。《鹿城诗集》卷九有《洞庭西山惠雨上人乞庐陵宋中丞碑文并华亭徐相公募缘疏重建上方寺同诸公作》，宋仪望，应天巡抚，庐陵永丰人，是年离职。前首辅徐阶致仕里居。

万历三年，乙亥（1575），五十七岁。

代人谱曲赠妓。《江东白苎续集》卷下有《小桃红·乙亥初秋代安茂卿寄南都褚蒨作》。《江东白苎续集》所收至此止。

万历四年，丙子（1576），五十八岁。

二月，有《送华亭令杨肖韩闻讣归南海》。

万历五年，丁丑（1577），五十九岁。

写诗慰藉张凤翼落第。张子四上春官不第。其《处实堂集》卷四《戏答梁伯龙》曰："树犹如此我何堪，车殆穷途合解骖。"

作《挽范牧之》。范允谦，偕妓杜韦，死于京城。

作《平罗旁歌寄兵部侍郎洋山凌丈》，凌云翼，字洋山，太仓人。提督两广军务，镇压瑶胞升兵部侍郎。

王世懋赠磁器及诗、函，其《王奉常集》卷四二《寄梁伯龙》曰："别足下两换岁书矣。八尺彪躯，一尺长髯，犹能岣嵝润饰作老风流态否？……顷寄吴下诸名士一诗，足下共之。又以俸金烧数磁，并分祝焉。"王世懋以江西参议分守南康，《鹿城诗集》卷八有《寄王敬美叔时分手南康》。

《鹿城诗集》卷二二有《丁丑九日风雨同魏叔达泛舟石湖过周若年草堂听妓弹琴》。

十一月，《鹿城诗集》卷二二有《赵太史恩谴放归虞山寄赠》。首辅张居正夺情居位。翰林编修吴中行、检讨赵用贤上疏，刑部员外郎艾穆、主事沈思孝合疏弹劾张居正，受杖被谴。赵用贤，字汝师，常熟人。

作《檇李吕心文令泰兴二月以妇丧挂冠归江南》。吕炯，嘉兴崇德人，是年任泰兴知县。

万历六年，戊寅（1578），六十岁。

正月，与王世贞宴集周氏园中。王寅《后吴越游》卷四有《上元日雪王元美梁伯龙宴集昆山周公子园楼晚宿傅伯雅灯下》。

赋诗送友返杭州。与华亭顾仲方正谊多有交游。

万历七年，己卯（1579），六十一岁。

四月，诗赠昆山县丞刘谐。《鹿城集》卷二二有《麻城刘黄门左迁昆丞以己卯孟夏月二十四日亥时两侯各生一子事颇殊异赋赠十韵》。

万历八年，庚辰（1580），六十二岁。

春，客杭，遇沈懋学，访高濂。沈懋学《郊居遗稿》卷一有《同冯开之（梦祯）湖上喜遇梁山人伯龙》。沈懋学以翰林修撰请告家居，自皖过杭。《鹿城集》卷二二有《同沈君典（懋学）登南高峰荣国寺洪法僧舍》，同时，多有共游寺院之诗。

万历十年，壬午（1582），六十四岁。

秋，舟过盐城，《鹿城集》卷二二有《访岭南杨肖韩于盐城夜雨泊高邮湖》。

游青浦，县令屠隆序其诗集。云伯龙"所至山林褐博，王侯贵分，无不争致伯龙。伯龙入户，把臂为欢而已"。伯龙则有诗《送屠长卿游上京》《赤水歌赠屠明府长卿》。

作《送傅伯俊明府入觐》。傅光宅，字伯俊，聊城人。万历八年（1580）任吴县令。万历十三年（1585），召拜御史。

万历十二年，甲申（1584），六十六岁。

重九，与欧大任游马鞍山。时欧大任自户部郎中致仕归粤，途径吴中。

万历十三年，乙酉（1585），六十七岁。

二月，会梅鼎祚于虎丘。

梅鼎祚《鹿裘石室集》卷十一有《饮虎丘梁伯龙携吹管唐叟见就》。

王元勋辑《明人尺牍》卷三王穉登《与梁伯龙》曰："仆辈少无赖，自分当以情死，乃今回头是崖矣。足下尺五虬髯白如霜，尚沉湎欲海，以为义和之轮未快而更加策耶。"

万历十四年，丙戌（1586），六十八岁。

秋，梅鼎祚来谒。《鹿裘石室集》"尺牍"卷五《与梁伯龙》曰："《鹿城》佳草，当已悬之国门，传诸同好……章台故事颇行乐部……薄有酒钱，为公杖头费。"章台故事指新谱传奇《玉合记》。

万历十九年，辛卯（1591），七十三岁，卒。

第四节　金陵弟子知名姓，乐府争传绝妙辞[①]
——梁辰鱼谋生与创作

任中敏《散曲概论》卷二论散曲云："起嘉、隆间以迄明末，将近百年，主持词坛砥者，文章必推梁氏（伯龙）为极轨，韵律必推沈氏（璟）为极轨，此为昆腔以后之两大派。"梁辰鱼一生所撰传奇结集为《江东白苎》及《江东白苎续集》。对梁辰鱼的种种赞誉充满了

---

① 李攀龙：《寄赠梁伯龙》，《李攀龙集》卷14，齐鲁书社1993年版，第358页。

后世曲学研究的论著中。梁辰鱼何以取得如此巨大的成就和声名,黎国韬认为,梁辰鱼的谋生动机是其曲学成就的背后动因,"这些散曲中赠人之作、写情之作、代笔之作占了多数"[①]。梁辰鱼之赠人、代笔之作多的原因在于他靠这些作品谋生,他之所以在散曲曲词方面追求典雅清丽,也是基于其易于流行引人注目的经济动机,其多写男女风情的主题在于从情感上打动观众,易于流传,赢得演出的经济回报。

一

"润笔"典出《隋书》卷三八《郑译传》,历史上收取润笔事例则源远流长,南宋洪迈《容斋随笔》云:"作文受谢,自晋宋以来有之,至唐始盛。"润笔于隋唐时渐成风气,一般亦往往限于墓志铭之类的谀颂之文。《旧唐书·李邕传》载:"早擅才名,尤长碑颂……中朝衣冠及天下寺观,多赍持金帛往求其文。……时议以为自古鬻文获财,未有如邕者。"韩愈撰《平淮西碑》和《王用碑》均获丰厚的资财收入,李邕、韩愈的文章已经化为商品且拥有广大的市场,虽然影响巨大,但在唐代仅属个案,因为如杜甫、李白等多数文人并没有卖文的机遇。宋太宗立润笔钱,刻石于金人院,每朝谢日,移文督之,此为润笔定制,似乎仅限于朝廷及官府,未能普及到民间。

唐代,虽然诗歌是文人交流的重要渠道,迎来送往都用诗歌表达。但在唐代,诗歌却没有起到商品的作用,诗歌给人们带来声望和地位,韩愈的润笔收入来自谀墓文章而非诗歌,人们并没有有意将诗歌转化为商品,并未考虑文学的经济价值。明代,尤其是明代中后期以后,情况却大不相同了,诗文作为一种在高层文士之间普遍存在的商品得到广泛流行,官员离任、赴任、省亲,友人远游赴幕、离幕,

---

① 黎国韬:《梁辰鱼散曲论》,《中国韵文学刊》2000 年第 2 期。

学子赶考、中举或落第，生子娶妻买妾、祝寿等，不管是否真心，均以诗文相赠。由于社会普遍需要诗文作为交际媒介，人们尤其是官员们往往难以信笔题诗，因此，许多官员便聘请幕僚，专事捉刀代笔，徐渭《徐文长三集》卷十九《送山阴公序》即云："某自稍知操笔以来，当郡邑诸公于去来赠饯间，靡不来以管毫授者，曰：礼则然也。然礼然而心未必然者，固亦不能无矣，盖彼虽不言而某固阴察其然也。"

徐渭八进科场、梁辰鱼九进科场，都以败北而终，最后，都入幕谋生，专司笔札。晚年行动不便时，他们多停止出游，靠卖画卖文维持生计。许多需要某种题材之文的人则可购买诗文，尤其寿诞之礼，多谒请文辞。祝允明居家不问生产，主要依靠官俸及四方求书画文章者之润笔费用生存。唐寅卖画为生活主要支撑，其"家住吴趋坊，常坐临街一小楼，惟求画者携酒造之，则酣畅竟日，虽任适放诞，而一毫无所苟"。唐寅靠画谋生，其绘画质量决定其生活质量。仅诗文赠别之作，据统计，"《徐渭集》中除去代人撰写的送行诗外，自写的赠诗有一百七十八首，《震川先生集》中的赠序是五十四篇"①。

沈汉杰过世后，其子沈玠请翰林学士刘三吾为其父撰写墓志铭，并赠送高额润笔。因这篇铭文十分得体地颂扬了沈汉杰的一生及将沈氏家族打造成江南首富而被沈氏后人所珍视，遂镌石立碑，保存至今。② 张益谓其读书经历得益于其经商胞弟的资助，成名后，他便公开收取润笔。王锜《寓园杂记》卷四《张学士》中有王锜谓其所写文章"若行云流水，终日数篇。凡京师之送行、庆贺，皆其所作，颇获润笔之资。或冗中为求者所逼，辄取旧作易其名以应酬。有除郡守者，人求士谦为文赠。后数月，复有人求文送别驾，即以守文稍易数

---

① 周榆华：《试述明代中后期的诗文消费风尚及文人代耕》，《江西广播电视大学学报》2008年第4期。

② 顾诚：《沈万三及其家族事迹考》，《历史研究》1999年第1期。

言与之"。更换姓名和时间即成为一篇新的文章，几乎不需要重新润色，虽然唐代韩愈已经开此先例，但并没有形成一种普遍的社会风气。明代则不同，商品经济的时代，经济意识渗透到生活的每个角落，明人对于润笔的态度已经从文人不言金的传统儒学解脱出来。一些文人的润笔收入已十分可观。叶盛《水东日记》卷一《翰林文字润笔》记载景泰、成化间京师某人具资求翰林名人代写送行之文。成、弘时期，伴随经济的发展，购买文章成为新的社会风气，"仕者有父母之丧，辄遍求挽诗为册，士大夫亦勉强以副其意，举世同然也"。润笔作为劳动所得，文人们内心坦然接受，于是，润笔成为文人增加经济收入的重要途径。凭借名气，有人有求必应，来者不拒。文学化为商品，不但可以得到经济回报，养家糊口，而且可以借此发家致富。由于巨大的商业诱惑，正德以后，从事代笔职业的人越来越多，文人稍有声望即可开张。有人为了免于亲情麻烦，明码标价。某人向常熟桑思玄求文，托以亲昵，无润笔。在桑思玄看来，思维的敏捷需要金钱的激发，以此为借口，公然索要银两。这说明商业意识已经渗透到人们的日常生活之中了，文人不言钱的时代已经终结。透过明清文人的别集可以发现，几乎所有的阶层，出于各种目的，都可能出资请人作文。朝廷命官、地方大臣由于是文人出身，最有机会收受润笔。由于大臣一字千金，他们事务繁忙，多不愿执笔。以润笔为主要经济收入的通常是中下层官员和落魄而知名的文人。前后七子、唐寅、祝允明、文徵明都有大量谀颂文章。

谀墓诗文遍及明清文人文集，挽诗墓志，扑面而来。陆容《菽园杂记》卷十五载："古人诗集中有哀挽哭悼之作，大率施于交亲之厚，而其情不能已者，不待人之请也。……人之爱敬其亲如此，以为不如是，则于其亲之丧有缺然矣。于是人人务此举，而不知其非所当急。甚至江南铜臭之家，与朝绅素不相识，亦必汇缘所交，投资求挽。"即使那些官员的文集，像严嵩、海瑞、张居正、汪道昆、王世贞等，不管是倾朝权贵，还是清正官绅，文集中都充斥着谀颂文章。唐顺之《荆川先生文集》卷九《答王遵岩书》叹曰："宇宙间有一二事，人人见惯而绝是可笑者。其屠沽细人有一碗饭吃，其死后则必有一篇墓志。"润笔的经济利益，吸引了文人们的创作热情，导致谀墓诗文的广泛流行，各名家的谀墓诗文数：王世贞二百五十余篇，文徵明一百四十篇，归有光七十六篇，徐渭六十余篇，钱谦益一百九十余篇，朱彝尊一百余篇。

作为一种新兴的应用文——寿序，由于其可观的经济价值而风靡明清文坛。钱谦益《初学集》卷三十六至卷四十共收录五十篇贺寿之序，大都写明因某某之请"而序之以征焉"。陈所闻一生潦倒，靠书商汪廷讷资助，主要为汪廷讷代笔，多写题赠、庆寿、宴饮、游赏等，多为豪族园林题咏之作。归有光《默斋先生六十寿序》曰："吾昆山之俗，尤以生辰为重，自五十以往始为寿。每岁之生辰而行事，其于及旬也，则以为大事，亲朋相戒毕至庆贺。玉帛交错，献酬燕会之盛，若其礼然者，不能者以为耻。富贵之家往往倾四方之人，又有文字以称道其盛。"归有光一生撰写的谀墓之文，又不知凡几。一个突出的现象是，自明中期以后，这一社会风气也传播到军队，许多武官将领也开始热衷于祝寿类的庆贺活动，不但请文人撰写寿文，许多武官自己也开始以寿文作为交际的媒介。戚继光《止止堂集》之《横槊稿》，从命名可知，这是他转战疆场横槊赋诗的结集，但是其"卷中"所收，则几乎是为武官将士撰写的赠序、纪行、墓表、墓志铭、贺表等应酬文章，而"卷下"则几乎全部是祭文。许多文人文集中也多有为卫所武官所写的各类应酬之文。润笔并非一定是银两，亦种类繁多，既可以是金、银，也可以是裘衣、貂皮、笔砚、绸缎、布匹、土地、名酒、房产等。

伴随着商品经济的发展，明代尤其明中期以后，诗文消费的需求也日渐增长，许多文人走向代笔或专业笔耕谋生的道路。以至于出现被社会所普遍认可的诗文商业化行业。俞弁《山樵暇语》卷九："天顺初，翰林名人送行文篇，润笔银二三钱可求也。叶文庄公云：事变后文价顿高，非五钱一两不敢请。成化间，则闻送行文求翰林者，非二两者不敢求，比前又赠一倍矣。则当初士风之廉可知。正德间，江南富族著姓，求翰林名士墓铭或序记，润笔银动数廿两，甚至四五十两。"潜在的诗文市场的存在，为许多科第不举的文士提供了谋生的广阔空间。自嘉靖以后，润笔价格越来越高，谢少连靠卖赋活得自由自在，李维桢《谢少连家传》说少连卖赋之金，益市图籍丹铅不辍。时风所趋，李维桢所创作寿序、家传、墓志等亦高达百余篇。

更为引人注目的是，伴随传奇戏曲的兴起，社会上对于新剧种的需求，创作传奇戏曲逐渐成为许多作者的重要经济来源。长洲张凤翼（1527—1613），字伯起，号灵墟。嘉靖四十三年（1564），与弟燕翼同举乡试，中解元。万历五年（1577）第四次会试下第，从此"养亲，绝意公车"，以鬻字诗文自给。吴江沈瓒《近事丛残》卷二云："张孝廉伯起，文字品格，独迈时流，而以诗文字翰交结贵人为耻，乃榜其门曰：'本宅纸笔缺乏，凡有以扇求楷书满面者，银一钱；行书八句者，三分；特撰寿诗寿文，每轴各若干。'人争求之。"张凤翼公开张榜，规定价格，替人代写诗文及楷书行书以谋生。他的特立独行赢得汤显祖的赞赏。汤显祖《金陵歌送张幼于兼问伯起》曰："最爱君家张仲蔚，满径蓬蒿不出山。"即言其绘画谋生。《蜗亭杂订》载张凤翼因传奇《红拂记》《祝发记》知名，"大将楚人李应祥者以金求作传奇，以侈大其勋，利其润笔，而夸之过当"，万历三十一年（1603），贵州总兵李化龙（字应祥）平定播州杨应龙叛乱。张凤翼受李应祥之托，撰写《平播记》。对将军的英雄传奇过度夸张，言过其实，很快便隐而不闻，但作者张凤翼却得到了将军许诺的巨额润笔。

二

梁辰鱼科举不第，无功名，无俸禄，却有一妻二妾及数子，屠隆《鹿城集序言》云："譬如海鸥野鹤，时或近人而终不依人。""身有八尺之躯，而家无百亩之产。入媚其妻子，而出傲其王侯。"虽然家业并不庞大，但妇孺衣食皆需仰给。由于梁辰鱼的传奇风靡吴下，豪门大户便置办家乐戏班，专门演出昆曲，并聘请梁郎入府指导。借传奇成名的梁郎，便走向了游幕谋生的路途——结交友人，寻找机遇，谋生养家。

在梁伯龙一生的交游中，很大程度上其诗歌是媒介。梁辰鱼与华亭顾氏特别友善。顾正心，字仲修，号青宇，太学生，光禄寺署丞。好宾客，有心计，多智数，具有超常的商业意识和运筹策略。何三畏《云间志略》卷廿三记顾正心用其母亲的积蓄，"置买田宅，贸迁有无，十年中遂致累资几十万。甲第之侈、田畴之盈、僮仆之多、园林之胜，不惟冠于吾郡（松江），而且甲于江南"。家业日大。丁宜福《申江棹歌》记顾正心所筑熙园"巨丽冠南都"。李延昰《南吴旧话录》载顾正心在淞南的田产可并比内阁首辅徐阶。但顾仲修也是一位个性洒脱的贵公子，斥资建巨舫——青莲舫，往游苏杭，昼夜歌声不绝。曾邀请梁辰鱼等一群同好共游，梁辰鱼《顾仲修新造青莲舫赋赠》曰："文卿隐囊坐弹棋，维之悲歌击唾壶。季子戏效徐庾体，仲方闲作水墨图。世周饱饭索佳句，船头眺月青天孤。云卿狂来忽大叫，墨汁倾倒红罗襦。殷短短衣来海上，中流击楫歌呜呜。独有梁长痛饮不知晓，掀髯岸帻绝胜高阳徒。"描绘了八友共游的狂浪场面，行为举止远超竹林七贤的"莲舫八贤"于焉诞生。

在华亭，友人相聚，演唱昆曲，伯龙与曲伶陈世欢相识于长洲，

172

在友人席上听到陈郎美妙的歌声作《夜宴华亭何又玄斋赠歌者陈世欢》。此次相聚，在伯龙出游之后，"笑予飘忽如云烟，奔走关河今几年"。"九峰山下忽重逢，比昔朱颜更殊丽。"知己相遇，无限留恋，"歌残不惜倾千觞，起舞氍毹为君醉"。从此，陈世欢成为伯龙心中的爱神，伯龙成为顾府的长期座客。《月夜同袁黄州诸君宴顾茂俭宅听故顾相公侍姬弹筝》曰："座上千钟绿酒飞，帘中一夜风筝急。"写顾家饮宴，通宵达旦。伯龙不仅爱恋歌者陈世欢，而且有幸听到顾相公爱妾那绝妙的弹技，"高歌一曲夜欲阑，满庭明月如秋水"。

梁伯龙同乡好友俞允文《送梁伯龙游泰山西登嵩少遂入秦中望塞垣诗》曰："梁生四十仍落魄，往往壮心兼壮游。"伯龙三十五岁初次出游永嘉，其《梦游括苍寻轩辕上升遗迹呈处州别驾皇甫子循》有："予本海上客，中年滞沉痼。"又在《秋日瀔登水楼感旧作序》云："余幼有游癖，每一兴思，则奋然高举。"故俞允文谓伯龙"真能游矣"（《题梁伯龙游越中诗后序》）。"梁辰鱼四十岁以前的生活经历，因缺乏资料，无法得知。但有一点是比较明确的，这就是好游。"①

梁伯龙之游，无非为寻找机遇和谋生。"偃蹇三十年，束缚裳与屐。"

嘉靖三十四年（1555），梁伯龙远赴荆州，"怜予远游不得意，临行遗我琼瑶篇。吴门一夜秋风起，巫峡迢迢几千里"。"我行况值深秋时，中岁落魄还数奇。"嘉靖四十五年（1566），四十八岁时北游齐鲁。入友人王伯嵚官府，以此为基点，广泛交游所经地区的诸多官员。俞允文《俞仲蔚集》卷四《送梁伯龙游泰山西登嵩少遂入秦中望塞垣诗》曰："此间王公我所亲，只今海内惟知音。时参大府政多暇，一见能使无归心。"伯龙北游当是投拜王公大臣。临行前，伯龙有

---

① 陈其湘：《梁辰鱼生平探索》，《中国文学研究》1987 年第 3 期。

《寄历城令王伯钦》之"历城令"。王伯钦，武进人。隆庆元年（1567），与梁伯龙一起参加了金陵的鹫峰诗社，擅曲。官历城令时，聘请伯龙入幕。诗云："王郎饮酒夜复午，醉来赋诗且击鼓。满堂狭客俱欢呼，一足蹒跚能剑舞。自从作吏历下城，折腰束带趋逢迎。政理和平长官喜，罇罍弃置常独醒。生平每自夸益气，骥足何为久留滞？"由于挚交，王县令将久滞不迁的苦闷寄之于酒肉歌舞，当伯龙到来时，将压抑之情向伯龙倾诉。

在其《鹿城诗集》中，最多的篇目是送别诗，而别去的人往往都是有职位的官员：

《东鲁门歌赠东平判官莆田陈文信》之"东平判官"

《少岱歌赠历城谷明府》之"谷明府"

《登济上李白酒楼别海阳胡使君》之"胡使君"

《松雪歌赠王明府》之"王明府"

《澄源诗赠龙使君》之"龙使君"

《送春野陈膳部分司杭州》之"陈膳部"

《顾比部道行自括苍归以雁山图示赋赠》之"顾比部"

《衡岳诗送霁岩陈副使督学湖广》之"陈副使"

《送观海顾副使之北都》之"顾副使"

《白水龙潭歌送顾副使之桂州》之"顾副使"

《送华亭令杨肖韩闻计归南海》之"华亭令"

《赠海上黄将军》之"黄将军"

《平罗旁歌寄兵部侍郎洋山凌丈》之"兵部侍郎"

《赤水歌赠屠明府长卿》之"屠明府"

《送龚侍御赴温州诗》之"龚侍御"

《同周水部雨中泊岳州城陵矶寄成都太守刘大武》之"成都太守"

《顾舜祥自成都盐官迁蕲州别驾奉寄》之"成都盐官""蕲州别驾"

《赠詹主簿汝仪》之"詹主簿"

《寄孙侍御梦豸迁岳州太守》之"岳州太守"

《寄仪封顾明府》之"顾明府"

《赠石门管将军》之"管将军"

《同东溟管金宪少林沈太史宿寒山寺》之"管金宪""沈太史"

《奉和顾子实太史圣像禅房闲居》之"顾太史"

《荆州城楼瞻眺寄袁太守》之"袁太守"

《同萝村李中丞汉浦周水部登黄鹤楼瞻眺得钿字》之"李中丞"
"周水部"

《岳阳城见梅花寄袁荆州》之"袁荆州"

《送徐礼部任荆州太守》之"荆州太守"

《赠扬州司理姚禹门太史弘谟》之"扬州司理"

《谢淮南傅太守希挚》之"淮南傅太守"

《酬范兖州宗吴》之"范兖州"

《赠兖州别驾郜吏部大经》之"郜吏部"

《留别章丘李太常开先》之"李太常"

《宴青州副使秦使君钫公署》之"青州副使"

《奉答青州杜太守思》之"杜太守"

《同莱州太守钱同文游海神庙》之"莱州太守"

《蓬莱阁望海赠李登州凤》之"李登州"

《同衡王教授嘉鱼李端曙登青州城楼》之"王教授""李端曙"

《送周库部母舅之南都》之"周库部"

《张给事见过不遇作》之"张给事"

《奉答青州兵备副使慈溪秦使君钫》之"青州兵备副使"

《月下同王明府坐凤凰石次韵》之"王明府"

《周评事肖一左迁句容令奉寄》之"周评事"

《徐子舆使君之任武昌奉寄》之"徐使君"

《送许明府公旦之萧山》之"许明府"

《送王别驾转客部员外》之"王别驾"

《奉寄分守金华张虚江给事》之"张给事"

《王别驾潘治中泛舟莲陂限得疣字》之"王别驾"

《毛德甫学博抱病斋居作诗奉讯》之"毛学博"

《寄伊明府功父》之"伊明府"

《寄聊城簿盛贤甫》之"聊城令"

《寄王松云仪部》之"王仪部"

《憩慧聚寺上方怀明虹朱比部》之"朱比部"

《送赵及泉任常德节推》之"常德节推"

《送王子忠任龙南令》之"龙南令"

……

梁伯龙的诗中，除了很少的诗是与佛道僧人、同里友人聚会唱和外，多数诗都与某位官员相关，而这些官员于梁伯龙都有经济恩惠，即使伯龙在送友人出游的诗中，亦多涉及官员。因此，梁伯龙诗几乎都与其谋生的动机密切相关。

梁辰鱼二十五岁作史上第一部昆腔传奇《浣纱记》，从此名动江湖，王世贞《弇州山人诗集》卷四七《嘲梁伯龙》："吴阊白面冶游儿，争唱梁郎雪艳词"，为他结识各级官员奠定了基础。隆庆元年（1567），四十九岁，自齐鲁之游归里后，梁伯龙不再出游。据徐扶明《梁辰鱼的生平和他创作〈浣纱记〉的意图》考证，梁辰鱼两次远游结束后，遂"寄居金陵，与金銮、张凤翼、潘之恒、沈祖禹、张士瀹诸人，经常出入青楼酒肆，痛饮狂歌。隆庆元年（1567），他又与莫是龙、孙七政、殷都等人组成鹫峰诗社，秉烛觞咏，放荡不羁"。《芳奁诗话》云："梁辰鱼，字伯龙，以例贡为太学生。虬须、虎颧，好轻侠，善度曲。世所谓'昆山腔'，自良辅始，而伯龙独得其传。着《浣纱》传奇，梨园子弟多歌之。同里王伯稠赠诗云：'彩毫吐艳曲，粲若春花开。斗酒清夜歌，白头拥吴姬。家无担石储，出多年少随。'"董康《江东白苎跋》谓梁辰鱼与"陆九畴、郑思笠、包朗朗、戴梅川辈，更唱迭和。"梁辰鱼的散曲创作与其谋生相关，《貂裘染》乃因扬州一盐商眷恋旧院名妓杨小环，求其题咏，曲成后，商人以百金为寿。直接赠送银两外，珠宝、古玩、名器、彩绸都成为梁伯龙的重要收入，张大复《梅花草堂集·皇明人物传》卷八：伯龙"为一时词家所宗。艳歌清引，传播戚里间。白金文绮、异香名马、奇技淫巧之赠，络绎于道"。"千里之外，玉帛狗马，名香琛玩，多集其庭。"《谢淮南傅太守希挚》曰："谁道勿开徐穉榻，独怜遥送李膺船。"梁伯龙得到淮南太守崇高的礼遇，不仅在幕府中待之以贵客，而且赠送一条游船。

凭借声望，放弃科举后的梁郎在家代笔赚取润笔之费，其《江东白苎续集》大量的散曲是代撰之作。梁辰鱼的"代作"多为富商大贾或豪门公子的情事助兴而作，如《中吕好事近·壬戌（1562）季春代朱长孺赠金陵吕小乔》《双调步步娇·丙寅（1566）初夏为庐陵尹教甫赠金陵蒋玉兰小字绮霞作》《双调步步娇·壬申（1572）秋日代幻住子寄邢素兰作》、《仙侣小措大·癸酉（1573）季秋代绿萝居士怀马湘兰作》《小桃红·乙亥（1575）初秋代安茂卿寄南都褚茜作》及不注明年代的同型散曲多首。除了嘉靖四十一年（1562）的《中吕好事近》外，全部作于其出游归来之后。长期居住金陵，混迹于青楼楚馆，既代妓姬赠人，亦代人赠妓，创作了大量情爱散曲：

《山坡羊·代谢姬寄客》（《代谢少蕴寄江陵游客》）

《山坡羊·代葛姬寄客》（《代葛云卿寄苍雪主人》）

《山坡羊·代王姬寄客》（《代王幼玉寄东海王生》）

《山坡羊·代刘姬寄客》（《代刘季招寄申椒居士》）

《玉抱肚·代闺人问边使》

《玉抱肚·代边戍寄家人》

《玉抱肚·代田琼英留别》

《玉抱肚·代江头留别》

《好事近·代宝界山人寄赵素卿作》

《征胡兵·代闺人寄远》

《南吕七贤过关·代金坛王四儿锡山渡口晓别作》

《榴花泣·代少室山人九日雨花台别陈文姝作》

《甘州歌·代敲台居士赠徐三琼英》

《金落索·为滨竹姜八怀华亭秋水作》

《七贤过关·代金坛王四儿锡山渡口晓别作》

《好事近·代琅琊季子寄白玉英》

《巫山十二峰·代高平生忆杜隐娘》

《九疑山·代金陵马瑶姬寄渤海次君》

从内容看，这些散曲多是为富贵王孙或富商巨贾的情爱即时创作。虽然梁辰鱼自己不言这些小曲的经济回报，但可以推知，他创造这些散曲的主要动机即经济回报。

从此，梁辰鱼创作了大量艳歌情词。做曲师教人度曲，张大复《梅花草堂笔谈》云："往见梁伯龙教人度曲，为设广床大案，西向坐而序列之。两两三三，递传迭和，一韵之乖，觖斗如约。尔时骚雅大振，往往压倒当场。"由此，梁伯龙在曲坛艺苑声名鹊起，其所谱曲，刚落笔，则梨园弟子争相传唱，《李攀龙集》卷十四《寄赠梁伯龙》云："金陵子弟知名胜，乐府争传绝妙辞。"张大复《梅花草堂集·皇明人物传》卷八《梁辰鱼》云："公性善酒，饮可一石。大梁王侯请与决赌。左右列巨觥各数十，引满，轰饮之。侯几八斗而醉，公尽一石弗动。时有梨园数辈，更互奏杂调。公倚而和之……所制唐令宋诗余元剧乃至国朝之声，多飞入内家藩邸戚畹贵游间。"尽管友人梅鼎祚亦科第不获，落魄一生。但由于梁伯龙的声望，梅鼎祚邀请伯龙中秋一聚，亦先派仆人送去聘金。

由于游幕谋生，填词的艺术至臻完美，晚年居里，应邀撰写散曲传奇得到巨额润笔，同时教授昆曲弟子。衣食无忧，友人孙楼在伯龙府上雅聚，伯龙招待以昆曲。

直到梁伯龙死后多年，其传奇仍然回荡在贵族官员的高宅大户中，张大复《梅花草堂笔谈》卷二《风筝》云："伯龙死久矣，其新翻杂调，往往散入王侯将帅家，至今为侠游少年所传咏。"

第四章　徐渭游幕与诗文创作

　　幕府制度是中国历史上一项重要的政治制度。它作为一项用人行政的制度，在历代国家政治中，尤其是在地方政治中一直起着重要作用。幕府制度源远流长，但据郭建《绍兴师爷》研究，"幕友佐治之风应起于明代"，并大盛于清代。明朝明确规定：凡内外大小官除授迁移，皆吏部主之。间有抚、按官以地方多事奏请改调升擢者，亦下吏部复议，再奏允行。于是，从中央到地方，所有官僚皆由朝廷任命。但并不排斥官员以私人的名义用人行政。明初，朝廷大臣出征，自辟幕下之士。如周鼎，嘉善人，"博极经史，为弟子师，例当以掾曹得官，谢病归。正统中，大征闽寇，沐阳伯金忠参赞机务，辟置幕下，议进取方略，多见用"[1]。据钱谦益《列朝诗集小传》载，弘治年间，张介然，"受知于潘中丞蕃，聘之入粤，赞画岭表。调兵望气，度彼度己，一出胜算。功成后，潘将荐公大用，辄夜离故所，间道奔归，变易姓名，无从寻见"。潘蕃，浙江崇德人，弘治十五年（1502），以右都御史总督两广军务。明中叶以降，各类衙门、各色官员聘请幕宾蔚然成风。从内阁、太监衙门到六科，均有聘幕之例。在

---

① 钱谦益：《周沐阳鼎》，《列朝诗集小传》乙集卷 5，中华书局 1961 年版，第 195 页。

地方衙门，自督师、经略、总督、巡抚，至府、州、县各衙门，均聘幕宾。尤其嘉靖中期，东南倭寇、西北鞑靼等边患日起，军幕成为许多科举蹭蹬文士齐家治国的终南捷径。著名抗倭将领戚继光对其幕下文士慷慨资助。《清史列传》卷七十《文苑一》载南昌王猷定（字于一）工诗古文，为人倜傥自豪，"少时驰骋声伎、狗马、陆博、神仙、迂怪之事，无所不好，故产为之倾。史可法闻其贤，征为记室"。总督、巡抚等封疆大吏，开府一方，却无公派衙署佐治人员，须临时自辟幕府。抗倭将领胡宗宪、俞大猷、戚继光辈招延"幕客"佐理军务。胡宗宪以巡按御史和总督之职，在浙江招延徐渭、沈明臣、吕希周、茅坤等十余幕客"筦书记""与筹兵事"。徐渭入胡宗宪幕，靠游资改变贫穷并成为历史上知名的文人和画家。王门后学颜钧，凭布衣身份先入胡宗宪幕府，继入俞大猷之幕。吕正宾在胡幕抗倭杀虏，断倭首夺佩刀，英姿飒爽，"幕府厅前脚打人，夜报不周崩一壁"[1]。明末，孙承宗督师，专设占天、译审、侦谍、异材、剑术、大力六馆，招聘天下豪杰。举人周敏成，屡上公车不第。后以兵事受知于孙承宗。孙承宗致书辽东巡抚方一藻，宁前兵备道陈祖苞遂辟周敏成赞画辽东军务。山阴县学诸生张天复，徐阶督学浙江，按临会稽，聘张天复入幕，助其阅卷。史可法督师扬州，设礼贤馆，《史可法集》所附唐振常辑《史可法别传》载史可法"招四方智谋之士及通晓天文、阴符、遁甲诸术者"，一时英才幕客多达百人。冯舒《虞山妖乱志》卷中载常熟张景良，"少为巡捕、衙书佐，长而入人幕中，为主文。孙季公初第时，选刑部主事，景良实从至燕。陈尚书必谦之令辉县也，亦与之偕"。陈必谦，万历进士，官至尚书。晚明，文人奔走于幕府成为此际文学生成的一个重要原因。

　　由于幕宾的才智和忠心，幕府多能完成雄振一方的使命。徐渭

---

　　① 徐渭：《正宾以日本刀见赠，歌以答之》，《徐文长三集》卷5，《徐渭集》，中华书局1999年版，第126页。

《赠徐某保州幕序》论幕职的重要云："古凡幕职至重，而尤重者，戎之幕。何者？幕掌文书，主画诺，以代劳宣力于堂之长。而戎之堂，则韬钤机务与宾客酬酢，飙至而雨集，其务繁而握愈重，非幕以代之，事鲜办。代之而不得其人，则虽办矣，而未必理。"① 幕宾在幕府主要替幕主主文或代笔或佐治民事，徐渭《送沈生序》云："沈生之往游苍梧也，一以为幕计，一以为籍计。然府江方逆，人徒以君为幕为籍计已也，故送者惟起于幕起于籍者期君，而不以府江之顺逆托君。噫！幕与籍岂诚不足以托府江耶！君在幕为宾客，则借箸于阃帅，在籍为弟子，则鼓其舌以风晓于来附之椎结，使浸且摩其未来，吾未见府江之果不赖于幕与籍也？"别人几乎众口一词认为沈生入幕乃为脱诸生之籍，唯有徐渭真知其心——助幕府平定一方叛乱。众人之所以对沈生产生集体误解，正在于沈生的入幕动机不具有代表性，而多数幕宾所图者是幕主支付的修金，借此养家糊口。明末遗民顾景星《白茅堂集》卷七《会稽吊徐渭》云："落拓无公论，先朝贱布衣。远游主父拙，上策去华非。将帅东南失，宾僚涕泗归。自伤明主弃，竞用祝宗祈。死恨中郎释，生知少保稀。青藤读书处，荒垄送斜晖。"概括了徐渭坎坷的一生及与明末将领胡宗宪的血肉关联。没有入幕的经历，徐渭将会湮没于史：文学史上，不会有这位对晚明骈文、戏曲起到引领作用的作家；书画史上，不会有首创"大写意"技法并对清代画坛产生直接影响的伟大艺术家。

---

① 徐渭：《赠徐某保州幕序》，《徐文长逸稿》卷14，《徐渭集》，中华书局1999年版，第903页。

第一节 幕中宾客盛文词，幕府黄金客再持①

——徐渭游幕对其文学创作的影响

生活于明代中后期，以诗书文画知名后世的天才诗人徐渭在其生前却是文坛的边缘人物，他的一生在劳碌奔波的困境中度过。诗穷而后工，徐渭生活的不幸使得他知名后世，尽管其当世不显，但却成为中国画史的经典人物。徐渭能为后世所知的一个关键人物是袁宏道，他以文坛领袖的身份特为徐渭立传。同时，陶望龄、梅客生也都分别为之著传，对徐渭的艺术成就啧啧称赞。后人也是在绘画的层面上赞颂徐渭，石涛、石溪、八大山人以至扬州八怪都深受其影响。清代郑板桥曾以五百金换天池（徐渭）石榴一枝，并愿作"青藤门下走狗"。20 世纪著名画家齐白石自称"恨不生三百年前"为青藤"磨墨理纸"。徐渭的不断被追怀，是因为人们仰慕其作为绘画大师的成就，而全都忽略了其诗文的独特贡献。也可以说，徐渭在绘画方面的登峰造极掩盖了其诗文成就。此外，徐渭还是一个卓有谋略和智慧的军事家。

尽管文学史的经典诗人的行列里缺少徐渭的名字，文学史也极少对徐渭的文学成就做出论述或介绍。诗人的名微反映了他在其时社会中地位的无足轻重。但这种"卑微"的文学史地位并不说明徐渭的诗文拙劣。正如陶潜，在其生前"孤独"了几个世纪，直到苏轼，他认定，陶潜是一位空前伟大的诗人。人们才开始认识到文学史上原来还曾有这样一位寂寞的独行者。经典的缺席不能说明事实的原委。由此，作为一个艺术天才的徐渭，我们极有必要探析其"成功"的缘

---

① 徐渭：《子肃再赴戚总戎所未至死于都下》，《徐文长文集》卷 7，《徐渭集》，中华书局 1999 年版，第 266 页。

由，尝试将徐渭的生平与作品予以精确化，以聆听这位寂寞诗人真正的声音。

徐渭的被忽略，因在当时，他不过是一个政治的边缘人物。尽管徐渭出身仕宦之门，其父徐鏓先后在云南的聚津、嵩明，四川的夔州等地任知州等职，但在徐渭出生之后，其父病故，徐家迅速凋落。科举、入仕、显耀门庭，古代读书人的共同心结，谁都不能回避。为了这一理想的实现，徐渭凭其才华周旋于幕府之中，他的一生和幕府结下了不解之缘，先后入军政要员胡宗宪幕，一住五年。后又入内阁大学士李春芳幕、河北宣化吴兑之幕，旅迹所至，待为上宾。同时，他的诗文创作和交游也都与幕府密切相关。

一

徐渭科举不得志，以生员终，多才多艺，"尝间一佩笔操铅，以奉侍幕下"[①]。二十岁入赘潘克敬家，随岳丈赴广东阳江，做馆师，开始了其最初的馆幕生涯。妻病卒，迁出潘家，租屋设馆授徒谋生。其间，吴成器雅好文学，当其守越之始，闻新昌吕光升称文藻，则召见。闻徐渭擅才华，招之幕下[②]，并给予极高的待遇，致使徐渭感到才力不及，受之有愧，"顾惭引援，曷由自效"[③]！后入胡宗宪幕，开

---

① 徐渭：《上督府公生日诗》，《徐文长三集》卷9，《徐渭集》，中华书局1999年版，第319页。

② 徐渭尚随军出征，《赠府吴公诗》"序"云："吴公自曩昔攘斥夷寇，其在吾绍兴、若浙东西、松江诸道者，人易闻且见，故多美颂之词。追舟山之役，越在海外，其抚民搏寇之功最多而且艰，人掩之莫得而知也。独渭以书记辱在督府，随众人后，杂谈戎伍，稍悉其事。而今年台温之捷，公之伐又最高，公既然让美不言，而世之公道将遂因以澌没，乃用鸣之以诗，使知其事者尚有如渭者在，而渭之所处，则固有难于知者也。"诗云："幕中曾与众人群，幕外闲听说使君。破剑壁间鸣怪事，孤城海上倚斜曛。诙谐并谢长安采，懒散犹供记室文。把笔欲投还自笑，故山回首隔江云。"

③ 徐渭：《送俞府公赴南刑部三首并序》，《徐文长三集》卷4，《徐渭集》，中华书局1999年版，第57页。

始了他一生中幕府奔波的旅程。

嘉靖三十一年（1552），三十二岁，由于浙江提学副使薛惠的帮助，徐渭得脱童子身转为廪生。

嘉靖三十六年（1557），三十七岁，受平湖县令之邀，往赴授经二月。同年冬，应召入胡宗宪幕，步入其一生的辉煌得志时期。

嘉靖三十七年（1558），三十八岁，撰《拟上督府书》，又代撰《进白牝鹿表》得胡宗宪赏识，待以国士之遇。唐顺之视察督府，激赏其文。

嘉靖三十八年（1559），三十九岁，胡宗宪出资通媒入赘杭州王家为婿，因与王家不和而离异。

嘉靖三十九年（1560），四十岁，代作《镇海楼赋》，得"白金百有二十"①，徐渭以此作"筑室资"，在绍兴购置房宅 22 间，曰"酬字堂"。经胡宗宪介绍聘张氏。

嘉靖四十年（1561），四十一岁，迎娶张氏为继室。应乡试未中，至此凡八举皆落第。

嘉靖四十一年（1562），四十二岁，五月，严嵩失势罢相，胡宗宪受劾逮往京师，总督府解散。

嘉靖四十二年（1563），四十三岁，编校沈青霞遗著《沈青霞集》，并为之序。约此时创作《狂鼓吏渔阳三弄》。冬，应聘赴京入礼部尚书李春芳之幕。

嘉靖四十三年（1564），四十四岁，在李幕因与幕主难以合作而辞归，经友人斡旋，方得解除聘约。逗留京师，为诸大绶、陶念斋作草书卷。归山阴。

嘉靖四十四年（1565），四十五岁，闻胡宗宪瘐死狱中，作《十白赋》《祭少保公文》，又作《雪压梅竹图》，并题诗。感到世间已无

---

① 徐渭：《徐渭集·补编·青藤书屋八景图记》，《徐渭集》，中华书局 1999 年版，第 1295 页。

知己，作《自为墓志铭》，欲以一死明志。

嘉靖四十五年（1566），四十六岁，怀疑妻子不忠而杀之，下狱。将诗文稿托付葛韬仲、葛景文叔侄整理编次。王寅卷四《答徐文长狱中寄书兼呈丁子范》："不道佯狂逢祸异，岂无当路惜才奇。"王寅亦知，徐渭以佯狂欲避难，但亦最终失败。当局并未因徐渭疯狂而免除处罚。

隆庆二年（1568），四十八年，狱中研究道学，作《周易参同契注》。

隆庆三年（1569），四十九岁，狱中许解枷。开始练习书画，作《水墨牡丹》。

隆庆四年（1570），五十岁，编辑《阙编》和《抄代集》。

隆庆六年（1572），五十二岁，得友人营救出狱。暂居友人所，通宵醉饮。

万历三年（1575），五十五岁，为张元忭主持编辑的《会稽县志》撰写总论及分论，代作《会稽志序》。恩准正式释放，欣然游览杭州、南京等地。并不断为友人作画，获得修金。

万历四年（1576），五十六岁，早年之友吴兑任职宣化巡抚，担负北部边防重任，邀渭北上入幕，渭欣然前往。在宣化幕府时间不到一年，留下了不少描写北地风光、民俗和军旅生活的诗文。在写给许多官员的赠序中，多议论政事，尤其是关于边疆防守。当时张居正主持国政，对蒙古采取抚和之策，徐渭对此表示赞同。他在吴兑幕府深受敬重。无奈身体欠佳，次年春（1577，五十七岁）经北京回山阴。

万历六年（1578），五十八岁，病，家人持字画出售，门人贷钱收之。不断为友人作画，以换得生活费用。

万历八年（1580），六十岁，应同乡张元忭之邀赴京，设馆授徒兼为代草文书。张元忭性格严峻、恪守礼教，而徐渭却生性放纵，不愿受礼法约束。张元忭常常以封建礼教约制徐渭，主宾不合。徐渭情绪郁愤，居京三载后重归家乡。

万历十年（1582），六十二岁，归山阴。

万历十五年（1587），六十七岁，友人李如松任宣府总兵官，邀渭入幕。徐渭乃偕子北上，途中病发归。此后，徐渭就再未离开过山阴。

万历十六年（1588），六十八岁，遣子徐枳入李如松幕。

万历十七年（1589），六十九岁，李如松捐资刊刻《徐文长集》和《阙编》。诗文得以传世。

万历二十一年（1593），七十三岁，卒。晚年尚编订《青藤山人路史》《选古今南北剧》《畸谱》等书。

上述年谱可以看出，徐渭一生主要生活在幕府之中，靠幕主的资助维持生存并"养育"自己的艺术天赋。这种独特的游幕经历，对其诗文和书画产生了重要影响。透过其诗文，我们可以感受到一个艺术天才强烈的"求生"欲望。尽管他傲世、嘲世、失望，但他绝没有弃世和绝望，即使其后来的发狂，那也是一种危难之中的生存策略。

二

在徐渭全部创作中，《上提学副使张公书》是其中篇幅最长的一篇，此信充分展现了徐渭入幕之前生存的艰难，最能反映徐渭的生命态度。由此，有必要将其中重要部分摘录于下：

> 凡士之贱者，其视尊贵而当轩冕也，若斧钺之加胸臆也，春冰之在巨津也，瞻顾盼而股栗，睹颜色而肉悸，非尊贵之故以威其下而其颜也，势若此悬也。嘻！士之戚而卑哉！故遇其赏则伴狂者见珍于执政，大夫种是已；……渭运时不辰，幼本孤独，先人尝拜别驾，生渭一岁而卒，有二兄，伯贾于外，仲远取贵州，至今庠生。……夫以伍员策士，志在报楚，犹吹埙而假食于蒲关，韩信壮夫，未遇汉王，尚垂钓而寄餐于漂母。有二贤之才，

以当纷争之世，一时不遇，终日无资，况于某者乏二贤之蕴抱，而无漂母之知人，虽亦有之，岂能遇地尽同者？步随情变，衣共体单，飘游云天，跑躇霜月，进不能取功名以发舒怀抱，退则蒙诟当途，君子所不齿，乡曲不道，由食其出誓不为义人耳，比诸木偶，方以游芥，夫岂过哉！则虽自咋已指，戒辄既晚，悔之何追？徒取父老之悔，只为伯仲见侮之媒耳，何以竟已少时之志，以复见先人之庙耶！愚以君子不蹈危地，哲人宜务先机，吾儒行事，当如用兵，一失其算，安可再振？遂使智逾黄帝，勇先贲育，无所复施，况渭今日之事犹宜敬慎而念此者也。是以犹务隐忍，寄旅北门，意在强为人师以糊方寸，何期营营数旬，竟无一人与接者。流水既鼓而钟期未缘，驮骤非驽而方皋泯迹。乌米仆赁，无以为资，将击无鱼之歌，恐鲜孟尝之听，若欲闭门偃卧，不免袁安之隙。……事未易为俗人言也！伏睹明公鹏迹霞骞，丰采玉立，德参天地，文协典谟，固将以齐足三代而卓落于虞夏者也。是故四绝之称，凡许当道，一代之士，仰为宗师。灵珠在室，四隅煌然，语以欧胡，未能尽善。士之闻声咳者，奕奕然出冥室而观日月，去汗渎而浮江湖。譬诸钧天广乐，悬于虞庭，而伶官俳优，快呈其响，故巴人郢客，跳舞雀跃，鸢鱼蝼蚁，翕翼俯首。何者？以明公为人物之橐钥，文章之钤键，足登龙门，声逾珠玉。此怀粟缕之技者悉皆攘臂，抱一隙之明者亦愿发辉光。虽知染淬之色未合玄黄，桑间之音难应风雅，所在大雅含弘，君子矜悯也。况渭遭此荼毒，旅于穷途，盖将洒泪旋车比于阮生者也。为人木强鬼崛，不能希声钓望，既寡淳于仲连之荐，终鲜叔牙得意之交，狼狈偃蹇，安所施计？……明公岂斩毫发之劳，使才士沉沦朽没，不得仰首信眉激昂当世也！昔荆轲豫让行若屠贩，一感国士之遇，思报其主而不可解，遂至于殉身而不可化。

　　信中详细地描述了自己的一生患苦和科场屡战屡败的哀凉，"业坠绪危，有若垒卵"。出狱后，衣食无依，闻言京城乃"黄金宝矿"，于是徐渭决然赴京。本以为，凭自己的文才，到京必将聘书飞致，深信自己是空中鸿鹄，必将高飞，结果"营营数旬，竟无一人与接"。不但聘书飞至的理想化为乌有，甚至希望当童子师的心愿也随即破灭。无颜归里，"衣共体单，飘游云天，跑蹯霜月，进不能取功名以发舒怀抱，退则蒙诟当途，君子所不齿，乡曲不道，由食其出誓不为义人耳"，"何以竟已少时之志，以复见先人之庙耶"！即使回乡，亦身无分文。于是，生存的欲望迫使徐渭给时任提学副使的乡人张元忭写了这封充满不平与感愤的万言书，并表示，如果被摈，则以死了之，"乌能俯首匍匐，偷活苟生"。透过心诚意切直陈无讳的文字，可以感受到徐渭为生存所做的苦苦挣扎。自己一身才华，却不能换得温饱，其愁其苦，当何以堪？希望"张公"理解他的处境并进而恳请张公予以援助，"斩毫发之劳，使才士沉沦朽没"。为了如愿，即使肝脑涂地也在所不辞。看来，徐渭确已山穷水尽，走投无路了。张天复，号内山，嘉靖丁未（1547）进士，长徐渭七岁，官湖广提学副使、云南按察副使等，是徐渭至交。徐渭《寿学使张公六十生朝序》云："学使公少负奇，有名诸生间蚤甚。时余亦抱经晚起，得望公于藻芹，稍与之角艺场中。而公所收门弟子，多至十百，皆足以弟子我者也。乃公则不以弟子而视我。"可知张天复对徐渭才华的赏识及徐张关系的非比寻常，致使张天复在徐渭杀妻下狱后不遗余力地筹划营救，甚至赍志以殁。徐渭《祭张太仆文》："其拳拳于斯事之未了，而竟先以往，意其心若放翁志宋土之复，已不得见而冀闻于家祭之告，一念与不息而俱留也。"临终，张天复将助渭心愿交给其子张元忭。张元忭，字子荩，号阳和，隆庆五年（1571）状元，与徐渭都推崇王阳明心学。张元忭继其父志，为营救徐渭前后奔走。对此，徐渭感激涕零，以至于出狱后首先想到赴京做张元忭幕下之客，寻求经济及精神的双重保护。徐渭不拘礼法、狂傲自纵的个性又使张元忭十分不满，二人关系恶化，徐渭辞幕而归。生存之路被切断了，他要寻找救命的稻草，于是作《上萧副宪书》，请求入幕：

> 往者志身困蹇，将望援于仁人，而以幼竖书生，任其狂悖，披肝胆，陈危迫，不惮按剑相盼之疑，九渊骊龙之喻，遂自通于文宗大人之左右，以得伏拜执事先生之清尘。……渭思唯季子为策士之先驱，至秦三日，尚勿得瞻望阙廷，故比谒者于鬼，比王于天帝；黄石将授兴王之符于孺子，且三难之以伺其诚；古人之殊遇艰难，十居六七。渭不负苏李之辩，非有孺子之敏，徒以尺寸之牍，恃憨妄之愚，汙渎上官，亦得列诸厮隶，伏试下阶……而渭当试文之日，适王运使在焉，文宗大人指渭而语运使曰："考此儒士，非有他也，昨来上书，萧先生见之，称其有才。"渭伏闻斯言，惶恐悸栗，退而反省，不知所由。窃惟徐淑，广陵所举之孝廉也，虽德不若颜回，才亚于子奇，然越格而荐，宜亦为郡邑之所重，而知名于一方矣。

反复申述自己的布衣之痛，试图为自己谋到一线生存的希望。

从徐渭的创作中，可以发现其不断地主动自荐入幕之举。其《辞言马两进士戴山之集·呈王衢州二首，初出狱》曰："藉此主人力，小鸟决枪榆。风飚不择振，缚余尚艰舒。……侍奉固所愿，出入未敢踰"，表达自己甘愿侍奉左右的希望。《与某公》云："闻知公今为游戎，千里之才，殆应少展矣。……倘帷幕馆谷间有可接引，愿始终之。仆旧日闻公说辽阳事，纵酒鲛禅寺边，拔刀弄马，呼啸划然，六月盛炎，令人肌栗。只今临书，乃复想见其然，不由人不起舞堕帻也。外抹一幅，寄将遮壁坐寒耳。"[①] 在胡幕期间，徐渭除了替胡宗宪

---

① 徐渭：《与某公》，《徐文长逸稿》卷21《书问》，《徐渭集》，中华书局1999年版，第1015页。

撰写奏疏上表外，还替胡宗宪撰写了大量颂扬帝王、赞颂诸位阁老的诗文，颂严嵩之作尤其多。徐渭自己多次写颂严诗文，徐渭《严先生祠》曰："碧水映何深，高踪那可寻。不知天子贵，自是故人心。山霭消春雪，江风洒暮林。如闻流水引，谁识伯牙琴？"将严嵩视为知音，希望得到汲引。

为备晚岁之资，谋食京师，无限失落，其《答李参戎》描述此际境况云："潇然到都，解装便思插羽。"自以为能诗会画，前来求画者必将门庭若市。结果，开张有日，而门可罗雀。《与道坚》曰："客中无甚佳思，今之入燕者，辟如掘矿，满山是金银，焚香输入，命薄者偏当空处，某是也。"① 认为自己命薄如此。《与柳生》云："在家时，以为到京，必渔猎满船马。及到，似处涸泽，终日不见只蹄寸鳞，言之羞人。凡有传筌蹄缉缉者，非说谎则好我者也，大不足信。然谓非鸡肋则不可，故且悠悠耳。"② 面对艰难的生存问题，徐渭求取友人资助。其《奉徐公书》云："某衰老荒塞，无王粲杜甫之才，时既太平，又非避乱投安之比，徒觊颜毛颖，博十年粟霍，为羽衣入山一往不返之计。故低头沙漠，顾复踢翅而归，行道不省，饥鹰便谓得兔，悉虚声耳，猎者自知也。"③ 希望自己晚年仍能入幕作书记，以积累晚岁食粟。"平原自有三千客，门下聊同十九人"④，表达了徐渭渴望慧眼的心情。"平原食客多云雾，未必于中识姓名"⑤，渴望有人赏识。

面对生存的危机，徐渭想到了从军。《今日歌》载北方河套俺答入侵，危及京城，明朝仓促备战，敌人"来时不扑去不擒，何用养士

---

① 徐渭：《与道坚》，《徐文长三集》卷16，《徐渭集》，中华书局1999年版，第483页。

② 徐渭：《与柳生》，《徐文长三集》卷16，《徐渭集》，中华书局1999年版，第483页。

③ 徐渭：《奉徐公书》，《徐文长三集》卷16，《徐渭集》，中华书局1999年版，第481页。

④ 徐渭：《与王山人对语》，《徐文长三集》卷7，《徐渭集》，中华书局1999年版，第235页。

⑤ 徐渭：《寄郴仲》，《徐文长三集》卷7，《徐渭集》，中华书局1999年版，第232页。

多如林。却令御史募敢死，一人匹马四十金"。可知，徐渭于此揭示了一个十分具体的社会问题：从军，并非为报国，而是为养家糊口——"假令真有募士者，吾亦领银乘匹马"。生存为人生第一要义，不能解决温饱的人，路边的鲜花无论怎样动人，亦将无动于衷。

三

在《胡公文集序》中，徐渭满怀深情地追忆道："往渭冠时，得见今右布政使胡公边事疏于师季长沙公所，盖读之累日夜，即仰而叹曰，是古晁错、赵充国之流与？恨不得一见其人，尽读其平生所作，而并窥其所谓应俗者。后十八年，公自家起为浙江按察使。按察使，持宪尊官也，渭虽欲见不敢。而公固偶然见渭所为文于师所，赏之，令渭来见，乃得尽读其平生所作，而应俗者固十居六七，大率皆秦汉名家所为文，而其随事与人而各赋之，直不伤时，而婉不失己。"[1] 被胡宗宪赏识，改变了徐渭一生的命运。

徐渭早有"狂放不羁、不受礼法约束"之名，胡宗宪惜才而给予理解与宽容，并深加器重。"渭性通脱，多与群少年昵饮市肆。幕中有急需，召渭不得。夜深，开戟门以待之。侦者得状，报曰：'徐秀才方大醉嚣器，不可致也。'公闻，反称甚善。"[2] 时胡宗宪"督数边兵，威震东南，介胄之士，膝语蛇行，不敢举头"[3]，而徐渭"戴敝乌巾，衣白布汗衣，直闯门入，示无忌讳。公常优容之，而渭亦矫节自好，无所顾请"[4]。还是落魄诸生时，第一次被胡宗宪召见，身为六省

---

① 徐渭：《胡公文集序》，《徐文长三集》卷19，《徐渭集》，中华书局1999年版，第518页。

② 陶望龄：《徐文长传》，《徐渭集》所附，《徐渭集》，中华书局1999年版，第1339页。

③ 同上书，第1342页。

④ 同上书，第1339页。

总督的胡宗宪"束带阶迎，同食饮，从容谈说，退必导于其衙之门，若不知渭为一贱士"①。徐渭从未如此被人尊重，何况六省总督！这使得徐渭感激涕零，决心以死相酬。

徐渭不仅在军事战略上倾力相助，更一展自己的文学才华，在胡幕举足轻重。职司书记，负责草拟奏折等重要文告和表章，成为胡幕中的高级幕僚。一篇《白鹿表》，令嘉靖皇帝大为欣喜，由此胡宗宪得到提升，徐渭亦因此蜚声幕府。从此，徐渭便有了属于自己的庄园，也有了一区可以以文会友、"醉而咏歌"的佳处——青藤书屋。由于胡宗宪的赏识和信任，徐渭的兵家谋略才得以实施。在徐渭一生中，最重要的政治事件是抗倭战争和胡宗宪死狱。其《祭少保公文》悲痛难抑："公之生也，渭既不敢以律己者而奉公于始，今其殁也，渭又安敢以思功者而望人于终。盖其微且贱之若此，是以两抱志而无从。惟感恩于一盼，潜掩涕于蒿蓬。"胡宗宪自尽狱中后，徐渭曾自杀以殉知己，未成。

兵事之暇，徐渭也多与胡宗宪主宾唱和游览，饮酒赋诗，围棋打猎。徐渭《徐文长三集》卷七《与客登招宝山观海，遂有击楫岑港一窥贼垒之兴，谨和开府胡公之韵奉呈》曰："沧海遥连雉堞明，登临喜共幕宾清。……归来正值传飞捷，露布催书倚马缨。"徐渭自言一生"半儒半释还半侠"②。在幕府，徐渭代笔之职外，也多参与军事筹备和谋划，《观猎篇》云："王将军邀予观猎，时积雨初霁，飞走者避匿。予从将军诸骑士牵狗出太平门，抵海宁沙上，顷刻驰百余里，不见一雉兔而还。乃割所携鲜，饮月唐寺中。"而从《胡令公镇浙，海寇远遁者踰年，至是有为风所迫者不得去，已分遣将吏，指授方略往击之，而公犹亲出视师，因以拊循郡邑。旌盖出郭门，诸将告捷者纷

---

① 徐渭：《胡公文集序》，《徐文长三集》卷19，《徐渭集》，中华书局1999年版，第518页。

② 徐渭：《醉中赠张子先》，《徐文长三集》卷5，《徐渭集》，中华书局1999年版，第122页。

至，抵萧山，又至，章疏再三易而复上。是日渭自家驰诣幕中，秉烛燕语，不胜欣庆，赋此奉呈》中可看出，徐渭在胡幕中并非每日工作，他有充足的来去自由。所以当他在山阴闻知胡军大捷后，连夜奔驰至幕中相祝。

陶望龄《徐文长传》载："归安茅副使坤时游于军府，素重唐公。尝大酒会，文士毕集，胡公又隐渭文语曰：'能识是为谁笔乎？'茅公读未半，遽曰：'此非吾荆川必不能。'胡公笑谓渭：'茅公雅意师荆川，今北面于子矣。'茅公惭愠面赤，勉卒读，谬曰：'惜后不逮耳。'其为名辈所赏服如此。"胡宗宪组织的许多大型宴会和谈判活动，徐渭皆与之偕行。徐渭对于胡宗宪的赏识深怀感激，在其诗文中，多有对胡宗宪的颂美之辞。《上督府公生日诗》"序"云："嘉靖己未(1559)秋九月廿有六日，恭逢督府明公之生辰，于是文武吏士及乡大夫士若耆旧宾客，以公自镇抚以来，功在东南者，实大且远，乃相与各抱其所有，以为公长久祝。而公于今年春夏之交，受诸道告捷之后，奏凯天阙，载兵海隅，民物熙和，甸宇清廓，惟兹嘉诞，适届其时。莫菊交芳，天日俱朗，旌旗应爽气而弥肃，铙歌吹协商飈而并远，庆者云集，万众一辞，比之往昔，益为隆盛。某小子叨沐宠荣，间尝一佩笔操铅，以奉侍幕下，虽愚贱少文，不敢自附于众人之后，至于仰清光，祝久远，其心固无异于众人也。谨撰长篇一首凡百句，奉伏门下，以充献寿之礼。自知拙陋，无所发抒，然慕恋恩私，忻喜盛事，自不能已于言耳。"诗云：

> 远曙轻笼海色苍，凉飚新建菊英黄。
>
> 清秋此日逢华诞，绣祛当年绕异香。
>
> 地与人文增气象，天为王国产祯祥。
>
> ……
>
> 抱玉已怜非楚璞，吹竽那识动齐王。
>
> 幸因文字蒙征檄，时佩管毫侍琐廊。

綦履东西鱼共丽，戎衣左右雁俱翔。

县知陈阮时游魏，岂乏邹枚并寓梁。

博采燕昭期致骏，曲存宣父爱非羊。

众人国士阶元别，知己蒙恩心所量。

自分才难堪记室，人疑待己过中行。

构成燕雀犹知贺，报取琼瑶未可尝。

偶值高门挂弧矢，且赓小雅赋桑杨。

却惭未协宫商调，莫并当筵巧奏簧。

诗中将胡宗宪喻为历史上著名的将军李广。胡宗宪治军"刁斗不传人自乐"，与士卒同甘共苦，深得士兵爱戴，因此，士卒为其效死力。又将之喻为汉之班定远、唐之郭汾阳，赞扬了胡宗宪的将军豪气。后转而述自己在胡幕所受到的敬重，从"綦履东西鱼共丽，戎衣左右雁俱翔。县知陈阮时游魏，岂乏邹枚并寓梁。博采燕昭期致骏，曲存宣父爱非羊。众人国士阶元别，知己蒙恩心所量"。可以看出，胡幕生活是怎样地令徐渭深情追忆而难以忘怀。

尽管徐渭自言"闽中幕下岂所志"①，但一生终于未脱离幕府，故徐渭的许多创作都与其幕府经历密切相关。徐渭感激胡宗宪的原因除了在胡幕中人格受到尊重、才华得以施展外，另一个不可忽略的原因是在胡幕期间生活的宽裕和闲适。四百余年至今犹存的"青藤书屋"即是胡宗宪出资为徐渭购买的豪华别墅②。我们没有更多的证据量化胡宗宪五年内给予徐渭多大的经济资助，但有一个有力的旁证可以帮我们映证。

---

① 徐渭：《锦衣篇答赠钱君德夫》，《徐文长三集》卷5，《徐渭集》，中华书局1999年版，第126页。

② 徐渭晚年描述自己的居所云："几间东倒西歪屋，一个南腔北调人。"未免因落魄而夸张。事实上，他所谓东倒西歪的破屋乃当年胡宗宪为徐渭建造的别墅——青藤书屋。梁辰鱼《寄山阴徐文长》云："别墅分诸谢，千峰丘壑连。春开镜湖水，雪放剡溪船。"（《鹿城诗集》卷十四）可知"青藤书屋"的宏阔和典雅。

嘉靖三十五年（1556）二月，胡宗宪由赵文华推荐升任六省总督主持抗倭，严嵩尤其赏识胡宗宪，东南帑藏，悉从调取；天下兵勇，便宜征用。东南半壁的军权财权悉归胡宗宪之手，可谓权倾朝野。其时，倭首之一毛海峰归附后，帮助明军进攻倭寇，遣其党羽说谕各岛"相率效顺中国"，胡宗宪"乞加重赏"。兵部覆言：兵法用间用饵，或招或抚，要在随宜济变，不从中制。为诱降王直、徐海，胡宗宪"日费百余金"。同年，为解桐乡之围，胡宗宪馈送徐海黄金千两，缯绮数十箱。为鼓舞士气，胡宗宪决定奖励作战有功将士。汤克宽部抗倭有功，军饷"每日人各八分"，对于戚继光部尤其"给饷甚厚"，士兵愿出死力战守。因此，有人上疏弹劾胡宗宪"侵盗军饷""总督银山"。虽有夸张之嫌，但胡宗宪出手大方之举确实买得许多幕士的效死之心。

徐渭效死力为胡宗宪谋，助胡成就东南大业，终使胡因此而登兵部尚书之位。徐渭的人生最辉煌的时段即在胡幕，这成为徐渭难以忘怀的宝贵时光，"回思往日，衔杯圃榭树石之间，谈说鼓鼙，盼睐弓剑，日沉月升而犹不忍别去，乘醉拂袂，毬骑杂扬，尘缕缕起道上，酾然几坠，真昨日事耳。旧景殚人，继今新雅，驰想可知矣"①。不仅如此，由于胡宗宪的资助，徐渭的生活状况得以彻底改变。在胡幕，徐渭典文章，"数赴而数辞，投笔出门。使折简以招，卧不起，人争愚而危之，而己深以为安。其后公愈折节，等布衣，留者盖两期，赠金以数百计，食鱼而居庐，人争荣而安之，而己深以为危。至是，忽自觅死。人谓渭文士，且操洁，可无死。不知古文士以入幕操洁而死者众矣。乃渭则自死，孰与人死之！……渭为人度于义无所关时，辄疏纵不为儒缚，一涉义所否，干耻诟，介秽廉，虽断头不可夺"②。可

① 徐渭：《答李参戎》，《徐文长三集》卷16，《徐渭集》，中华书局1999年版，第483页。
② 徐渭：《自为墓志铭》，《徐文长三集》卷26，《徐渭集》，中华书局1999年版，第639页。

知，当胡宗宪自杀后，徐渭预感到自己即将面临的灾难，于是"疏纵不为儒缚"，"佯狂"不能自已。"佯狂"对徐渭来说，固然是危险困境中的生存策略。因疑杀妻，可以视为其"佯狂"的举措之一。但透过"佯狂"这一非同寻常的行为，可以推知徐渭和胡宗宪之间的密切关联。被救出狱后，徐渭重又走上了谋求衣食的旧路。先入礼部尚书李春芳幕，次入状元张元忭幕，再入宣州总兵官李如松幕，均为短期幕僚，多因不适而辞。其中，为其次子的生存，至书李如松，希望接纳，《徐文长佚草》卷四《致李长公》（一）有："仆欲以季儿往侍左右，或于尊翁处为一执戟，未知事机可否耳?"《致李长公》（二）云："小子枳……不揣远趋节下，希厕弟子将命之末，老屡止之而不能也。虽我公宽大，或恕其愚而怜其志，姑付鞭令执之乎? 古人为兄者耻其弟糊口于四方，况父子耶! 耻可知矣。上谷山川及一二交游，宛然在目，偶一思及，怅怅者移时。"希望儿子徐枳能入李长公幕。

胡宗宪故后，尽管徐渭辗转幕府，但再也没有如在胡幕的际遇，这使得徐渭不能不时时怀念胡幕的生活，直至瞑目。

四

徐渭一生几乎与幕府为因缘，但不事生业，"客幕时，有馈之洮绒十许匹者，遂大制衣被，下及所嬖私亵之服，靡不备者，一日都尽。及老贫甚，鬻手自给，然人操金请诗文书绘者，值其稍裕，即百方不得，遇窘时乃肯为之。所受物人人题识，必偿已乃以给费，不即馁饿，不妄用也。有书数千卷，后斥卖殆尽。帱荒破弊，不能再易，至藉稿寝"①。晚年落魄，卖画为生，却仍不失梅花傲骨。晚年的徐

---

① 陶望龄：《徐文长传》，《徐渭集》所附，《徐渭集》，中华书局 1999 年版，第1340 页。

渭，长子不孝，次子从军，孤身一人为贫病所困，作画尤勤，画艺渐达炉火纯青之境。绘画对于徐渭来说，一则借以抒发心中的郁愤和逸气，从中释缓胸中压抑和不平；二则广交朋友，易粟为生。《烦吴伯子治墓堂》曰："两徙踰五纪，先魄偃京国。买石百尺余，托子安墓卓。……昨者卖字钱，募工可五六。仍以烦吾子，歇百了一役。"用卖字所得募工修墓。其晚年大量的竹画和题画诗均为以兹谋生的手段。因为生活之艰苦，其个性中被压抑的情愫愈益愤激，从《初春未雷而笋有穿篱者醉中狂扫大幅》即可知他在画中所寄予的不平之鸣。《辽东李长公午日寄到酒银五两，写竹笋答之，书此于上》是友人遥寄银两，徐渭以竹画为谢。著书原为稻粱谋，徐渭《复李令公》载，为友人陶某写诗，陶某赠予"参一斤，参人二躯，川扇两把"以示谢意。徐渭又曾作"胡说六七百页"，其"胡说"概小说也。徐渭计划刊刻其半，以"参十五斤"作为售价。《写倒竹答某饷》《画竹答赠刘真定之贻》，皆以画答谢友人的经济资助。友人不仅资以金银，而且资以布帛食品，如《某子旧以大蟹十个来索画，久之答墨蟹一脐，松根醉眠道士一幅》就是证明。徐渭晚年，几乎全部依靠卖字画为生。《画易粟不得》曰：

> 吾家两名画，宝玩长相随。一朝苦无食，持以酬糠粃。
> 名笔匪不珍，苦饥亦难支。一身犹可谋，八口将何为？
> 古昔称壮士，换马将蛾眉。拯急等救焚，安得顾所私。
> 畴知猗氏富，今亦无嬴资。致书向予道，恧焉多怆凄。
> 今日非昔日，安得收珍奇。顾予谅斯言，盛衰诚有时。
> 取酒聊自慰，兼以驱愁悲。展画向素壁，玩之以忘饥。

　　家传的两幅名画，徐渭常带在身边，视如珍宝，沉重的家族责任和义务使他不能继续珍藏。一人犹可度日，无米不炊，八口之家"将何为"。古人危难之中，蛾眉换马。为了生存，徐渭忍痛割爱，"持以酬糠粃"。但令徐渭失望的是，"今日非昔日，安得收珍奇"，生命难以自保，谁还收藏古玩。画不得售，于是，徐渭画饼充饥，"展画向素壁，玩之以忘饥"。《感九》自述家人在他病重之时陷入绝望的神情，以至于为他备置了棺木：

> 负病知几时，朔雪接炎伏。
>
> 亲交悲决词，匠失已斤木。
>
> ……
>
> 就榻理旧编，扶衰强粱肉。
>
> 纳策试翱翔，渐可征以逐。

在久卧病床不愈、亲人失去信心之际，依然不忘整理旧稿，诗调悲凉萧瑟。《柳君所藏书卷跋》曰："余卧病久剧，迄无佳悰。侍笔墨者抱纸研墨，时一劝书，谓可假此以消永日，便成卷轴。既而辞去，辄图沽诸。柳君悦之而苦囊乏，乃贷钱东邻，约不缺其子母，岁月既积，计算颇多。阅所点画，未称渴骥；然则君兹举，殆与五百金买马骨者何异耶？"他一生不置家产，钱财随手散尽，卖字售画，晚境凄凉。

上文分析可知，徐渭一生都在孜孜于"谋食"的旅途中，一生都辗转于幕府之中。徐渭以笔谋生，他未曾仕宦，也从没有归隐之思。只有真正摆脱土地劳作，操笔躬耕的人才能感到"文"的气息。古代所谓士人无不向往的隐士生活，事实上没有谁能够做到天天日出而作，日落而息，如是，他就失去了品味生活意义的兴趣。即使奠定后世士大夫品格风范的陶渊明，其所谓隐居也是一个拥有大量土地和几个奴仆的乡村地主，只是他的可贵在于他完全可以坐以待食的前提下而亲自稼穑。范晔《后汉书·仲长统传》载仲长统论隐士曰："使居有良田广宅，背山临流，沟池环匝，竹木周布，场圃筑前，果园树后。舟车足以代步涉之艰，使令足以息四体之役。养亲有兼珍之膳，妻孥无苦生之劳。良朋萃止，则陈酒肴以娱人；嘉时吉日，则烹羔豚以奉之。蹰躇畦苑，游戏平林，濯清水，追凉风，钓游鲤，弋高鸿。讽于舞雩之下，咏归高堂之上。安神闺房，思老氏之玄虚；呼吸精和，求至人之仿佛。与达者数子，论道讲书，俯仰二仪，错综人物。弹《南风》之雅操，发清商之妙曲。逍遥一世之上，脾睨天地之间。不受当时之责，永保性命之期。"其所描绘的隐居理想，完全是建立在丰厚的经济基础之上。如果缺少一定的资金支持，隐居只能是一种理想。从这个层面看，徐渭固然不会考虑隐居事宜。为了生存，只有入世，只有入幕。

第二节　幕中曾与众人群，幕外闲听说使君[①]
——徐渭生存境遇与创作主题

　　尽管儒家向来教导后学"君子谋道不谋食"（《论语·卫灵公》），"忧道不忧贫"，那是因为君子饱食终日，衣食无忧，自然可以超凡脱俗卧看云聚云散，研究哲学问题。但当饥肠辘辘的士人连生命都难以维持之际，孰能置忧贫谋食而不顾？无论何时，生存永远是人生第一要义。徐渭创作的重要主题是生存。徐渭一生饱读兵法经书，具有指画山河之才，却始终未能走出为衣食奔波的命运沼泽。其诗书画艺，精妙绝伦，以求致身荣显，却始终未摆脱寄人篱下、歌哭由人的生存尴尬。从他早期自荐入幕求食到晚年京师卖画，都是对命运不公的艰难抗争，这种独特经历使徐渭终身之作的主题定位于生存咏叹调。

---

① 徐渭：《赠府吴公诗》，《徐文长三集》卷7，《徐渭集》，中华书局1999年版，第229页。

正因胡宗宪惜文才，徐渭方能"长得侍光辉"①。徐渭入幕府任记室，典文章、主文牍。替胡宗宪写上奏、贺启，登录信札，并代拟回函。代撰成为徐渭幕府工作的主要职责。所以徐渭将是职视为"马耕"，认为自己"代人作嫁"，并非己志。职事之余，徐渭创作诗词文赋，创作杂剧散曲，抒写自我和倾诉衷肠，这成为徐渭真实的创作。

生命的挫折与生存的艰辛使徐渭诗充斥了萧骚牢愁，也使徐渭对与命运相关的物象尤为敏感，这种敏感日久积淀为一种思维定式，贫穷、饥饿、米粟成为徐渭诗歌中最常见的主题。"富非圣所却，贫乃士之常。"（《戒舞智》）"五十八年贫贱身，何曾妄念洛阳春。"（《题墨牡丹》）《送子完入北京》曰：

> 轩车流水终朝去，甲第连云尽日浮。
> 岂少一间寒士厦，大都只要主人收。

曾经一同磨砚习书的同学如今都已步入仕途。而"我"的少年壮志尽管半生蹉跎，但心志未休。京师甲第连云，却无我一寸立锥之地。哀叹自己处境之凋零。《日者孙养静为推予命，无以酬之，因其索号诗，赋此以了人事》曰：

> 布袍如雪拥高冠，湖海投身岁月残。
> 归解客囊无一事，出携孺子只双餐。
> 臣听斗蚁将生慧，性悦青山不待观。
> 足遍朱门心自寂，莫将踪迹误相看。

携子奔走豪门谋食的残酷岁月，每日只有双餐。走遍朱门，而心境凄凉。为糊口计，不得已卖掉珍藏多年的宝刀。《今日歌》（是年虏寇古北口，入薄都城）曰：

---

① 徐渭：《白鹇》，《徐文长三集》卷 6，《徐渭集》，中华书局 1999 年版，第 179 页。

> 琉球佩刀光照水，三年不磨绣花紫。
>
> 换钱解向市中悬，我贵彼贱无人市。
>
> 家惟此刀颇值钱，易钱不得愁欲死。
>
> 客问此刀值几何，广州五葛飞轻雨。
>
> 乃今求市不较量，但输三葛钱亦止。
>
> 千人十往九不顾，向刀长立折双趾。
>
> 一日不食良已饥，两日不食将何以。
>
> 却走异县告长官，往日停车倘知己。
>
> 平生自有孟尝心，今日翻思门下士。

日本佩刀，寒光照水，在倭寇入侵，急需兵器的时刻，穷愁潦倒的徐渭认为这是换钱的时机，于是持刀向市。苦苦等待买主，"千人十往九不顾"，过客匆匆，却无人购买。如此宝刀，仅售三钱，仍然无人问津，"易钱不得愁欲死"。"一日不食良已饥，两日不食将何以。"卖刀不成，继而变卖身边所有的宝物。《卖貂》"序"云："予再北，以贽文得貂帽领，敝其三，卖其六，乃不满十五金"，诗云：

> 市上挟葛塞眼黄，将貂往市不成羊。
>
> 孟尝一腋收狐白，季子千金散洛阳。
>
> 固是此方饶毒热，亦窥生事正空囊。
>
> 鹿皮破尽惟斑在，大雪关门拥坏床。

《卖磬》"序"云："敝僦多竹，而鹦叫振林，每歌辄罢"，诗云：

> 贫来一石不能留，解赠王郎愧取酬。
>
> 庄舄恋乡声自旧，金人辞汉泪长流。
>
> 半肩荷贲过门诮，一叶师襄入海游。
>
> 寄语春秋休责备，后来能有此人不？

《卖画》云：

> 一束丹青半赘诗，稍如吏部长安时。
> 萧条客舍弹棋得，流落人间作记垂。
> 到处冯将临赝估，倾箱拼共蠹鱼饥。
> 卧游忽夺正惆怅，壁隙何遮风太吹。

直到最后，《卖书》"序"云："第三言己身亦将卖耳，况书乎！作音做。《僮书》，用便了券事。"诗云：

> 贝叶千幡粟一提，持经换饱笑僧尼。
> 僮书我亦王家作，偶散谁非大块泥。
> 带草连年高纂述，巾箱一日去筌蹄。
> 聊堆剩本充高枕，一字不看眠日低。

身边所有可以变卖的器物已经全被变卖，卖书之后，就要沦为"卖身"了。还有什么比"卖身"更能表现人在旅途的艰难困苦？在苦难和挣扎中，徐渭终于发觉自己处在孤立无助的境地。他对自己的命运无能为力，如此的四处奔波已经使他的生存变为"终身流放"。

徐渭家世军籍，祖上多有功名。徐渭自幼受到光宗耀祖的家族教育，功名成为他一生挥之不去的情结。因此，布衣身份的焦虑成为徐渭创作的突出主题。但徐渭酷爱自由的个性使得他文词狂狷，时文往往不合八股规制。其《徐文长逸草》卷三《上提学副使张公书》云："十三岁，老母终堂，变故寻口券缕叠，有非说所能尽者。五尺之躯百事攸萃，志虽英锐而业因事牵，家本伶仃就衰，而渭号托艺苑，不复生产作业；再试有司，辄以不合规寸，摈弃于时。"从常理看，凭徐渭的才气，他绝非不会作时文，只要将自己的作文风格稍作变更，当即符合规制。坚持自我——这既是徐渭的可贵之处，同时也正是他的悲剧根源，不合政治要求、不合法定格式的文章必然使他屡试屡

203

败。从嘉靖十九年（1540）二十岁至嘉靖四十年（1561）四十一岁，凡八试则八败。嘉靖四十三年（1564）乡试，徐渭应内阁大学士李春芳之邀入幕来京，旋因拒绝替李春芳写"青词"而"拂袖南归"，回到山阴。李春芳施予威胁，徐渭书信辩解身体不适后，又栖遑登程，再度入李幕，但此一南北辗转，试期错过。这次误考给徐渭以巨大精神刺激，此后"竟废考"（《畸谱》）。到胡宗宪死狱，徐渭忧虑而狂，诸生学籍被夺，至此徐渭一无所有，仕进之路已完全阻绝。徐渭终生的努力终于不能改变自己的布衣之命，深感生活的凄凉与命运不公，年近古稀，犹"徒觍然握管而濡墨"①。对此困境，徐渭备感羞愧，"龙耶猪耶？鹤耶凫耶？蝶耶栩耶？"②人生如梦，生命不能驾驭而仰天长叹。每当看到自己身上的诸生"角巾"，心灵都备受刺激，"我今六十五，仍高破角巾"③，"两地禅林一日穷，角巾面面折冲风"④，对自己孜孜以求但终未摆脱的"布衣"身份，愧对祖宗的羞耻之感成为徐渭胸中难以消融的块垒：

> 久居海畔知时事，远寄方书慰病身。
>
> （《寄朱君邦宪》）
>
> 相随惟有孤龙剑，曾向囊中笑客贫。
>
> （《元夕休宁道中遥忆乡里》）
>
> 夜投山店醉眠休，早起茫茫揽散裘。
>
> （《两宿齐云下，憩逆旅，夜大雪，因复登眺》）

天才未展，成为徐渭愤懑不平、桀骜不驯的缘由，眼空千古，独

---

① 徐渭：《萧氏家集序》，《徐文长三集》卷19，《徐渭集》，中华书局1999年版，第564页。

② 徐渭：《答李长公》，《徐文长逸稿》卷21，《徐渭集》，中华书局1999年版，第1018页。

③ 徐渭：《上冢》，《徐文长三集》卷4，《徐渭集》，中华书局1999年版，第100页。

④ 徐渭：《祖堂夜归》，《徐文长逸稿》卷4，《徐渭集》，中华书局1999年版，第765页。

立一时。古代文士"学成文武艺,货与帝王家"的仕宦理想使徐渭感到怀才不遇。少年的理想壮志,全部烟化云飘,徐渭不甘此境又无可奈何。俯仰蹀躞于公卿之间,看到了社会上层的尔虞我诈,《徐文长三集》卷四《海上曲五首》即谓:"肉食者鄙,鄙夫亦何多!"但不善治生谋食的徐渭又不得不走笔耕稼穑之路,命运的荒诞无从诠释,他只有自嘲自释,其诗《春兴》曰:

> 七旬过二是今年,垂老无孙守墓田。
>
> 半亩稻秧空饿鹿,两株松树罢啼鹃。
>
> 悲来辛巳初生日,哭向清明细雨天。
>
> 忽撚柳枝翻一笑,笑侬元是老婆禅。

墓田、饿鹿、啼鹃,本为生机盎然的春天在徐渭的笔下较秋天更为萧瑟,这象征了他内心的荒凉。《徐文长三集》卷七《再至燕,诸陶两翰君索草书述怀卷端》曰:"越南燕北客中身,北去南来祇一春。樽酒又酹今夜月,布衣如怯去年尘。既将细论酬词客,别取高歌混市人。却怪舍傍杨柳树,故飘黄叶似含嗔。"满腹诗书,落魄诸生,但他并未否定科举,只是对自己的诸生身份感到焦虑,其《徐文长逸稿》卷二十二《方山阴公墓表》有:"嘉靖己丑(1529)间,知山阴者为凤阳刘公,才妙敏有建安风。渭年十一,以事谒之,辄客问渭。知已能为举业文字三年矣,遂命题,令立制一篇。稍赏之,谓青紫了拾取。顾勉令博古书。渭自是好弹琴击剑骑射,逡巡里巷者十年,公又谬器别之。从臾令籍泮为诸生也,至今又二十五年,墓木拱矣,而渭儳然犹诸生也。"《徐文长佚草》卷二《题自书杜拾遗诗后》曰:"余读书卧龙山之巅,每于风雨晦暝时,辄呼杜甫。嗟乎!唐以诗赋取士,如李杜者不得举进士;元以曲取士,而迄今啧啧于人口如王实甫者,终不得进士之举。然青莲以《清平调》三绝宠遇明皇,实甫见知于花拖而荣耀当世;彼拾遗者一见而辄阻,仅博得早朝诗几首而已，余俱悲歌慷慨，苦不胜述。为录其诗三首，见吾两人之遇，异世同轨，谁谓古今人不相及哉！"悲叹自己举路坎坷，引杜甫为知音。

徐渭的游幕生活中，除了代司笔札、吟诗寄情外，创作戏曲也成为他发泄苦闷的重要途径。袁宏道《徐文长传》云："少时过里肆中，见北杂剧有《四声猿》，意气豪达，与近时书生所演传奇绝异。"使袁宏道感到耳目一新。这说明，《四声猿》在当时即将引起的剧坛震动。是剧即徐渭在戏剧繁荣的时代创作于幕府之中。

胡宗宪任浙直福建总督，其麾下戚继光、俞大猷诸名将文武兼长，谭纶、汪道昆诸名臣多富有艺术修养。此外，胡幕还聚集了徐渭、沈明臣等大批才俊之士，一时人才之盛甲于东南。胡幕的日常娱乐活动中戏剧活动是其中重要的一部分。嘉靖三十年（1551）至三十二年（1553）任总督的何栋极爱戏曲，隆庆元年（1567）谭纶进兵部左侍郎蓟辽总督，戚继光为神机营副将，辅佐谭纶共治东北边事，兵事之遐演戏唱曲成为日课。由此，储欣称蓟门"声色之奉甲于天下"。晚明的军幕为戏曲创作提供了重要平台。

徐渭是明杂剧创作成就最高、影响最大的作家。其《四声猿》（《狂鼓史》《玉禅师》《雌木兰》《女状元》）被称为"明曲之第一"。剧情单一，却很难解读。其中，《狂鼓史》俗称《阴骂曹》，描写祢衡在阴司重现击鼓骂曹的精彩一幕，祢衡历数曹操种种罪行，骂词酣畅淋漓，实为借古喻今的"有为"之作，借祢衡之口抒发了徐渭的抑郁不平之气。构思奇巧，将实事、幻境、世情混同为一，打消了人间与鬼域的界限，为四剧之冠。《玉禅师》将玉通和尚戏红莲与月明禅师度柳翠两故事并置，揭露官府与佛门的虚伪。《雌木兰》《女状元》分别塑造了文武两个"立地撑天"的奇女子，武的能驰骋疆场，建立奇勋；文的能夺魁科场，理案折狱，为提升女性地位之作。《四声猿》只是感愤之作，最能吸引读者的是其文字，强心铁骨，字字播散着一种不平之气。《四声猿》分不同时期，分别作于幕府之中，如果特意追寻主题的话，徐渭并没有明确的旨意，而只是一种痛苦宣泄策略，其动机在于抒情写愤。明代遗民方文正是真正读懂了徐渭的剧作，而作《六声猿》。

除了徐渭的创作动机之外，他对杂剧所做的改革——将传奇运用于杂剧之中的创作手法改变了其后剧坛的命运，开创了以南曲作杂剧的新方法，南杂剧从此畅行不衰。郑燮《潍县署中与舍弟第五书》言幼时"行匣中惟徐天池《四声猿》、方百川制艺二种，读之数十年，未能得力，亦不撒手，相与终焉而已"。

王楙《野客丛书》云："作文之法，非起于晋宋。观陈皇后失宠于汉武帝，别在长门宫，闻司马相如天下工为文，奉黄金百斤为文君取酒，相如因为文，以悟主上，皇后复得兴。此风西汉已然。"这是历史上最早的巨额润笔之记载。《新唐书·李邕传》谓李邕"长于碑颂，人奉金帛请其文，前后所受钜万计"。故杜甫《八哀诗》言其："干谒满其门，碑版照四裔。丰屋珊瑚钩，麒麟织成口。紫骝随剑几，义取无虚岁。"刘禹锡《祭韩愈文》谓韩愈"公鼎侯碑，志隧表阡。一字之价，辇金如山"。《徐渭集》除其诗歌部分外，文中凡"代"撰之作百余篇。苟非利其润笔，不至为此。而润笔和美文，幕主和幕宾，相得益彰。

《万历野获编》卷十《词林·四六》载："胡梅林总制南方，每报捷献瑞，辄为四六表，以博天颜一启。"胡宗宪的上疏奏表，全部由徐渭代笔。徐渭入胡幕的次年（1558）冬，唐顺之以兵部郎中奉命到浙江视察军情，经常出入胡宗宪幕府。当时，唐顺之作为唐宋派的领袖"以古文负重名。胡公尝袖出渭所代，谬之曰：'公谓予文若何？'唐公惊曰：'此文殆辈吾。'后又出他人文，唐公曰：'向固谓非公作，然其人谁耶？愿一见之。'公乃呼渭偕饮，唐公深奖之，与结欢而去"（陶望龄《徐文长传》）。胡总督请御史唐顺之观览徐渭"代"作，后又出他人之"代"，说明胡宗宪对徐渭"代"文的重视，而唐顺之因睹其文而欲见其人，说明唐顺之对徐文的赏识。在胡幕期间，徐渭以生花妙笔代胡总督写了大量为帝王歌功颂德的书启：《代胡总督谢新命督抚表》《代初进白牝鹿表》《代初进白鹿赐宝钞缎彩谢表》《代擒王直等降敕奖励谢表》等数十篇，抒发了对帝王英明的感激，如《代江北事平赐金币谢表》：

> 恩从天下，波及海壖，人自日边，气占星使。自惭凉德，堪此殊荣。伏念臣本书生，误叨闻寄，跨两省一京之地，当诸夷数道之卫，机务浩繁，调征阔远。曩昔淮阳之警，颇陈意见之麤，恐漕河陵寝之震惊，为心膂咽喉之要害。偶因群力，幸剪诸凶，凛待罪而至今，眇何劳之可纪。乃函金币，远发宫廷，兹盖伏遇皇上，诚协经纶，道融精一。分丝析缕，不以善小而弗旌；定价收名，每谓功疑而惟重。其为恩泽，莫可名言。臣敢不锐志澄清，委身报答。奉宣威德，夷方期献币以来廷，结纳贤豪，帐下益悬金而募士。

将平定江北叛乱之功归之于皇上的威名，归功于全体将士的群策群力。为自己身负厚恩而惶惶不安，歌颂皇帝有功必赏的恩德。又如《代改兵部尚书谢表》：

> 误蒙圣知，恭承特命，臣不敢照常辞逊，渎扰天听。谨望阙叩头谢恩外；伏念臣脱迹孤危，陟阶崇峻。重荷天恩之优渥，未报涓埃；仰恃圣鉴之精明，周知疏逊。是以载申职掌，本陈定例之当遵，期于共济时难，虽涉小嫌而不避。一蒙睿览，果悉微忠。谓臣有任事之心，既谅其言而俯从其请。以时当振作之际，复转其秩而兼重其权，尤恐势分相形，易生嫉抗，特于简书初下，预赐叮咛。知爱极而信任深，宠眷隆而体悉至。自顾远臣而叨受，益惭小品之难胜。冒天高地厚之洪恩，真往古来今之希遇。感深刻骨，惟知为国以忘家；报切捐躯，况值计从而言听。

盖事权一则控御不难，惟体统明斯展布益易。臣敢不虚心平气，率先诸将以和衷，博采兼收，广集众思而协赞。攘蛮夷以遏奸宄，益严华夏之防，橐弓矢而戢干戈，共履升平之福。庶酬雅志，少答圣知。

除去大量的颂圣之德，在徐渭的书启中，也有许多代胡宗宪贺诸内阁大臣之作。《代贺严阁老生日启》云严嵩"施泽久而国脉延，积德深而天心悦。三朝耆旧，一代伟人，屹矣山凝，癯然鹤立"，认为，由于严阁老的存在，大明的国脉才得以延续，赞颂了严嵩之于江山社稷的重要作用。《代贺李阁老考满加阴启》云："耆英硕颜，夙称师资；懋烈丰功，拟铭彝鼎。兹值燮调之既久，运启升平；况兼资望之益深，德宜表率。天心嘿佑，帝眷弥加。延赏及于凤毛；丝纶世掌，兼职仍其馈廪。任养俱隆，四海耸闻，万古交羡。其在知爱，益切忻愉。敢上缄书，用庆君臣之相悦；侑以薄物，略宣明旧之微愫。"（《徐渭集补编》）十分得体地赞颂了李春芳佐君之功。给徐阶的《代贺阁老郊祀受赐启》云："久直殿廷，骏奔禋祀，君臣同德，天人交孚。致四海于平康，秉一心之精白。荣膺加秩，允惬群工。谨伸不腆之仪，用庆方隆之福。职守所限，瞻恋不胜。"突出徐阶佐皇帝"致四海于平康"的功绩。而致严嵩之《代辞加阴谢阁老启》则充满感激：

　　某伏念曩者计获巨寇，本缘圣明在上，其威德足以詟伏远人；相公居中，其筹策足以决胜千里。交孚协赞，以收成功。而某以碌碌庸愚，累然在外，执桴鼓以从事其间，不过奉己庙算，所谓追逐兽兔，仅窃比于犬马之劳而已。骤被加阴之命，实切悚惭。恭惟相公通达国体，化裁与章。始焉叙其劳而犒赏之以为常事之劝，继焉因其辞而赞成之以免冒受之嫌，俱无不可。谨因赍疏之役，恭上小启，钦布下情。伏惟恩德高深，捐殒莫报。以方在辞免之际，未敢陈布谢私。惟俯谅而曲成之，某不胜感恋。

对内阁首辅严嵩直呼"相公"而不称呼"阁老"，而对内阁李春芳、徐阶则敬称"阁老"，说明胡宗宪一方面和严嵩关系致密，无须官职相称；另一方面说明胡宗宪对严嵩的敬爱有加。而在胡宗宪给严嵩的所有疏启中，都直呼"相公"，这也可推出，当严嵩倒台后，胡宗宪缘何自杀于狱中。《代受钦赏谢阁老启》云："尧德如神，既昭格于上下；周公为相，宜备至夫麻嘉。至于进献之诚，自是远臣之职。仰叩珍赐，实赖玉成。"将严嵩喻为"周公"。《代闽功受赏谢阁老启》云："屡蹈颠隮，素蒙扶植；每叨宠赐，误辱吹嘘。自惟恩德之高深，比天地而罔极。至于感激之情状，岂笔舌所能穷！"屡屡感叹严嵩的"扶植"之恩。

如许十分得体又洞彻肺腑的感激与表白，使胡宗宪不仅赢得皇帝的殊宠，而且深得诸内阁大臣的信任。由此胡宗宪巩固了自己的职位并步步高升，终至兵部尚书。由此，徐渭也更为胡宗宪所器重。不仅给予徐渭以巨大的经济资助——构建别墅，托媒娶妻，贿赂考官。五年胡幕，徐渭作为一介书生，其大济天下的理想得以实现，自幼颇知兵法的军事思想也得以实施。胡幕期间，是徐渭一生可谓春风得意之日。因此，为了纪念这段有价值的时光，他特将在胡幕中代撰的疏启编辑付梓，名为《抄代集》。其《小序》云："古人为文章，鲜有代人者，盖能文者非显则隐。显者贵，求之不得，况令其代；隐者高，得之无由，亦安能使之代？渭于文不幸若马耕耳，而处于不显不隐之间，故人得而代之，在渭亦不能避其代，又今制用时义，以故业举得官者，类不为古文词，即有为之者，而其所送赠贺启之礼，乃百倍于古，其势不得不取诸代，而代者必士之微而隐者也。故于代可以观人，可以考世。"尽管在这段序文中，徐渭主要是从生存的角度，从感激的层面说明这些"代"作的产生，但同时也说明了他对于与所"代"者的深情。这份友情使得他在编辑文稿之际，不忍弃去，坦诚地对待自己的"代"作。

在古代，多数人幕为书记的书生，因为笔耕谋生，在编纂自己的文集出版时，都将"代撰"之作删除，因为代撰之作，多属替人歌哭，非一己之情。但是徐渭却特意将"代撰"之作进行保留，这代表了他的一种心迹——对胡幕生活的留恋和对胡宗宪的感恩。

第三节　赠与明珠三百颗，谁知一颗不堪餐[①]
——徐渭文学秩序的建构

徐渭是明中期文学发展中一位"不合时宜"的诗人和艺术家，他立足于"童真"的层面展开文学批评，指责文坛主流的七子诗风，提出新的文学纪律原则——重视情感、本色，反对理性和辞藻，形成了一套非功利而极端个性化的文学观念。虞淳熙论明中期文坛王世贞、李攀龙横扫文坛，"所不能包者两人，顾伟之徐文长，小说之汤若士"[②]。钱谦益《列朝诗集·丁集》"袁宏道小传"云："万历中年，王、李之学盛行，黄茅白苇，弥望皆是。文长、义仍岿然有异。"袁宏道称徐渭"有明一人"。徐渭的诗文观直接引导了晚明性灵文学的产生。

首先，"天籁自鸣"是徐渭一以贯之的文学原则。徐渭的时代，正值复古诗文盛行之际，陈田《明诗纪事·己签序》云："嘉靖之季，以诗鸣者有后七子，李、王为之冠，与前七子相隔数十年，而此唱彼和，声应气求，若出一轨。海内称诗者，不奉李、王之教，则若夷狄

---

① 徐渭：《王生索写葡萄》，《徐文长三集》卷11，《徐渭集》，中华书局1999年版，第401页。

② 虞淳熙：《徐文长集序》，《徐渭集》卷首，中华书局1999年版。

之不遵正朔;而噉名者,以得一顾为幸,奔走其门,接裾联袂,绪论所及,嘘枯吹生。"此时七子倡导"文必秦汉,诗必盛唐",制定了严格的诗学审美规范,这个过于"崇高"的标准限制了人们思想的自由表达。为达此诗境,人们极意模仿,模拟之风席卷诗坛。对此,徐渭表示不甘趋同,认为诗文应该表现自我。其《叶子肃诗序》云:

> 人有学鸟言者,其音则鸟也,而性则人也。鸟有学为人言者,其音则人也,而性则鸟也。此可以定人与鸟之衡哉?今之为诗者何以异于是。不出于己之所自得,而徒窃人之所尝言,曰某篇是某体,某篇则否;某句似某人,某句则否。此虽极工逼肖而已,不免于鸟之为人言矣。若吾友子肃之诗则不然。其情坦以道,故语无晦。其情散以博,故语无拘。其情多喜而少忧,故语虽苦而能遣其情。好高而耻下,故语虽俭而实丰。盖所谓出于己之所自得,而不窃于人之所尝言者也。就其所自得以论其所自鸣,规其微疵而约于至纯,此则渭之所献于子肃者也。若曰某篇不似某体,某句不似某人,是鸟知子肃者哉!

徐渭以人鸟学言为喻,论证了"真我"的重要性。无论鸟学人语,抑或人学鸟语,关键不在于"逼肖",而在于不失"真性"自我。创作中如果放弃自我真情,只从篇章、字句层面模仿古人,只能是"鸟之学为人言"。由此,他认为七子模拟之诗即鸟学人言之举。进而由七子上溯到七子所遵奉的汉魏,"所谓'天籁自鸣'之际,则汉、魏、唐季诸公","自失其轨",汉魏诗人已经偏离了古诗的轨辙,而驰骤奔腾的七子只能瞠乎其后,学为鸟语。徐渭认为不能把诗文创作看作是文体、辞藻等形式方面的问题,而应当以"真实""真我"作为创作基调,对当日的文学现象作了尖锐抨击。由此,《徐文长逸稿》卷十四《胡大参集序》中他对诗歌格调表达了自己的卓见:

> 今世为文章,动言宗汉西京,负董、贾、刘、杨者满天下。

至于词，非屈、宋、唐、景，则掩卷而不顾。及叩其所极致，其于文也，求如贾生之通达国体，一疏万言，无一字不写其胸膈者，果满天下矣乎？或未必然也。于词也，求如宋玉之辨，其风于兰台，以感悟其主，使异代之人听之，犹足以兴，亦果满天下矣乎？亦或未必然也。夫言非身有，则未免猎其近似以要君，孟子谓"言生于心而发于政"，苟无害于政，则亦任其猎且要而已矣。惟其害也，不可以不辨。

诗歌重在"身之所有"，独抒性情。诗之格调，乃天性使然，非为设造。对于搜奇猎异之作，非文章正则，诗文当抒写真情。

徐渭认为所有的文体都应该出于自然的"本色"。"本色"论诗始见于北宋陈师道《后山诗话》："退之以文为诗，子瞻以诗为词，如教坊雷大使之舞，虽极天下之工，要非本色。"其意在于：文学创作中不可为逞才而破坏固有的体制。南宋严羽《沧浪诗话·诗辨》曰："惟悟乃为当行，乃为本色。"明初茶陵派首领李东阳《怀麓堂诗话》亦云："六朝宋元诗就其佳者亦各有兴致，但非本色，只是禅家所谓小乘，道家所谓尸解仙耳。"所谓"本色"是指文体风格，而何良俊《四友斋丛说》认为"填词须用本色语"，"填词"——传奇创作，"本色"则指"清丽流变"。唐宋派古文家唐顺之《荆川先生文集》卷五《答廖东雩提学》，论嘉靖文坛"近来觉得诗文一事，只是直写胸臆，如谚语所谓开口贱喉咙者，使后人读之，如见其面目，瑜瑕俱不容掩，所谓本色，此为上乘文字"。"直写胸臆"即"本色"。徐渭并未明言其"本色"何出，但可以推知，徐渭无意间与唐顺之观点不谋而合。所以，当唐顺之后来读到徐渭诗时顿感新奇而啧啧称赞。

"本色论"是徐渭文学观的核心，主要体现于他的剧论。南戏滥觞于"市里之谈"，但伴随文人的参与，"八股"文风浸入戏曲创作，不仅辞藻华丽典雅，同时主题也逐渐变为伦理纲常和道德说教。丘浚《五伦全备纲常记》旨在载道，其中第三出中的四支《金字经》即全部由《论语》语录构成。邵灿《五伦香囊记》只是将《五伦全备纲常》更换名称。祁彪佳《远山堂曲品》批评《底豫记》作者"止熟一部《四书》，便欲作曲"，《麒麟记》作者"搬尽一部《论语》"，《三聘记》作者"掇拾贴括，俗气填于肤髓，是迂腐老乡塾而强自命为顾曲周郎者"。徐渭将曲坛刻意求工、典雅藻饰的语言风格和载道的宣教称为"以时文为南曲"，其《南词叙录序》云，此风"元末、国初未有也，其弊起于《香囊记》。《香囊》乃宜兴老生员邵文明作，习《诗经》，专学杜诗，遂以二书语句匀入曲中，宾白亦是文语，又好用故事作对子，最为害事。夫曲本取于感发人心，歌之使奴童、妇女皆喻，乃得体。经、子之谈，以之为诗且不可，况此等耶！直以才情欠少，未免裒补成篇"。基于戏剧创作的载道倾向，徐渭接过了前人"本色"理论，"《香囊》如教坊雷大使舞，终非本色"。又为《西厢记》作《序》云：

> 世事莫不有"本色"，有"相色"。本色犹俗言正身也，相色替身也。替身者即书评中"婢作夫人终觉羞涩"之谓也。婢作夫人者欲涂抹成主母，而多插带，反掩其素之谓也。故余于此本中贱相色，贵本色。

尽管徐渭并未对"本色"做进一步阐述，但可以看出，徐渭所谓"本色"与前人一脉相承。

《古文尚书·大禹谟》有："人心惟危，道心惟微，惟精惟一，允执厥中。"宋儒将此作为个人修养和治理国家的准则。朱熹《中庸章句序》认为"人心生于形气之私"，是各种物欲的体现；"道心原于性命之正"，是道德伦理准则，主张以道心克人心。受王阳明心学影响，徐渭认为"人心"乃天性，当"随其所宜而适"，人欲当随顺而不当克制。因此，徐渭与汤显祖同时提出"情至上"的文学观。徐渭拜王阳明弟子王畿、季本为师，受到佛道的影响，崇尚性情。其《肖甫诗序》曰：

> 古人之诗本乎情，非设以为之者也，是以有诗而无诗人。迨
> 于后世，则有诗人矣，乞诗之目多至不可胜应，而诗之格亦多至
> 不可胜品。然其于诗，类皆本无是情，而设情以为之。夫设情以
> 为之者，其趋在于干诗之名。干诗之名，其势必至于袭诗之格而
> 剿其华词。审如是，则诗之实亡矣，是之谓有诗人而无诗。

"干诗之名"的创作动机导致华词丽藻的模拟之风，进而又导致
"诗之亡"。《徐文长三集》卷十九《选古今南北剧序》认为无论从诗
人作者还是从诗歌作品来说，"人生坠地，便为情使。聚沙作戏，拈
叶止啼，情昉此已。迨终身涉境触事，夷拂悲愉，发为诗文骚赋，璀
璨伟丽，令人读之喜而颐解，愤而眦裂，哀而鼻酸，恍若与其人即席
挥尘，嬉笑悼唁于数千百载之上者。无他，摹情弥真则动人弥易，传
世亦弥远"。其友人汤显祖《牡丹亭记·题词》亦云："情不知所起，
一往而深，生者可以死，死可以生。"率先打破当时七子诗风主坛坫
之局。万历八年至十年（1580—1582），徐渭客居北京，偶然读到汤
显祖的诗集《问棘堂集》称赏不已，认为汤显祖"真奇才，生平不多
见"，并作《读问棘堂集》曰："兰苕翡翠逐时鸣，谁解钧天响洞
庭……执鞭今始慰平生。"表达知音难觅的欣喜。其《醉中赠张子
先》曰：

> 月光浸断街心柳，是夜沿门乱呼酒。
> 猖狂能使阮籍惊，饮兴肯落刘伶后。
> 此时一歌酒一倾，燕都屠耆围荆卿。
> 市人随之俱拍手，天亦为之醉不醒。
> 回思此景十年事，君才高帽笼新鬐。
> 只今裹装走吴市，买玉博金作生计。
> 博物惟称古张华，况君与之同姓字。

剡笺蜀素吴兴笔，夏鼎商彝汲冢籍。

紫贝明珠大一围，玉琴宝剑长三尺。

市门错落散若星，游客往来观似箕。

有时焚香出苦茗，过客垂綦敛方领。

主人握管向客传，彩毫落纸漂云烟。

苍鹰搏风摆赤血，老且嚼带流清涎。

张君本是风流者，兼之市物称儒雅。

不但朝朝论古今，还宜夜夜传杯斗。

　　方蝉子，　　　　　调差别，

中年学道立深雪，如鱼饮水知寒热。

自知喜心长见猎，半儒半释还半侠。

索予题诗酒豪发，与君同藏龙吼匣。

　　通过对张子先的描写，可以看出徐渭"不为儒缚"的个性远胜醉而狂歌、醒来唤酒的魏晋风流，体现了徐渭自我的真实。

　　此外，与本色相关，徐渭特别对文学的"俗雅"表达了自己的见解。《徐文长佚草》卷二《题昆仑奴杂剧后》曰："凡语入紧要处，略着文采，自谓动人，不知减却多少悲歌，此是本色不足者，乃有此病。乃如梅叔造诣，不宜随众趋逐也。点铁成金者，越俗越雅，越淡薄越滋味，越不扭捏越动人。务浓郁者如脔杂牲而炙以蔗浆，非不甘旨，却头头不切当，不痛快。"他认为至上的美感是毫无遮掩和痛快淋漓。基于此，他从俗雅的视角审视明中叶以来北杂剧衰微、南戏传奇兴盛的原因，《徐文长三集》卷十七《南词叙录》云："今之北曲，盖辽、金北鄙杀伐之音，壮伟狠戾，武夫马上之歌，流入中原，遂为民间之日用……夫南曲本市里之谈，即如今吴下《山歌》北方《山坡羊》，何处求取宫调？""何处求取宫调"即当下已无风雅正声，无论北曲还是南戏，都发源于民间，都风靡于目前。由此，徐渭上推及乐府，评梅禹金《昆仑奴》杂剧云：

梅叔《昆仑》剧已到鹊竿尖头，直是弄把喜戏一好汉。尚可撺掇者，直撒手一著耳。语入要紧处，不可著一毫脂粉，越俗越家常，越警醒，此才是好水碓，不杂一毫糠衣，真本色。若于此一惢缩打扮，便涉分该婆婆，犹作新妇少年哄趋，所在正不入老眼也。至散白与整白不同，尤宜俗宜真，不可着一文字，与扭捏一典故事，及截多补少，促作整句。锦糊灯笼，玉镶刀口，非不好看，讨一毫明快，不知落在何处矣！此皆本色不足，仗此小做作以媚人，而不知误入野狐，作娇冶也。

显然，徐渭将文学发展观、本色论、俗雅论融为一体，认为三者可以相互补充。明中叶文学发展的趋向由复古尚雅转向尚今尚俗，适宜"妇女、儿童，耕夫舟子"等普通市民的审美趣味。而宜俗宜真，天机自动，触物发声即真情，只有如此，文学才会动人并传播。

徐渭的文学价值观在明中期复古的呼声中尚属另类，其在世之日并未引起文坛重视。激进的思想和独立的个性使他历尽磨难，终生落魄。非正宗的官场地位和超前的思想意识使得他的创作在其生前身后的一段时期之内被主流文化所排斥。但他反传统的呼声，空谷传音。徐渭长李贽六岁，长汤显祖二十九岁，长袁宏道四十七岁。在他卒后四年（万历二十五年，1597），袁宏道游杭州，在友人陶望龄处发现徐渭《阙编》。袁宏道读未数首，"不觉惊跃"[①]，欣喜若狂，在"灯影下读复叫，叫复读，以至僮仆睡者皆惊起"[②]。这说明徐渭诗文对袁宏道心灵的撞击，使之震撼的是徐渭诗的自抒其情，生命中"不可磨灭之气，英雄失路托足无门之悲，故其为诗，如嗔如笑，如水鸣峡，如种出土，如寡妇之夜哭，羁人之寒起"[③]。徐渭的诗抒写了他生命中最

① 袁宏道：《徐文长传》，《袁宏道集笺校》卷19，上海古籍出版社2008年版，第715页。

② 同上。

③ 同上书，第716页。

真实的一面，因而袁宏道引为知己。袁宏道第一个发现了徐渭创作的价值高度，并为之立传鼓扬。袁宏道的思想经历与徐渭有相通之处：从学文到学道，再浸淫于禅学，最后回归现实人生。他的诗文即是其人生祈向的忠实记录。从这个层面说，袁宏道偶读到徐渭诗文之后的狂喜，不仅是对徐渭文笔的欣赏，也包含了遇到知音的心灵震颤。文学主张和用世激情，使袁宏道感到自己有责任颂扬徐渭。由于袁宏道的鼓扬，徐渭作为一个文学家的身份开始受到重视。他的文学观证明了明中期复古派牢笼文坛的局面将被打破，从而引领一个时代的文风。

徐渭的诗文批评作为晚明文学主流的开启者，他的文学观念受到新的哲学思潮——心学的影响。自明中叶王阳明之学崛起以后，泰州王心斋之学接踵而兴。在泰州后学中，思想尤为激进，度越前师，如颜钧、罗汝芳、何心隐、邓豁渠、李贽等均层层对其前辈的"心"论作了深入发掘，建构了以反对"存理遏欲"、追求人格平等为基点的新人学。阳明心学使得晚明社会的世风民心发生了不可逆转的变化，晚明世风的种种社会表现由于有思想解放做先导，社会风尚、世态民情的具有颠覆性的变化便无法阻滞了：一是弘扬个人意志，抒扬人的自然本性和情感；二是主张摆脱一切束缚，"率性而行"，以自我心理的愉悦和满足为最高生活准则。在社会的支配心理中，到晚明，心学终于取代了自南宋以来便被定格为中国思想正宗的程朱理学，引发人们怀疑传统，颠覆权威。这种新的社会思潮影响于社会生活的方方面面，在文学上形成了统摄晚明文坛的浪漫主义文学潮流："情"统摄了文学所有的题材。徐渭、李贽、冯梦龙、凌濛初、公安三袁等作品的诞生即由于"为情作使"。尊重个性，追求潇洒超逸、狂放自适。在情感表现方面，即是对情感欲望的极端张扬。认为唯此才是人心中最真实的，传统伦理道德不应该否定人的自然欲望，而应与尘世生活相联系，关注个人的内心情感，这种追求完全绝对的自由、自然和自适的新思潮从根本上颠覆了儒家对于社会、伦理和生活的最后一点责任。经由其后学推扬，到隆庆以后，王学成为当时思想界的时尚，士人的自我放纵终于找到了合法的保护。于是，大胆的理想主义和激进的自然主义，对于自明初以来即受程朱理学约束的年轻人来说，似乎尤具极深的诱惑，尤其是那些富于文学气质的才士。后来的人们普遍注意到那个时代特立独行的文人梯队：首先是徐渭，其后李贽、袁宏道、汤显祖、陶望龄、董其昌，都是这种风气和思潮的体现者。而其更为深远的意义则在于，在中国历史上第一次广泛地关注"人"，个人的自我意识开始觉醒，开始探索自我并积极在现实世界中寻找展示自我存在的最佳方式。这比历史上以往任何一种思潮都更贴近生活，更具有生命的活力。徐渭的诗文观纠正了前后七子"文必秦汉，诗必盛唐"的文学流弊，也遭遇了时代文学的攻击，这使得他九试而不第。但经由他引起的反复古的文学思潮不仅是文学观念的变更，而且直接引导了晚明文学价值与文学秩序的重建。

黄宗羲《青藤行》云："岂知文章有定价，未及百年见真伪。光芒夜半惊鬼神，既无中郎岂肯坠。"他认为，即使没有袁宏道的鼓吹和颂扬，徐渭的英名也将万古流芳。

第四节 投谒岂皆秦士贱，飘零聊作汉京游①
——徐渭游幕与明代骈文复兴

清代骈文大盛，作家作品空前繁荣，以至于许多人为宣传骈文而编辑骈体类编出版。李兆洛《骈体文钞》、曾燠《国朝骈体正宗》相继问世，影响至巨。清代骈文复兴并达到巅峰已成文学常识。清代骈

---

① 徐渭：《送子完入北京》，《徐文长三集》卷7，《徐渭集》，中华书局1999年版，第231页。

文的兴盛在很大程度上与清代幕府发达紧密相关。幕府的上表奏疏等公文类用骈体，幕客多科举失意而才华飞扬，为了幕府工作的绩效，他们会在奏疏的文笔方面努力润色，这成为清代骈文兴盛的直接缘由。但清代的这一文化现象并非空穴来风，而是源自明代嘉靖间的幕府文人——徐渭。《万历野获编》卷十《词林·四六》明代骈文之衰云："四六虽骈偶余习，然自是宇宙间一种文字。今取宋人所构读之，其组织之工，引用之巧，令人击节起舞。本朝既废词赋，此道亦置不讲，惟世宗奉玄，一时撰文诸大臣，竭精力为之。如严分宜、徐华亭、李余姚，召募海内名士几遍。争新斗巧，几三十年。其中岂少抽秘骋妍可垂后世者。惜乎，鼎成以后，概讳不言。然戊辰（1568）庶常诸君尚沿余习。以故陈玉垒、王对南、于谷峰辈，犹以四六擅名。此后随绝响矣。又嘉靖间，倭事旁午，而主上酷喜祥瑞。胡梅林总制南方，每报捷献瑞，辄为四六表，以博天颜一启。上又留心文字，凡俪语奇丽处，皆以御笔点出，别令小内臣录为一册。以故东南才士，缙绅则田汝成、茅坤辈，诸生则徐渭等，咸集幕下，不减罗隐之于钱镠。此后，大帅军中，亦绝无此风矣。"这段文字基本勾勒了明代骈文发展状况：嘉靖间风靡三十余年，源自胡宗宪抗倭上疏。而胡宗宪全部上疏皆由其幕客徐渭代写，因此作为一种实用文体，在明代之不绝，徐渭之功不可磨灭。

一

徐渭的幕府文学主要集中于五载胡幕时期，其时替胡宗宪撰写了大量奏疏。即使休闲之作，胡宗宪也多请徐渭代笔。如徐渭的词体创作共二十六首，其中，十六首是代胡宗宪而作。可以看出，徐渭完全模仿一位将军的口吻而创作，惟妙惟肖。其代胡氏所作，较为严肃温和，而徐渭自为词，则措辞、语气都疏放不羁，较为轻松自如。代奏疏与代词，全然不同。词乃诗之余，在各类文体中，词因抒写个人私情而不登大雅之堂。而骈文，因其文体特质而庄重严肃，与词相同的一点是同样情意动人。

论及骈文，学者们多认为，唐宋定型，元明衰弱，清初复兴。事实上，作为一种古代最具适用性的文体——骈文在明代嘉靖年间即开始复兴。明代骈文确实衰弱，但到明代嘉靖年间，商品经济的发展和边患之忧的历史环境下，许多封疆大吏广辟幕府，幕客云集，替幕主撰写各种书表奏启。为打动天子和上司，他们努力在文体体式和文采气势方面百加斟量，如此，骈文得到复兴。胡宗宪的幕客徐渭即其开拓者。徐渭骈文以深厚的文学修养为根底，持论精审，思想深刻，真挚动人，时而慷慨激昂，时而循循善诱，具有极强的现实关怀和历史价值。

徐渭文章多代胡宗宪之作。徐渭代胡之文中有一部分是给内阁首辅严嵩的贺表，其他如许阶、李春芳等亦所在多有。其中有大量的阿谀献媚之语，结集出版前删除那些可能为人诟病的赧颜之作允为人情之常，而徐渭则并未因此顾虑而自毁己作，相反，他将代撰之作收集起来展示于世，并作《抄小集自序》申明其由：

> 山鸡自爱其羽，每临水照影，甚至眩溺弗顾。孔雀亦自爱其尾，每栖必先择置尾处，人取其尾者，挟刃匿丛篁，伺其过急断之，少迟忽一回视，则金翠光色尽殒，此岂其靳惜之意专致于神，故人不能夺其所爱，而必还只于既去耶？此其于麝抉脐，蛇剖珠，又稍殊异矣。余凤学为古文词，晚被少保胡公檄作鹿表，已乃百辞而百靡，往来幕中者五年。卒以此无聊，变其闺阁，遂下狱。诸所恋悉捐矣，而犹购录其稿于散亡，并所尝代公若代入者，诗若文为篇若干，盖所谓死且勿顾，夺其所爱而还之于既去，于孔雀山鸡何异耶？

表明对自己作品的珍爱。尽管借此换取衣食，但在代作之中，每一篇都是置换角色后的情感倾吐，是徐渭另一类真实的声音。而且由于代作的动机，辞采章法更为考究和苦心斟酌，以尽自己的应尽之责。其客观的意义是：不仅买得"代"主的满意，而且为自己赢得更多的润笔，极有可能的是，当"代"撰发挥功用后，润笔之外的"奖金"必不可少。骈文作为应用文在徐渭手里被广泛使用，几乎所有的抒写内容，他都可以发之于骈文。骈文在明中期的复兴起始点定位极高。徐渭文集中大量的书表奏启均是声情并茂、激动人心的经典骈文。无论是其代作，还是自作，都情韵摇曳。许多文章涉及世宗崇道及其社会影响等时代时事，具有深远的历史意义。与此同时，徐渭一生衣食奔波，集中也不乏陈情之作，读来也动人心旌。

其一，徐渭的骈体文密切关注时事，这是其"代笔"文的首要功能。骈文向以对仗工整、辞藻华丽而遭遇诟病。《四库全书总目》卷一八九《四六法海》论骈体之弊云："梁代沿永明旧制，竞事浮华，故裴子野撰《雕虫论》以砭其失。简文帝与《湘东王书》曰：'六典、三礼所施则有地，吉凶嘉宾，用之则有所。未闻吟咏性情，反拟《内则》之篇，操笔写志，更摹《酒诰》之作。迟迟春日，反学归藏，湛湛江水，遂同大传。'又曰：'时有效谢康乐、裴鸿胪文者，亦颇有惑焉。谢客吐言天拔，出于自然；时有不拘，是其糠粃；裴氏乃良史之才，了无篇什之美。谢故巧不可阶，裴亦质不宜慕。'一代帝王，持论如是，宜其风靡波荡，文体日趋华缛也。然古文至梁而绝，骈体乃以梁为极盛。残膏剩馥，沾溉无穷。"空言无物成为梁代文体的代称，由此，骈文受到责难。韩愈之所以抨击骈文不遗余力，即在于骈文形式的束缚使内容的表达受到限制，散文更易自如地抨击时弊。但在骈文的发展过程中，骈文并非全属空洞无物的点缀。唐人陆贽，所作骈文"多出于一时匡救规切之语，而于古今来政治得失之故，无不深切著明，有足为万世龟鉴者"（《四库总目》之评）。徐渭骈文直接承继了宋代骈文的实用功能和社会价值，将骈文用以干预时政、关注社会的层面。其《代胡总督谢新命督抚表》曰："任兼督抚，一方文武之司；镇重浙闽，万里华夷之会。抚躬知感，受托思危。臣伏念东南之患，夙夜再兴，始于赤子之弄兵，驯至苍生之受毒。引岛夷而深入，连省甸以无宁。慨自数年以来，无如今日之甚。辟犹破坏之车，既遇险于泥泞，必得良父之御，可责望以驱驰；若求善后于贱工，终知无补于覆辙。臣之自揣，何以异兹？"表明不负国恩，平定倭乱的决心。凌厉奇崛，横逸不可制缚。体现了徐渭骈文激于时事，饱蘸情感的特点，具有伟丈夫的气概。

其二，明白洞达，曲当情事，诏命所被，无不凄愤激发，足以感动人心，实为辞令之极则。

从徐渭的骈文中，我们看不到吟风弄月的逸兴和闲适。其骈文所叙述和评论的大多代某谢恩和送别相嘱，情感真切，强调性情之真。徐渭的疏启情真意切，诚挚动人。不唯感情，亦唯文辞。《徐文长三集》卷十五《上新乐王启》曰：

> 伏念某陪骖作赋，本无梁苑之才；下狱上书，乃有吴宫之阨。逡巡解网，憔悴非人，偃蛰自幽，乡间不齿。恭维殿下，秉陈思曹氏之丽藻，兼河间献王之大贤，侍飞盖者岂止应刘，登秘函者悉皆经史，宜其高视一世，卑俯百家。顾复远揽之余，不遗葑菲；文石之宠，重以珠玑，出袖进霞，入齿飞雪，是诚东海之上，与员峤而争奇；西苑之滨，偕芙蓉而并逸者也。矧以二生颂述，五夜欢娱，谐笑所及，风雨杂陈，挥洒不停，骅骝失骤。野人闻此，益复靡然。遥想高风，便欣授简。顾兹修路，曷由裁营。谨布尺书，托诸鱼腹，兼呈小刻，真愧虫雕。

这是一封自荐书札，十分得体地"恭维"了新乐王的好客和英明。"遥想高风，便欣授简"，希望投身幕下，以献一技。句句诚恳的言辞表明了徐渭对于生命价值的渴求和人生命运的挣扎。

　　徐渭文集中所保存的大量代笔之文都能恰如其分地表达所代者的意图，措辞精当，代言得体，既符合所代者身份、所叙事的实际，又曲当情事。徐渭文笔精美但诸生终身，缺少侍从缤云、呼风唤雨的亲身经历，因而"代"撰对徐渭有更高的要求：既要有极为敏锐的政治眼光和丰富的文化修养，具有对时事事件乃至时局的准确把握和深入的洞察能力，又要有驱遣自如的才气。徐渭的幕府经历恰好弥补了其"权力缺憾"，所以他的代制上书多能"称旨"。《代宣大诸大吏邀宴开府方公启》其一曰："伏惟三岁贡成，华夷交福，九重锡典，秩阴俱优。是皆我明公首创非常，排众议而独断，坐烛将至，画三策而靡遗，遂收开辟以来所无之功，是岂魏贾诸人可得而比。迨臻平定，不事鞭笞。既全活乎生灵，更余波于将吏。惟兹茂德，曷效微衷，缅怀岁举之常筵，已倏然而更籥。虽属年来之故事，实借此以通芹。敬卜吉朝，仰劳台驾，幸叨负弩之列，共肃候夫幨帷。剩有折冲之谈，冀伏聆于尊俎。其为光重，莫可名言。"热情洋溢地褒扬了方将军的英伟谋略和所建功勋，音韵铿锵，凝练华美。

　　其三，作为具有政治功用的徐渭骈文，其政治的意图并未消解审美的价值，对仗工整，辞藻华丽成为徐渭骈文的突出特色。《沈氏号篇序曰》："吾越有耶溪者，带绕名山，号称佳丽。迴洲度渚，涵镜体以长荣，散藻澄苔，转风光而轻泛。其在前代，尤为巨观。红渠映隔水之妆，紫骝嘶落花之陌。镜湖伊迩，兰渚非遥，嘉会不常，良辰难待。舟移景转，三春才子之游；日出烟消，几处渔郎之曲。古今所记，图牒攸存。迩来居士沈君栖真妙致，挽慕前修，始羁迹于市廛，终寄情于鱼鸟。眷言邪水，尤嗜曲涯，转入一天，还迴几折。数声长笛，渺沧浪而自如，一棹扁舟，入荷花而不见。意将流传斯景，爰授图工，歌咏其由，遍征文士。"沈居士"羁迹于市廛，终寄情于鱼鸟"，是一位富有的才子，感于若耶溪的风光之美而请画工图绘，以此图"遍征文士"题和，请徐渭作《序》，结集《沈氏号篇》付梓刊刻。是《序》骈体对偶的优美文字将若耶之美层层呈现，文字如画。《谢某》曰："百顷澄潭，平铺縠皱。万章古木，上拂云光。莽沙苇之龙葱，纷水禽之交戛。双阙虹卧，下捧蛟鼍，五彩翚飞，上织乌兔。如斯绝景，岂曰人间，回讯良朋，始知天上。宛乘槎以犯斗，俨骑鲤以拂波。网得巨鳞，吸甘露之仙。"山水风光的描写，意味着在传统的书信写作方面某种重要实践的开端——情感抒发、骈文辞句与山水描写的糅合。这种写法在徐渭之前的骈文作家中虽不乏其人，但没有谁能像徐渭这样行云流水，驱驰自如。《答某》曰："结幕西郊，倾觞北海。咏歌绝胜，不减兰亭。花竹流光，讵云梓泽。既飞毬于归路，明月随人；乃吐雪于行喉，采烟扑扇。眷言兹会，其乐何如，迄旦尚醒，倚枕裁谢。"如山阴道上行，两岸风光，观览不尽。这些抒情骈文缓释了观赏徐渭画的紧张感和压抑感。

徐渭骈文中抒情与描写的糅合，遂特别为后来的骈文作家所继承，在他死后半个世纪，骈体文学便鲜花怒放，徐渭影响的巨大冲击于此可见。清初，陈维崧以骈文游幕求食，乾隆朝著名幕僚汪辉祖即以骈体文受知当事。但是，如果缺少游幕求生的经济动机，在骈文萧条的明代，徐渭恐难以发现这一文体的审美价值和由此而收到的"经济效益"。

二

《四库全书总目》卷一八九《四六法海》论述骈文盛衰云："秦、汉以来，自李斯《谏逐客书》始点缀华词，自邹阳《狱中上梁王书》始叠陈故事，是骈体之渐萌也。符命之作则《封禅书》《典引》，问对之文，则《答宾戏》《客难》，骎骎乎，偶句渐多。沿及晋、宋，格律遂成，流迤齐、梁，体裁大判，由质实而趋藻丽，莫知其然……周武帝病其浮靡，隋李谔论其佻巧，唐韩愈亦断断有古文、时文之辨。降而愈坏，一滥于宋人之启札，再滥于明人之表判，剿袭皮毛，转相贩鬻；或涂饰而掩情，或堆砌而伤气；或雕镂纤巧而伤雅。四六遂为作者所诟厉。"将骈文之衰归为宋人启札和明人表判。《四库》将唐宋以至元明的骈文一概否定，其目的是突出清代骈文所取得的创作成就和所达到的审美高度。事实上，清代骈文的兴盛固然有清代自身的文化背景，但作为一种文体的复兴却非横空出世——明中后期骈文的兴盛是清代骈文复兴的前提。

由于程朱理学的被重视及科举废除律赋考试，元代骈文创作趋于衰弱。明中叶以后，由于复古思潮的影响，文坛巨变日新月异。前后七子标举"文必秦汉"，反对道学文章，但他们都不废六朝。六朝盛行的骈赋伴随秦汉之文的兴盛进入复古派的视野，王世贞《艺苑卮言》谓李梦阳骈赋"上拟屈宋，下及六朝"，"为一代词人之冠"。祝允明、唐寅等吴中四子都有辞丽精美的骈文之作。祝允明《拟齐梁内人送别赠拭巾赋》《顾司空伤宠赋》，唐寅《金粉福地赋》，李攀龙《锦带赋》，王世贞《白鹦鹉赋》等，用典之密，辞采之丽，对仗之工，可比美齐梁。然而，上述诸子的骈文在其全部创作中并不占有重要地位，也不能代表其创作的主要成就，而只能证明骈文这样一种文体的延绵不绝。徐渭则不同，他倾注生命于骈文创作，骈文成为他生存的保障。徐渭骈赋十四篇，在明代嘉靖前的作家中，不仅是数量最多，而且篇篇经典。如其《梅赋》："尔其孤槀矜兢，妙应隽发，肌理冰凝，干肤铁屈。流连野水之烟，淡荡寒山之月，蕊一攒而集霞，芭五出而争雪。侧披断碛，委朔风其将吹，忽上高空，助冻云之欲结。抄数英之半掬，中万斛之一搏。古干横肱，玉龙游而张甲；编条聚脑，白凤戢以梳翰。珮玦缤纷，何啻凌波仙子；肌肤绰约，无言姑射之仙。趣将幽而见取，艳以冷而为妍。缊香气于空表，弄皎色于霄端。瘦影横窗，曨然山泽，素魂丽壁，忽尔婵娟。托使将传，寄江南之退信；随风暗度，报塞北以春天。羌笛一声，韵全飘于纤指；素琴三弄，神屡托于冰弦。是以古道清流，墨工图史，或拗之为一窝，亦种之于数里。围棋酌酒，相与偃卧其中；落月回风，务印纵横之所。彼称既醉，逼清气而不胜；我则舍毫，占春光于长住。斯亦可谓一节之高，而未足以尽旷然之意。"将梅花的玉骨冰姿，凌霜傲雪，不与群艳争宠的品质，渲染得淋漓尽致。典雅流利，叠陈故事，措辞明畅，斐然可观。

明中期，人们对六朝骈体的态度已不似此前概以否定。如陆符《四六法海序》："先秦两汉之文，至六朝而一变，六朝骈耦之作，至韩、柳而再变，一变而秦汉之体更，再变而秦汉之法出。故唐以后称大家者，无不以韩、柳为宗，乃昌黎固所称起八代之衰，振绮靡之习者也。柳州则始泛滥于六朝，而既溯洄于秦汉。由是称两家者，率略其四六而特重其古文辞。其古文辞历传为欧、苏、曾、王。迨读其四六制作，则又无不足谢六代之华，而启一时之秀焉。然则四六固古文辞所不得轻以意退者矣。彼以古为辞睥睨当世而抗谈秦汉，唾弃唐宋，薄六朝金粉而不为，亦何足以语文章之原委也哉！"将骈文提升至与古文并举的高度。

文坛自身的发展规律经历了"复古与新变"之后，骈文重新被鉴定被重视。世宗信奉道教，祈求长生，多次在宫内举行大型斋醮活动，要求内阁大臣都要参与。世宗非常认真地将此视为国事，在斋醮中，行礼者必须奉上（焚化）写给天神的奏章祝文，用朱笔写在青藤纸上，名曰"青词"，又称绿章。青词是一种赋体的文章，要求能够以极其华丽的文字表达皇帝对上天神灵的敬意和诚心。世宗求仙心切，青词供不应求，夏言与严嵩都是因青词得幸。内阁首辅夏言已年迈倦怠，青词稿大多由其幕客代写。而"醮祀青词，非嵩无当帝意者"，严嵩的青词最能让世宗满意。于是严嵩代夏言"入阁拜相"。于是文人客串，青词绿章渐成一种"新文体"。最初由世宗本人和道士亲自撰写，后因斋醮活动频繁，需要量大，道士难以胜任，便改由内阁大臣写。郭勋、夏言、严嵩、徐阶等都成为青词的职业作者。后发展为各部尚书也参与写作青词，如吏部尚书李默、礼部尚书王用宾等。与青词相关的是大量的叩神、谢神之文的诞生，严嵩《钤山堂集》卷二十四《金海祠叩神文》云："嘉靖二十年五月初一日，皇帝遣某官等代祷于北岳之神、北镇之神、北海之神、西湖之神、玉泉山之神、名山之神、大川之神。曰：'呜呼！自有天地，则又山川。凡阴阳阖辟，雷雨发生，必神以执其机权、司其号令者也。'"可知，青词主要是对神有所祈求和感谢神的护佑。因大臣们也都深知此乃无中生有之举，只是为了夺得高官和获得赏赐不得已而为之，所以，当他们编辑自己的作品出版之时，都将其所作青词删除。在嘉靖朝的内阁大臣的作品集中，竟没有一位保留青词，可知他们对待青词真实的态度。为了感动皇帝感动神灵，他们必然在文辞上深下苦功，此举客观上激发了大臣创作骈体的兴趣。因为功利的动机更见实效，青词作为骈文之一体而在客观上也成为明中期骈文复兴的重要原因之一。

不仅喜好青词，世宗亦深爱祥瑞。他深信灵芝神龟可保其万寿无疆。凡献祥瑞者均得以升迁。朝廷内外，都在传播着奉献祥瑞可以升迁的消息。深谋远虑的胡宗宪在浙江舟山抗倭取得重大胜利之际，获舟山白鹿一只，请幕客徐渭写《初进白牝鹿表》，并献世宗。《表》云：

> 臣谨按图牒，再纪道诠，乃知麋鹿之群，别有神仙之品。历一千岁始化而苍，又五百年乃更为白。自兹以往，其寿无疆。至于炼神伏气之征，应德协期之兆，莫能罄述，诚亦希逢。必有明圣之君，躬修玄默之道，保和性命，契合始初，然后斯祥可得而致。恭惟皇上，凝神沕穆，抱性清真，不言而时以行，无为而民自化，德迈羲皇之上，龄齐天地之长。乃致仙麋，遥呈海峤。奇

毛洒雪，岛中银浪增辉；妙体搏冰，天上瑶星应瑞。是盖神灵之所召，夫岂虞罗之可羁。且地当宁波定海之间，况时值阳长阴消之候，允著晏清之效，兼昭晋盛之占。顾臣叨握兵符，式遵成算，蠢兹夷狄，尚尔跳梁，日与褊裨，相为掎角。偶幸捷音之会，嗣登和气之祥。为宜付之史官，以光简册，内诸文囿，俾乐沼台。觅草通灵，益感百神之集，衔芝候辇，长迎万岁之游。

歌颂了世宗的圣明和恩泽，德超羲皇，望白鹿增万岁之寿。世宗阅后大悦，厚赐宝钞彩缎。胡宗宪继上徐渭代撰的《初进白鹿赐宝钞彩缎谢表》：

> 臣惟白鹿呈祥，式应仙经所纪；玄穹眷德，端为圣寿而征。言从岛屿之游，已切阙庭之望；偶当分地，借达禁林，何与臣劳，遂叨上赏。缯纹盘束，旋分筐篚之珍；钞贯充函，别出帑储之宝。愧无报国，喜有传家，吏士知荣，节旄生色。但臣执戈从事，方为掎角之图；恋阙驰情，尚阻江湖之远。传闻嘉瑞，预降仙禽，益占万寿之无疆，毕致四灵之未已。

对世宗的颂德都紧密结合奉仙所好。世宗之好在长寿，故徐渭的奏表、谢表都紧扣这一题旨，恭维得体，情理合一，恰如其分。

得到世宗赏识，胡宗宪于次年再进白鹿一只，令徐渭写进表。《再进白鹿表》云：

> 窃惟白鹿之出，端为圣寿之征，已于前次进奏之词，概述上代祯祥之验。然黄帝起而御世，王母乘以献环，不过一至于廷，遂光千古之册。岂有间岁未周，后先迭至，应时而出，牝牡俱纯，或从海岛之崇林，或自神栖之福地。若斯之异，不约而同如今日者哉！兹盖恭遇皇上，德函三极，道摄万灵，斋戒以事神明，于穆而孚穹昊。眷言洞府，远在齐云，聿新玄帝之瑶宫，甫

增壮观，遂现素麋于宝地，默示长生。雌知守而雄自来，海既输而山亦应。使因缘少有出于人力，则偶合安能如此天然。且两获嘉符，并臣分境。幡然攸伏，银联白马之辉；及此有捄，玉映珊瑚之苗。天所申眷，斯意甚明。臣亦再逢，其荣匪细。岂敢顾恤他论，隐匿不闻，是用荐登禁林，并昭上瑞。双行挟辇，峙仙人冰雪之姿。交息凝神，获圣主灵长之体。

表上，世宗大悦，立赐胡宗宪一品官阶。此后，胡宗宪又献白兔二只，五色灵芝五支，还曾于万寿节献秘术十四，世宗喜不自胜。加之胡宗宪打败倭寇，彻底平定东南战乱，诸种功绩，使得世宗终于提升胡宗宪的官职至兵部尚书。

世宗的喜好，牵动了文坛的重大变化。大臣们为了提升、为了进阶，而纷纷给皇帝献祥瑞。所上奏表，如打动帝王之心，便可平步青云。或真如世宗般信奉道教者，则更有理由不断为皇帝进献祥瑞。于是，由朝廷到边关，一种宫廷文化现象潜在地引动了文学的变化，骈文悄然浮出水面。

徐渭《谢督府胡公启》云："渭失欢帏幕，动逾十年，俯托思罗，历辞三姓。过持己见，遂骇众闻，诋之者谓矫激而近名，高之者疑隐忍以有待。明公宠以书记，念及家室，为之遣币而通媒，遂使得妇而养母。然渭于始议之日，曾陈再让之辞，蒙召中军，托以斯事，久而不报，付之无缘。畴知白璧之双遗，竟践黄金之一诺。传闻始觉，坐享其成。昔孙明复号称打儒，以相国为之媒而后娶，杜祁公荐登高第，乃孙令坚其议而始婚。若渭则实非其人，偶遭其遇。凤蒙国士之待，既思何以酬恩。今受王孙之怜，益愧不能自食。徒知母在而喜，顽然捧檄之情，豫拟身教所先，遵以齐眉之敬。岂敢言兄弟家邦之仪法，庶以答父母国人之盛心。"对胡宗宪充满感激。在徐渭的落魄人生中，胡宗宪使得徐渭感受到作为人之尊严。胡宗宪对徐渭的经济资助，使得徐渭在替胡宗宪撰文的过程中尤不敢松懈，而是倾注自己的全部才气。胡因此屡屡受到皇帝的赏赐和提拔，可以说，与其幕客徐渭的文学支持不可分割——胡宗宪的每一次提升，都是因为皇帝阅读了胡宗宪的"上疏"后所示恩赐。陶望龄《徐文长传》谓徐渭奏表"旬日间编颂人口"。

功名富贵乃人生之终极。汉武帝好赋，能者擢官，文人竞奔，《文心雕龙·时序》："征枚乘以蒲轮，申主父以鼎食，擢公孙之对策，叹倪宽之拟奏，买臣负薪而衣锦，相如涤器而被绣。"功利意识直接促动了汉大赋的兴盛。徐渭的骈文扣人心弦，直接的动机在于得到幕主的赏识进而获得高额润笔。在其赋文中，代钮大夫而作的《世学楼赋》即是一篇精美的骈体游记。"惟青琐之美彦，实乌台之令孙，钦贻谷之在昔，服庭训而弥敦。当盛年而绾绶，思退处以垂纶。选文园而卜筑，得古桂于南邻。乃命班轮，有事斧斤，砻岩麓，征材水滨。驾文杏于紫汉，甃碧瓦于青冥。当万山之绕翠，敞四户以虚明。溜水屏峰，不让仟人之宅；含光纳霁，全收道者之襟。既购兹楼，爰题'世学'。"所谓"世学楼"其实是一个规模庞大、既富贵典丽又具高山深谷之韵的庄园。可以推知，徐渭此"代"当获得一笔不小的"稿费"。

徐渭虽然生前寂寞，但在其死后相当长的一段时期内，却发挥了巨大的影响力。尤其是他的骈文创作，证明了明代骈文衰中复兴的希望，引起了晚明人们对骈文的高度重视。到万历时期，骈文已经取得文坛的主权地位，一个明显的标志便是《选》学盛行，大批《文选》重新刊刻。《文选》虽非纯粹的骈文选本，但它把梁以前最优秀的文章尤其是"踵事增华"的经典骈文收罗集中，而被后世奉为经典。与此同时，出现了一批骈文选本，如王志坚《四六法海》、李日华《四六类编》、李自荣《四六宙函》、王懋良《四六丛珠汇选》等，这些骈文选本的出现，为人们学习骈文提供了良好的范本，成为晚明骈文复兴的重要机缘。

起源于嘉靖信道的文化现象，引发了文人对骈文的创作激情。骈文终于遇见了徐渭这样魁伟的才学之士，在骈文几乎爝火熄灭之时再度给予充足的燃料。正是由于徐渭，骈文才回归文学的主流和正宗。

第五节　少年曾负请缨雄，转眼青袍万事空①
——徐渭尺牍与文学史影响

　　肇始于先秦，成型于六朝的小品，到宋代，苏轼、黄庭坚使其获得了文体的极大提升，到晚明达其极盛。作为一类文学经典的代称——"晚明小品"尽展风采，成为文学史上一个极具魅力的景区，并对20世纪初"五四"文学产生了巨大影响。清初，周亮工特辑《尺牍新钞》专收晚明至清初文人尺牍，共辑二百三十余位作家，尺牍近千首，可谓洋洋大观。但其所收始于万历高攀龙，专注于明清易代之际的作家，晚明东林、复社的成员多在其中，这反映了周亮工"反清"怀明的故国情思。但他却忽略了万历前的小品创作境况。尺牍小品在晚明大放光彩的局面并非空穴来风。而文学史研究中，论及晚明小品，多始于公安派，而忽略了公安性灵小品的学术渊源。事实上，在唐伯虎、文徵明等吴中四子的时代，已经开始使用这一文体，只是偶尔为之，并未普及。徐渭是明中后期尺牍之文的第一个大力创作者，他的行为成为晚明士风的先驱，同时引发了明中后期文坛对这一文体的高度重视。

　　学界论及晚明小品，多始于公安，继以陈继儒诸子，却完全忽略了徐渭的存在。徐渭作为明中期第一个大量运用尺牍文体的诗人，其影响不仅开启了晚明性灵文学的新天地，而且逐渐转化为一种"文化现象"。

---

　　①　徐渭：《上谷歌》其一，《徐渭集》，中华书局1999年版，第359页。

一

　　徐渭因时文不合乎八股规寸而屡被摒斥，"古人志在四方，故桑弧蓬矢取诸广远，重耳奔窜而霸，马援牧边而达，奋名发迹，岂有拘方？激昂丈夫，焉能婆娑蓬蒿，终受制于人？或遂诣父兄宗党，誓曰功名何处不取，复似今日形骸……夫以伍员策士，志在报楚，犹吹埙而假食于蒲关；韩信壮夫，未遇汉王，尚垂钓而寄餐于漂母。……（渭）步随情变，衣共体单，飘游云天，跔蹐霜月，进不内取功名以发舒怀抱，退则蒙诟当途，君子所不耻"（《上提学副使张公书》）。详述了南北颠簸、备尝艰辛的原因和不得不背井离乡的心理苦痛：非不恋故乡，实乃年逾不惑而未得一第。《徐文长佚草》卷三《与员外王公书》曰：

　　　　仆闻越裳异服，仰公旦而来宾；东海遁思，望西伯而兴起。非九域之足以贾远，而三公之足以钓贤也。良以夷夏县方，同心慕圣，仕隐殊迹，合志怀来，故燕昭拜士，而乐毅剧辛往自齐赵；秦穆迎贤，而由余百里来归戎宛。何者？声谐斯律，则巴人与雍门而齐唱；事涉相知，则白首比倾盖而异情。侧闻足下光回照乘，骏越流星，学窥百家，词逼两汉，精三五之秘，译八九之文，溯河朔之波，追王刘之足，辞家顾盼，操三寸而谁何，是则善矣。而招来采纳，河海为心，秦楚之人，未见千里裹足也。仆东野鄙人，歌非白雪，外口田父，喻止芹萍，然逢桓扣角，实切于衷，遇盖弹刀，每兴愚抱。足下成文擅八斗之才，命赋致千里之赏。是以苍蝇蚊蚋，附骥尾而思退；莺鸠鹪鹌，望鹏翼而欲举。然而南威西施，非以扬冶，而厉姬媄姆，不能遁嫫。非必照以西秦之镜，察以离朱之眸，然后辨其美恶之分，知其薰莸之隔

233

也。虽然,匠石之门,岂无枉材;逢蒙之徒,未皆至彀。仆果如
是,非自许也。伏冀阁下垂运斤之窈眇,念服车之旧事,赐接清
光,俾窃雅论,私心竟矣,复何求哉!若曰藉文章为口说,视翰
墨为修身,则蹈于亡羊之歧路,而非行己之周行矣,岂仆之
志乎?

信中反复表达希望被招入幕的心愿,并表示如果能如愿以偿,绝
非为修身之计,而是为了向王某贡献自己的知识和才华,希望借此实
现自己的治世之志。友人季子微抱才久困,和徐渭一样,时文不合八
股规寸而屡屡被黜,为生存父子同入"某公"边关军幕,并深受器
重,这使季子微父子感激不尽。闻此,徐渭投书于"某公",表示如
能入幕,将终身不移。

徐渭对自己的才华充满信心,然而,功业无成的懊丧始终萦绕其
心,人生失意的苦境,并未挫败他的进取之志。徐渭的可爱在于:他
从没有绝望过,也从没有看破红尘,他试图用一生不懈的努力诠释自
己的志向。

当科举屡踬后,痛恨难抑,徐渭愤而作《上萧宪副书》:"渭小人
也,材樗质秒,上之不能务学修躬以宣懿德,次之不能掇藻搜奇以显
声通艺,外之不能混俗和光以取容家人,三者无一焉,而猥鄙龌龊,
迄于今日,仰怍于天,俯愧于地。"可谓呼天抢地而无应。

陆云龙《皇明十六家小品 徐文长先生小品引》载有陆云龙论徐渭
尺牍云:"若寒士一腔牢骚不平之气,恒欲泄之笔端,为激为愤,为
诋侮,为嘲谑,与世枘凿。"可知徐渭的生命苦难是通过书法、绘画、
诗歌、戏曲等各种艺术形式进行宣泄的,在与友人的书札中,他的人
生愤慨尤一泻千里。《徐文长佚草》卷二《题自书杜拾遗诗后》曰:

> 余读书卧龙山之巅,每于风雨晦暝时,辄呼杜甫。嗟乎!唐
> 以诗取士,如李、杜者不得举进士;元以曲取士,而迄今啧啧于

人口如王实甫者，终不得进士之举。然青莲以《清平调》三绝宠遇明皇；实甫见知于花拖而荣耀当世，彼拾遗者，一见而辄阻，仅博得早朝诗几首而已。余俱悲歌慷慨，苦不胜述。为录其诗三首，见吾两人之遇，异世同轨，谁谓古今人不相及哉！

徐渭才华横溢而八举不第，与诗史留名的李白、杜甫、王实甫都是举路落魄者，徐渭感到自己并不孤独，有前代知音。其中杜甫命运尤为坎坷，使得徐渭感到同病相怜，因而"每于风雨晦暝时，辄呼杜甫"，以慰心灵之苦。

《徐文长佚草》卷二《与马策之》曰：

> 发白齿摇矣，犹把一寸毛锥，走数千里道，营营一冷坑上，此与老牯踉跄以耕，拽犁不动，而泪渍肩疮者何异？噫！可悲也。

发白齿摇，徐渭已经是瘦癯老翁，犹不得不"把一寸毛锥，走数千里"之路营营而为衣食，良可悲耶。四十五岁自为墓铭，《徐文长三集》卷二十六《自为墓志铭》：

> 贱而懒且直，故惮贵交似傲，与众处不免袒裼似玩，人多病之。然傲与玩，亦终两不得其情也。生九岁，已能习为干禄文字，旷弃者十余年，及悔学，又志迂阔，务博综，取经史诸家，虽琐至稗小，妄意穷极，每一思废寝食，览则图谱满席间。故今齿垂四十五矣，藉于学官者二十有六年，食于二十人中者十有三年。举于乡者八而不一售，人且争笑之。而己不为动，洋洋居穷巷，傲数椽储瓶粟者十年。……故其死也，亲莫制，友莫解焉。尤不善治生，死之日，至无以葬，独余书数千卷，浮磬二，研剑图画数，其所著诗文若干篇而已。

叙述自己不遇的生命遭际，流淌在文字中的仍然是对社会不公的愤怒和抗议。

<h1 style="text-align:center">二</h1>

徐渭一生不得志于有司，愤而公然对科举表示否定，这是明清科场蹭蹬的文人借以发愤的共同基点。徐渭因其狂放自任的性格与洒脱不羁的个性而屡扼公车。他批判八股文为当日"糟粕"，而帖括之学则束湿士子。周亮工《尺牍新钞》卷七俞琬纶《与客》云："人生苦境多已，至我辈为举业笼囚，屈曲己灵，揣摩人意，埋首积覆瓿之具，违心调嚼蜡之词，兀度兰时，暗催梨色，亦可悲已。"直言科举扭曲人心，读八股为嚼蜡。俞琬纶进而将科场视为"笼囚"。在屡试屡踬后，徐渭彻底放弃科举，他开始以卖书画谋生。当思维解除制缚后，便可以放言高歌，不复问古人法度为何物，信笔涂抹"多狂语"也无人能够干预了。

梦境的描写是徐渭钟情的一种方式。梦的寓意与象征，耐人寻味，显然这是对生活压抑的心理反拨，梦境寄托了他洗却"羁绁之辱"——屡屡惨败科场的耻辱和渴望自由的理想。于是徐渭以某种激情的方式，试图建立新的生活方向。而"梦"意外地成为他的重要表现形式，他开始将梦境等同于现实，《徐文长佚稿》卷二十四《纪梦》曰：

> 历深山皆坦易。白日，道广纵可数十顷。非甃者，值连山北阯衙署四五所，并南面而闿。戎卒数十人守之。异鸟兽各三四羁其左，不知其名。予步至其中署，地忽震几陨。望山北青林茂密，如翠羽。亟走直一道观，入。守门者为通于观主人，黄冠布袍，其意留彼，主人曰："此非汝住处。"谢出。主人取一簿示某

曰:"汝名非'渭',此'哂'字,是汝名也。"观亦荒凉甚,守门及主,亦并襤褛。时入匿群山人家冷室,而群山乃壁河之东,非西也。韩生陪焉。诸监移节群城五百及客无数,韩为之耳目,邀招以往,童子随者似东。似一二客踵至,辈伪扬曲至。卒曳以行,到一曲巷。某曰:"幸决某。"百等诺之。不百武,群山西上,一白羊,大可如一大驴而脚高,逐一白大羊,眼并黄金色。伯见之,怖而反走。误叫曰:"虎来!虎来!"某为大白羊所钳,钳项右不伤,亦不痛。十版五朔梦。

如此清晰地记载了梦的全部过程,似乎是徐渭的一次真实的经历。可以看出,徐渭将梦境作为实境而记录。梦境中充满危机、恐怖和怪诞,梦境中的地震和羊变为虎,说明徐渭内心的恐惧和焦虑。白天失去的快乐与美感在梦境中得到补偿——乃人之常情。生活之苦梦中释,徐渭却享受不到这种"卸载"的轻松和快乐。他的梦较其生活更为恐怖和沉重,甚至他决心不为之事,竟然梦中背叛心志而有意为之。可知,徐渭的梦并未能缓释其白日的精神焦虑与紧张,说明徐渭生存困境所带来的恐惧,甚至出现幻觉:"昨一病几死,病中复多异境。"(《三集》卷十六《与季子微》)希望将幻觉"与知己言,回头无人,奈何"!(《三集》卷十六《与季子微》)这证明,孤独无助使徐渭缺少安全感,他的梦的清晰和行为的异常已经征兆了徐渭后期的精神错乱。

对于自由的狂热追求,使得徐渭之"狂"迷惑了后世许多对徐渭深有兴趣的研究者。从心理学的角度言,凡是真正有精神疾病者均认为自己精神正常。与此相类,文学中凡所自言为"狂"者,其事实上并非真"狂",这在心理学上是一种精神压抑的宣泄。苏轼自谓"狂人",辛弃疾也傲然以"狂人"自视。徐渭的救命恩人张大复亦"狷狭之流"。孔子对"狂"夫深表赞许。"不得中行而与之,必也狂狷乎！狂者进取，狷者有所不为也。"①（《论语·子路》）认为，"狂狷"为仁者勇者之所为，非常人之举。徐渭以东方朔之"狂"自许，"前日渭所上书，文辞不逊，高自称誉，如汉东方朔自夸书四十万言，编贝悬珠，勇捷廉信，而卒见伟于汉武哉！互乡童子，孔子见之，狂狷之事，孔子思之。……所谓方朔狂狷，则引以见执事先生之意者也"（《上萧宪副书》）。勇者为狂，徐渭自视"狂夫"正基于"英雄"之勇的自许。他深信，今日寂寞必将换来鸿鹄之业绩，英雄当忠于君国，如生于战国，必将成就一番英雄之业。

《四库全书总目》论徐渭云："渭本俊才，又受业于季本，传姚江纵恣之派。"可知徐渭个性的疏狂和放纵，其诗文的任情适意和淋漓酣畅，都与其心学思想密切相关。此后，宋懋澄特撰《祭焦茂潜》为"狂狷"之辩："夫奇，中行之，流而为狂狷者也。中行之真，必为狂狷。尧舜之天下，伊衡之千驷，狷耶？狂耶？有狷之心，其发必狂；有狂之迹，其藏必狷。伯夷之狷而狂于叩马；下惠之狂，而狷于坐怀，譬之神龙，潜于深山，狷也；飞而在天，狂矣。然云行雨施，天下濡其泽，惟中行之圣，庶几似之。则中行狂狷，宁有分耶！虽然，能为奇行者，其言未必奇，以言近于洩耳，则予两人之不以奇行闻也。夫奇言之过与！呜呼！又焉知茂潜之奇行，不借予未死之身发之乎！则两人之死生，非细故也。"认为"狂狷"者，可以潜于深渊，遨游苍天，必有大智慧者方能达之境，这是常人难以理喻的。由此可知，徐渭之狂狷在于他努力追求英雄精神与卓越功名的统一。骆玉明《徐文长评传》中说："我们在徐渭前后相近的时期里，就可以发现许多在精神气质上与他或多或少地相类似的人物：唐伯虎、祝枝山、李卓吾、袁中郎、汤显祖、冯梦龙，以及前后七子中的一些人。再往后推，则有王思任、张岱，以及清代的金圣叹、郑板桥等。"这批"狂

---

① 由此可知，孔子对于狂狷者的人格是认同的。《诗经·郑风·山有扶苏》有"不见子都，乃见狂且"句，"狂且"乃是女子所恋之人。

夫"各自以自己超越常规的言行诠释了"狂"的文化价值。徐渭的放浪不检和玩世不恭的狂狷品行正是晚明狂禅之风的先行者。英雄与狂夫，晚明文士所自誉的品格。崛起于明代中叶的心学，经由徐渭、陶望龄诸子的鼓吹张扬，至晚明而得盛行。在社会的支配心理中，它取代了自南宋以来便被定格为中国思想正宗的程朱理学，引发人们怀疑传统，颠覆权威。《四库全书总目·说郛续》论及明代说部作品之发展曰："正、嘉以上，淳朴未漓。隆、万以后，运趋末造，风气日偷。道学多侈谈卓老（李贽），务讲禅宗；山人竞述眉公，矫言幽尚。或清谈诞放，学晋宋而不成；或绮语浮华，沿齐梁而加甚。著书既易，人竞操觚。小品日增，卮言叠煽。"准确地说明了自隆庆、万历以后社会风气与文人思想的明显变化。《明史·儒林传》谓嘉、隆以后，笃信程、朱而不迁异说者，无复几人矣。士人的生活方式和创作风格汇集而成似儒非儒似禅非禅的"狂禅"思潮，甚至坦言"酒色财气一切不碍菩提路"。

太多的苦闷压抑，会使人走到崩溃的边缘。事实上，徐渭一生也并非全部如上文所写的"沉重"，也偶有放松和悠闲。刘士镣《文致序》论小品"无意"云："从来文词家，代不乏人，惟无意于文者往往极其致。如昔淳于、优孟辈，彼其澜翻舌底，何尝有意为文！乃仰天笑而冠缨绝也，摇头歌而临槛疾呼也，能使暴者颐解，怒者粲发，文章之妙，莫过于是。""非常自我"的徐渭，有时也在与友人的书札中澜翻舌底，随意涂写，非有意为文。《答许口北》曰："昨漫往观煅，因仵柳下，思叔夜好此，久之不得其故。遂失候二公高盖，悚惶悚惶。"（《三集》卷十六）为了感受魏晋时期名士嵇康的喜于柳下，竟放弃了接待前来拜访的友人，可知徐渭的我行我素。《徐文长佚草》卷四《复李令公》曰："貂豲深苍，可以驰赐王全斌者，山人得此，老颠夜来不知作何梦耶！顾尚引谦，更留后一只脚，何幸何幸！"赠送友人貂皮衣，却云"驰赐"，似乎希望立即看到王全斌得宝喜极欲狂的神态。同卷《致骆五文学》中曰："脱驴鼓楸，比人间，正梧桐月上矣。缅怀连日胜游，山灵犹挂眼角，因捉笔记之，将以志千古一时，并以谢主人下榻良意不浅也。"同卷《答张太史》中曰："仆领赐至矣。晨雪，酒与裘，对症药也。酒无破肚脏，罄当归瓮；羔羊半臂非褐夫常服，寒退拟晒以归。西兴脚子云：'风在戴老爷家过夏，我家过冬。'一笑。"（《逸稿》卷二十一）这是对同乡状元张元忭所助的感谢：清晨大雪，友人张太史派人送来酒与裘衣，礼品可谓至重，因而徐渭说"对症药也"。轻松自如，以悠然自得之笔，以漫话和絮语的形式品味生活。尽管多数尺牍只有寥寥数语，甚至只有一两句话，如《徐文长佚草》卷四《答某馈鱼》："明日拟书茶类，能更致盈尺活鲫否？是一难也。呵呵！"却以其丰富的内蕴全面反映了徐渭的精神生活和内心追求，脱离了"载道"的轨辙。

徐渭是晚明尺牍小品的创始者，他对晚明小品的兴起与发展立下了开山之功。晚明小品经徐渭等的努力获得了创作的娱乐性、内容的丰富性和表情达意的灵活性等独特的审美价值，其史学价值与文学价值都不可低估。可以说，他的独特文风影响了其后一代又一代作家。

第六节　压损青蛇三百万，起烘冰兔扫双梢[①]
——文长诗与"长吉体"之关系

中唐有奇崛鬼怪之称的诗人李贺，其生命历程虽然短暂，死时仅二十七岁，但他的诗歌作为文学史独具特色的一角却备受关注。"长吉体"更以个性化的抒情得以与"少陵体"争雄于唐代诗坛，几欲平

---

① 徐渭：《雪竹》，《徐文长三集》卷11，《徐渭集》卷4，中华书局1999年版，第390页。

分秋色，以至于其后的诗史上许多有过相同心境的诗人都受到他的影响。徐渭即是李贺最知心的诗友。徐渭为诸生时，提学副使薛应旂阅所试论，异之，置第一，《徐渭集》所附陶望龄《徐文长传》谓徐渭判牍曰："句句鬼语，李长吉之流。"纪昀《四库全书总目》说徐渭诗流为鬼趣。《徐渭集》卷首黄汝亭《徐文长集序》云："如长吉，文崛发无媚骨。"

一

读徐渭的诗正如"读"他的画，可以获得相同的美感享受——二者都运用象征手法解剖自己的灵魂。这种象征手法，混沌无涯，典故层层连环相叠，相似的意象紧密相连。而诗情笔意往往伴随不断重复的意象和重复体验而改变。尤为引人注目的是，看徐渭的画我们不可避免地受制于自身的视觉功能和鉴赏水平，而读他的诗我们侧重的则是其文本文字。中国文字最明显的特征在于可以提供无限延伸的广阔空间，读者可以根据自己不同的生活体验想象诗所营造的审美世界。文化史上早已存在图像（绘画）和文字表达之间的竞争，对于徐渭，我们更欣赏他的画。尽管他的画和他的诗表达了同一的主题，运用了同一的手段，体现了同一的创作风格。但画的直观性减少了因读者阅历而导致的许多误解。而对于文本，"文字的"较之于"视觉的"则难以解构。徐渭的诗为我们制造了一种阅读障碍——他有意识地用象征意象叠奏成诗，而非直接抒情写志。他的诗充满生僻的典故和隐晦的指涉，但正是这种晦涩难懂，使得他的诗充满"阅读美感"。徐渭《阴风吹火篇》诗云：

> 阴风吹火火欲燃，老枭夜啸白昼眠。
> 山头月出狐狸去，竹径归来天未曙。

> 黑松密处秋萤雨，烟里闻声辨乡语。
>
> 有身无首知是谁，寒风莫射刀伤处。
>
> 关门悬纛稀行旅，半是生人半是鬼。
>
> 犹道能言似昨时，白日牵人说兵事。
>
> 高旛影卧西陵渡，召鬼不至毘庐怒。
>
> 大江流水枉隔侬，冯将呪力攀浓雾。
>
> 中流灯火密如萤，饥魂未食阴风鸣。
>
> 骷髅避月攫残黍，幡底飒然人发竖。
>
> 谁言堕地永为厉，宰官功德不可议。

　　阴风、烈火、老枭、狐狸、黑松、萤火虫、骷髅，行走在旅途中的"半是生人半是鬼"，"有身无首"，鬼担负着平定天下的职责，"饥魂未食"，原来这些行走在茫茫荒原上的"鬼"都是战死疆场的兵士，"骷髅避月攫残黍"，这些骷髅因烈风的强劲吹动而自燃——阴风吹火。"谁言堕地永为厉，宰官功德不可议"，谁说人死后永远堕为厉鬼，鬼尚且能"白日牵人说兵事"，关注人间灾难和疾苦，而"宰官"则全然置人民苦难于不顾。至此，我们明白，徐渭所谓阴风烈火乃是对尸位素餐者的抨击，对社会不公的抨击，将"鬼"置于政治官员之上，鬼具有较人更强的责任感和更为丰富的感情，鬼域充满温情。"火"象征了徐渭高自标持的精神和对命运的苦苦挣扎。《徐文长佚草》卷四《复李令公》："仆昨以病甚而归匆匆，屏绝人事，如梦寐未醒。顾复承多仪，此何异施缗钱之纸于鬼物。"显然这是习法唐人李贺的笔法。正是这样的压抑苦闷、孤独绝望使得徐渭只能在"鬼"的世界寻求慰藉。

> 背树零宵露，羁魂断晓铺。
>
> 正当愁画地，谁遣放啼鸟？
>
> 拭泪身仍系，酬恩计转迂。

应劳垂老魄，结草向冥途。

（《背树》，《徐文长三集》卷六）

独立荒坟悲往昔，却惭良友负幽冥。

妙魄凌波应不散，拟将消息问湘灵。

（《予过龙游，拜贞女徐莲姑祠墓》，《徐文长三集》卷七）

谁家园内有奇事，蛟龙湿重飞难去。

（《雪竹》，《徐文长三集》卷十一）

卷去忽开应怪叫，皂龙抽尾扫风雷。

（《写倒竹答某饷》，《徐文长三集》卷十一）

青蛇拨尾向青天，紫石如鹰啄兔拳。

（《竹石》，《徐文长三集》卷十一）

这几首诗表现了不屈服于命运的意志和力量，无论狂风骤雨，天寒地冻，决不放弃对理想的固持。以鬼入诗，始于屈原《九歌·山鬼》，汉代乐府诗亦有写鬼之作，如《蒿里行》《古诗·驱车上东门》，到陆机也偶有涉笔，一直到唐代，李贺便营造了一个鬼影森森的世界，战场、坟场、哀吊、赛神，往往借鬼抒愤。异常的意象，错乱的时间架构，令人感到总是游移于现实与狂想两极之间，或在现实与虚幻跌撞之际。

徐渭直接接续了李贺的书写传统，捕捉凄冷的色调和氛围，营造一种荒凉的气氛。《饮太白楼》曰："露冷秋蛾争彩烛，川长风荻乱金波。"写秋冷中生命的慌乱。《白鹇殇》有"盼睐未及施，一触死阶树"，写殉节的烈鸟。《旗纛树》有"旧时青草沿长街，白日邀人鬼伯来。馒头是土谁能觉？邀得行人喂满腮。……昨宵一意幻茶毗，却似胡僧自烧自。轰然一断一虹僵，梢畔三尸横路旁。""旗纛树"引诱着

243

饥饿的人们不顾一切地啃食大树以"土"所制的馒头，而吃的人却全然不知。顷刻间，一道虹光穿过，大树下横陈三尸，阴森、幽冷而不知所云。显然，他有不欲明言的象征。古典诗歌中不乏"鬼"的意象，屈原笔下之鬼是一种值得同情的意象——比人更富有人情。李贺笔下的鬼是可怜的意象，他们都以其人性色彩打动读者之心，使人感到凄恻动人，可怜可悯。但都不曾涉及"尸"——"止"的意象。"鬼"有生命，而"尸"则无生命，因而"鬼"阴冷但不恐怖，而"尸"则使人恐惧、悚然。《徐文长三集》卷四《涪滄滩》："黑鳌穴地出，嘍沫从天下。春雪跌深潭，惊雷迸铁罅。回思身所经，险怪几日夜。老石万片焦，飞湍千里射。"将一个激流崩荡的险滩渲染为阴森、险怪的鬼域。《徐文长三集》卷三《自浦城进延平》云："溪山孕铁英，怪石穿水黑。马齿漱寒流，冶火融初滴。"阴冷、怪异、凄艳，对人生充满灰色体认。

> 中夜依水浒，羁愁不可控。
>
> 远火澹冥壁，月与江波动。
>
> 寂野闻籁微，单衣觉寒重。
>
> 托踪蒲稗根，身共鸥鸟梦。
>
> （《徐文长三集》卷四《将至兰溪夜宿沙浦》）

半夜投宿，难以克制羁旅愁怀。环顾客店四周，本来完全是春江花月夜的静美，但进入徐渭视野的却是鬼火、冥壁，凄凉；单衣，寒重，写出了内心的孤独。《雪》曰：

> 暮天宝色珊瑚紫，海气结云云不蕊。
>
> 瑶阙重关金锁寒，枕席无欢帝妃死。
>
> 百神走马散曹吏，马蹄踏空神各视。
>
> 天孙纤手裁素罗，繐帐横施九万里。
>
> 鲛人丝色光海波，海犀输织一万駄。

> 神人买赙不足用，长鬟散缟呼诸娥。
>
> 世人不解天上苦，罗帐锦筝园日暮。
>
> 换取貂襕拂玉鞍，起向山南射黄兔。

《柳元穀易绘》序有云："柳元穀以所得晋太康间冢中杯及瓦券来易余手绘二首。券文云：'大男杨绍从土公卖冢地一丘，东极阆泽，西极黄滕，南极山背，北极于湖，直钱四百万，即日交毕，日月为证，四时为伍，太康五年九月廿六日，对共破剪，民有私约如律令。'详玩右文，似买于神，若今祀后土义，非从人间买也。"诗有：

> 遥思冢中人，有杯不能饮。
>
> 孤此黄兔窑，伴千三百稔。
>
> 券锱四百万，买地作衾枕。
>
> 想当不死时，用物必弘甚。
>
> 尊垒罗宝玉，裹袜贱绣锦。
>
> 岂有纤纤指，捧此锻泥簟。
>
> 存亡隔一丘，华寂迥千仞。
>
> 活鼠胜死王，斯言岂不审。

是何种原因使徐渭对阴冷的色调、萧瑟的场景和令人恐怖的鬼、火意象情有独钟？以至于我们在阅读徐渭诗时情不自禁地要从字里行间搜求其言外之意？他的诗艰深晦涩，一如他的书法绘画，沉稳严肃，并把渊博的知识和语言与字的象征意义融入艺术之中，似乎进入无止境的诠释系统。本节的动机不在于探讨徐渭的诗文艺术成就的高度，而是通过此一层面探讨其潜在的心理原因——卑微的社会地位。而他又无可奈何。

二

徐渭的诗艰深晦涩，一如他的书法绘画，使读者不可避免地陷入迷宫，茫然不知所从。艰涩的语言、隐晦的用典和鬼域的意象使他重现李贺的风格。许多现代读者把自己无法理解徐渭诗画意蕴归咎于其内在的非理性，殊不知困难在我们读者本身而不在徐渭。研究徐渭，关键之处在于对徐渭生平的不断求索：八试八败的打击和作为倚靠的六省总督胡宗宪的倒台，妻子的背叛，打击接踵而至，使得他精神错乱——现代医学上的"轻度精神狂躁症"。政治身世原因导致他的诗画大量运用暗示手法，这为我们提供了对徐渭个性化的驰骋语言进行解构的场所。

传统的中国诗歌读者向以朦胧和复杂难测作为诗歌的正面价值和艺术价值。阅读过程中，读者总是期待被诗歌引向更多的衍生层面，并把它们当作诗篇的真正含义，直到穷尽所有可能的象征意义。在很多方面，鬼域成为个人生存危机及其生命际遇的象征。李贺诗中"鬼域"的描写使他获得了"鬼才"的诗誉。徐渭运用这一传统但并不常见的表现手法，托喻诠释自己不能解释的命运——诗人最有力的诠释策略。他致力于用具有象征意味的意象而不是无止境的呻吟，以此让读者明白其内心的压抑和凄苦。

李贺最早把鬼域与人世打通，在幽冥中摆脱了现实生活的束缚，用神奇瑰丽的辞章，对自己进行大胆的放逐，探险鬼域，畅游梦境，使自我精神得到狂欢。在绮丽的臆想中寻觅理想的自我，获得心灵上的极大满足。如其《秋来》："桐风惊心壮士苦，衰灯络纬啼寒素。谁看青简一编书，不遣花虫粉空蠹？思牵今夜肠应直，雨冷香魂吊书客。秋魂鬼唱鲍家诗，恨血千年土中碧！"孤坟野鬼，托物传情，借

246

"鬼"以寄慨，以瑰丽奇特的艺术形象来抒发诗人抑郁未伸、怀才不遇的忧愤。李贺煞费苦心地描摹鬼域，显然蕴藏着诗人对生命发展和生命归宿的探索与冥想，体现了对生命际遇的期待。相似的生命遭际使徐渭感到苦难的并非"我"一人，于是，李贺成为徐渭宣泄痛苦的知音。

徐渭公然表示自己对李贺的钟情。自言"效李贺体"而作《无题·中秋》："墨云风搓成细索，皎月天开空甃落。云索条条有时断，月皎夜夜同君乐。杯酒壶觞不尽兴，坐到天明复洁饮。彩云五色月染成，添获蟾宫桂花影。"《徐文长三集》卷十六《与季友》谓："韩愈、孟郊、卢仝、李贺诗，近颇阅之。乃知李杜之外，复有如此奇种，眼界始稍宽阔。"对韩孟诗风倍加称赏，并孜孜效仿。徐渭《阴风吹火篇呈钱刑部君附书》"序"云："侧闻公远临江浒，普荐国殇，补化理之不及，超沉沦而使脱。渭敷扬鲜才，欢喜无量，赋得《阴风吹火篇》以献。附书别作四首，兼乞览观，率戏效李贺体，不审少有似否？别奉唐集一部，伏希垂纳。"上文所引《阴风吹火篇》即专意效法"李贺体"。

值得注意的是，徐渭不仅写诗多学长吉，而且曾着力为李贺诗集笺注。《徐文长佚草》卷四《与钟天毓》曰："《长吉集》注见示者仅得鄙人注十之一二，刊犹不刊也。必寻最后注，或可付梓。……昨壁长有《长吉集》《琵琶记》在尊处览看，望归之。"《四库全书总目》卷一七八论徐渭诗，"出入李白李贺之间，而才高识僻……譬之急管繁弦，凄清幽眇，足以感荡心灵"。徐渭一生致力于科举，他对自己的才华充满自信，深信天生我材必有用。其《入燕三首》其一曰："董生抱利器，郁郁走燕赵。贱子亦何能，飘然来远道。行止本无常，譬彼云中鸟。朝饮西园池，暮宿北林杪。感事复怀人，生年苦不早。欲吊望诸君，迹陈知者少。垂首默无言，春风秀芳草。"此时尚且感到自己似云中之鸟，可以自由翱翔，机遇之门尚未关闭，他还能够希望托运遇于领会，寄命运于寸阴，还能看到春回大地，芳草萋萋。其二曰："荆卿本豪士，渐离亦高流。舞阳虽少小，杀人如芟苗。眇然三匹夫，挟燕与秦仇。悲歌酒后发，涕下不能收。猛气惊俗胆，奇节招世尤。见者徒骇顾，那能谅其由？我生千载后，缅兹如有投。时违动自妄，忽作燕京游。"倾慕荆卿、高渐离的雄胆虎魄，忽然感到，自己本就应当走荆卿之路。"时违"自妄，赴京科考，科举并非己意而乃时势所驱。《蒋扶沟公诗并序》六曰："总余燕雀姿，而怀鸿鹄谋。所志贵振刷，焉能守隅丘？"我有鸿鹄之志，将展翅高空，焉能甘心做燕雀？"策凤骑龙会有时，丈夫意气自应知。"（《石洲篇为葛君赋号》）最终，长风破浪的际遇终于遥不可及。

西方哲学家马斯洛认为，人有五种基本需要：生理需要、安全需要、爱与归属需要、尊重的需要和实现自我的需要；这些需要得不到满足时，人就会有缺失感，即会导致缺失性体验；而强烈的缺失性体验则会导致缺失者的异常认知，进而产生错觉和幻觉。可以说，人的五种基本需要，徐渭没有一种得到满足。李贺的悲剧在于一生下来就因父亲名字而被断送了仕途前程，而李贺又是天生的聪慧，他只有到"鬼"的世界寻找寄托，他的诗歌即是其生命苍凉的寄托和直接抒写。徐渭在科举途中的惨败，生命机遇的远离，使他感到生存的尴尬。于是，唐人李贺的穷愁成为徐渭引以为慰的良剂。袁宏道《徐文长传》谓："文长即不得志于有司，遂乃放浪曲蘖，恣情山水。走齐、鲁、燕、赵等地，穷览朔漠。其所见山奔海立，沙起云行，风鸣树偃，幽谷大都，人物鱼鸟，一切可惊可愕之状，一一皆达之于诗。"① 而且时见"幽峭"，有"鬼语秋坟"之象。徐渭在胡幕的春风得意仅昙花一现，生活的不如意和自己的命运遂托付于鬼魂——那是自由的天堂。

---

① 袁宏道：《徐文长传》，《袁宏道集笺校》卷 19，上海古籍出版社 2008 年版，第716 页。

此外，游鱼秋蝶、孤雁寒蝉，风竹雪梅、枯枝蔓藤等弱势生命都化为徐渭投射命运悲情的生命载体。"惊雁初横陈尚低，小鱼浅水命如丝"（《徐文长三集》卷十一《渔画》）；"勺水喝干鲋，残羹活翳桑"（《三集》卷八《送杨会稽》）；"小露垂梢雨压竿，真成滴泪不曾干"（《逸稿》卷八《雨竹》）。徐渭所用的象征系统具有很强的暗示性，希望用来激发关键性的想象和强化一种主题。这成为徐渭诠释自我心灵的一个策略。其诗的意义不是阅读一遍就会消耗殆尽；阅读的经验实则为不断的解码过程，把作品的象征意涵挖掘出来。诗歌的意象稠度，也会不断激励我们抽丝剥茧，以便为作品复杂的意义网络理出头绪。

徐渭从自身的遭际中体验到弱势生命的生存挣扎和对命运的抗争，《题墨葡萄》曰："半生落魄已成翁，独立书斋啸晚风。笔底明珠无处卖，闲抛闲掷野藤中。"将自己生命的晚景与葡萄被弃掷的命运相关联，"明珠"指葡萄，暗喻自己的才华，"无处卖"言自己怀才不遇，无人赏识，只好"独立书斋啸晚风"，表现了在困境中对人生价值的坚守和固持。闻听胡宗宪身死，徐渭预感到自己将面临的生命灾难，绘《雪压梅竹图》，并题诗："云间老桧与天齐，滕六寒威一手提。折竹折梅因底事，不留一叶与山溪。"骆玉明《徐文长评传》认为，"'云间'影射徐阶。他是松江府华亭县（今上海市松江县）人，而'云间'是松江府的别称；'老桧'比喻徐阶所作所为一似秦桧；梅和梅林暗指胡宗宪，因胡的号是梅林"。胡宗宪死狱的同年（嘉靖四十四年，1565），内阁大学士李春芳慕徐渭才华邀渭入幕，渭旋又辞职，随即又遭威逼，诚惶诚恐，驰书以病辩解，方化险为夷。生命不能驾驭的悲苦使徐渭痛感一介布衣无论如何狷介也难逃权贵之手，自己身不由己的困窘，全因"布衣"身份而致。由此，他感到自己就是凌风斗雪的竹梅，在与寒冬抗争。徐渭《雨雪》（七）写探梅寻春，但已超越寻常的盎然春趣，而从神趣和禅理的层面提升到生命哲学的层面，关注"身外的青春"能量的探寻，表达了为生命的存在而拼搏的愿望。小注"是年杨继盛死"又渗透着对壮美生命消失的悲哀，杨继盛（1516—1555）是明中叶反权奸严嵩而死的勇士，徐渭敬佩杨继盛的耿直人格，而作此诗以示纪念。

徐渭的狂放是自由的灵魂与沉重的社会压力之间的矛盾所造成，他对于早年夭折的天才李贺和仕途蹭蹬的韩愈尤为钦佩。度过了充满幻想的青少年期，从中年开始，徐渭便大量吸取韩愈、李贺、孟郊等险怪奇诡的诗风。学孟郊所作的《赠杨叟》自注"能诗，亦谈奇策，鄞人"：

> 白首切云冠，相过尽日欢。
>
> 乡评陈寔老，天付孟郊寒。
>
> 入市投僧舍，归家理药栏。
>
> 岂无长铗在，曾不向人弹。

《徐文长三集》卷四《丙辰八月十七日，与肖甫侍师季长沙公，阅龛山战地，遂登冈背观潮》：

> 白日午未倾，野火烧青昊。
>
> 蝇母识残腥，寒唇聚秋草。
>
> 海门不可测，练气白于擣。
>
> 望之远若迟，少焉忽如扫。
>
> 阴风噫大块，冷艳拦长岛。
>
> 怪沫一何繁，水与水相澡。
>
> 玩弄狎鬼神，去来准昏晓。
>
> 何地无恢奇，焉能尽搜讨？

诗中描述了经过一场激战后的战场残迹，星火点点，燃烧着战死的枯骨。巨大的苍蝇在叮啄着腐烂的尸首。阴风吹起，阳光照射着烟魂缕缕的战场，鬼域森森。《吴使君鼎庵马·戏效韩体》"序"云：
"使君侍其尊君判郴州，就应募，从征麻阳，得此马。至是为会稽典
史，数乘之搏倭寇，进止常会人意。其在百米堰射中贼额，二十步
内，贼从东趋刺左腋，时手尚占弓矢，马不辔而西驰，事尤奇异。一
日余过官舍，令出马视之，四顾而立，为之爽然。杜甫诗云'牵来左
右神皆竦'，真名言也。于是慨然许之赋。其后赋时，予适荤酒，而
余姓又徐也，故戏引无鬼之事。"（卷五）诗云：

　　　徐无鬼，　　　　厌葱韭，
　　长揖魏廷不避人，自言相马高相狗。
　　使君有马色深黝，牵立垂帘黑遮箭。
　　银鞍挂柳蛮脱首，赤身一团写壁牅。
　　使君指以说堰口，抽矢中贼贼逼肘。
　　长蛮将捉弓占手，尔不自驰谁尔咎。
　　楚苗深巢洞崖陡，十骑入山亡者九。
　　今朝共立官庭柳，却忆苦辛同未久。
　　厩中闻之罢啮莽，向壁专为主人吼。
　　柳皂腾光生一抖，夜看房星在天不？
　　东夷泛海连巨艘，泽国郊原跨鱼罶。
　　使君骑马绕贼薮，白水间之不得走。
　　长蛟是母龙是舅，轻蹄蹴海如平阜。
　　舟不可陆君莫狃，请以长鞭着其后。
　　方皋老眼还尘垢，群里徒夸忘牝牡。
　　不知无鬼术何受，超神直入无何有。

　　本诗颂扬一匹屡历疆场的骏马的威武雄姿：陪同主人出生入死，
杀贼立功，抗倭击寇，被困于白水，危难之际，骏马腾空而起，"长
蛟是母龙是舅，轻蹄蹴海如平阜"，骏马的急中生智使将军转危为安，

化险为夷。鬼使神授，世间本无鬼神，骏马"超神直入无何有"的勇气和法术缘何而来？

徐渭所建构的人、鬼、神相近相融的鬼域世界，象征了他幽暗孤寂的人生，说明徐渭在精神上摆脱羁绊的努力。他在大胆的夸张和奇特的幻想中寻求灵魂的自由自在，体现了徐渭对生命价值和生命深度的思索。

参 考 文 献

古籍与专著：

B

卜正民：《明代的社会与国家》，黄山书社 2009 年版。

C

蔡毅：《中国古典戏曲序跋汇编》，齐鲁书社 1989 年版。

曹溶：《静惕堂词》，《清名家词》本。

曹溶：《静惕堂诗集》，《四库全书存目丛书·集 198》，齐鲁书社 1997 年影印本。

查继佐：《罪惟录》，书目文献出版社 1987 年版。

陈维崧：《湖海楼词集》，《清八大名家词》，岳麓书社 1996 年版。

陈维崧：《陈迦陵文集》，《四部丛刊初编》本。

陈集生：《影树楼词》，《全清词·顺康卷》第二册，中华书局 2002 年版。

陈恭尹：《独漉堂诗集》，清康熙晚成堂刻本。

陈田辑：《明诗纪事》，上海古籍出版社 1993 年版

陈子龙：《陈子龙诗集》，上海古籍出版社 2006 年版。

陈子龙：《皇明诗选》，华东师范大学出版社 1991 年版。

陈康祺：《朗潜纪闻三笔》，中华书局 1984 年版。

程邃：《萧然吟》，北京出版社 1998 年影印本。

《崇祯嘉兴县志》，《日本藏中国罕见地方志丛刊》影印崇祯刻本。

储欣：《在陆草堂文集》，文海出版社 1969 年版。

D

大汕：《大汕和尚集》，中山大学出版社 2007 年版。

戴存仁、邱国坤：《易堂九子散文选注》，花城出版社 2001 年版。

邓之诚：《清诗纪事初编》，上海古籍出版社 1984 年版。

邓之诚：《清诗纪事初编》，中华书局 1965 年版。

杜首昌：《缩秀园诗选》，《四库未收辑刊》第七辑，第 30 册，北京出版社 2000 年版。

杜濬：《变雅堂文集》，《续修四库全书》，上海古籍出版社 2002 年版。

F

方文：《嵞山集·嵞山续集》，《续修四库全书》，上海古籍出版社 2002 年版。

方苞：《方苞集》，上海古籍出版社 2008 年版。

冯皋谟：《丰阳先生集》，《四库全书存目丛书》，齐鲁书社 1997 年影印本。

G

高浣月：《清代刑名幕友研究》，中国政法大学出版社 2000 年版。

顾沔：《凤池园集》，沈云龙主编《近代中国史料丛刊三编》第 46 辑，文海出版社 1982 年版。

谷应泰：《思复堂文集》，浙江人民出版社 1987 年版。

《古今笔记精华》，北京出版社 1991 年影印本。

顾祖禹：《读史方舆纪要稿本》，上海古籍出版社 1993 年版。

顾晓宇：《花影月梦》，中国文联出版社 2000 年版。

顾炎武：《顾亭林诗文集》，中华书局 1983 年版。

光绪《上虞县志校续》，《中国方志丛书》，台湾成文出版有限公司 1986 年版。

光绪《乐清县志》，《中国方志丛书》，成文出版有限公司 1986
年版。

光绪《昆新两县续修合志》。

光绪《盐城县志》。

光绪《大清会典事例》，商务印书馆宣统元年（1909）石印本。

管志道：《从先维俗议》，《太昆先哲遗书》本。

归庄：《归庄集》，上海古籍出版社 1984 年版。

郭造卿：《海岳山房存稿》，万历三十五年（1607）刻本。

龚鼎孳：《定山堂诗集》，上海古籍出版社 1995 年版。

H

海瑞：《海瑞集》，中华书局 1962 年版。

何龄修：《五库斋清史丛稿》，学苑出版社 2004 年版。

何良俊：《四友斋丛说》，中华书局 1959 年版。

何心隐：《何心隐集》，中华书局 1960 年版。

［美］亨利·基辛格：《论中国》，胡利平等译，中信出版股份有限
公司 2012 年版。

胡应麟：《少室山房集》，上海古籍出版社 1993 年版。

黄卬：《锡金识小录》，成文出版有限公司 1983 年版。

黄宗羲：《黄梨洲文集》，陈乃乾编，中华书局 2009 年版。

黄宗羲：《明儒学案》，中华书局 1985 年版。

黄宗羲：《黄宗羲全集》，沈善洪整理，浙江古籍出版社 2005 年版。

黄云眉：《史学杂稿订存》，齐鲁书社 1980 年版。

黄仁宇：《万历十五年》，中华书局 1982 年版。

黄之隽：《㕮堂集》，《粤韵风华》，李计筹主编《广府文化丛书》，
暨南大学出版社 2011 年版。

悔堂老人：《越中杂识》，浙江人民出版社 1983 年版。

J

纪昀等：《四库全书总目提要》，中华书局 1965 年版。

计六奇：《明季北略》，中华书局 1984 年版。

嵇永仁：《抱犊山房集》，雍正间（1723—1735）刻本。

嘉庆《如皋县志》。

嘉庆《宜兴县志》。

金烺：《绮霞词》，《全清词·顺康卷》第十四册，中华书局 2002 年版。

K

《康熙统一台湾档案史料选集》，《清代台湾档案史料丛刊》，福建人民出版社 1983 年版。

孔尚任：《桃花扇》，人民文学出版社 1959 年版。

《昆新两县续修合志》，光绪六年（1880）刊本。

L

蓝鼎元：《鹿州初集》，《近代中国史料丛刊续编》第四十一辑，文海出版社 1983 年版。

李良年：《秋锦山房集·秋锦山房外集》，朱丽霞整理，上海古籍出版社 2011 年版。

李邺嗣：《杲堂诗文集》，浙江古籍出版社 1988 年版。

李绳远：《寻壑外言》，乾隆元年（1736）嘉兴李菊房刻本。

李雯：《蓼斋集》，《四库禁毁书丛刊—111—集部》，北京出版社 2000 年版。

李焕章：《织斋文集》，乐安李氏尚志堂光绪十三年（1887）刻本。

李延昰：《南吴旧话录》，上海古籍出版社 1985 年版。

李诩：《戒庵老人漫笔》，中华书局 1997 年版。

李渔：《笠翁诗集》，顺治元年（1644）世德堂刻本。

李因笃：《受祺堂文集》，道光七年（1827）刻本。

梁维枢：《玉剑尊闻》，上海古籍出版社 1986 年版。

梁廷楠：《藤花亭曲话》，道光五年（1825）刻本。

梁辰鱼：《梁辰鱼集》，上海古籍出版社 1998 年版。

廖燕：《二十七松堂文集》，上海远东出版社 1999 年版。

林章：《林初文诗文全集》（不分卷），天启（1621—1627）刻本。

凌廷堪：《校礼堂文集》，中华书局 1998 年版。

龙榆生：《中国韵文史》，上海古籍出版社 2002 年版。

陆以湉：《冷庐杂识》，中华书局 1984 年版。

陆世仪：《桴亭先生诗集》，《丛书集成三编》，新文丰出版公司 1997 年影印本。

陆容：《菽园杂记》，《元明史料笔记丛刊》，中华书局 1984 年版。

陆勇强：《陈维崧年谱》，中国社会科学出版社 2006 年版。

陆次云：《北墅绪言》，《四库全书存目丛书·集 237》，齐鲁书社 1997 年影印本。

陆元辅：《陆菊隐先生文集》，嘐城川学斋黄氏顺治元年（1644）刻本。

绿天：《粤游纪程》，雍正十一年（1733）刻本。

吕师濂：《何山草堂词》，《全清词·顺康卷》第四册，中华书局 2002 年版。

陈子龙：《皇明诗选》，华东师范大学出版社 1991 年版。

M

茅坤：《茅坤集》，浙江古籍出版社 1993 年版。

毛奇龄：《西河集》，《文渊阁四库全书》第 3212 册。

冒襄：《同人集》，光绪八年（1882）刻本。

梅鼎祚：《鹿裘石室集》，《续修四库全书—1379—集部·别集类》，上海古籍出版社 2002 年版。

N

倪瓒：《答张藻仲书》，《清閟阁全集》，台北图书馆 1970 年版。

P

潘江辑：《龙眠风雅》，康熙十七年（1678）刻本。

彭孙遹：《松桂堂全集》，台湾商务印书馆 1983 年版。

《平湖县志》，光绪十二年（1886）刊本。

Q

戚继光：《止止堂集》，中华书局 2001 年版。

戚祚国：《戚少保年谱耆编》，李克、郝教苏点校，中华书局 2003 年版。

钱希言：《松枢十九山》，万历间刻本。

钱谦益：《列朝诗集小传》，中华书局 1961 年版。

钱谦益：《牧斋初学集》，上海古籍出版社 1985 年版。

钱仪吉：《碑传集》，中华书局 1993 年版。

钱林、王藻：《文献征存录》，文海出版社有限公司 1986 年版。

钱南扬：《汉上宧文存》，上海文艺出版社 1980 年版。

钱仲联：《梦苕庵诗话》，齐鲁书社 1986 年版。

乾隆《泉州府志》。

秦松龄：《苍岘山人文集》，嘉庆二年（1797）秦瀛刻本。

《清史列传》，王钟翰点校，中华书局 1987 年版。

《清代散文名篇集萃》（560 篇），人民教育出版社 2006 年版。

屈大均：《屈大均诗词编年笺注》，中山大学出版社 2000 年版。

R

饶宗颐：《记康熙林杭学修之〈潮州府志〉》，《潮学研究》6，汕头大学出版社 1997 年版。

饶安鼎：《福清县志》，乾隆十二年（1737）刻本。

阮元：《两浙輶轩录》，《续修四库全书》本，上海古籍出版社

2002 年版。

S

《散曲丛刊》，中华书局 1930 年版。

宋起凤：《稗说》，《明史资料丛刊》第二辑，江苏人民出版社 1982 年版。

宋登春：《宋布衣集》，《文渊阁四库全书》本。

孙静庵：《明遗民录》，浙江古籍出版社 1985 年版。

孙枝蔚：《溉堂集》，上海古籍出版社 1979 年版。

尚小明：《学人游幕与清代学术》，社会科学文献出版社 1999 年版。

《歙县志》，民国二十六年（1937）刊本。

沈有容：《闽海赠言》，文海出版社 1978 年版。

沈德符：《顾曲杂言》，《中国古典戏曲论著集成》（四），中国戏剧出版社 1982 年版。

沈德符：《万历野获编》，文化艺术出版社 1998 年版。

沈德符：《万历野获编》，中华书局 1997 年版。

沈受宏：《白溇先生文集》，《四库全书存目丛书》，齐鲁书社 1997 年影印本，集部，第 238 册。

史可法：《史可法集》，张纯修整理，上海古籍出版社 1984 年版。

施绍莘：《秋水庵花影集》，上海古籍出版社 1989 年版。

释宏伦：《璇玑碎锦》，浙江古籍出版社 2002 年版。

T

谈迁：《国榷》，中华书局 1988 年版。

唐顺之：《荆川先生文集》，上海书店出版社 1989 年版。

陶煊、张灿辑：《国朝诗的》，《四库禁毁丛刊》，北京出版社 2000 年版，集部，第 156 册。

W

万树：《香胆词》，《全清词·顺康卷》第 10 册，中华书局 2002 年版。

万树：《词律》，上海古籍出版社1984年版。

王锜：《寓园杂记》，《元明史料笔记丛刊》，中华书局1984年版。

王士禛：《香祖笔记》，上海古籍出版社1982年版。

王士禛：《渔洋山人自祖撰年谱》，《四部备要》本。

王嗣槐：《桂山堂文选》，《四库未收书辑刊》第七辑，第27册，北京出版社2000年版。

王世贞：《弇州四部稿》，《文津阁四库全书》，集部，别集类，第428册。

王国维：《王国维戏曲论文集》，中国戏剧出版社1957年版。

王应奎：《柳南随笔》，中华书局1983年版。

王寅：《十岳山人诗集》，《四库全书存目丛书·集79》，齐鲁书社1997年影印本。

汪琬：《钝翁类稿》，《四库全书存目丛书·集228》，齐鲁书社1997年影印本。

汪懋麟：《百尺梧桐阁集》，上海古籍出版社1980年版。

汪宗衍：《广东文物丛谈》，中华书局香港分局1974年版。

魏禧：《魏叔子文集外编》，北京图书馆出版社1986年版。

魏际端：《魏伯子文集》，辽宁人民出版社1996年版。

魏耕：《雪翁诗集》，浙江古籍出版社1985年版。

文徵明：《文徵明集》，周道振辑校，上海古籍出版社1987年版。

翁洲老民：《海东逸史》，浙江古籍出版社1985年版。

吴兴祚：《留存诗抄》，国家图书馆藏康熙间刻本。

吴鼎：《过庭私录》，嘉靖四十一年（1562）吴遵晦等刻本。

吴鼎：《过庭私录》，《四库全书存目丛书·集75》，齐鲁书社1997年影印本。

吴梅：《中国戏曲概论》，上海古籍出版社2000年版。

吴绮：《林蕙堂全集》，《文渊阁四库全书》，集部，第1314册。

吴绮：《艺香词》，《全清词·顺康卷》第 3 册，中华书局 2002 年版。

吴雯：《吴雯先生莲洋集》，李豫等点校，三晋出版社 2010 年版。

吴应箕：《楼山堂集》，泾县潘氏袁江节署道光二十八年（1848）刻本。

吴梅村：《吴梅村全集》，上海古籍出版社 1990 年版。

吴盛藻：《天门集》，《四库全书存目丛书·集 283》，齐鲁书社 1997 年影印本。

邬庆时：《屈大均年谱》，广东人民出版社 2006 年版。

X

夏完淳：《夏完淳集》，中华书局 1960 年版。

谢国桢：《明清笔记谈丛》，上海古籍出版社 1981 年版。

谢国桢：《明末清初的学风》，人民出版社 1982 年版。

谢章铤：《赌棋山庄词话》，《词话丛编》本。

邢昉：《石臼前集》，《丛书集成续编—172—文学类》，新文丰出版公司 1989 年版。

《秀水县志》，万历二十四年（1596）修，民国十四年（1925）铅印本。

徐世昌：《晚晴簃诗汇》，中华书局 1990 年版。

徐夜：《徐夜诗选注》，张光兴选注，天津古籍出版社 1993 年版。

徐鼒：《小腆纪年附考》，中华书局 1957 年版。

徐渭：《徐渭集》，中华书局 1983 年版。

徐树丕：《识小录》，新兴书局 1986 年版。

徐朔方：《晚明曲家年谱》，浙江古籍出版社 1993 年版。

徐中行：《天目先生集》，《四库全书存目丛书·集 121》，齐鲁书社 1997 年影印本。

徐乾学：《憺园集》，《四库全书存目丛书·集 243》，齐鲁书社

1997 年影印本。

Y

颜钧：《颜钧集》，中国社会科学出版社 1996 年版。

严迪昌：《清诗史》，浙江古籍出版社 2002 年版。

严绳孙：《秋水集》，无锡市图书馆藏，民国六年（1917）木活字本。

叶燮：《己畦集》，《四库全书存目丛书》，齐鲁书社 1997 年影印本，集部，第 244 册。

叶燮：《原诗》，人民文学出版社 1979 年版。

叶春及：《惠安政书》，福建人民出版社 1987 年版。

于慎行：《谷山笔麈》，《明史资料丛刊》第 3 辑，江苏人民出版社 1983 年版。

于慎行：《谷山笔麈》，《四库全书存目丛书·子 87》，齐鲁书社 1997 年影印本。

俞仲蔚：《仲蔚集》，《四库全书存目丛书·集 140》，齐鲁书社 1997 年影印本。

俞为民、孙蓉蓉：《历代曲话汇编》，黄山书社 2009 年版。

俞为民：《李渔评传》，南京大学出版社 1998 年版。

袁表、马荧：《闽中十子诗集》，万历四年（1576）刻本。

袁行云：《清人诗集叙录》，北京文化艺术出版社 1994 年版。

袁中道：《珂雪斋集》，上海古籍出版社 1989 年版。

Z

查继佐：《罪惟录》，北京图书馆出版社 2006 年版。

张九钺：《陶园文集》，咸丰元年（1851）湘潭张氏刻本。

张廷玉等：《明史》，中华书局 1974 年版。

张仲谋：《清代文化与浙派诗》，东方出版社 1997 年版。

张岱：《陶庵梦忆》，中华书局 2008 年版。

张煌言：《张苍水集》，上海古籍出版社 1985 年版。

张秋绍：《袖拂词》，《梁溪词选》，清康熙五十一年（1712）刻本。

张溶主修，区孟贤纂：《西宁县志》，康熙间刻本。

《浙江通志》，《文渊阁四库全书·史》。

郑若庸：《北游漫稿》，《四库全书存目丛书·集 144》，齐鲁书社
1997 年影印本。

周玄：《泾林续记》，《涵芬楼秘籍》本。

周亮工：《赖古堂集》，上海古籍出版社 1979 年版。

周茂源：《鹤静堂集》，《四库全书存目丛书·集 219》，齐鲁书社
1997 年影印本。

朱彝尊：《曝书亭集》，吉林文史出版社 2009 年版。

朱彝尊：《静志居诗话》，人民文学出版社 1990 年版。

朱察卿：《朱邦宪集》，《四库全书存目丛书·集 145》，齐鲁书社
1997 年影印本。

朱国祯：《涌幢小品》，中华书局 1959 年版。

卓尔堪：《明遗民诗》，中华书局 1960 年影印本。

期刊：

冼玉清：《清代六省戏班在广东》，《中山大学学报》1963 年第 3 期。

蒋星煜：《李文茂以前的广州剧坛》，《戏剧研究资料》1983 年第
9 期。

黎国韬：《梁辰鱼散曲论》，《中国韵文学刊》2000 年第 2 期。

吕靖波：《胡宗宪幕府人物考略》，《滁州学院学报》2008 年第
4 期。

周榆华：《试述明代中后期的诗文消费风尚及文人代耕》，《江西
广播电视大学学报》2008 年第 4 期。

顾诚：《沈万三及其家族事迹考》，《历史研究》1999 年第 1 期。

陈其湘：《梁辰鱼生平探索》，《中国文学研究》1987 年第 3 期。

张宏生：《王士禛扬州词事与清初词坛风会》，《文学遗产》2005 年第 5 期。

李元庚：《望社姓氏考》，《中国典籍与文化》2008 年第 1 期。

李悦强：《明代南海有花旦》，《广东艺术》2001 年 第 6 期。

何龄修：《史可法扬州督师期间的幕府人物》（上、下），《燕京学报》新 3 期（1997 年）、新 4 期（1998 年）。